« PAVILLONS »

Collection dirigée par Claire Do Sêrro

DE LA MÊME AUTRICE

Les Graciées, Robert Laffont, 2020

KIRAN MILLWOOD HARGRAVE

LA DANSE DES DAMNÉES

Traduit de l'anglais
par Sarah Tardy

Robert Laffont

Titre original : THE DANCE TREE

ISBN 978-2-221-26660-1
(édition originale : ISBN 9781529005219, Picador, London)
Dépôt légal : août 2023
Éditions Robert Laffont – 92, avenue de France, 75013 Paris

Pour Katie, qui a porté notre espoir
quand nous ne pouvions plus le porter seuls.

Ces corps fragiles sont pareils aux plus puissantes bourrasques, et les voies de la création, par leur infinité, nous disent que rien ni personne ne peut être partout à la fois.

La Métaphore de la ruche, Juan Antonio Ramirez

Parfois le corps connaît une révélation parce qu'il a abandonné toute autre possibilité.

La Mémoire en fuite, Anne Michaels

Quand j'ai vu ce spectacle, j'ai voulu vivre
Un moment encore un moment. Peu m'en importe
l'inélégance,

Sans doute était-ce ce qu'être en vie veut dire, mais
tendrement.

Une chose. Une chose. Une chose :

Dis-moi où l'on trouve
Une prairie, ensuite.

« Une prairie », Lucie Brock-Broido

Strasbourg, 1518

Personne dans la danse

Elle a entendu dire qu'il y avait du pain sur la place. Il n'est pas impossible que ce soit un mensonge, ou peut-être que les miches sont tellement gâtées qu'elles ne sont plus comestibles, mais Frau Troffea s'en moque. L'espoir la nourrit tout autant que les vivres passés par son gosier ces derniers mois. Elle et les autres sont partis à la recherche de champignons, ont semé la forêt de pièges pour écorcher des lièvres comme des Gyptiens. Rien. Même les animaux n'ont pas survécu à cet hiver de Famine, à cet été bouillant. Elle a ramené un oisillon tombé du nid qu'elle a fait cuire sur la cendre, a mastiqué ses os tendres et frêles à s'en blesser les gencives et imprégner sa bouche d'un goût de fer et de sel.

Son mari ignore combien elle souffre ; il semble n'avoir jamais connu la faim. Son corps à lui devient tendineux, les muscles de ses bras saillants, comme entourés par des cordes. Mais la faim, pour elle, est pareille à un enfant qui grossit, aspire, gonfle son ventre d'un vide dévorant devenu trop lourd.

Depuis peu, elle mâchonne des chutes de cuir. Elle suçote ses pointes de cheveux, regarde les chiens errants d'un autre œil. Depuis peu, des points de lumière blanche flottent devant ses yeux. Du bout du doigt, elle peut jouer à les faire danser.

Mais Frau Troffea n'a pas encore perdu la raison, et tandis qu'elle traverse la ville d'un pas chancelant, des idées lui viennent. Si le pain est brûlé, elle le fera ramollir dans le Rhin. S'il est moisi, ses chances seront plus grandes d'en récupérer. S'il n'a jamais existé ou si tout est parti, elle pourra toujours remplir ses poches de pierres et s'avancer dans l'eau, comme d'autres l'ont fait. Des femmes ont été vues y jetant leurs bébés pour pouvoir nourrir leurs autres enfants. Elle en aurait fait autant si ses enfants à elle avaient vécu. Le seul qu'elle a vu grandir a fini pendu, accusé de trahison : Samuel a fait partie de ces centaines de conjurés condamnés pour leur meneur, Joss Fritz, qui, après chacune de ses révoltes écrasées, disparaît dans la forêt Noire aussi vite que la neige fond.

Les hospices de pauvres sont surpeuplés, les cimetières aussi. La fin du monde est proche, on le proclame dans les rues et jusque dans les églises. Le grand prêcheur Geiler de Kaysersberg, surnommé la Trompette de la cathédrale de Strasbourg, est mort depuis huit ans, mais ses mots sont inscrits sur les murs et résonnent depuis les pupitres du chœur : *Pas un seul d'entre nous ne peut être sauvé*. La comète qui, au tournant du siècle, charriant sa queue de flammes jusque sur ces terres, avait fait d'eux des damnés a été tirée de son cratère et érigée sur un autel, mais trop tard.

Elle marche en priant, même sans son chapelet, dont les perles d'argile ont depuis bien longtemps éclaté sous ses dents, comme des os de volatile.

Elle embobine autour de ses doigts un filament de lumière aussi doux que la laine d'un agneau. La sueur ruisselle sur sa lèvre, dans son dos, imbibe sa robe fétide. Le soleil lui a brûlé la plante des pieds pendant qu'elle dormait dehors, par un début d'après-midi, devant une taverne. La boisson – chose nouvelle pour elle et onéreuse pour une famille comme la sienne, mais le breuvage donné par le froment avarié peut passer pour bière –, voilà la seule denrée disponible en abondance. Cette nuit, son mari n'est pas sorti la chercher. Ses pieds s'échauffent sur les pavés, mais comme il est bon de les sentir à nouveau, de savoir que sous les ampoules une nouvelle peau s'est formée.

Ses pas la mènent à travers le marché aux chevaux, initialement construit dans les faubourgs. Mais le centre-ville de Strasbourg s'est déplacé et, aujourd'hui, des plaintes émanent de la cathédrale à cause de la puanteur – que Frau Troffea apprécie, car les odeurs sont si fortes et acides qu'elles lui nappent la langue. La bouche ouverte, elle s'en remplit les poumons.

Cette ville a grossi comme une bête incontrôlable. Dans sa jeunesse, Strasbourg débordait de richesses. La prospérité avait apporté les puces avec elle. Même si les échanges commerciaux ont diminué, de nouveaux visages apparaissent encore chaque jour, des visages sombres au milieu des leurs, comme si les diables se trouvaient déjà parmi eux, inondant les hospices de leur crasse. La guerre piétine entre le Saint Empire romain et les Turcs ottomans, dont la lutte ne vise à sauver autre chose que leurs âmes. Qu'elle ne sache pas lire ne l'a pas empêchée de comprendre que des pamphlets circulaient sur eux, ces Turcs qui menacent leur empire, leurs foyers. Ces gens sont l'ennemi et pourtant ils viennent, affirmant fuir les mêmes hordes qui se battent pour eux.

Frau Troffea se méfie de leurs dires.

Elle passe ses journées à les guetter, les aperçoit même à l'église, qu'ils envahissent de leur fumée d'encens, si épaisse qu'elle scellerait les lèvres de n'importe qui. Tous les soirs, elle inspecte son corps à la recherche de piqûres ou de traces d'incube, mais ne trouve que des os qui, sous sa chair fondue, lui semblent chaque fois plus durs.

La place du marché est plongée dans la léthargie. Autour d'elle, le monde vacille. Elle se met en quête des enclos fermés, des sols poussiéreux, des barrières encroûtées. Elle sent ces odeurs douces et nauséabondes, odeurs de sa ville cuite par cet impitoyable soleil, béni, maudit. Sa tête en est pleine tandis qu'elle fouille, gratte la poussière, soulève des poignées de terre. Elle murmure une prière comme une incantation, comme si Dieu, en réponse, allait faire tomber des miches de pain du ciel. Mais rien ne tombe, hormis les chauds rayons du soleil sur son dos, ses mollets, ses plantes de pied brûlées. Une fois de plus, elle se demande pourquoi son mari n'est pas venu la chercher.

Elle pleure, mais sans honte. Les filaments de lumière vibrionnent autour d'elle comme des mouches, célestes et festives, tissant de doux écheveaux. Ses mains sont emplies de terre et d'excréments, ses ongles la démangent si fort qu'elle les arracherait.

La lumière lui chatouille le menton.

Elle penche la tête en arrière, fixe le soleil jusqu'à ce que ses yeux ne voient plus que du blanc. La lumière autour d'elle tourbillonne comme un nuage, la pousse comme une voile frappée par le vent. Elle prend appui sur un pied, puis sur l'autre. Ses hanches ondulent. Ses lèvres se retroussent d'extase.

Sous le ciel bleu brûlant, Frau Troffea lève les mains et commence à danser.

Un

Lisbet creuse la cambrure de son pied, le masse contre le cadre du lit en bois jusqu'à ce que la crampe passe. Ses yeux sont collants de sommeil – elle les frotte. Elle resterait volontiers une heure encore dans ce calme matinal, mais le temps est précieux et limité. Aujourd'hui, Agnethe, la sœur de Henne, revient de la montagne, et tout va changer.

Henne lui tourne le dos. La sueur a trempé son maillot en coton, devenu translucide, une peau rose dépasse de son col, sur le haut de sa nuque est imprimé le froncement de la cicatrice en étoile laissée par le couteau du rebouteux qui l'a débarrassé d'un grain de beauté qui ne cessait de grossir. Elle tourne la tête pour écouter sa respiration. Elle pourrait apposer sa main entre ses omoplates, le sentir vrombir comme leurs ruches d'osier – mais ce geste est impossible : trop grande serait la proximité. Les premiers temps, Lisbet le touchait, constamment : ses mains sur son front, ses doigts dans ses cheveux pour retirer une enveloppe de grain de blé, et les baisers volés lorsque sa belle-mère avait le dos tourné. Désormais, ces marques de tendresse appartiennent au passé.

Ses orteils s'enroulent encore une fois sur eux-mêmes, puis elle se redresse en soufflant sous l'effort. Les draps ont depuis bien longtemps été rejetés, ils suent à même la paille, comme des chevaux. Un ruissellement glisse le long de son dos. Elle donnerait n'importe quoi pour pouvoir ôter sa chemise de nuit et partir, traverser la forêt jusqu'au fleuve pour se rouler dans la vase comme une truie.

Elle se hisse sur ses pieds, s'en va à la fenêtre. Quelques abeilles somnolentes passent devant les volets. Elle se demande si les abeilles la reconnaissent sans son voile de soie et son panier d'osier, si elles peuvent sentir le sucre de leur miel dans sa sueur.

La lumière elle-même paraît plissée, alourdie par la chaleur. Agnethe, au retour de sa pénitence, sera accueillie par un bien triste été. Pas un souffle d'air n'agite les peaux tendues sur les volets, rien ne bouge hormis les abeilles et la douleur qui se déploie sur toute la longueur de sa jambe comme autant d'épines. Elle coince sa lèvre sous ses dents, la mord juste assez pour se faire souffrir, pour détourner son attention vers une autre douleur. À l'intérieur d'elle, l'enfant remue. Son regard se pose sur les ombres qui ondulent comme du fretin sous sa chemise de nuit. *Toujours là ? Bien.*

Croisant les doigts, elle place ses mains sous ce monticule qu'elle ne parvient plus, depuis peu, à encercler par-devant. Plus que deux mois à tenir. Elle n'est jamais allée aussi loin, n'a jamais été aussi grosse. Du bout de son pouce, elle caresse sa peau tendue, puis fait les cent pas jusqu'à ce que disparaisse la sensation qu'elle a de fouler des bris de verre brûlants. Au bout du huitième aller-retour, un bruissement s'élève du matelas.

« Lisbet ? »

Elle marche.

« Lisbet. Arrête.

— Il fait chaud. »

Elle ne distingue rien d'autre que le brillant de son œil, que ses dents quand il parle.

« Une bière ?

— Non.

— Alors va t'allonger. Repose-toi. »

Sa mâchoire se crispe. Se reposer, elle avait essayé pendant ses premières grossesses, en dépit des protestations de sa belle-mère qui voulait la voir debout, l'exhortait à bouger pour qu'elle accouche plus tôt, pour qu'elle se muscle avant de se retrouver confinée avec le bébé. Henne avait ignoré les recommandations de sa mère, la première comme la deuxième fois, si bien que Lisbet avait passé ses derniers jours au lit, pareille à une noble dame, ou assise à la table de la cuisine pendant que, tour à tour, il la rabrouait puis la réconfortait en lui enfournant dans la bouche des quenelles de lait arrosées de miel.

L'espoir les habitait encore, à l'époque, et avait continué à les habiter même après qu'ils eurent entendu des femmes à l'église dire qu'elles en avaient perdu six. Mais cinq années ont passé depuis ces quenelles de lait, et Lisbet n'a toujours rien de vivant à montrer.

Elle sait bien que Sophey la tient pour responsable. Elle l'accuse d'oisiveté, bien qu'elle soit témoin du soin qu'elle porte aux abeilles, lui répète comme elle travaillait dans les champs avant la naissance de Heinrich, comme elle trayait les vaches avant Agnethe.

« C'est pour cela que Henne a des épaules aussi solides, que Nethe a les bras forts », lui dit-elle.

Agnethe. Nethe. Pour Lisbet, ce nom est pratiquement mystique, aussi mystique que ces soi-disant bras forts, que cette mâchoire qui, paraît-il, ressemble trait pour trait à celle de son frère. Lisbet saura bientôt si ces rumeurs sont vraies. Les premières années, Sophey et Henne l'avaient si peu évoquée qu'ils parvenaient à éluder le sujet dès qu'il se présentait. Toutes les questions que posait Lisbet étaient, elles aussi, balayées. Lisbet a toujours eu la sensation d'avoir pénétré dans cette maison comme dans une pièce tout juste désertée par une autre personne, plus chère, comme si Henne avait pris femme pour combler le vide qu'Agnethe avait laissé à leur table. Et puis, il y avait les signes : sa date de naissance, qui coïncidait avec la comète ; son arrivée, qui avait suivi de près le départ d'Agnethe ; ses premières menstrues, concomitantes à la folie de sa mère. Une abeille bute contre le volet. Elle répond en toquant.

Même Ida, qui pourtant a tout fait pour que Lisbet se sente chez elle dès les premiers instants, parle par détours, refuse d'aller au-delà des faits dès qu'on la questionne.

« Elle a accompli sa pénitence au couvent du mont Sainte-Odile.

— Mais vous étiez amies, insiste Lisbet avec la sensation d'appuyer sur une ecchymose, tentée d'insister encore en imaginant Ida porter à une autre un amour aussi fort que celui qu'elle porte à Lisbet. Pour quelle raison l'a-t-on envoyée là-bas ? »

Mais Ida et ses yeux immenses, Ida et sa gaieté d'enfant sont maîtres dans l'art de l'esquive et finissent toujours par avoir raison de Lisbet en la menant sur un autre terrain, celui, plus riant, des qu'en-dira-t-on – la dernière indiscrétion de Herr Furmann, les dettes de jeu de Sebastian Brant –, qui très vite lui font oublier ses questions et relèguent Agnethe au second plan, la font redevenir l'ombre qu'elle était, clouée à son dos, aperçue de moins en moins.

Sept ans de pénitence. Lisbet a prononcé ces mots à voix haute pour mesurer toute la profondeur de cette sentence, pour peser sa gravité singulière. Elle se questionne sur les changements qui surviendront dès lors qu'un nouveau corps occupera la maison. La présence d'Agnethe n'est pas celle pour laquelle Lisbet a prié pendant toutes ces années. Tous étaient certains que, bien avant le retour d'Agnethe, Lisbet aurait donné naissance à deux, voire trois enfants, comme Ida, des enfants dont elle imaginait la frimousse fraîchement frottée et les petits doigts tout couverts du miel des abeilles dont ils auraient appris à s'occuper. Elle ferme les yeux pour chasser ces images ; un petit cri lui échappe. Chaque enfant perdu est un trou dans son corps et dans son cœur. Et ce vide qu'elle avait laissé à leur table sera occupé non par eux, mais par une adulte, une femme de retour après avoir lavé un péché sans nom.

Henne se redresse en poussant un grognement. Elle le voit se frotter les yeux dans la pénombre striée, voit la couleur laiteuse de sa peau.

« Recouche-toi », lui dit-elle, plus sèchement qu'elle ne l'aurait voulu.

Il se débarrasse du drap emmêlé sur ses chevilles et se lève, soudain plus réel au milieu de la pénombre. Lisbet a toujours admiré sa robustesse, sa stature carrée forgée à force de travaux dans la forêt, ses poignets où se dessinent les lacis de cicatrices laissées par les abeilles, datant de l'époque où l'essaim ne le connaissait pas encore, ne l'avait pas apprivoisé. Elle le désire toujours, même si, après chaque fausse couche, il accomplit son devoir en gardant les yeux fermés. La voyant l'observer, il se détourne pour s'habiller.

Elle ouvre les volets, laisse les abeilles s'échapper à l'air libre. Les arbres recouvrent tout, bordent jusqu'à l'entrée de leur ferme pelée, y étirent leurs racines, qu'ils doivent sans cesse couper, dégager. Le jour illumine déjà le ciel au-dessus de leur tête, violacé comme les marques qu'elle porte sur le ventre. Le soleil se lève devant leur fenêtre, même s'ils n'ont jamais le temps de l'admirer.

Un poids, soudain, sur ses épaules – le bras de Henne, qui ajuste un châle. Leur premier contact physique depuis des jours, des semaines peut-être. Il s'écarte aussitôt. D'un haussement d'épaules, elle fait tomber le châle, le rattrape, le jette sur une chaise.

« Trop chaud. »

Il soupire. Il fut un temps où Henne trouvait sa mauvaise humeur charmante. Où il gloussait, l'appelait *Schatzi*, mon cœur. Ne se trouvait-elle pas à cette même fenêtre, mariée depuis peu, se plaignant du froid, lorsqu'il l'avait pour la première fois engrossée ? Il faut peut-être qu'elle reste à cette place plus longtemps pour qu'il s'en souvienne, pour qu'il la serre contre lui. Elle l'entend pisser dans le pot. Le bébé bouge.

Elle attend qu'il ait terminé avant de se retourner, heurtant alors le cadre de la fenêtre avec son ventre.

« Je sors marcher. »

Il tient à la main le pot de chambre.

« Je t'accompagne. »

Elle secoue la tête, enfilant déjà sa robe la plus fine, qui pue à force d'être portée. Monte alors en elle le fredonnement familier, le désir d'aller rejoindre ses abeilles et son arbre, de se retrouver seule là-bas avec ses bébés avant que la journée ne commence.

« Et si Agnethe arrive ? »

Les épaules de Henne se raidissent – la tension s'entend dans chacune de ses respirations. Le retour de sa sœur l'inquiète. À une époque, elle aurait osé lui demander pourquoi, mais le gouffre qui les sépare est désormais si grand qu'elle ne s'aventure plus à essayer de le franchir.

« Elle n'arrivera pas avant plusieurs heures. Descendre de la montagne avant le lever du jour serait dangereux, et l'abbaye se trouve à un jour de chevauchée. »

Les sabots de Henne sont à ses pieds avant que Lisbet n'ait pu enfiler les siens sur ses orteils gonflés. Lorsqu'elle appuie sur les coussinets qui ont remplacé ses chevilles, une marque demeure, comme si son corps était fait de glaise fraîchement prélevée dans le sol. Il ouvre la porte et, ensemble, ils traversent en silence la maison plongée dans l'ombre.

Une fois dans la cour, comme de la poussière, l'air lui colle instantanément à la peau. À contrecœur, elle lui emboîte le pas. Il vide le pot puis, devant le poulailler, jette aux poules le restant de pain rassis qu'il a attrapé dans la cuisine, en passant.

Les chiens sont vautrés au centre de la cour, sur la terre nue. Le plus petit est une femelle appelée Fluh ; adoptée il y a peu, elle jappe comme devant un piège à appât chaque fois qu'elle aperçoit Lisbet. Ulf, le lévrier irlandais au pelage hirsute, est d'un tempérament plus calme. Celui-là a débarqué chiot à la ferme, peu après son arrivée à elle. Il ne lui saute pas dessus pour lui faire la fête, ne tire pas sur ses jupons.

Fluh remue sur elle-même pour mieux s'installer dans le creux formé dans la terre, tandis qu'Ulf se dresse sur ses pattes et les rattrape en trottant. Ils ouvrent le portail, dépassent les cônes d'osier où bourdonnent les abeilles tout juste tirées du sommeil, et pénètrent dans la forêt.

Le sol n'est qu'ombres. Lisbet lève les pieds comme si elle progressait dans l'eau. Des mouches tournent autour de ses oreilles, mais lâcher ses cheveux serait insupportable au milieu de cette touffeur. Pas un bruit ne résonne hormis celui de leurs pas sur les feuilles mortes de sécheresse, et de sa respiration déjà hachée.

Henne la devance de quelques mètres, marchant de côté pour faire passer son corps sur l'étroit sentier. Il ne lui demande pas dans quelle direction aller : il mène, et Lisbet suit. Voyant sa main pendre, elle se demande quelle serait sa réaction si elle la prenait. Mais il l'abaisse alors pour caresser la tête du chien, et Lisbet pose sa propre main sur son ventre en réponse.

Ils entament la montée de la butte, le seul endroit que l'on pourrait qualifier de sommet dans cette région du monde encaissée. Elle s'imagine avec lui, tous deux plantés comme des graines dans la terre sous le pouce du Seigneur, si profond qu'ils n'en sortiront jamais. Elle presse le pas pour rattraper Henne. Par des matins plus clairs, lorsque le vent éloigne les miasmes souvent suspendus au-dessus de la ville, elle parvient à distinguer chaque cran qui orne la flèche de Notre-Dame.

« Lisbet ? » Le voilà à côté d'elle, sa hanche collée à la sienne. « Moins vite. »

Elle commence à lui répondre que tout va bien, mais un frisson, comme une vague, déferle dans son dos, délicieusement froid.

« Fais attention. »

Enfin, sa main s'enroule autour de sa taille. Elle s'appuie sur lui jusqu'à ce que disparaissent les paillettes de lumière qui constellent le sentier. Comme il la tient toujours, elle ferme les yeux. Un soupir s'échappe de ses lèvres, mais en l'entendant Henne la lâche comme s'il l'avait entendue hurler. Elle trébuche, réussit à se rattraper.

« Rentrons. »

Plus d'une dizaine de pas les séparent encore du sommet. Les premiers mois de leur mariage, Lisbet montait la butte en courant et parvenait à rentrer à la ferme avant même que Sophey ne s'aperçoive qu'elle s'était absentée et avait failli à ses corvées. Elle se sent énorme, a la peau tendue. Comme elle aurait aimé pouvoir venir seule, prendre son temps, se rendre jusqu'à son arbre. Mais le soleil est levé à présent, comme Sophey, qui prépare le retour d'Agnethe. Sans protester, Lisbet laisse Henne prendre la tête de la marche pour rentrer. En passant devant ses ruches, elle tend la main vers un cône d'osier pour le soulever, mais il l'arrête.

« Je m'en occuperai.

— Il faut changer leur eau…

— Je sais, dit-il en s'emportant, comme il le fait désormais. Ce sont mes abeilles, Lisbet. »

Non, pense-t-elle. *Ce sont les miennes*.

•

Déjà, Henne ne pense plus à elle, concentré sur ses tâches, sur sa journée, si concentré que Lisbet doit tirer sur son bras pour qu'il remarque la femme au milieu de leur cour pleine de poussière. Les pensées de Lisbet sont tellement imprégnées d'Agnethe qu'elle prête à la visiteuse une ou deux têtes de plus, des épaules larges, et entrevoit la bouche et la mâchoire de Henne au lieu de ces beaux traits qui, devant eux, se courbent en un sourire.

La visiteuse s'avance vers eux. La lumière du matin fait briller ses cheveux d'or, ses mains fines agrippent un panier. C'est Ida.

« Bonjour à vous, Frau Plater.

— Herr Wiler. »

Ida rend à Henne son salut de la tête, un geste sec, mais son regard est posé derrière lui, sur Lisbet. Personne ne la regarde jamais ainsi, d'une manière aussi franche. Une autre bonne raison de l'aimer. Henne s'en retourne aux ruches. Leur enfance passée ensemble aurait dû créer entre eux une certaine complicité, mais quelque chose de dur semble au contraire les séparer, un noyau dans un fruit moelleux. Peut-être est-ce à cause de Plater lui-même – l'époux d'Ida est aussi détesté que cette dernière est adorée.

Ida embrasse les joues rougies de Lisbet, son souffle chargé d'une bonne odeur de menthe sauvage, ses lèvres douces et sèches.

« Comment te sens-tu ce matin ? lui demande Ida, posant d'abord son regard sur son ventre, puis sur son visage – un rituel ces temps derniers.

— Je vais bien », répond Lisbet, et le pincement qui dessine deux sillons entre ses sourcils se détend.

Les fois où Lisbet n'a pu répondre que par des larmes à cette question ont été si nombreuses que les jours marqués par de simples désagréments sont devenus une victoire à ses yeux.

« Bien. » La main d'Ida, miraculeusement fraîche, serre la main de Lisbet. « Regarde ce que je t'ai apporté. »

Elle emmène Lisbet jusqu'à la pile de bois que Henne a entreposée dans la cour bouillante pour le laisser sécher. Lisbet s'assoit dessus avec soulagement pendant qu'Ida s'installe à côté et pose son panier en équilibre entre elles. D'un grand geste, elle retire le mouchoir qui le recouvre et révèle un sac rempli de farine aussi blanche que la neige.

« Un cadeau, car le seigle ne te convient pas, déclare Ida.

— Je ne peux l'accepter…

— Touche, l'exhorte-t-elle, les yeux brillants de plaisir.

— Mes mains sont sales », répond Lisbet.

En vérité, ces derniers temps, même soigneusement frottées, ses mains toujours couvertes de piqûres d'abeilles ou gonflées par la chaleur sont impossibles à montrer. Elle ne peut les placer à côté de celles d'Ida, si fines, aux ongles si propres qu'on dirait les mains d'un nouveau-né. Mais Ida attrape ses doigts chauds dans les siens, et verse une poignée de farine dans sa paume.

« Mon père l'a moulue deux fois, exprès pour toi », lui confie-t-elle.

À sa grande honte, Lisbet sent les larmes lui monter aux yeux. Elle déglutit pour faire disparaître le nœud qui se forme dans sa gorge.

« Ne sois pas bête ! lui dit Ida en riant, avant d'essuyer ses joues. Souviens-toi, j'étais exactement pareille dans mes derniers mois. Une vraie madeleine. Si nous pouvons t'offrir des choses qui te font du bien, nous le faisons avec joie. Surtout par cette chaleur – je n'ose imaginer comment tu dois te sentir.

— Je vais bien », répond simplement Lisbet en remettant la farine dans son sac avec soin, faute de savoir quoi dire d'autre lorsque son amie s'enquiert de son état.

Lisbet veille à ne jamais se plaindre, de peur que Dieu ne l'entende et ne décide de la priver de ce bébé aussi. Cette règle fait partie des nombreuses qu'elle s'impose, qui s'accumulent, les unes sur les autres, en équilibre comme le panier posé entre elles. Ida n'a jamais eu autant de précautions à prendre : chacune de ses grossesses est arrivée à son terme sans la moindre crampe, sans le moindre saignement ; sans même s'en rendre compte, Ida a dompté le Diable et le sort. Mais Ida n'est pas Lisbet, dont l'existence même prouve la malédiction qui pèse sur elle, cette litanie apprise par cœur : comète, Mutti, bébés. Tant de dégâts. Tant de sang.

« Naturellement, reprend Ida en tirant Lisbet de sa morosité, il ne faudra la mélanger qu'à une eau très pure, et regarde – mon père t'a même glissé un peu de sel dans le panier.

— C'est beaucoup trop.

— Rien n'est de trop pour toi, Bet, et pour ce bébé. Il sera bientôt parmi nous, vigoureux et en pleine santé. »

Lisbet se mord l'intérieur des joues, ardemment. Entendre ce genre de phrase de la part de son amie la révulse. Mais Ida l'ignore – tout le monde l'ignore, sauf Dieu.

« Et souviens-toi que ce pain est pour toi et pour toi seule, poursuit Ida. Pas pour Henne ni pour Sophey.

— Ou Agnethe, ajoute Lisbet. Les empêcher d'y toucher va me donner du travail à temps plein. »

Les doigts d'Ida, accrochés au panier, deviennent blêmes.

« Elle doit arriver aujourd'hui ? »

Son ton est léger, mais Lisbet sait que son amie connaît déjà la réponse.

« Cet après-midi, répond-elle. Est-ce aussi pour cela que tu m'as rendu visite de si bonne heure ? Pour la croiser ?

— Bien sûr que non, répond Ida, et ses joues rosissent joliment. Tu sais bien que nous ne sommes pas amies.

— Je ne sais rien, puisque tu ne veux rien me dire.

— Il n'y a rien à dire.

— Est-ce donc si terrible ? » demande Lisbet, consciente de son impertinence, mais qu'importe. Cette occasion est la dernière d'en savoir plus avant le retour d'Agnethe. « Ce crime qu'elle a commis.

— Je te l'ai répété cent fois », répond Ida, qui déjà a retrouvé son sang-froid. Ses doigts sur l'osier s'ouvrent, ses joues retrouvent leur blancheur. « Je ne sais rien du péché de Ne… Agnethe. Et, quoi qu'il en soit, il est maintenant lavé. Ces sept ans de pénitence l'ont innocentée. Ne t'avise pas de l'interroger. »

Lisbet soupire, puis change de position. Elle ne souhaite pas se disputer avec Ida, pas avec son cadeau posé à côté d'elle et ce soleil qui chauffe autant le bois sur lequel elles sont assises que son front.

« Merci, lui dit-elle alors. Remercie Mathias et Herr Plater, je te prie. »

Ida répond par un ricanement.

« Crois-tu vraiment que mon mari ait quelque chose à voir là-dedans ? Ses devoirs le retiennent à Strasbourg chaque semaine ou presque. »

Il n'y a aucune déception dans sa voix, et Lisbet ne peut lui en faire le reproche. À la suite de la dernière révolte, Plater a été nommé garant de l'ordre du conseil des XXI dans leurs actions les plus rudes menées en ville et dans les faubourgs. Dans les bas quartiers où Ida et Lisbet vont distribuer l'aumône, toutes deux ont vu de leurs yeux les portes des maisons défoncées ; la surface des geôles, sur les rives du Rhin, a par ailleurs été doublée. Lisbet n'est pas la seule à avoir remarqué le plaisir que prend Plater à accomplir la sale besogne.

« Cela me fait penser qu'il viendra ici en visite aujourd'hui, ajoute Ida.

— Plater ?

— Oui. Il en a fait part à mon père.

— Quand ?

— Cet après-midi.

— Il souhaite sans doute voir la pénitente. »

Une expression fugace traverse le visage d'Ida.

« Mieux vaudrait pour elle qu'elle évite de croiser son chemin.

— Que veux-tu dire ?

— Passe le message à Heinrich. Dis-lui qu'il vient.

— Bien sûr », répond Lisbet.

Dans les moments où elle se ferme de la sorte, Ida devient aussi impénétrable qu'une forteresse. Inutile d'espérer la faire céder. Avant qu'elle ne se lève, Lisbet lui saisit la main comme elle-même l'a fait quelques instants plus tôt.

« Tu sais que tu peux me parler, que tu peux tout me dire…

— Quel paisible tableau. »

La main d'Ida se crispe. Les deux femmes se retournent, éblouies par la lumière. À contre-jour, l'étroite silhouette de Sophey Wiler se dessine, tout en angles, ne formant presque plus qu'un point en son centre, là où ses mains sont posées sur sa taille. Comme une cicatrice, un sillon imprimé entre ses yeux lui scinde le visage en deux.

« Frau Wiler, la salue Ida en se levant prestement de la pile de bois. Comment allez…

— Débordée, répond Sophey. Que fais-tu ici de si bonne heure ?

— Ida est venue m'apporter un cadeau », intervient Lisbet, incapable de se lever de cette assise trop basse.

L'injonction d'Ida de garder pour elle cette belle farine lui revient en mémoire, mais trop tard : la main noueuse de sa belle-mère est déjà tendue vers le panier. À contrecœur, Ida le lui tend. Sophey renifle son contenu.

« Tes enfants n'ont-ils pas besoin que leur mère s'occupe d'eux ?

— J'allais partir », répond Ida.

Comme tout le monde, elle se soumet face à Sophey ; personne ne résiste à son charisme. Sans un mot de plus, celle-ci tourne les talons et regagne la cuisine à grands pas.

« Pourquoi est-elle toujours aussi rude avec toi ? remarque Lisbet.

— Elle l'est avec tout le monde, répond Ida en haussant les épaules. Et c'est un jour particulier aujourd'hui. Même Sophey Wiler est nerveuse à l'idée de revoir sa fille.

— Sans doute. »

Doucement, Ida aide Lisbet à se relever, pose un nouveau baiser sur sa joue, donne une tape affectueuse sur son ventre.

« Grossis bien, lui dit-elle.

— Et toi, rentre bien », répond Lisbet tout en regardant la frêle silhouette de son amie s'éloigner rapidement dans la cour.

Elle distingue Henne, plus loin, au milieu de ses cônes d'osier, allant de ruche en ruche avec entre les mains un plateau fumant comme l'encensoir d'un prêtre. La distance est trop grande pour sentir l'odeur du romarin, mais

Lisbet la porte sur elle, de toutes les manières, dans ses vêtements, ses cheveux. L'attirance est physique, comme si son désir était un fil tendu entre les ruches et son cœur. Cette osmose, quand Lisbet s'occupe des abeilles, a quelque chose de surnaturel ; tout semble se remettre en place à l'intérieur d'elle, comme des étoiles alignées en une constellation porte-bonheur. Il n'est pas jusqu'à Sophey qui n'en ait fait le constat, même si elle refusera toujours de l'admettre.

Lorsqu'elle l'avait aperçue pour la première fois, Lisbet avait trouvé du charme à cette ferme, avec ses trois grosses bâtisses disposées en fer à cheval, ouvertes sur les ruches, et, plus loin, la forêt. Elle voyait déjà des enfants se rouler dans la poussière de cette cour bien tenue ou s'accrocher à ses jupons. Du bruit tout autour d'elle, des pleurs, des rires, bruits délicieux de la dépendance et de la vie.

Depuis que Lisbet se charge de la distribution de l'aumône, elle sait que leurs conditions d'existence pourraient presque passer pour fastueuses. Des abeilles, une cuisine, trois autres pièces à vivre. Pourtant, leur ferme recèle quelque chose de vide, d'étouffant et, même sous cet impitoyable soleil, d'obscur. Quelque chose d'oppressant. Les abeilles et son arbre sont les seules sources de joie. Henne lui a offert la première ; la seconde, Lisbet se l'est offerte à elle-même.

« Lisbet ! »

La voix de Sophey résonne comme une assignation, un ordre. Lisbet soupire, se détourne du rucher pour se retrouver face à la cour nue, et retourne à l'intérieur.

Deux

Sophey, balai à la main, se dresse comme un prophète tenant son bâton. Elle le tend à Lisbet.

« La chambre a besoin d'un coup. »

Nul besoin de lui demander laquelle. Il y a celle de Henne, celle de Sophey, la cuisine, et *la* chambre. Celle d'Agnethe. Comme une tombe, elle est restée close ; en une demi-décennie dans cette maison, Lisbet n'a vu basculer sa porte qu'à deux reprises : pour libérer un merle qui, passé par les volets, semblait chercher à se rompre le cou, et un autre jour où Plater leur avait rendu visite pour collecter l'impôt sur les portes et fenêtres, qu'il avait comptées avec une lenteur telle que Lisbet l'avait soupçonné d'être rémunéré au temps passé. Cet espace supplémentaire serait pourtant bienvenu, mais un accord tacite entoure la chambre d'Agnethe : faire comme si cette pièce n'existait pas, comme si la porte était un mur et se confondait avec la paroi, jusqu'à ce que son occupante revienne de la montagne.

D'une main incertaine, Lisbet attrape le balai.

« Je vais m'occuper des miches, déclare Sophey en lui tournant déjà à moitié le dos. N'oublie pas de secouer les draps. »

Lisbet demeure sur le seuil de la porte, au milieu de l'odeur de renfermé, regardant les grains de poussière tourbillonner devant les volets ajourés. Tout porterait à croire qu'Agnethe vient de quitter cette chambre à l'instant. Les draps sont froissés, l'oreiller creusé, le tabouret dans l'angle n'est pas tout à fait bien placé, comme si quelqu'un l'avait dérangé en se levant. À côté, une grande bassine semblable à celle que Sophey avait demandé à Lisbet d'aller acheter au marché au tout début de sa vie à la ferme. Peut-être est-elle souillée par le péché d'Agnethe ; peut-être que tous les objets lui appartenant doivent eux aussi attendre sept années de pénitence avant de pouvoir être à nouveau touchés et nettoyés.

Une fine pellicule de poussière s'est déposée sur la cuvette. L'eau qu'elle contenait s'est depuis longtemps évaporée. Mais au moment où Lisbet la soulève, elle croit percevoir le spectre d'une odeur, végétale et douce comme le souffle d'Ida. Près de la bassine se trouve un peigne en os sur lequel est encore emmêlée une épaisse touffe de longs cheveux blonds, fins et brillants. Lisbet essuie la bassine, la remet à sa place, retire les cheveux du peigne et ouvre les volets pour jeter dehors la boule rêche. La vue est la même que depuis chez eux : arbres, plein est. Sous la lumière vive, le charme de ce désordre se perd, prend un tour plus dramatique.

Elle retire les draps, les doigts asséchés par la poussière, puis nettoie le plancher, ramassant sous son balai les petites plumes duveteuses du merle, plusieurs coquilles d'escargot vides, leurs parcours luisants réduits à de simples traces par la chaleur sèche. Lisbet ramasse le tout, range les plumes dans ses poches. Elle remet en place l'oreiller en le retournant pour cacher le creux, mais sent, ce faisant, quelque chose bouger, se gondoler sous le tissu. Elle tâte les bords, mais les coutures sont si serrées que ni elle ni même Sophey ne pourraient les défaire, surtout avec leurs doigts enflés.

Elle entend depuis la cuisine Sophey et Henne discuter. Elle fait glisser son petit doigt le long des points, mais le fil est parfaitement uni au tissu. Alors elle tire dessus, doucement d'abord, puis plus fort, et la couture finit par céder. Le petit doigt crocheté, Lisbet fouille le garnissage de paille jusqu'à trouver un objet rêche autour duquel semble noué quelque chose de lisse. Elle l'extirpe, et tombe sur les draps une mèche de cheveux blonds, tressée autour d'un ruban de soie délavé.

Elle le tient au centre de sa paume, sous les zébrures d'ombre et de lumière. Il ne pèse presque rien, est aussi sec au toucher que les cheveux qu'elle a retirés du peigne. Pourtant, alors que la couleur est identique – et identique aussi à celle des cheveux de Henne –, une certitude emplit Lisbet : cette mèche n'appartient pas aux Wiler. Et tout dans la manière dont ils ont été noués, conservés, cachés, indique un geste à la fois tendre et interdit, comme ceux de Lisbet lorsqu'elle avait noué ses rubans dans son arbre à danser.

« Lisbet ? »

Elle sursaute, manque de lâcher sa trouvaille, qu'elle enfouit avec précaution sous ses jupons avant de se tourner vers Henne, appuyé dans l'entrée de la chambre, bouchant le passage aussi efficacement que la porte.

« J'ai faim », dit-il d'une voix déformée par un bâillement.

Ses dents sont belles, bien alignées, aussi dures que des pierres tombales. Lisbet passe sa langue sur les trous qui creusent ses gencives, dix cavités noires. Une molaire ou presque pour chaque bébé perdu, arrachée par le rebouteux.

« Je viens », répond-elle.

Elle écoute le martèlement de ses pas, puis le raclement discret du banc sur le vieux jonc. Dans sa précipitation, elle a dérangé la tresse si soigneusement nouée. Du mieux qu'elle le peut, elle la reconstitue, puis la remet à sa place pour qu'Agnethe la retrouve telle qu'elle l'avait laissée.

•

L'après-midi touche à sa fin quand arrive la pénitente libérée. Elle est aussi grande que son frère, aussi grande que le cheval fourbu qui l'a portée depuis l'aube, au départ de l'abbaye sur la crête du mont Sainte-Odile. Le voyage n'est pas tellement plus long que celui qui sépare la ferme de Strasbourg, à peine trois fois plus, mais sa notoriété, sa réputation sont telles que Lisbet croirait voir débarquer un être venu d'un autre monde.

L'apparence d'Agnethe Wiler ne contredit en rien cette idée. En plus de sa taille, qu'elle assume sans complexe aucun, se pose le problème de sa tête rasée, aussi blanche qu'un oignon pelé et couverte d'innombrables coupures et cicatrices dues aux tontes répétées, les plus anciennes marron comme de la couenne confite, les plus récentes d'un rose luisant. Du col grossier de sa tunique dépasse même une trace de sang frais. Ses mains, qu'elle tient fermées devant elle une fois descendue de selle pour s'incliner devant sa mère, sont semblablement mutilées, et son visage, que les doigts tordus de Sophey ont à présent levé vers le soleil, présente sous les pommettes des creux si profonds qu'ils semblent avoir été taillés au burin.

Et pourtant, Lisbet ne peut que reconnaître sa beauté. Les traits de Henne ont sur elle quelque chose de plus doux, et même ses cils épilés, ses paupières aux bords roses et encroûtés, ne mettent que mieux en valeur le bleu de ses yeux, comme deux perles posées sur une huître charnue. Avec des cheveux aussi longs et blonds que ceux d'Ida, sans doute pourrait-elle rivaliser avec sa beauté. Mais, en l'état, Agnethe est un phénomène, la femme la plus étrange que Lisbet ait jamais rencontrée.

« As-tu faim ? » demande Sophey en guise de salutations à cette fille qu'elle n'a pas vue depuis plus d'une demi-décennie.

Agnethe hoche la tête, le supplice dans chaque geste. Rien, pourtant, ne laisse à penser qu'elle est une fille sensible. Elle irradie la force, bien qu'elle s'attache à le cacher.

Il n'est rien de caché qui ne doive devenir manifeste.

Ce verset était l'un des plus appréciés de Geiler, repris par Sophey comme un perroquet, dardé comme une lance sur Lisbet chaque fois qu'une de leurs poules se faisait attraper par un renard, ou lorsque le chat, victime d'une crise cardiaque, s'était éteint dans les bras de Lisbet. Mais cette phrase prend un autre sens lorsqu'elle regarde Agnethe : plus qu'une injonction, elle est une prédiction.

Sans un mot de plus, Sophey tourne le dos, rentre à l'intérieur. Henne s'avance, étreint brièvement sa sœur, mâchoire contre joue concave, avant de s'emparer des rênes du cheval haletant pour le conduire à l'ombre du poulailler, devant la longue auge où la vieille mule est déjà en train de s'abreuver. Lisbet et Agnethe le suivent du regard sans qu'aucune d'elles n'ose briser la pellicule de silence qui, entre elles, s'est étirée. La mule sera sans doute donnée à l'abattage maintenant que le cheval est rentré. La vieille bête a les genoux enflés, et sur le dos des plaies que même le miel que lui applique Lisbet ne parvient pas à refermer.

Elle lance un regard furtif à sa belle-sœur. Ses yeux sont encore plus impressionnants vus de près, et son regard est clair et franc. Elle remue sa langue dans sa bouche sèche.

« Bonjour, ma sœur », dit Agnethe avant elle. Sa voix est grave et éraillée à force de n'avoir pas parlé. « J'espère que tu te portes bien ? »

Lisbet hoche la tête, consciente que la question devrait être retournée, mais le crâne nu et mutilé d'Agnethe, ses joues creuses l'en empêchent, et soudain Henne est de retour, posté entre elles. Elles le suivent à l'intérieur.

Des œufs encore fumants, à la coquille mouchetée, sont posés sur la table en bois récurée. Leur découverte fait gargouiller le ventre de Lisbet, ainsi que l'odeur du pain que le soleil a fait rapidement lever, pétri le matin même par Sophey grâce au cadeau d'Ida. Henne s'installe à sa place, et Lisbet se laisse tomber avec soulagement sur le banc avant de se souvenir qu'il lui faut désormais le partager.

Elle se décale, accroche sa jupe sur le bois griffé par le chasseur de souris tigré qui surveillait autrefois la maison. Elle se libère, et Agnethe prend place à côté d'elle, précautionneusement, droite comme un pic. À cause du ventre de Lisbet, un écart de trente bons centimètres sépare le banc de la table, mais Agnethe l'ignore et courbe son long cou tendineux pour prier. Lisbet voit dépasser de son sarrau l'extrémité d'autres cicatrices, plus anciennes et plus profondes, qui fusent de son échine comme des ailes coupées. Henne tousse. Lisbet joint à son tour les mains, et tous se laissent mener jusqu'à l'*amen* par Sophey.

Une fois leur ration de pain et d'œuf distribuée, Lisbet doit s'efforcer de calquer son rythme sur celui de Sophey. Elle pourrait avaler le double, le triple de leur part, pourrait engloutir d'une traite l'assiette bien remplie de Henne, mais le malin plaisir que prend Sophey à remarquer son grand appétit la réfrène. Lisbet rompt de petits morceaux de pain pour mieux se maîtriser. À côté d'elle, Agnethe ramasse son œuf encore fumant qu'elle tient comme s'il était aussi frais qu'un galet sorti de la rivière, puis l'écale, déchirant soigneusement la membrane pour en sortir le contenu rond et parfait. La douleur doit être intense, Lisbet le voit au bout de ses doigts rougis.

« Voilà qui est nouveau, remarque Sophey. Je ne t'avais jamais connue si soigneuse. T'ont-ils appris à peler les œufs sur la montagne ? »

Un petit sourire se dessine sur les lèvres d'Agnethe, son regard se braque sur son travail, même si Lisbet la voit s'enfoncer sous l'ongle un petit morceau de coquille.

« Ils t'ont même appris le silence, tiens donc, ricane Sophey. Fut une époque, elle jacassait sans cesse. »

Agnethe presse son ongle contre la table. Le sang afflue au bord, mais elle ne cille pas.

« Bien, ajoute Sophey en brisant le silence. Bien. »

Elle ouvre son œuf. Un instant après, Lisbet l'imite, découvrant un jaune pâle et crayeux. C'est une chance que les poules aient pondu – leurs offrandes se font de plus en plus rares, dernièrement. Lisbet repense avec envie au sel qu'a apporté Ida, que Sophey a consigné avec leurs pièces et le morceau de soie qu'elle réservait jadis comme dot pour Agnethe et conserve encore aujourd'hui, Dieu sait pour quoi.

La main d'Agnethe est hésitante lorsqu'elle rompt le pain. Elle l'enfourne dans sa bouche d'un geste vif, comme de peur qu'on le lui arrache. Lisbet entend un grognement sourd de plaisir émaner de sa longue gorge. Elle dépose un morceau de pain dans sa propre bouche. Il est aussi bon que son odeur.

« La farine est meilleure que celle à laquelle nous sommes habitués, remarque Henne. Est-ce en l'honneur du retour d'Agnethe ?

— C'est un présent d'Ida », répond Lisbet.

Un bruit étranglé retentit à côté d'elle. Lisbet se tourne : Agnethe, une main sur la bouche, s'écarte brusquement de la table, manquant d'emporter le banc, et Lisbet avec.

« Nethe », dit Sophey – un avertissement.

Agnethe abaisse la main puis, sous l'œil de la tablée tout entière, mâche son pain jusqu'à le réduire en bouillie avant de l'avaler péniblement.

Sophey hoche la tête, apparemment satisfaite. Le cœur de Lisbet bat trop fort, sans qu'elle comprenne pourquoi, comme si c'était elle que Sophey avait visée de son regard impitoyable. Ils poursuivent le repas en silence. Henne affiche un air impassible, mais Lisbet le connaît assez pour déceler, à la voussure de ses épaules, une tension. Sa résolution de manger le plus lentement possible est oubliée. Son assiette est déjà à moitié vide au moment où Agnethe finit par repousser la sienne.

« Ils te donnaient le droit de gâcher de la nourriture, à l'abbaye ? » demande sèchement Sophey.

L'œuf qu'Agnethe porte à ses lèvres et grignote par petites bouchées est le seul indice que la question de Sophey a été entendue. Mais sitôt l'attention de sa mère retournée à sa propre assiette, Agnethe, les mains en coupelle, ramasse le reste de son pain et, en un éclair, dépose le tout sur son jupon, hors de vue. En un éclair encore, elle le fait passer à Lisbet, qui accepte avec gratitude la croûte encore brûlante.

Elle colle son genou contre celui d'Agnethe en remerciement ; les voilà complices, à présent. La jambe de sa belle-sœur est aussi fraîche et dure que du marbre, mais le contact prend fin aussi soudainement que Lisbet l'avait amorcé.

La voyant se lever pour débarrasser, Lisbet l'imite, emportant l'assiette de Henne pour jeter les miettes dehors. Mais alors qu'elle tente d'ouvrir la porte avec son coude, le battant résiste. Lisbet pousse plus fort. De l'autre côté, une exclamation retentit.

L'obstacle se déplace si brusquement que Lisbet sent son corps vaciller. Elle voit la chute venir, imagine déjà la douleur, le sang, son ventre vidé, et dans l'arbre un nouveau ruban, et perçoit dans le même temps le fracas d'un objet en bois et le mouvement de l'homme – car le cri derrière la porte était celui d'un homme – bondissant de côté pour ne pas être écrasé par sa masse, puis le froid et la finesse de deux mains, puissantes comme du fil de fer, qui l'attrapent sous les aisselles et autour des côtes, faisant jaillir de sa gorge un cri de stupeur étouffé.

Agnethe aide Lisbet à se redresser, à se stabiliser, tout en se servant de sa cheville pour approcher le banc et l'asseoir dessus, tout doucement. Son souffle est haché, et avant de retirer ses mains pour de bon, elle prend la précaution de tirer sur le jupon de Lisbet qui dans l'action s'est soulevé, exposant ses mollets brunis. Tout s'est passé en quelques secondes seulement – l'assiette qu'Agnethe a lâchée pour voler au secours de Lisbet est encore en train de rouler au sol avec fracas.

« Tes réflexes ont été bienvenus. »

Une botte lourde, bien cousue, porte un coup d'arrêt définitif à la course de l'assiette. Lisbet le reconnaît à sa voix, à ses souliers solides aux semelles épaisses, au cuir doux, qu'il s'est fait acheminer depuis les confins de l'Empire. Elle le reconnaît à son odeur, aussi : celle du cuir de son justaucorps, porté même par les plus fortes chaleurs, gravé du sceau octroyé aux serviteurs des XXI, l'odeur de sa pipe et celle de sa sueur. Ces odeurs, Lisbet les sent parfois sur Ida, bien qu'elle sache que son amie se frotte avec une extrême diligence chaque fois qu'elle a partagé sa couche, comme dans l'espoir d'effacer de sa peau le fléau qu'il représente.

Henne se lève de table.

« Plater. »

Lisbet se mord l'intérieur de la joue – elle a oublié de prévenir son mari de sa visite.

« Wiler », répond l'homme.

Il paraît grand, ainsi chaussé de ses bottes, et égale en taille Henne et Agnethe, tout en étant plus menu de corps. Sa jolie bouche possède presque quelque chose de féminin, et ses cheveux épais ont la couleur du cuivre. Mais tandis que ces beaux cheveux donnent à sa fille un charme sirénien, devant lequel les hommes s'arrêtent dans la rue, leur flamboyance surnaturelle confère à Plater des airs quasi diaboliques.

« Frau Wiler », dit-il en adressant un signe de tête à Sophey, puis : « Frau Wiler » en se tournant vers Lisbet, qui, les yeux baissés, sent monter la haine qu'elle a en partie héritée d'Ida et en partie générée elle-même.

L'atmosphère s'est tendue depuis son arrivée.

« Et… » Il marque une pause, et Lisbet remarque tout à coup à quel point Agnethe se tient immobile, comme un lièvre à la vue d'un renard. Elle ne tremble pas, mais se trouve suffisamment proche de Lisbet pour lui permettre d'entendre son souffle se couper lorsque Plater tourne vers elle son regard vert et pénètre plus avant dans la salle à manger. « Fräulein Wiler, de retour des montagnes. »

Un bruit doux s'échappe d'Agnethe, si discret que seule Lisbet l'entend. De nouveau, il lui rappelle un lièvre qui pousse un dernier souffle au moment où les crocs se referment.

« Elle a perdu l'habitude d'utiliser sa voix », dit Sophey.

Peut-être cherche-t-elle à défendre sa fille, même si Lisbet, dans un esprit moins charitable, voit plutôt dans cette intervention un témoignage de respect au membre du conseil. Sophey, comme le remarquait Ida, n'a d'égards pour personne, mais l'autorité – et la seule autorité que Sophey considère comme supérieure à la sienne est celle de Dieu, donc celle de l'Église et des XXI – l'adoucit, pour autant qu'un tel mot puisse être employé au sujet d'une femme de cet acabit.

« Naturellement », répond Plater.

Son attention s'est fixée sur Agnethe avec une telle intensité que Lisbet ne s'étonnerait pas de la voir tomber à genoux sous son poids. Il y a dans son regard quelque chose d'infâme. De lubrique, dirait-elle, s'il n'était pas teinté de dégoût. Ce regard se promène sur le crâne mutilé d'Agnethe, sur ses clavicules, ses mains, ses poings serrés de part et d'autre de son corps. Une aura surnaturelle semble l'entourer tant l'hostilité qu'il dégage est puissante. Lisbet songe à Ida, sidérée une fois encore par l'improbable couple qu'elle forme avec cet homme.

« L'expiation touche à sa fin ?

— Touche à sa fin ? répète Lisbet, elle-même surprise de briser le silence. Sept ans se sont écoulés.

— Elle doit se rendre à la cathédrale pour prier, répond Plater. La peine originellement prononcée le stipulait – le dernier exercice de pénitence, accompli dans sa ville natale. »

Agnethe hoche la tête d'un geste sec.

« Je ne l'ai pas oublié, fait sa voix éraillée.

— Mais elle parle ! s'exclame Plater. Les prêtres peuvent-ils donc s'attendre à une visite imminente ?

— Demain, répond Agnethe.

— Sois assuré qu'elle achèvera sa pénitence, intervient Henne avec véhémence. Nous connaissons la loi et la respectons.

— Mon fils veut simplement vous signifier que vous n'auriez pas dû vous déranger, remarque Sophey en jetant à Henne un regard assassin.

— Ce n'est pas la raison de ma venue, répond Plater d'un ton exagérément surpris, comme pour montrer qu'Agnethe vaut pour lui si peu qu'elle en est inexistante, comme s'il ne l'avait pas scrutée comme une proie depuis son arrivée. Une chope de bière serait la bienvenue, Fräulein Wiler.

— Tel est donc le motif de ta visite ? » rétorque Henne, et Sophey l'avertit en sifflant entre ses dents.

Henne traite encore Plater comme le gamin avec qui il s'écorchait les genoux, petit, pas comme l'homme qui, désormais, parle au nom des XXI. Il refuse d'oublier que Plater est un fils de paysan dont l'ascension sociale ne tient qu'au fait qu'il accepte de se salir les mains contre un peu d'eau parfumée pour les laver ensuite.

« Une lettre, Herr Wiler », déclare Plater en tirant de la poche de son justaucorps un pli scellé. Le parchemin a été ramolli et taché par sa sueur. « Préfères-tu l'ouvrir dehors ?

— Cette ferme appartient à ma mère, répond Henne. Elle entendra le contenu de cette lettre s'il lui plaît.

— Veux-tu que je te la lise ?

— J'ai reçu tout aussi bon enseignement que toi », lâche Henne avant de contourner à grands pas la table pour lui arracher la missive. Son geste est si brusque que le sceau se brise.

Le regard de Lisbet se pose sur le parchemin, même si, bien sûr, elle ne peut rien déchiffrer d'autre que son nom – Heinrich Wiler –, inscrit tout en haut de la page d'une écriture nette, penchée. Elle reconnaît aussi leur cire, vierge, sans aucun pigment, du doré le plus suave, le plus pur. Voir les produits de leur ferme utilisés par l'Église ou par les XXI eux-mêmes est toujours une grande fierté. Sebastian Brant, l'administrateur de la ville, missionne tout spécialement un porteur pour venir les chercher. C'est un grand honneur, bien que Lisbet devine, au frémissement qui parcourt Henne, que la lettre ne porte pas de bonnes nouvelles.

« C'est une assignation », déclare Plater sans se donner de mal pour cacher son contentement.

Il attrape sans le moindre remerciement la chope de bière que lui apporte Agnethe, qui aussitôt retire sa main.

« Au tribunal ? demande Sophey, confuse.

— De Heidelberg, répond Henne. Pour plaider les droits que nous avons sur nos terres. »

Heidelberg. Il s'y trouve en effet un tribunal, ou quelque chose de semblable, où l'Église a installé un siège apostolique ainsi que des membres de l'université. Plusieurs jours de chevauchée, une destination à laquelle personne dans la famille n'a jamais été amené à se rendre.

« Pour répondre aux plaintes selon lesquelles tes abeilles volent la terre qui appartient à Dieu et à personne d'autre.

— Nous appartenons tous à Dieu », répond Henne. Lisbet pose une main douce sur le flanc tendu de son mari. « Quel est donc le véritable motif de cette assignation ? »

D'un grand geste qui fait déborder sa chope, Plater désigne la ferme qui les entoure : les ruches soigneusement entourées de barrières qui s'étendent depuis la cour jusqu'à la forêt, le cabanon, le poulailler, la maison qui, sous son regard, paraît encore plus délabrée.

« Où sont tes fleurs sauvages, Herr Wiler ? Où se trouve le nectar qui nourrit tes abeilles, qui rend ta cire si douce ?

— Dans la forêt, répond Henne, comme depuis toujours. Nous avons les permis, et d'autres font paître leur bétail dans les champs...

— T'es-tu rendu dans la forêt dernièrement ? Il t'a peut-être échappé que nous connaissons un été particulièrement rude cette année. » La main de Lisbet se referme sur la taille de Henne. « Les fleurs sauvages fanent vite, lorsqu'elles parviennent à pousser. Et plus à l'est, au monastère, c'est tous les jours que les vingt-quatre acres de maïs et de pavot demandent à être arrosés. »

Soudain, Lisbet comprend tout, aussi clairement que si elle avait pu lire cette lettre de ses yeux. C'est une réclamation ancienne, qu'on leur réitère tous les deux ans environ : tout, depuis leurs abeilles jusqu'à leur miel, est considéré par les moines d'Altorf comme un vol. À dire vrai, les moines eux-mêmes pourraient être dits voleurs, puisqu'ils détournent le cours de la rivière pour préserver leurs champs de la sécheresse, tarissant par là tous ses affluents.

« Cette question a été tranchée, répond Henne. Ma femme s'est expliquée. Nos nouvelles ruches sont habitées par des abeilles sauvages qu'elle a elle-même capturées.

— Il ne s'agit pas des abeilles, dit Plater. Es-tu sûr de ne pas vouloir m'entendre lire cette lettre ? »

Lisbet resserre son étreinte sur la tunique de Henne, mais celui-ci s'écarte.

« La situation m'est parfaitement claire. Seulement, il n'existe aucun filet, aucune clôture capable de retenir de pareilles créatures. Et ce sont bien mes abeilles qui butinent où elles le peuvent, qui nous donnent ce que nous récoltons, ce sont bien mes mains qui pressent leur cire, pas celles des moines.

— Et les moines affirment que toutes ces choses ne sont rendues possibles que par leur biais, rétorque Plater. C'est la raison pour laquelle tu dois te rendre à Heidelberg pour signer le contrat qui l'atteste.

— Je ne signerai rien.

— Tu peux toujours déposer une requête à Heidelberg, reprend Plater d'une voix lasse, ayant maintenant compris que Henne garderait son sang-froid, qu'il s'abstiendrait de répondre par la violence. Mais je doute que tu y trouveras l'aide que tu espères. Il serait selon moi plus sage de te faire à l'idée qu'une partie de tes ruches va passer aux mains du monastère.

— Mais ces ruches sont à nous ! » s'écrie Lisbet sans même avoir le temps de ravaler sa colère.

La panique lui trouble la vue.

« À Dieu et à personne d'autre, énonce froidement Plater. Comme ton époux l'a dit lui-même. Et le monastère siège dans l'estime de Dieu plus haut que n'importe quelle ferme. À Heidelberg, tu pourras en faire le constat.

— Ton orgueil est devenu si grand que je m'étonne de te voir encore passer les portes, rétorque Henne.

— Heinrich », aboie Sophey, outrée.

Le sourire en coin de Plater ne disparaît pas, mais une ombre passe dans son regard.

« Tu as toujours fait preuve d'une telle arrogance, Heinrich Wiler, répond-il d'un ton maîtrisé – une flèche armée sur un arc. Peut-être as-tu oublié à qui tu t'adresses ? Peut-être as-tu oublié sur quelle terre tu te tiens, une terre empruntée, habitée par des abeilles volées, par une femme inféconde et une pécheresse – une terre, non, il vaudrait mieux parler de sables mouvants. Et ceci (il se penche en avant et tape sur le parchemin qui, à présent, tremble dans son poing serré), je l'espère, saura te rappeler ta place sur l'échelle de la vie. »

Une femme inféconde. Une pécheresse. La panique qui brusquement avait éclos s'aiguise, se transforme en haine. Lisbet aimerait voir son époux chasser cet homme sans ménagement, voir sa botte broyer son visage narquois dans la poussière jusqu'à lui faire cracher ses dents. Elle-même serait prête à le faire, quitte à le voir mourir. Pourtant, Henne ne prend pas sa défense, et pas non plus celle d'Agnethe. Lisbet sent sa bouche se remplir d'un goût amer.

« Mon père a acheté cette terre, et c'est moi qui élève ces abeilles. Toi et ton conseil n'avez aucun droit sur ce domaine, reprend Henne.

— Va donc le dire à Heidelberg.

— J'irai.

— Par pitié, non ! » s'écrie Sophey.

Plater ricane.

« Si tel est ton souhait, tiens-m'en informé et je leur ferai savoir ta venue. Tu disposes d'un jour pour prendre ta décision. Je ne ferai pas attendre les XXI plus longtemps. Brant suit l'affaire en personne. »

Il jette la chope vide sur la table et sort aussi brusquement qu'il était entré. Comme par réflexe, Agnethe la stabilise, tandis que la porte claque derrière lui.

« Henne, fait Sophey d'une petite voix. Qu'allons-nous faire ? »

Mais pour toute réponse, Henne attrape son sac pendu au crochet et quitte précipitamment la pièce. Sophey lui emboîte le pas, laissant Agnethe et Lisbet seules dans un silence sidéré.

Agnethe s'écroule sur le banc, près de Lisbet. En la voyant ainsi, tremblant de tout son corps, Lisbet se demande pour quelle raison Plater la terrorise autant. Porte-t-elle aux abeilles un amour similaire au sien, ressent-elle la menace qui pèse sur elles comme une menace contre sa propre personne, contre son propre bonheur ? À cette idée, la crainte s'empare d'elle – un sentiment de possessivité qu'elle n'est pas en droit d'éprouver.

Puis, furtivement, son regard se pose sur le visage d'Agnethe, sur la courbe de sa mâchoire crispée, mais il n'y a là aucune peur. Ses yeux brillent plutôt de colère. Tout à coup, une idée la frappe : peut-être avait-elle tort. Agnethe n'est pas le lièvre, mais le renard.

Trois

Le sang fait battre des coups sourds dans ses oreilles. Pendant ses précédentes grossesses, elle avait toujours veillé à tempérer ses émotions, mais à cet instant sa fureur et sa terreur sont irrépressibles. Quand elle saisit le balai, ses mains tremblent.

« Laisse-moi faire », lui dit Agnethe. Son visage n'exprime aucune émotion. « Assieds-toi.

— Je n'ai pas besoin de m'asseoir », répond Lisbet en s'appuyant sur la table.

D'un geste ferme, Agnethe lui prend le balai des mains. Même si Lisbet ne peut l'en empêcher, elle reste debout, marque de défiance, tandis qu'Agnethe balaie les morceaux d'assiette avant de les jeter dans les braises du foyer. Une vague de chaleur leur saute au visage, comme un chien démoniaque leur léchant la joue.

« A-t-il toujours été aussi cruel ? »

Agnethe ne la regarde pas.

« Il l'est devenu avec le temps.

— Ida ne change pas, elle, poursuit Lisbet qui se sent envahie par le même sentiment de possessivité qu'elle avait éprouvé en évoquant les abeilles. Toujours aimable, toujours constante. »

Vigoureusement, Agnethe balaie le sol ; ses mains sur le manche sont exsangues. Lisbet reste à l'observer pendant quelques instants.

« Je présume que ce n'était pas l'accueil auquel tu t'attendais. »

Ricanement tranchant.

« Au contraire, c'est exactement ce que j'avais anticipé. »

L'ironie est si bien dosée que Lisbet se permet un sourire, malgré la cruauté de cette annonce. Elle ramasse une brosse à récurer, s'en sert pour jeter par terre les miettes restées sur la table afin qu'Agnethe les balaie.

« Il est décidé à se rendre à Heidelberg. »

Campée dans l'encadrement de la porte, Sophey les toise toutes les deux du même regard accusateur, comme si c'étaient elles qui avaient provoqué son départ.

« Quel autre choix aurait-il ? demande Lisbet, les mains crispées sur la brosse. Nous ne pouvons perdre la ferme.

— Nous n'aurions pas perdu la ferme, rétorque Sophey. Seulement les abeilles. »

Lisbet jette bruyamment la brosse par terre ; ses nerfs à vif bourdonnent.

« Ces abeilles *sont* la ferme, ce grâce à quoi nous vivons.

— Avant ton arrivée, nous ne possédions pas la moitié de ces ruches, répond Sophey. Des betteraves poussaient sur les terres qu'elles occupent à présent. Et c'était très bien ainsi.

— Je sais comment vous viviez », marmonne Lisbet.

Elle est une corde usée sur le point de céder. Le retour d'Agnethe, l'incursion de Plater, le bébé accroché à ses côtes, toutes ces choses ont réduit sa patience à néant. Les abeilles sont l'ancre qui l'arrime à cette ferme, à cette vie dans laquelle elle dérive sans enfant. Il n'y a qu'à elles – qu'elle soigne, qu'elle écoute, qu'elle observe, folles, dans leurs danses insondables – que Lisbet doit d'être encore saine d'esprit. Perdre ses abeilles, pour elle qui a déjà tant perdu, serait perdre la raison.

« Il doit y aller, Mutter, dit Agnethe. Tu ne peux te laisser prendre tout ce que vous avez construit.

— Tu devrais pourtant savoir mieux que quiconque, répond Sophey dans un élan de fureur, que s'opposer aux XXI, c'est s'opposer à Dieu. Regarde donc où cela t'a menée. »

Agnethe, tout à coup, se fige parfaitement, comme elle l'a fait devant Plater – sans doute une attitude acquise à l'abbaye. Lisbet l'imagine, cette grande femme mutilée, dans les couloirs obscurs, refroidis par l'air des hautes montagnes, s'entraînant à devenir invisible. Est-ce ainsi que l'on expie un péché ? En travaillant à s'effacer du monde que l'on habite ? Il est vrai que Sophey et Henne ont agi comme si Agnethe n'existait pas durant ces sept ans ; Lisbet avait pris part à leur mascarade sans se poser de questions. À peine a-t-elle déjà prononcé une prière pour Agnethe. Elle revoit le pain, ces mains puissantes qui l'ont empêchée de trébucher, et sent monter en elle un élan protecteur envers sa nouvelle sœur. Elle fera sa connaissance. Elle lui montrera qu'elle la voit.

« Agnethe a raison, dit-elle. Nous n'avons pas le choix. Nous devons nous battre. »

De la bouche édentée de Sophey surgit un bruit de succion. Henne est revenu, chargé de son sac pendu à son épaule et muni de ses hautes jambières sanglées à ses tibias pour le protéger des projections.

« Ne nous quitte pas si vite, dit Sophey. Si tu pars, nous devons te préparer du pain et des bénédictions que tu diras sur l'autel de Heidelberg. Demain, rends-toi à la cathédrale pour prier avec Agnethe.

— Nous n'avons pas le temps…

— Nous avons toujours le temps pour prier. » À ces mots, Sophey se radoucit presque instantanément. Elle pose sur l'épaule de son fils une main tordue, aux doigts abîmés, à la peau rêche, qui demeure ainsi recroquevillée sur son vêtement rapiécé. « Si tu dois partir, pars au moins en ayant devant toi une pleine journée de lumière.

— Je voyagerai de jour comme de nuit, insiste Henne. Nous n'avons pas de quoi payer des tavernes et des gîtes.

— Tu coucheras dans les églises, tranche Sophey d'un ton ferme. Tout le monde dit que Joss Fritz se dirige vers le sud. Il n'est pas prudent de sortir de nuit. »

Bien qu'à peine deux mois plus tôt plusieurs prêtres aient été poignardés par des rebelles entre les murs d'une église, et bien qu'il soit davantage susceptible de se joindre à la révolte que de se rallier aux XXI, Henne pousse un grognement en signe de capitulation, puis dépose son sac sur la table tout juste brossée.

« Demain, donc, déclarc-t-il, comme si ce départ était prévu de longue date. Aux premières lueurs, Agnethe.

— Va au moulin, demande Sophey. Pour l'annoncer à Plater. Peut-être qu'il...

— Agnethe attendra dans la charrette, l'interrompt Henne avec impatience.

— Et moi aussi », intervient Lisbet, prête à tout pour se libérer de cette maison brûlante et de l'atmosphère tendue que Sophey y fait régner. Une visite au moulin de Mathias Metz est une visite à Ida. « Je viendrai avec vous. »

Henne s'assoit pour desserrer les sangles de ses jambières.

« Lisbet ira au marché vendre quelques bougies et un peu de cire à cacheter. Je me charge de les préparer.

— Laisse-moi donc les... », intervient Lisbet, soulagée à la simple idée de pénétrer dans le pressoir, de sentir le parfum entêtant de la cire et du miel.

Mais Henne est déjà sorti. Aussitôt, Sophey lui tombe dessus.

« Il prend des risques insensés pour nous et tu accepterais de le voir partir comme ça, tout d'un coup ? » Ses mains fendent l'air, coupant court à toute protestation de Lisbet. « Tu as entendu comme moi les mises en garde à l'église. Les rebelles sont pendus par centaines ces derniers temps, et pourtant, ils pullulent encore. Geiler l'avait prédit. Sous cette chaleur, tout pourrit. »

Elle parle comme si Lisbet ne connaissait pas cette prophétie, comme si elle n'avait pas entendu de ses propres oreilles les mots tristement célèbres de ce Geiler que Sophey aime tant, qui, depuis ce jour où la comète avait détruit une année entière de maïs à Ensisheim, avait proclamé que la gangrène engendrerait la gangrène. Le maïs même du champ de son père, la nuit où Lisbet était née. Leur champ n'avait plus jamais rien donné. Mais Sophey ignore toutes ces choses.

Sophey a beau penser le contraire, à l'église Lisbet écoute les sermons du père Hansen. Plus encore, elle voit le désastre de ses yeux lorsque Ida et elle traversent les bas-fonds de la ville. La puanteur, les maladies et les bébés, tant de bébés au teint cireux, à peine capables de crier. Le père Hansen leur dit qu'en ville les femmes noient leurs nouveau-nés et, dans ses rêves, Lisbet se voit les repêcher, un filet à la main, pour leur sauver la vie.

« C'est précisément pour cela que nous devons garder nos abeilles, rétorque Lisbet avec une audace dont elle n'aurait sans doute jamais pu faire preuve sans l'exemple d'Agnethe. Elles sont bien les seules créatures à ne pas souffrir de la chaleur. Sans elles, nous nous retrouverions comme tous les autres paysans, à la merci des caprices du ciel.

— Comme mon mari ? crache Sophey. Tu es si fière de toi de nous avoir détournés de nos choux et betteraves pour implanter tes abeilles. Mais mieux vaut perdre des abeilles qu'un fils. Si tu étais mère, tu le comprendrais. »

Son souffle se coupe à ces mots. Des plaques brûlantes empourprent son visage, une brusque envie de tout rendre, là, sur le sol propre, la saisit. En sortant, elle bouscule Agnethe qui se tient impassible près de la porte et marche jusqu'à la forêt, aussi vite que son ventre le lui permet.

Dans son dos, les appels des deux femmes résonnent, des cris doux pour Agnethe, furieux pour Sophey, mais le sang dans les oreilles de Lisbet est un rugissement et son ventre tangue sous la nausée. Se laisser aller à pleurer ou à hurler serait trop risqué. Il n'existe qu'un seul endroit où ces choses sont permises, sans personne pour la voir ni la juger.

Les ruches bourdonnent tranquillement, les abeilles sous cet air lourd languissent. Les coupelles ont été remplies récemment et, pour une fois, Lisbet se réjouit de se voir épargner cette tâche. Une douleur aiguë la transperce, sous les côtes précisément, et l'accompagne au rythme de ses pas tout au long de son chemin, à mesure qu'elle s'enfonce dans les bois. Seulement quelques mètres plus loin, la forêt se fait déjà plus dense. Elle repère un arbre à papier au tronc lisse dont l'écorce se détache en lambeaux duveteux, et s'en sert pour y prendre appui le temps de vomir. Elle demeure ainsi accrochée jusqu'à ce qu'il ne reste plus rien en elle, plus rien que le bébé et son propre cœur battant.

Étourdie, elle repose son front contre l'écorce. Elle est aussi chaude que son sang. Elle entrelace ses doigts moites sous son ventre pour soulager son dos. Sa colère aussi est volumineuse, et brûlante comme un nuage de fumée. *Si tu étais mère…*

Mais je le suis, pense-t-elle. *Plusieurs fois*. Chacun des enfants qu'elle a perdus, Lisbet les aime malgré leur absence, bien qu'elle n'ait jamais vu d'eux que du sang ou des corps sans vie – *mais n'est-ce pas suffisant ?* Elle sait que Sophey a perdu des enfants, que la plupart des femmes en ont perdu, qu'Ida est l'une des rares à avoir mené toutes ses grossesses à terme. Néanmoins, si d'autres mères aux bras vides existent, Lisbet ne les a jamais rencontrées, n'a jamais rencontré personne connaissant comme elle le poids d'un tel vide.

À l'intérieur, l'enfant bouge. Elle avait pris l'habitude de les imaginer comme des poissons nageant au milieu de ses profondeurs, mais préfère désormais les voir comme des arbres aux grosses racines. Elle se masse les côtes, s'oblige à redresser le dos.

Le plus raisonnable serait de rentrer à la ferme. Elle connaît le chemin jusqu'à son arbre aussi bien que les lignes de sa main, pourrait l'accomplir les yeux fermés ou même de nuit, mais le désespoir qui règne en ville a rendu la forêt dangereuse. Nombreux sont ceux parmi les métayers des XXI à ne pas avoir pu plaider leur cause à Heidelberg. Les expulsions menées par Plater et ses acolytes ne cessent de se multiplier. Pourtant, renoncer à la forêt serait renoncer à son arbre, une perspective que Lisbet ne peut envisager. Alors, sous le soleil ardent dont les rayons tamisés forment sur ses épaules une nuée de points, elle continue d'avancer.

Le chemin est invisible à tout le monde sauf elle, et difficile. Les arbres sont énormes et couverts d'épines, le sol est creusé par les courants souterrains qui, les mois de pluie, se muent en rivières. D'autres endroits isolés, plus faciles d'accès, existent aux abords de la route de Strasbourg ; c'est la raison pour laquelle son sanctuaire est resté si préservé.

Elle a l'impression d'être une abeille qui dans l'air trace son itinéraire, d'être un oiseau tissant le chemin de son nid, s'arrêtant à tout instant à l'affût de bruits de pas ou d'un autre signe de présence. Car être seule ici est un impératif. À la seconde où ses sabots s'enfoncent dans cette mousse qu'elle connaît si bien, son cœur se serre. Elle se fraye un passage au milieu des ronces, les referme comme une barrière contre les animaux et pénètre dans la petite clairière. Tout est aussi calme et ombragé que dans une église.

Là, au centre, se dresse un tilleul au tronc massif dont les branches servent de support à une plateforme. Un arbre à danser. Cette scène, que Lisbet a elle-même restaurée, trône sur les plus hautes branches, s'avance dans le vide comme la proue d'un bateau échoué. Tout autour pendent les rubans noués pour ses bébés, douze lambeaux de coton prélevés sur le premier vêtement qu'elle leur avait confectionné et teint dans les coloris les plus vifs qu'elle avait pu tirer des betteraves et des ailes de blatte broyées.

Ce sont les abeilles qui l'ont menée ici. Encore une autre bonne raison de les aimer. Un jour où Henne se trouvait à Colmar pour livrer de la cire, alors qu'elle attendait leur troisième enfant, à la fois pleine de douleur et d'espoir, elle avait découvert cet essaim qu'elle avait pris pour l'un des leurs. Croyant avoir affaire à des déserteuses échappées des ruches de Henne si durement gagnées, elle les avait suivies dans la forêt, munie d'un sac de jute et d'un fagot de romarin fumant pour les reconduire jusqu'à la ferme. Mais une fois les buissons épineux franchis, elle avait découvert la colonie sauvage qui vivait dans l'une des branches creuses qui servaient de poutre à la plateforme vermoulue.

Elle avait aussitôt identifié ce qui se trouvait sous ses yeux : un arbre à danser. L'arbre des damnés, relique des païens qui célébraient leur culte dans des églises à ciel ouvert, sous l'œil de Dieu. Mutti lui avait raconté que certains étaient encore debout. Peu avant sa mort, elle avait envoyé Lisbet fouiller les taillis entourant leur champ frappé par la malédiction de la comète dans l'espoir d'en trouver un. Mutti, à cette époque, ne croyait déjà plus aux rebouteux ni aux prières, préférait se fier aux pouvoirs des anciens pour soulager les douleurs qui irradiaient en permanence dans ses pieds et venir à bout de ces plaques de sang qui se formaient sous sa peau comme de malignes ecchymoses.

Lisbet avait échoué. Ce n'est que plus tard, trop tard pour Mutti, qu'elle en avait trouvé un. La branche qui abritait la colonie est complètement vide désormais, bouchée par des bâtons enduits de goudron pour empêcher les abeilles de revenir, pour obliger la nuée à migrer vers leurs ruches et leur donner la plus douce des cires. Henne doit obtenir gain de cause à Heidelberg. Autrement, Lisbet aura le cœur à jamais brisé.

Le sol est jonché de feuilles et d'offrandes. Lisbet, comme une pie voleuse, apporte à ses bébés des objets qu'elle dépose au pied de l'arbre : cailloux striés de lignes gracieuses, plumes, fleurs séchées maintenues sous des galets. Elle avait autrefois coutume d'y rattacher des superstitions, d'y voir des promesses, des enjeux – *Si je trouve une fleur à sept pétales, alors mon bébé tiendra. Si je parviens à coupler deux pierres cerclées d'un anneau blanc, alors mon bébé vivra.* Mais les échecs répétés ont eu raison de ce rite. Désormais, Lisbet ne prête plus d'attention particulière ni à la nature des objets qu'elle offre ni à la manière dont elle les dispose dans l'ombre.

Ce jour-là, elle accroche les plumes trouvées dans la chambre d'Agnethe à l'écorce du tilleul. Elles sont aussi douces et duveteuses que les cheveux d'un bébé. Elle débarrasse le sol des brindilles et des feuilles tombées. La voûte formée par les branches de l'arbre rend la clairière aussi silencieuse qu'une église. Puis, la tête courbée, elle s'approche de l'autel qu'est son tronc et pose dessus une main légère. Miraculeusement, le tronc est frais. Retirer sa main lui demande un effort gigantesque.

Les marches, presque aussi raides qu'une échelle, sont pratiquement noires. Sous ses pieds, leur surface, rendue glissante par le lichen, la mousse et le temps, serait froide. Mais il serait inconsidéré de monter là-haut dans son état, si grosse, même avec les branches et les planches qui renforcent la plateforme. Sa dernière visite remonte au jour où elle avait su avec certitude que ce bébé était en elle, après deux absences dans ses menstrues. Immobile, le front posé contre la rambarde de fortune, elle avait prié.

À chaque nouveau ruban noué, elle se donne le droit de rester étendue pendant des heures sur la plateforme, mais elle ne dispose aujourd'hui que du temps nécessaire pour faire une fois le tour de son tronc. Ces quelques instants lui suffisent pour se rappeler que Sophey, malgré ses convictions, malgré le ressentiment qu'elle lui voue, ne peut l'obliger à nier la vérité nue que représentent ces rubans, que représente cet endroit caché au fond de son cœur depuis si longtemps.

•

Le lendemain, la chaleur semble plus forte que jamais. Henne siffle un air au hasard, concentré sur le chemin que des semaines de soleil ont rendu dur, impitoyable, semé de traîtres fondrières. La mule et le cheval peinent à accorder leur pas, la charrette dévie sans cesse vers la gauche, en direction des grands arbres. Agnethe, le dos raide, est assise à côté de Lisbet, la sœur comme le frère aussi forts et inébranlables que deux piliers. Installée au milieu, Lisbet tangue, la vessie comprimée par son ventre, regrettant déjà sa décision d'accompagner Henne.

À l'intérieur de la grande charrette est entreposé un faisceau de bougies soigneusement enveloppées, assez pour éclairer une église modeste pendant une semaine. À côté, plusieurs pains emballés, en grande partie confectionnés avec le restant du présent d'Ida, et quelques tranches de lard maigre séché, le tout recouvert d'un linge ciré, bien qu'aucune pluie ne semble menacer. Sophey se mordait la lèvre en les regardant partir, presque au bord des larmes. C'est en la voyant ainsi que Lisbet s'était aperçue qu'elle-même n'était habitée par aucune tristesse. Par de la crainte, à la rigueur, mais seulement pour ses abeilles et pour le bébé, qui lui avait fait passer une nuit terrible à lui pétrir les entrailles.

Le moulin de Mathias Metz se situe à mi-chemin entre Strasbourg et leur ferme. La forêt, là-bas, est plus facile à pratiquer, même avec ces racines qui serpentent vers le fleuve et menacent de faire barrage à l'eau. Couper à travers bois permet d'arriver plus vite. Ce trajet, Lisbet le connaît si bien qu'elle pourrait l'accomplir les yeux fermés. Mais, comme dans les campements montés aux abords de la forêt Noire, les hommes à pied passent, pas les charrettes. C'est la raison pour laquelle Joss Fritz et ses rebelles y sont en sécurité, tout comme elle dans son arbre. Et c'est la raison pour laquelle le voyage est deux fois plus long dès lors qu'on l'effectue à cheval.

Elle se réjouit à l'idée de voir Ida, sa maison bien rangée, ses enfants aux joues roses et le moulin de son père dont les rondins exhalent toujours une bonne odeur de pain chaud. Si la ville, ces derniers temps, ressemble de plus en plus à un décor cauchemardesque, le moulin, lui, est un lieu tout droit sorti d'un conte, érigé au croisement de la route qui mène à l'église et de celle qui mène à la ville, robuste et carré, net, pur. Quand Lisbet en revient, une pellicule blanche recouvre toujours sa chevelure brune.

Le dos d'Agnethe se raidit davantage encore lorsque se profilent au loin les contours du toit et que le bruit de la roue à aubes plongeant dans l'eau étouffe celui des sabots.

Ilse est assise dehors avec une poupée, devant la porte, à même la terre. C'est une petite fille de six ans au tempérament sérieux, alerte, qui tient de son père ses cheveux et ses grands yeux et de sa mère sa bouche large, sœur unique au milieu d'une marée de frères, comme l'était Lisbet. À l'approche de la charrette, elle se lève, s'époussette.

« Bonjour, Ilse, lance Lisbet, voyant que ni Henne ni Nethe ne se décident à la saluer. Veux-tu bien aller chercher ton père ? »

Elle attend que la fillette disparaisse à l'intérieur, déclenchant un chœur de voix enfantines, avant de se tourner vers Henne.

« Sourire à une petite fille, même cela t'est trop difficile ? »

La mâchoire de Henne se crispe. À droite de Lisbet, Agnethe demeure immobile, regardant droit devant elle, les mains enfouies sous ses aisselles, le visage marqué par une expression si semblable à celle de son frère que Lisbet en aurait ri dans d'autres circonstances.

La porte s'ouvre et Ida apparaît, visage ingénu, joue enfarinée, crinière blonde à l'air libre. À leur vue, elle se fige et bat aussitôt en retraite en s'excusant, avant de revenir avec un fichu sur la tête, comme le lui impose son mari.

« Mes excuses, Herr Wiler. » La voix d'Ida est plus aiguë que d'ordinaire. Ses mains tremblent. Elle est nerveuse, évite le regard de Lisbet. « Ilse n'a annoncé que Lisbet.

— Et c'était ton mari qu'elle devait aller chercher, répond Lisbet, amusée. Mais qu'importe, car j'espérais te voir. »

Henne hausse les épaules.

« Ne soyez pas embarrassée, Frau Plater. J'ai souvent vu votre tête découverte quand nous étions enfants.

— C'est vrai, répond Ida avec un sourire, mais sa gaieté s'envole sitôt qu'elle se tourne vers Agnethe. Bonjour, Agnethe. »

Une tension s'installe, identique à celle qui précède l'orage, quand l'air lui-même semble avoir mal juste avant qu'il ne craque. Lisbet entend Agnethe déglutir avec un bruit sec. Lorsqu'elle se tourne vers sa belle-sœur, le visage de cette dernière est habité d'un tel dégoût qu'elle en frémit. Plater attrape Ida par le poignet et la tire derrière lui, sans quitter Henne du regard.

« Tu as pris ton temps », déclare-t-il.

Ida se masse le poignet.

« Tu avais dit une journée, répond Henne. Nous sommes au matin.

— Très juste. »

Lisbet ne suit leur échange que d'une oreille. Toute son attention est focalisée sur Ida, sur son poignet endolori et ses yeux baissés, et sur Agnethe et cette animosité à peine voilée, qui semble moins dirigée vers Plater que vers sa femme. Tandis que Henne et Plater se livrent à leur piètre joute verbale, un affrontement, véritable celui-là, mais tu, éclate entre Agnethe et Ida, sans que Lisbet parvienne à comprendre pourquoi.

Henne saute de la charrette pour retirer ses harnais au cheval et sangler sa besace sur son flanc.

« Un long voyage pour rien, soupire Plater, faussement désolé. Mais j'admire ta ténacité.

— Au revoir, ma femme, au revoir, ma sœur », déclare Henne sans lui prêter attention.

Le pied sur l'étrier, il hésite avant de monter en selle. Son regard se pose tour à tour sur Lisbet, puis sur Agnethe – un regard inhabituel, plus doux que d'ordinaire, presque suppliant.

« Agnethe…, commence-t-il, mais il semble alors se raviser et se hisse sur sa monture.

— Je croyais que vous deviez vous rendre à la cathédrale pour prier, intervient Lisbet.

— Dis à ma mère que je l'ai fait. »

Et là-dessus, Henne s'éloigne, partant au galop d'un coup de talon dans les flancs de ce cheval qui, avant de le porter vers la ville où leur avenir sera décidé, avait déjà ramené sa sœur de la montagne. Mais toute la gravité de cet instant échappe à Lisbet, car une nouvelle douleur irradie dans sa vessie, l'obligeant à ajuster sa position sur le banc de la charrette.

« Si vous vous rendez en ville, je chevaucherai avec vous, déclare Plater. Le conseil doit être informé qu'il faudra attendre quelques jours de plus pour que ses abeilles lui soient rendues.

— Personne ne rendra quoi que ce soit, rétorque sèchement Lisbet avant de retrouver son sang-froid. Ida, pourrais-je avoir à boire ?

— Bien sûr, répond Ida en se hâtant vers la charrette pour l'aider à descendre. Agnethe, veux-tu également… »

Mais Ida est aussitôt arrêtée par un sifflement sec et menaçant de Plater et conduit son amie, seule, à l'intérieur. D'un geste de la main, Lisbet salue brièvement les garçons dispersés dans la pièce avant de poursuivre son chemin à travers la maison fraîche et bien rangée pour arriver jusqu'à une fosse creusée à l'arrière.

« Voilà donc pourquoi tu semblais si pressée, s'exclame Ida, appuyée contre le cadre de la porte tandis que Lisbet, accroupie, soupire de soulagement.

— Je me demande comment tu as pu porter trois enfants alors que ton père n'avait pas encore creusé ce trou, dit Lisbet en jetant une poignée de terre dans la fosse. Le chemin est trop long pour arriver jusqu'à la forêt.

— Je n'y arrivais pas toujours », répond Ida en éclatant de rire.

Puis elle se tourne vers le pâton qui repose sur la table et le soulève pour épousseter la farine restée sur le plateau, sans même prendre la peine de recueillir les grains dans le creux de sa main – l'un des nombreux avantages à être fille de meunier. Ilse, assise à ses pieds, apprend à son frère Alef comment faire un nœud, tandis que Martin les observe, un filet de bave sur le menton, et que Rolf, le dernier-né de la fratrie, dort emmailloté sur une planche posée sur la table.

Lisbet promène ses doigts sur sa joue, aussi douce qu'une plume, et résiste à l'envie de le soulever pour le humer. Elle imagine l'odeur de lait qui doit imprégner sa peau, celle de la fumée de bois prisonnière des plis de son lange propre, et ses petites cuisses chaudes s'abandonnant au contact de ses pouces. Un désir lancinant lui transperce la poitrine.

Les enfants, de la même manière qu'Ida ne leur prête aucune attention, ignorent totalement la présence de Lisbet. Une pointe de jalousie la traverse. Certaines peuvent donc porter leurs enfants, les uns après les autres, et se retrouver un jour à les laisser jouer autour d'elles sans même avoir à les surveiller, à les laisser dormir à côté d'elles d'un sommeil tranquille. Certaines peuvent donc n'avoir jamais perdu un enfant avant même qu'il n'ait pris sa première respiration. Quoi d'étonnant à ce qu'Ida ait toujours le visage aussi radieux, aussi frais, même au comble de la fatigue ? Les peurs qui habitent Lisbet font vieillir plus que n'importe quelles autres. Lisbet le voit à ses cheveux grisonnants, dont le blanc se détache sur le brun ; elle le sent dans son cœur. C'est un poids que jamais Ida ne portera. Lorsqu'un enfant ne vit pas, le vide est si lourd à porter qu'il vous donne mal aux bras.

Avant que ses pensées ne puissent se lire sur son visage, Lisbet adresse un sourire à son amie, qui lui apporte un bol d'eau pour son visage et ses mains, ainsi qu'une chope de bière légère. Lui jalouser sa maison et ses enfants est impossible, surtout pour qui connaît son mari. Lisbet chasse cette idée de son esprit.

« Que vient-il de se passer ? demande Lisbet en s'aspergeant les joues. Entre Agnethe et toi ? »

Ida esquisse un haussement d'épaules.

« Cela fait des années que nous ne nous sommes pas vues. Nous sommes redevenues des étrangères.

— Je suis plus une étrangère que toi pour Agnethe. Et elle ne m'a jamais regardée comme cela. »

Ida reste muette, travaillant son pâton avec des gestes experts et précis pour en chasser les bulles d'air. Du vivant de sa mère, la famille avait monté une petite affaire : un moulin et une boulangerie. Mais Plater n'appréciait guère de voir sa femme préparer le pain d'autres hommes. Ida ne devait pétrir que le sien.

« Ainsi donc, Henne doit se rendre à Heidelberg ? »

Lisbet hoche la tête, et repose sa chope au prix d'un grand effort. Elle donnerait n'importe quoi pour demeurer dans cette pièce fraîche, chargée de l'odeur de ces bébés et de l'odeur de la farine, pour ne pas retourner au milieu de cette fournaise, prendre le chemin de la ville. Mais voilà déjà trop longtemps qu'elle a laissé Agnethe avec ce tortionnaire de Plater.

« Je prie pour que son voyage soit fructueux.

— Il le faut », répond Lisbet, plus durement qu'elle ne l'aurait voulu.

Car sans personne pour les aider à se réaliser, les prières ne suffisent pas. Ida n'a pas l'air de le comprendre, parfois.

Machinalement, Ida soulève Rolf pour le porter à son sein, tirant sur sa manche d'une main habituée pour découvrir sa poitrine. Son épaule est laiteuse et charnue, ses seins parcourus de veines bleues. Ceux de Lisbet sont identiques, la seule différence réside dans le fait que Lisbet ignore si son enfant s'y nourrira un jour.

Rolf sur sa hanche, Ida ramasse le bol d'eau, la chope, et continue de pétrir son pâton tout en laissant téter le petit. À la voir s'occuper de ses enfants avec un tel naturel, une telle facilité, le cœur de Lisbet se serre. Quand bien même un seul de ses bébés aurait survécu, jamais Lisbet n'aurait fait preuve d'une aussi grande aisance. Malgré ce mari, quelle vie avait Ida ! De la farine moulue chaque jour, un puits pour se fournir en eau fraîche, et plus encore : elle-même, sa personne, si belle, si gentille. Si Lisbet ne l'aimait pas, à coup sûr elle la haïrait.

« Faut-il vraiment que tu te rendes en ville ? demande Ida.

— Nous devons y troquer des bougies qui sont en train de fondre au moment où nous parlons, je t'en fais le pari.

— Je te les aurais volontiers échangées contre de la farine, mais tu sais qu'Alef refuse désormais que nous fassions commerce de notre production.

— Je le sais, oui.

— Es-tu sûre de ne pas vouloir rester plus longtemps ? Pour prendre un peu Rolf contre toi ? »

Son regard descend vers l'enfant accroché à son sein, mais Lisbet refuse de s'imaginer avec ce petit corps chaud entre les bras. À la place, elle saisit le bord de la table, dur, plat, tout le contraire d'un bébé.

« J'ai promis d'accompagner Agnethe à la cathédrale.

— Dans quel but ? demande Ida avec, une fois encore, une indifférence feinte.

— Elle doit prier pour achever sa pénitence.

— Et tout cela sera alors derrière elle », remarque Ida.

Mais son ton s'est soudain durci, presque teinté d'aigreur. Le visage de Rolf s'est détourné de son mamelon, laissant entrevoir la large aréole, du même rose sombre que l'intérieur d'une fleur. Puis, de nouveau, sa bouche s'entrouvre à la recherche du sein à téter.

« Est-ce que tout va bien, Ida ? »

Son amie pose sur le bébé agité un regard presque absent, avant de faire cesser ses gémissements en lui redonnant son sein.

« Très bien », répond-elle en posant un baiser sur la joue de Lisbet. Lisbet manque de défaillir en sentant l'odeur du lait, du bébé. « Nous nous reverrons après, dans ce cas. »

Quatre

Bien que moins large de carrure que Henne, Plater s'étale tellement sur le banc de la charrette que Lisbet se retrouve presque sur les genoux de sa belle-sœur, dont la hanche pointue s'enfonce dans le haut de sa cuisse rebondie. À l'instant où Lisbet est sortie du moulin, Agnethe a sauté à terre pour l'aider à monter à bord – un geste qui visait en réalité à éviter de se retrouver assise à côté de Plater, soupçonne Lisbet. Les mains de ce dernier sont gantées malgré la chaleur, son front est trempé de sueur, son odeur de fumée et de cuir est aussi étouffante que celle de l'encens qu'on brûle à l'église.

Alors que la charrette bifurque à droite, vers Strasbourg, la forêt semble peu à peu reculer telle une armée battant en retraite. À l'embranchement se dresse un poteau auquel est suspendue une cage vide, brillante. Le métal doit être bouillant. Un jour, Lisbet y avait aperçu une femme dont la colère serrait le visage comme un étau.

Agnethe se retourne pour suivre la cage du regard. Lisbet la sent trembler. Ses lèvres remuent.

« Pourquoi pries-tu, Agnethe ? demande Plater. Sûrement pas pour les pécheurs ? »

Agnethe se détourne.

La route se poursuit en pente douce, les trois passagers s'adossent tandis que la mule, soufflant et sifflante, dérape légèrement sur la terre encroûtée. Agnethe tend le bras vers l'arrière pour replacer son linge protecteur sur le paquet de cierges secoué par les cahots. Lisbet cherche dans l'air l'odeur qui lui indiquerait que la cire a fondu. Elle aimerait pouvoir faire accélérer la mule, mais Plater s'est approprié les rênes comme si la charrette lui appartenait.

« Cette cage ne restera pas vide très longtemps, ajoute-t-il bien après qu'ils l'ont dépassée. Elle renfermera une femme, prise alors qu'elle volait les clous sur la porte d'une église. Une église ! Quelle ville de dépravés. »

Le ventre de Lisbet se tord. Elle la voit, voit cette femme qu'elle se représente, sans même savoir pourquoi, sous les traits de sa mère dans les derniers instants de sa vie, au pire de sa maladie ; elle voit une femme aux ongles cassés à force d'avoir trituré ce métal planté dans le bois, des échardes enfoncées dans la chair comme les morceaux de coquille d'œuf plantés sous les ongles d'Agnethe.

« Tu as de la chance, Agnethe Wiler, que ce soit moi qui, voilà toutes ces années, ai demandé ton exil dans les montagnes. Les pécheurs, de nos jours, sont plus sévèrement punis qu'autrefois. Sebastian Brant dirige le conseil d'une main de fer et estime que la crainte de Dieu doit être réinstillée dans leur cœur, car, sans cela, ces gens n'obéiront jamais. »

Plater parle comme s'il se considérait comme un membre des XXI, lui qui n'est en réalité qu'un simple homme de main. À côté de Lisbet, Agnethe est redevenue pierre. Lisbet retient son souffle, espérant que surviendra enfin la révélation des crimes commis par Agnethe. Mais Plater ne les évoque que par allusions.

Alors que la charrette atteint le bas de la colline, les flèches de Notre-Dame apparaissent au loin. Plater se signe. Lisbet et Agnethe l'imitent. Lorsqu'elle les avait aperçues pour la première fois, Lisbet avait été émue aux larmes de découvrir que le monde pouvait receler une telle beauté, une telle grandeur. Il n'existait rien de semblable dans les champs de son père et alentour ; les seules silhouettes plus élevées que leur ferme étaient celles des arbres, et leur église n'était faite que de bois et de torchis – une église qui servait d'étable par les hivers les plus rudes. Lisbet avait vécu ce moment comme si Henne l'avait sortie d'un puits, l'avait coupée de ce malheur qui la suivait à la trace comme un chien.

Le bruit court que les fermiers dont les troupeaux ne supportent plus la fournaise de l'étable emmènent à présent leurs bêtes trouver la fraîcheur sur ces pierres sacrées. Les hautes flèches de la cathédrale percent peut-être le ciel, mais voilà qui n'empêche pas Lisbet de se voir bien vite ramenée à des préoccupations terrestres.

L'odeur arrive comme un nuage venu du Rhin, qui scinde la ville à l'est. C'est une odeur brune et visqueuse, chauffée par le soleil, une odeur qui, à mesure qu'ils pénètrent dans la ville, prend corps, impose son souffle et ses entrailles. Chaque semaine ou presque, Lisbet accomplit ce chemin avec Ida pour se rendre dans les bas-fonds, à la limite des faubourgs, mais chaque fois pourtant, cette puanteur lui fait l'effet d'une gifle. Tout en fronçant le nez, Agnethe étouffe discrètement un haut-le-cœur en enfouissant son visage dans sa manche. Seul Plater demeure impassible.

« Trouvez-vous la ville changée, Fräulein ? Je présume que l'air n'y est pas aussi pur que dans les montagnes. »

Lisbet aimerait pouvoir le faire taire, même s'il lui plairait de connaître la réponse à cette question. Elle-même a assisté à la déliquescence de Strasbourg, qui pourtant s'était déjà enclenchée avant son arrivée. Avoir rejoint la ferme, non loin de la ville, l'avait sans doute rendue plus attentive. C'était après un voyage dans cette même charrette, aux côtés de Henne, tirée par cette même mule, qu'elle avait poussé la porte de sa nouvelle vie. Les rues portaient encore les traces de la famine de l'hiver précédent, jonchées de petites croix là où des hommes et des femmes étaient morts gelés sur les pavés.

Il y a eu plus et il y a eu pire depuis – les blessés de guerre pourrissant dans les hospices, leurs yeux vides et leurs bouches d'où ne sortaient que des histoires de Turcs. Mais les histoires les plus violentes sont celles de ces morts laissés sans tombe, dont les esprits retournent aux forêts et aux champs, légions enragées hurlant à leurs pairs, réclamant justice. Lisbet veut bien y croire : le monde sillonné par des diables. Strasbourg, en cet été, en chute libre vers l'enfer.

La charrette est arrivée à la hauteur des masures, empilements précaires de bois et de chaume tenus par des cordes pourries ou laissés à ciel ouvert, à la merci des éléments. Herr Lehmann et son épouse dorment recroquevillés sur le pas de leur porte ; Lisbet sait qu'à l'intérieur se trouvent huit enfants, sait qu'ils ont rongé jusqu'à l'os le poulet décharné qu'elle leur avait apporté cinq jours plus tôt, qu'ils auront fait cuire sa carcasse ridicule jusqu'à la réduire en bouillie.

Les choses n'ont pas toujours été ainsi, comme Sophey s'applique à le dire. Autrefois, Strasbourg était estimée par le pape, recevait des fonds pour pouvoir prospérer, comme l'avait fait Heidelberg. Et puis, Lisbet était arrivée et, avec elle, les premiers signes de damnation. De plus en plus de famines l'hiver, de mildiou l'été, de pestes, de pourrissements, de disettes. Personne à part Sophey ne semble voir la réalité – cette pourriture que Lisbet porte au fond d'elle comme du sel qu'on y aurait versé, comme une arête coincée au fond d'une gorge : une malédiction. Au milieu des champs de son père mutilés par la comète, être habitée par ce mal paraissait plus supportable, même si sa mère l'avait vu elle aussi, avait prié pour Lisbet jusqu'à en perdre ses forces et sa raison. Lisbet retire ces pensées de sa tête comme elle retirerait des poux. Elle ne peut pas, ne doit pas se perdre dans ces ténèbres gorgées d'eau. Pas avec cet enfant en elle.

Le paysage n'a rien de plus reluisant alors qu'ils approchent des dédales qui constituent le cœur de la ville.

Les miasmes forment un nuage épais comme le brouillard, les rayons du soleil, partout où ils tombent, donnent aux objets des reflets jaunâtres. Lisbet tressaille tandis que la charrette parcourt les ruelles. De temps à autre lui parviennent les effluves sucrés d'une petite église privée, ou bien ceux d'une boulangerie, mais ces odeurs s'entremêlent aux autres, comme des fils d'or au milieu d'une corde putride. Seule la cathédrale semble avoir été épargnée, ses pierres couleur miel, du beige le plus pur, étincelant au-dessus des toits qui les encerclent.

Lisbet redresse le dos. La mule dirigée par Plater a quitté les faubourgs pour pénétrer sur la grand-place du marché. Notre-Dame, en arrière-plan, surplombe la scène, l'air est saturé de mouches, aussi nombreuses que les corbeaux au-dessus des champs de son père. La foule est plus dense que jamais, des corps serrés les uns contre les autres, partout, mais les étals sont vides. Pas un morceau de viande, nulle part, juste des salsifis rabougris et quelques maigres épis de seigle. Seul le bois est vendu en abondance, un bois que personne n'achète par cette chaleur, et que tout le monde couperait de toute façon soi-même, avec la forêt si proche.

Plater tire sur les rênes pour arrêter la mule. Il les relâche, saute d'un pas léger sur la terre sèche et balaie l'horizon du regard, comme si tout ce que ses yeux pouvaient embrasser lui appartenait. Une bande de jeunes garçons accourt en jouant des coudes, paumes tendues, mais Plater les repousse ; à croire qu'il n'a jamais eu le même âge qu'eux.

« Priez bien », déclare-t-il avant de se frayer un chemin en direction de l'hôtel de ville.

Lisbet sent Agnethe fondre de soulagement.

Pendant que cette dernière s'en va récupérer les cierges, elle pose une pièce dans la main du plus petit des garçons en lui demandant de veiller sur la charrette. Elle l'a reconnu : c'est Daniel, le fils aîné de Herr Lehmann. Le reste de la bande se disperse en poussant des jurons tandis que Daniel se poste fièrement près de la tête de la mule, la main sur les rênes. Ses doigts ne sont plus que des os et, sur son visage blême, deux creux ont remplacé ses joues. Herr Lehmann, en dépit des protestations d'Ida, vend les dents de ses enfants à des négociants et à des rebouteux.

Lisbet se ressaisit.

« Allons-y, commençons par Mathias, sinon nos cierges fondront à cause de la chaleur. »

Sa robe trop longue traîne sur le sol jonché d'immondices. Pourtant, aucun animal à l'horizon. Elle se demande – mais pas assez furtivement pour ne pas trouver la réponse – d'où proviennent tous ces excréments.

Elles arrivent enfin devant Mathias Metz, un homme dont la corpulence contraste étrangement avec la maigreur de sa fille, maintenant voûté par l'âge et laissant apparaître de longs ongles au bout de ses doigts courts grâce auxquels il pioche la farine pour montrer la finesse de son grain. Son étal est le seul à être bien achalandé – un privilège dû tout autant à l'influence de Plater qu'à son dur labeur. Mathias ne les regarde pas approcher ; son attention est attirée par un attroupement au centre de la place. Même au moment où Lisbet et Agnethe font halte devant son étal, ses yeux bleus embués restent braqués au loin.

« Herr Metz ? » demande doucement Lisbet pour l'interpeller.

Lui qui autrefois était un homme vif a perdu au fil des ans de sa sagacité, son cerveau désormais émoussé comme la meule de son moulin. Son corps est resté fort, mais la vue et l'esprit lui font défaut.

Il tourne vers elles son regard vitreux.

« Lisbet ? »

Il y a de l'hébétude dans sa voix.

« Oui, Herr Metz, c'est moi. Je vous ai apporté des cierges. Pouvons-nous avoir deux sacs de farine en échange ?

— Oui, oui », répond-il en levant la main pour lui tapoter gentiment l'épaule et mieux estimer la distance qui les sépare.

Puis il se baisse vers les sacs fermés par des nœuds. Mais, au même moment, ses doigts se crispent. Ses yeux se sont écarquillés. En suivant son regard, Lisbet comprend qu'il s'est posé sur Agnethe, campée là d'un air embarrassé, son paquet de cierges dans les bras.

« Toi..., lâche-t-il, le souffle coupé. Toi. »

Agnethe avance vers lui à petits pas et lui tend les bougies. Mathias lui prend la main, lentement, avec la même précaution que celle de Lisbet rattrapant une abeille fugueuse. Il la tire vers elle, plus près, afin de pouvoir plonger ses yeux défaillants dans les siens. Au grand étonnement de Lisbet, ces yeux déjà mouillés se mettent soudain à déborder.

Mathias s'empare des cierges, puis lâche le poignet d'Agnethe, qui retombe mollement. Il se détourne pour se sécher la joue, mais aucune méprise possible : des larmes ont coulé.

« Tu es revenue, dit-il avec un tremblement dans la voix. As-tu été bien traitée ?

— Oui », répond Agnethe.

Là encore, Lisbet remarque l'émotion qui voile sa voix.

« Tant mieux, reprend le vieil homme en déballant le paquet aussi prestement que ses doigts raidis le lui permettent. As-tu..., commence-t-il, mais il s'interrompt en secouant la tête, comme s'il chassait une mouche. Prenez-en trois.

— Trois ? répète Lisbet.

— Trois sacs. Avec ma bénédiction. »

Lisbet n'a peut-être pas compris ce qui se passait entre eux, mais elle ne peut refuser ce geste.

« Il nous faut d'abord nous rendre à la cathédrale, dit-elle. Merci, Mathias. Nous les prendrons sur le chemin du retour.

— J'ai prié », ajoute le vieil homme. Ses yeux sont toujours humides. « Tous les jours. Et je prie encore.

— Merci », souffle Agnethe, mais alors qu'elle semble sur le point de tendre le bras pour le toucher, elle se tourne vers Lisbet et lui indique les marches de Notre-Dame.

Elles se lavent les mains au bassin de pierre situé devant l'édifice, dont l'eau est chaque jour renouvelée. Peut-être les paysans se servent-ils de ce bassin pour donner l'onction à leur bétail avant de franchir le seuil de cette grotte obscure qu'est la cathédrale. Agnethe frictionne sa tête meurtrie avec l'eau tiède et poussiéreuse. Identifiable comme pénitente à son crâne chauve, elle attire les regards et déclenche des murmures, mais ne semble guère le remarquer ou du moins s'en préoccuper. Sans doute a-t-elle toujours été une femme que l'on remarque. Vu sa beauté et sa grande taille, Lisbet n'en serait pas étonnée.

Toutes deux pénètrent dans la cathédrale baignée de fraîcheur, côte à côte, comme deux jeunes mariés. La puanteur des excréments se dissipe, remplacée par l'odeur de l'encens fabriqué à partir de cet arbre qui pousse dans le désert de cette contrée que l'empire combat toujours. Une contrée lointaine où les journées sont plus chaudes encore qu'ici, raconte le père Hansen, plus chaudes encore qu'en cet été, si chaudes que le sang des Turcs bouillonne dans leurs veines et devient aussi noir que leurs cœurs, plus sombre même que leur peau. Ces hommes et femmes qu'il décrit, Lisbet en voit de plus en plus dans les rues de Strasbourg, bien qu'ils se cantonnent habituellement dans le quartier qui leur est dédié. Elle ne trouve pas qu'ils ressemblent à des démons, pas plus que sa mère à l'époque où le prêtre l'avait déclarée possédée.

La lumière est plus douce ici, un peu comme sous l'eau. À travers la rosace, les rayons brûlants du soleil se transforment en halo. Quelqu'un, quelque part, pleure. Le son qui ricoche sur les murs de pierre fait penser aux cris d'une souris entre les pattes d'un chat. Lisbet regarde autour d'elle, cherchant à identifier la source, tandis qu'Agnethe ne semble rien entendre du tout, ne rien voir d'autre que la croix d'or suspendue au-dessus de l'autel, le lit de lumière créé par des dizaines de cierges. Agnethe part dans leur direction, comme dans un rêve. Lisbet la suit en trébuchant, une pointe de fierté dans le cœur. Ces cierges, pour la plupart, sont les leurs – le travail de leurs abeilles qui, bourdonnant dans leurs ruches, ont fait venir cette cire au monde. Ce miracle surpasse tout ce dont elle a jamais pu entendre parler à l'église, ce produit qui de jour en jour se transforme comme l'eau en vin. Mais cette idée est un blasphème en soi.

Agnethe tombe à genoux sur la pierre, le sommet de son crâne penché vers l'arrière, les bras grands ouverts en un geste de supplication. Jamais Lisbet n'a vu quelqu'un prier dans une pareille position. Lorsqu'elle s'adresse à Dieu, Lisbet courbe la tête pour se faire aussi petite que possible, pour se tourner vers l'intérieur afin d'écouter ce filet de voix qu'elle croit parfois venu des Cieux et parfois, plus souvent, venu de sa mère. Garder Dieu en elle, comme d'autres savent le faire, même cela Lisbet n'y arrive pas. Agnethe, elle, prie de la même manière que dans les histoires saintes, comme si Dieu était partout et qu'elle devait se montrer à lui le plus amplement, le plus vastement possible.

Lisbet cherche du regard un prêtre, un gardien, un représentant de l'autorité prêt à surgir pour couper court à cette démonstration éhontée, mais point de robe sacerdotale à l'horizon, seulement des visages affamés. À son tour, elle s'agenouille sur la pierre lisse, si fraîche qu'elle ressent le froid à travers ses jupons. Voilà des années qu'elle n'a pas prié à la cathédrale. Avant toute chose, il conviendrait qu'elle présente ses hommages à Dieu et, sinon à lui, au moins, à cet endroit, à ces vieilles pierres et ces immenses fenêtres, à ces vitraux et ces odeurs qui la clouent au sol comme une lourde main posée sur elle.

Ses doigts s'entrecroisent pour entamer la prière, mais toute son attention est tournée vers Agnethe. Les lèvres de la jeune femme remuent vite, comme si tout ce qu'elle voudrait dire ne pouvait pas tenir dans sa tête, ne pouvait pas être prononcé dans le temps qui lui reste sur cette terre. Ses paupières ne sont pas tout à fait closes, un liseré blanc demeure, luisant à la lumière des cierges, laissant entrevoir le mouvement des pupilles, pareil à celui d'un enfant en plein rêve.

Bientôt, Lisbet ressent des douleurs aux genoux, au dos, au cou. Elle sait comme il lui coûtera de se relever, mais Agnethe ne semble pas près d'interrompre sa prière pour l'aider. Sa posture a attiré de nouveaux regards, de nouveaux murmures qu'elle n'a même pas remarqués. Elle est ailleurs, complètement.

Lisbet finit par céder. Elle ignore combien de temps encore cet ultime acte de pénitence pourra durer, et ses jambes commencent à fourmiller, à se tétaniser. Prenant appui sur le banc, elle se hisse. Le bois grince sous son poids, ses jupons se coincent sous ses pieds. Un craquement retentit : le bas de sa jupe s'est déchiré. Brusquement, bêtement, Lisbet est prise d'une envie de pleurer. Cette jupe appartenait à sa mère, qui l'avait portée, encore et encore, à chacune de ses grossesses, une jupe complètement distendue, bonne pour un ventre que Lisbet ne pensait jamais pouvoir connaître. Mais elle a fini par remplir ce vêtement, et le manque qu'elle ressent en pensant à sa mère est aussi aigu que la douleur d'un enfant qui se réveille en pleine obscurité.

Elle se détourne d'Agnethe, de l'autel, des cierges de ses abeilles, dont la lueur métamorphose la cathédrale en un lieu céleste baigné d'or, et se dirige en titubant vers la lumière crue du dehors. Arrivée à la porte, elle jette un regard en direction de sa belle-sœur, de sa toute petite silhouette, au loin. Vue d'ici, Agnethe ressemble à une immolée. Cette pensée fait frissonner Lisbet.

Elle songe à retourner voir Mathias pour commencer à charger les sacs de farine dans la charrette quand un cri attire son attention. Un enfant court en riant, suivi d'un autre, en direction d'un groupe d'une cinquantaine de personnes peut-être, installé en bordure de la place. Pour un attroupement si nombreux, le silence est étonnant. Lisbet plisse les yeux. Un nuage de poussière s'est formé au centre de la place. Les enfants ont atteint le bord le plus distant et disparu au milieu des corps plus grands. Vérifiant une dernière fois qu'Agnethe n'a pas bougé, Lisbet se lance sur les pas des enfants.

À coups d'épaule, elle se fraye un chemin dans la foule, imaginant tomber sur une Gyptienne accoutrée d'une robe outrancière ou sur l'un de ces ours capturés dans le Nord qui dansent sous les coups de fouet. Mais, autour d'elle, tout indique qu'elle se trompe : pas de huées, pas de battements de tambour. Seulement des murmures parmi les spectateurs, et une solennité commune.

Elle ignore les remarques irritées tandis qu'elle force le passage, le ventre protégé par ses deux bras. Puis un bruit, soudain, retentit par-dessus la rumeur de la foule, celui d'un objet que l'on racle, que l'on traîne, suivi d'un sanglot.

Enfin, Lisbet parvient à se rapprocher suffisamment pour voir ce qui a attiré les curieux. Les gens, au premier rang, se sont répartis en un arc de cercle grossier, formant comme un œil au centre duquel s'élève cette poussière qui retombe en nuages lourds dans l'air sans vent.

Pendant une fraction de seconde, Lisbet a huit ans et contemple dans les champs asséchés de son père la poussière dans laquelle se devinent des formes de mains, de pieds et de dents qui fondent sur elle à toute vitesse. Lisbet a douze ans, et les mains tachées par le sang que sa mère a sur les pieds. Lisbet a quinze ans, elle est au bal, ses mains sont dans celles de Henne et son cœur bat la chamade. Elle se ressaisit. Ce ne sont pas les esprits ni deux amoureux dansants qui ont soulevé cette poussière, mais une femme.

Cette femme pourrait être qualifiée de danseuse, même si ses mouvements donnent plutôt l'impression que deux cordes démoniaques enroulées autour de son corps la tirent dans un sens puis dans l'autre. Dans l'air étale, ses bras oscillent, frappent, tournoient au-dessus de sa tête. Ses cheveux projetés devant son visage ne laissent entrevoir de ses traits que sa bouche grande ouverte, ronde comme un *o* horrifié, désolé. Ses jambes la propulsent, ses pieds décollent, battent le sol, soulevant des champignons de poussière, mais il n'y a dans ses gestes aucune coordination.

En virevoltant, elle projette des postillons qui forment par terre des traînées marron, qui arrosent les visages des spectateurs. Une matière sombre atterrit jusque sur les jupons de Lisbet – une tache rouge. Du sang, comprend-elle, du sang traverse les semelles de la femme. Ses souliers fuient et, tandis qu'elle continue à frapper des pieds, à sauter et à tourbillonner, elle pousse des sanglots et des gémissements, des filets de morve et de larmes luisants entremêlés à ses cheveux crasseux, sa bouche à l'ovale parfait d'un rouge étrangement vif.

« Par pitié, dit un homme près de Lisbet. Par pitié, Magret. Arrête. »

Lisbet le voit tendre un bras vers elle, mais l'acte de désobéissance de cette femme n'a rien de semblable à ceux que l'on observe d'ordinaire. Cette femme a l'air possédée.

Lisbet se signe et, baissant la voix pour ne pas briser le silence qui règne sur la place, demande à sa voisine :

« Que se passe-t-il ? »

C'est une dame aux cheveux filasse dont Lisbet sent le souffle chaud sur sa joue lorsqu'elle lui répond :

« Trois jours, trois jours qu'elle danse.

— Trois *jours* ? Sans que personne ne l'arrête ? »

D'un geste de la tête, la dame désigne l'homme, à présent à genoux pour implorer la danseuse.

« Son mari a bien essayé. Plusieurs d'entre nous ont essayé. Tout ce qu'il parvient à faire, c'est la ramener chez eux pendant une heure, le temps qu'elle dorme, et elle revient après.

— Les prêtres ont-ils été appelés ?

— Bien sûr. Ils disent qu'il s'agit d'une ivrogne.

— N'est-ce pas le cas ? » demande Lisbet.

La dame plisse les yeux.

« Je n'ai jamais vu d'ivrogne danser à s'en faire saigner les pieds. Trois jours, vous dis-je. Trois. Et pas une seule goutte d'eau ni de bière n'a franchi ses lèvres depuis. Ils disent que c'est une sainte.

— Qui donc ? demande Lisbet. On dirait plutôt un démon. »

La dame hausse les épaules, perdant intérêt dans la conversation.

« Les XXI en décideront. »

Elle montre alors deux hommes postés de l'autre côté de la place, en face d'elles. Lisbet parvient à distinguer le profil du plus grand : un nez droit, un menton fort. Des cheveux couleur cuivre. Un sentiment d'impuissance écœurant s'empare d'elle. Plater, encore.

« Ils sont là à la demande des XXI, commente la dame en baissant la voix. Ils devraient bientôt intervenir. De plus en plus de curieux arrivent ici chaque jour.

— Je ne savais pas, répond Lisbet.

— Et pourtant, vous êtes là », répond la dame en léchant ses lèvres fendues par la sécheresse.

Sa langue est violacée et enflée.

Lisbet se retourne vers la danseuse. Sa tête, projetée en arrière, lui rappelle Agnethe à la cathédrale. Son visage couvert de cloques semble brûlé. Ses yeux tout grands ouverts roulent dans leurs orbites et de sa gorge jaillissent des mots incohérents. Lisbet aurait envie de l'envelopper dans une couverture, de la bercer dans ses bras. Les mains de la danseuse sont agitées.

« Par pitié, Magret », gémit son mari. Il sanglote. « Par pitié, mon Dieu. Arrête. »

Le bébé de Lisbet donne un coup de pied. Un frisson de faiblesse la parcourt. En réponse, elle tourne les talons et rebrousse chemin à travers la foule en jouant des coudes, en se projetant vers l'avant jusqu'à atteindre l'extérieur et pouvoir prendre une grande bouffée d'air, même poussiéreux et vicié. La tache sur ses jupons a l'air de s'être agrandie.

Mathias, toujours à son étal, braque ses yeux pâles sur elle, bien qu'elle ne soit pas sûre qu'ils parviennent vraiment à la voir. Elle s'efforce de reprendre son souffle, de remettre de l'ordre dans sa coiffure, de décoller les mèches séchées sur son front. Les cheveux de la danseuse semblaient animés par une volonté propre, vipères enracinées sur son cuir chevelu. Elle tâte ses propres cheveux, identiques à ceux de sa mère.

« Tout va bien, Lisbet ? »

Elle sursaute, mais ce n'est qu'Agnethe, qui l'a rejointe et dont la main flotte avec incertitude au-dessus de son épaule.

Lisbet hoche la tête le temps de reprendre ses esprits.

« Qu'y a-t-il ? » demande Agnethe en fronçant les sourcils, avant de tourner son regard bleu vers la foule.

Lisbet n'a aucune envie de le lui expliquer, aucune envie de l'attendre pendant qu'elle s'en va voir et découvrir par elle-même la raison de cet attroupement. Lisbet voudrait déguerpir. D'une main désespérée, elle tire sur la manche d'Agnethe.

« Rien, répond-elle. Seulement quelqu'un qui se donne en spectacle. S'il te plaît, allons-nous-en.

— Tu ne te sens pas bien ?

— Non, répond Lisbet. S'il te plaît.

— Bien sûr », répond Agnethe.

Elle se détourne subitement de la foule et part en direction de l'étal de Mathias, suivie par Lisbet, puis hisse sans le moindre effort deux sacs de farine sur ses épaules. Mathias se penche vers Lisbet.

« Ce n'est pas naturel, lui glisse-t-il. Je l'ai vue ici aussi la semaine dernière. Chaque jour, la même chose. »

Lisbet le regarde, les yeux plissés, comprenant l'allusion.

« La danseuse ?

— C'est étrange, tu ne trouves pas ?

— Qu'est-ce qui est étrange ? » demande Agnethe, de retour auprès d'eux.

Lisbet ne laisse pas à Mathias le temps de répondre.

« C'est fait, la pénitence d'Agnethe est terminée. Elle a prié à la cathédrale. »

À ces mots, le regard voilé de Mathias se met à briller. Tout indique qu'il se retient de laisser éclater une vive émotion.

« Ta prière t'a-t-elle apaisée ?

— Oui, répond Agnethe, bien que Lisbet n'ait pas eu cette impression.

— C'est donc fait, déclare Mathias en reprenant les mots de Lisbet. La pénitence est levée. Comment te sens-tu ? »

Agnethe se penche pour ramasser le dernier sac, le serre entre ses bras et offre en guise de réponse un sourire triste avant de se diriger vers la charrette. Lisbet salue le père d'Ida d'un geste de la main. Il lui répugne à l'avance de devoir grimper dans la charrette. Ses jambes tremblent encore du temps passé agenouillée sur la pierre ; elle est obligée de prendre appui sur les parois en bois pour monter.

« Cela ira, Frau », fait une petite voix.

Daniel lâche les rênes de la mule. Son nez coule. Lisbet se retient de l'essuyer avec son jupon. Daniel grimpe à son tour à bord pour lui tendre une main frêle, tout en tremblant sur ses jambes maigres, afin de l'aider à se hisser.

« Merci, lui dit Lisbet tandis qu'il redescend.

— Attends. » Agnethe se retourne vers les sacs de farine, en ouvre un. « Tiens, prends-en. » Elle lève le menton en direction du garçon qui hésite. « Allez. »

Sans attendre qu'on lui répète, Daniel plonge les mains dans le sac. Il en sort un monticule bombé, puis un autre, et, comme de peur qu'Agnethe ne change soudain d'avis, déguerpit avec en se servant de son justaucorps comme plateau. Lisbet songe, mais trop tard, à crier son nom pour lui proposer de le ramener en charrette. Le garçon est déjà loin. Dans le sillage de sa course, un filet de farine a coulé. Elle espère pour lui qu'il restera quelques grains une fois arrivé.

Seule dans la danse

L'histoire de sa naissance est l'histoire d'une comète. Au moment précis où la mère de Gepa Bauer ressentait la toute première douleur du travail à venir, son père l'avait vue, une étoile ardente qui, trois jours durant, avait déchiré le ciel noir pendant que sa mère, à quatre pattes, mettait bas comme une bête, mari et fils dormant dans l'étable, trop effrayés qu'ils étaient par sa souffrance, par le sang, par la sage-femme arrivée munie de fleurs sucrées de guimauve et de pinces en ferraille. À l'est, la comète s'était écrasée dans le champ d'un fermier qu'elle avait entièrement ravagé, qu'elle avait percé si profondément que les témoins de la scène disaient avoir cru voir un tunnel vers l'Enfer creusé à même la terre. Tandis que la comète éventrait le champ, Gepa naissait en se présentant par les pieds, et, sous l'agonie, la raison de sa mère avait cédé.

Depuis ce jour, elle était devenue le signe, le mauvais présage dont on cherchait la présence lorsque les récoltes étaient maigres. Elle fut une enfant aimée malgré ces circonstances, mais à l'âge de huit ans sa raison suivit le chemin de celle de sa mère, si bien que toutes deux furent confiées aux soins de l'Église. Dans un hospice de pauvres, au milieu de vingt-quatre autres femmes, elle finit par trouver des amies, toutes maudites, toutes damnées ; ensemble, elles pouvaient se donner la main et danser sur une musique qu'elles seules entendaient. Lorsqu'elles dansaient, elles n'étaient plus qu'un seul corps aux mains multiples, aux pieds multiples, toutes ces poitrines ne projetant qu'un même souffle, tous ces poignets battant du même pouls.

Quand la dernière mère de ces filles mourut, elles quittèrent la ville qui avait vu naître Gepa pour une ville plus grande où proliféraient les églises et les hommes prêts à payer pour que sa raison demeure brisée et ses chaussures sans trous. Le groupe se délita sous l'effet des mariages, des enfants ou de la maladie. Sans qu'elle s'en rende compte, les années passèrent, des saisons entières à subir la faim, la vérole et le sexe. Soudain, elle se retrouva seule dans cette ville, sans plus connaître son nom.

Elle appelle sa mère et sa mère vient à elle, le visage aussi lisse que le jour où son corps a été jeté dans la fosse commune, et sa mère lui prend la main, et sa mère la conduit jusqu'à la place du marché où bien des fois ses amies et elle, en farandole, main dans la main, s'étaient faufilées à travers la foule en brandissant des bourses et en soufflant des baisers, les cheveux fraîchement tressés et parfumés.

Elle s'arrête sur la place, devant Notre-Dame. Ses chaussures sont en lambeaux, à présent. Elle s'en débarrasse. Ses cheveux sont collés par la crasse et nauséabonds. Devant, un peu plus loin, se trouve un petit groupe de gens, alors même qu'il se fait tard et que les bougies de l'église ne brillent plus. Elle s'efforce d'avancer et finit par apercevoir une femme. La femme danse sur une musique que personne à part elle n'entend ; ses pieds sont deux comètes blanches dans la nuit qui marquent la poussière de profonds sillons.

Sa mère la pousse vers l'avant pour lui permettre de voir les mains frénétiques et vides de la femme qui l'invitent. Gepa tend le bras, attrape ces mains, et le pouls de la femme commence à battre à l'intérieur de son poignet, son souffle remplit ses poumons. La musique les soulève, les rapproche comme dans un baiser, mais au moment où les prêtres arrivent pour évacuer cette femme, le sort en est déjà jeté. La femme lui a transmis la musique et Gepa la retient, aussi vive et ardente qu'une étoile tombant du ciel, pour en redistribuer des fragments à quiconque lui prendra la main.

Cinq

« C'était une danseuse ? »

Lisbet regarde Agnethe, interloquée. Toutes deux ont traversé en silence les rues tortueuses de la ville, Agnethe tenant les rênes, experte. La charrette roule maintenant sur la route de la ferme.

« Qui donc ?

— La femme que tu ne voulais pas que je voie », répond Agnethe d'un ton léger. Elle jette un coup d'œil à Lisbet et éclate de rire, un rire étonnamment enfantin. « Je mesure pratiquement deux têtes de plus que toi. J'ai bien vu que cette femme devant la foule n'était pas une simple folle.

— Mais si, proteste Lisbet. C'était une folle. Elle dansait, peut-être, mais d'une manière on ne peut plus singulière.

— Je l'ai vue, reprend Agnethe. Ses mouvements semblaient malgré tout répondre à une musique.

— Oui, reconnaît Lisbet, soudain en proie à un drôle de sentiment de honte, de culpabilité. Je n'ai pas cherché à t'en détourner. Je me sentais mal, réellement.

— J'ai remarqué ça aussi. »

La charrette approche de la cage de métal. Cette fois, il n'est pas nécessaire pour Agnethe de détourner le regard.

Elle penche la tête en arrière au moment où la mule passe sous la cage.

Lisbet se sent dans l'obligation de se racheter, d'en révéler davantage sur cet événement.

« Plater la regardait », dit-elle.

Les mains d'Agnethe se resserrent sur les rênes.

« Je la plains d'avoir attiré son attention.

— Il agissait sur ordre des XXI. Cela fait trois jours qu'elle est là. C'est ce qu'a dit Mathias. »

Agnethe fronce les sourcils.

« À danser, pendant tout ce temps ?

— Comment est-ce possible, d'après toi ? »

Agnethe semble hésiter.

« J'ai déjà vu des fièvres, des transes religieuses. Pas des danses, mais plutôt des chants, ou au contraire une inertie complète. »

Ces mots suscitent une montée d'excitation chez Lisbet.

« À l'abbaye ? » demande-t-elle. Agnethe répond par un grognement évasif. « Que signifient ces comportements ?

— Des choses et d'autres. Les sœurs appelaient ces femmes "les abandonnées" – quant à savoir si elles s'abandonnaient à Dieu ou au Diable, cela dépendait des points de vue et de l'opinion qu'elles avaient de vous. Elles portaient des jugements comme on jette des pierres, sans réfléchir et sans viser. »

Lisbet est à la fois stupéfaite et exaltée de l'entendre parler ainsi des ordres sacrés.

« Ont-elles été cruelles envers toi ?

— Cruelles ? répète Agnethe, perplexe. C'est plus compliqué. Pour un pénitent, le salut est dans la douleur. Ce qui a été infligé à mon corps peut sembler cruel, mais c'est pour sauver mon âme qu'elles l'ont fait.

— Le crois-tu ? demande Lisbet, car quelque chose dans son ton laisse entendre une certaine insincérité, voire de la dérision.

— Je suis obligée d'y croire, ou j'aurai passé sept ans là-bas pour rien. »

Le silence retombe entre elles jusqu'à ce que la cage ait disparu derrière la colline, au loin.

« J'ai été très étonnée de découvrir comme le rucher s'est agrandi, remarque Agnethe. Henne a fait le bon choix en t'épousant. »

Lisbet rougit.

« J'ai plaisir à accomplir mon devoir. » Agnethe lui lance un regard en coin sous lequel Lisbet rougit de plus belle. « Auprès des abeilles », ajoute-t-elle.

Un rire tonitruant, lâché comme un animal sauvage, s'échappe de la bouche d'Agnethe.

« Comment vous êtes-vous rencontrés ?

— À un bal », répond Lisbet.

L'occasion de raconter les circonstances de leur rencontre ne s'est jamais représentée depuis la fois où Ida l'a interrogée à ce sujet, il y a maintenant des années. La vivacité qu'elle garde de ce souvenir, dont aucune couleur n'a fané, la surprend elle-même.

« Il se déroulait non loin des champs de mon père. Henne était de passage en ville pour affaires.

— Quelle ville ?

— Ensisheim.

— La ville de la comète ? »

La gorge de Lisbet se serre.

« Oui. »

Agnethe n'essaie pas d'insister.

« J'espère qu'il est un bon époux.

— Il l'est », répond Lisbet machinalement, mais, dans le silence qui s'ensuit, elle réfléchit à ses mots, y réfléchit plus profondément.

Comparé à Plater, Henne passerait pour un saint. Mais sa froideur envers elle, son manque de considération sont devenus si grands ! Henne ne se cache pas d'avoir cru, à cause de ses hanches larges et de son teint de fille élevée au grand air, qu'elle ferait une épouse féconde. Il ne cache pas non plus sa déception de s'être trompé.

La charrette dépasse le moulin des Metz et atteint la route qui traverse la forêt. Les ombres glissent tout autour d'elles. Plongée dans cette demi-obscurité, Agnethe semble retrouver le courage de parler.

« Qu'ont-ils dit sur moi ?

— Rien, répond Lisbet, étonnée. Veux-tu parler de Sophey, de Henne ?

— Tous. » Le ton léger d'Agnethe ne suffit plus à masquer l'inquiétude. « Que t'ont-ils dit ?

— Que tu étais à l'abbaye du mont Sainte-Odile.

— T'ont-ils raconté pourquoi j'y ai été envoyée ?

— Non. Ils ne parlaient pratiquement jamais de toi », explique Lisbet en toute honnêteté.

Lisbet regrette aussitôt d'avoir prononcé ces mots, voudrait pouvoir revenir en arrière, mais c'est trop tard. Agnethe laisse échapper un soupir discret.

« Je ne voulais pas dire que...

— Ne t'inquiète pas.

— Tu leur as manqué.

— Tu n'es pas une bonne menteuse, poursuit Agnethe d'un ton doux. Et tant mieux. Ne t'inquiète pas, répète-t-elle en jetant un nouveau coup d'œil à Lisbet, mortifiée. Je n'en attendais pas moins.

— Ida parle de toi, parfois, ajoute Lisbet, mais sa remarque produit l'effet contraire de celui escompté.

— Elle ne devrait pas, répond sèchement Agnethe. Je doute que son époux tolère que l'on évoque les pécheurs.

— Je doute que son époux tolère beaucoup de choses. »

Agnethe ricane.

« Je crois que tu as raison. »

Un nouveau silence s'installe. Lisbet a l'impression de marcher au bord d'un gouffre, d'un puits noir qui l'attire vertigineusement. La chute, bien que mortelle, est irrésistible. Dans sa tête, la question qui la tenaille est parfaitement claire, mais c'est encore une fois Agnethe qui rompt le silence.

« Et qu'en est-il de toi, ma sœur ?

— De moi ? »

Agnethe désigne le ventre de Lisbet.

« Est-ce une grossesse tranquille ? »

Lisbet sent sa gorge se bloquer.

« Jusqu'ici, oui.

— Je prie pour que la naissance le soit aussi, dit Agnethe. Toutefois, je doute que mes prières te soient utiles. Tu sembles forte. Je suis sûre que tu feras une bonne mère. »

La seule chose que Lisbet trouve à faire pour se retenir de s'effondrer est de tourner son regard vers la forêt.

« Je n'aurais pas dû dire cela, reprend Agnethe. Pardonne-moi – j'ai perdu l'habitude de parler, et surtout de ces sujets. Il ne pouvait pas en être question à l'abbaye, comme tu peux l'imaginer. »

Lisbet secoue la tête, mais à son grand effroi les larmes qu'elle a retenues durant leur excursion en ville se sont mises à couler, ruissellent sur son menton. Au milieu des arbres transformés en un flou gris-vert, elle sent la charrette s'arrêter. Une main aux longs doigts se pose sur elle. Elle craint qu'Agnethe ne la questionne. C'est ainsi que réagirait Ida, qui voudrait absolument savoir ce qui ne va pas, voudrait l'aider, mais Agnethe, elle, se contente de rester assise à ses côtés et de lui tenir la main.

Au bout d'un moment, Lisbet essuie ses joues mouillées.

« Je suis désolée, dit-elle. La chaleur, la danseuse… Les abeilles. J'ai peur pour notre avenir.

— Oui. Et pour ton enfant, bien sûr.

— J'espère que cet avenir existera. Mais… il ne faut pas l'évoquer. Il ne faut pas imaginer que cet enfant naîtra.

— Je comprends ta prudence, mais tu n'as aucune raison d'avoir peur. »

Le rire de Lisbet ressemble à un hoquet.

« J'en ai une douzaine. »

Elle revoit son arbre, les rubans – bien maigre consolation que cette vitrine de misère. Elle croirait presque entendre Agnethe penser, comprendre soudainement la cause de son attitude. Sa main se noue plus fort encore à celle de Lisbet.

« Une douzaine ? »

Une tension est apparue dans sa voix.

« Il est idiot de compter, n'est-ce pas ?

— Bien sûr que non. Lisbet, je suis désolée. Où reposent-ils ? Accepterais-tu de me laisser voir leurs tombes ?

— Il n'y en a pas. » La voix de Lisbet déraille. « Aucun n'a vécu assez longtemps pour recevoir une sépulture.

— Mais tu as forcément gardé une trace d'eux, peu importe leur âge. »

Sous le choc, Lisbet lève les yeux. Henne n'a jamais jugé utile de lui dire de le faire, Sophey non plus. Même pour ceux dont elle a pu voir les doigts minuscules, les yeux ornés de paupières, parfaits, blancs, un peu amphibiens, ceux qu'on lui a enlevés trop tôt – grotesques qu'ils étaient au regard de son époux et de sa belle-mère, et n'ayant même pas reçu le baptême, ceux qu'on lui a pris pour les enterrer dans l'anonymat, pour qu'ils demeurent à jamais invisibles. Agnethe, elle, semble le comprendre, semble comprendre qu'ils étaient là, qu'ils ont existé. Lisbet se souvient de la mèche de cheveux soigneusement conservée, enroulée à l'intérieur de l'oreiller d'Agnethe.

« Oui, répond-elle. J'ai gardé une trace.

— Tu me montreras cela lorsque nous serons de retour à la ferme.

— Ce n'est pas à la ferme, dit Lisbet. Henne refusait de… Ce n'étaient pas des bébés, pas encore. Ils n'ont jamais respiré.

— Ils ont refusé de garder une trace de leur existence ?

— Et même de s'en souvenir, confie Lisbet. Seul mon échec est resté gravé dans leur mémoire. »

Le visage d'Agnethe s'assombrit.

« Je sais de quoi tu parles. Mais aimer ne sera jamais un échec. Jamais un défaut. »

Il y a soudain de la colère dans sa voix, une émotion brute qui encourage Lisbet.

« Tu me comprends, dit-elle.

— Oui.

— L'as-tu ressenti, toi aussi ? »

Tel était donc son secret, son péché : Agnethe avait eu un enfant, qu'elle avait peut-être même perdu avant de le mettre au monde. Déjà, Lisbet la serre tout contre sa poitrine, impatiente qu'elles puissent partager leurs récits. Déjà, elle la tire hors de la charrette, à travers les bois, jusqu'à son arbre.

Mais Agnethe retire sa main de la sienne et ramasse les rênes. D'un doux claquement de langue, elle fait s'ébranler la charrette, qui quitte l'ombre fraîche pour réapparaître sous le soleil aveuglant. La lumière crue souligne le front et les joues saillantes d'Agnethe, les mêmes que sa mère. Il y a quelque chose de ridicule à se laisser intimider par une simple ressemblance, mais Lisbet l'est et n'ose interroger Agnethe plus avant. L'image d'elle conduisant Agnethe jusqu'à son arbre vacille et disparaît.

•

« Trois jours ? En es-tu sûre ? » Le visage dur de Sophey est aussi aiguisé qu'une lame. « Pourquoi ? »

Lisbet hausse les épaules, soucieuse de ne pas montrer à quel point la danseuse l'a bouleversée.

« C'était une folle. »

Même ces mots se coincent dans sa gorge comme un os.

« Les hommes des XXI étaient pourtant là ?

— Plater », précise Lisbet.

Sophey se signe.

« Il est partout. Henne y a-t-il assisté ? »

Lisbet hésite, mais Agnethe ne lui laisse pas le temps de mentir.

« Il est parti sitôt sa prière terminée.

— Bien, répond Sophey. Il n'a pas besoin qu'une vision pareille vienne troubler son esprit.

— Penses-tu qu'elle sera châtiée pour un acte aussi innocent qu'une danse ? demande Agnethe.

— Ils feront ce qu'ils jugeront nécessaire pour restaurer l'ordre. Nous ne pouvons nous permettre de retomber dans le chaos.

— Elle ne fait de mal à personne.

— Elle se donne en spectacle, rétorque Sophey en fendant l'air avec sa main. Pendant que tu étais coupée du monde sur ta montagne, des famines, des sécheresses, des révoltes ont eu lieu. Des prêtres assassinés en plein office. La ville tout entière bascule, et Geiler disait…

— Geiler est mort depuis longtemps », la coupe Agnethe.

Sophey la foudroie du regard.

« Il savait pourtant vers quoi nous allions. Il disait que nous devions protéger notre esprit tout autant que notre âme. Les XXI ont raison de débarrasser la place du marché de cette femme.

— Personne ne peut dire avec certitude qu'elle est possédée, intervient Lisbet en les regardant tour à tour. J'ai même entendu qu'elle pourrait avoir été touchée par la grâce.

— C'est au prêtre de statuer, dit Sophey en retrouvant son sang-froid. Et, très bientôt, le sujet sera clos.

— À l'abbaye, remarque Agnethe, quand l'une de nous partait dans une fièvre, d'autres suivaient, en général. »

Sophey crache par terre.

« Je t'interdis de parler ainsi. De comparer la folie à une maladie contagieuse. Tout le monde n'est pas aussi faible d'esprit que toi, Agnethe.

— Tu me dis faible, toi qui sais ce que j'ai enduré ? »

Sophey se penche vers Agnethe et lui pince le dessous du bras.

« Tais-toi », articule-t-elle en silence.

Puis les deux femmes se détournent l'une de l'autre, laissant tout juste le temps à Lisbet d'apercevoir le front d'Agnethe barré par deux sillons de fureur tandis qu'elle se lève pour quitter la pièce, repoussant sur son passage les chiens haletants.

Lisbet ne désire aucunement se retrouver seule avec sa belle-mère. Elle désigne leur seau d'eau grise.

« Je vais remplacer l'eau. »

Sans attendre la permission, elle le soulève aussi promptement que son ventre le lui permet, renversant un peu d'eau par terre, puis jette sur la table tout juste récurée le chiffon sale, déclenchant un sifflement désapprobateur de Sophey. Mais, au lieu de s'arrêter, Lisbet continue de suivre à grands pas sa belle-sœur dehors, dans le soleil insensé de ce milieu d'après-midi.

Agnethe a disparu. Les chiens, tête posée sur les pattes, lèvent un sourcil pour la regarder. La chaleur est si forte que Fluh parvient à peine à mettre de la menace dans son grognement. Lisbet verse l'eau dans l'auge tandis qu'Ulf se lève et la rejoint d'un pas long pour s'abreuver, serré tout contre la cuisse de sa maîtresse. De sa fourrure émane une puanteur charnue qui n'ira qu'en empirant maintenant que Henne n'est plus là pour le brosser. Lisbet devra s'en charger.

Elle laisse le chien se coller contre elle encore un peu, puis traverse la cour et contourne le cabanon pour arriver à la frontière, si bien délimitée, du royaume des ruches. Les abeilles sont à l'œuvre au milieu de l'air bouillant, les pattes enrobées de ce pollen que les prêtres les accusent d'avoir volé. Mais ses abeilles ne sont pas des voleuses.

Les abeilles. Qui sont leur propre maître. Telle est la première leçon qu'elles ont apprise à Lisbet, elle qui pourtant parvient à les reconduire à leur ruche. Ces créatures sont loin d'être sottes : elles sont dotées d'un esprit, même si cet esprit est le reflet de celui de leur reine. Voilà la raison pour laquelle l'Église les prend si souvent en exemple – pour leur obéissance, leur loyauté. Geiler lui-même comparait dans ses sermons les abeilles volant dans le ciel à l'âme entrant au paradis. Mais Lisbet sait des choses que seuls savent ceux qui travaillent auprès d'elles.

Elle sait que leur insouciance est la véritable raison de leur succès, que c'est leur liberté qui sucre leur miel. Que les abeilles ne s'apprivoisent pas. Que le seul pouvoir que nous ayons sur elles est de les dissuader de s'en aller.

Le pressoir se trouve dans un cabanon aveugle, une étuve où flotte une odeur entêtante de miel. Il s'est agrandi au fil des années, en même temps que le rucher. Lisbet récupère les coupelles fabriquées spécialement pour les abeilles, peu profondes, au fond plat, à la surface irrégulière, étudiées pour permettre à l'eau de s'accumuler par endroits. Elle a elle-même imaginé cette forme, l'a pensée pour que les abeilles atterrissent plus facilement et évitent de se noyer en buvant. Les pertes – un nombre trop faible pour mettre le rucher en péril – laissaient Henne indifférent, mais Lisbet ne pouvait supporter de voir ces minuscules corps retournés, le bout crocheté et infiniment petit de leurs pattes pointé vers le ciel, ces âmes figées.

Elle verse l'eau de son seau dans les coupelles, puis attrape le nectar rangé sur l'étagère, enveloppé d'un linge ciré pour éviter qu'il ne colle. Elle prélève deux rayons de miel sur le cadre, laisse son masque sur le crochet. Elle ne s'embarrasse pas non plus de gants, travaillant du bout de ses doigts nus pour mélanger un morceau de nectar à l'eau versée dans l'une des coupelles, avant de faire de même avec l'autre. Le parfum s'accroche à ses narines.

À la fin, elle s'essuie les doigts et, emportant avec elle ses coupelles, retourne à l'air libre, jusqu'au portail qui délimite le rucher. Quelques paresseuses s'interposent sur son chemin ; l'une d'elles se pose quelques instants sur son poignet avant de reprendre son envol. La première coupelle est déposée d'un côté du portail, la seconde de l'autre côté. Un mouvement, un frémissement semble agiter les ruches, dont le bourdonnement se réduit presque à un murmure.

Lisbet pense au bébé en elle, à ses membres déjà formés, à son petit cœur, à ses poumons et à son âme blanche, blanche. Tandis qu'elle dépose la seconde coupelle, elle ressent un coup, volontaire et franc, contre sa colonne vertébrale. Ses yeux se remplissent de larmes et de sa bouche s'échappe un petit cri de douleur et de soulagement mêlés. Elle se redresse, le poing sur les reins, et donne en réponse quelques petites tapes.

La cour est toujours déserte. Agnethe n'est pas réapparue et Sophey est restée à l'intérieur. Toutes les deux semblent obsédées par la danseuse. Lisbet souhaiterait pouvoir effacer son image de son esprit. Elle vérifie une nouvelle fois que la porte est bien fermée, que Sophey ne pourra pas la voir partir sans son seau, qu'elle s'en va déposer au bord de la forêt. Après avoir ordonné à Ulf de rester à sa place d'un claquement de doigts, elle s'engouffre dans l'ombre.

Sophey, en qualifiant la scène de spectacle, ignore de quoi elle parle. Jamais cette femme n'a inspiré à Lisbet l'envie de se confier sur sa mère, sur cette époque où, au moment même où Lisbet connaissait ses premières menstrues, sa mère avait sombré dans la folie. Lisbet et Mutti étaient les seules à avoir relié ces deux événements. Aujourd'hui, il n'y a donc plus que Lisbet pour savoir que le déclin de sa mère avait été lié au développement de sa fille.

Tout avait commencé par les trous, de grandes cavités que Mutti creusait dans le sol, à mains nues, pour extraire les plus belles pierres que leur terre recelait jusqu'à s'en arracher les ongles. Quand son père lui avait demandé ce qu'elle faisait, elle avait répondu qu'elle creusait une tombe. Pour qui, elle ne l'avait pas précisé.

Ils avaient tu cette histoire aussi longtemps qu'ils l'avaient pu. Mais un jour Mutti avait fini par s'en aller au marché, pieds nus. Elle était arrivée là-bas avec un regard fou et des vêtements en lambeaux. On était allé chercher le rebouteux, qui avait apporté du vinaigre, des branches d'hamamélis, des cataplasmes et des lames. Tour à tour, le guérisseur avait pratiqué des saignées, avait posé des cataplasmes, l'avait rasée, jusqu'au moment où Lisbet avait fini par penser qu'aucun malade ne méritait pareil traitement.

Des abandonnées, avait dit Agnethe. Mais plutôt qu'à un abandon, ce que subissait sa mère s'apparentait à une fracture de la raison, à un acharnement sur son être tout entier. Comment ces gens, sur cette place, pouvaient-ils se lever, pousser de hauts cris et rire devant des êtres privés de bon sens ? Le souffle de Lisbet se coupe en pensant à une telle cruauté.

Mutti avait quand même de bons jours, et ce sont ces jours-là que Lisbet revoit en marchant vers son arbre. Ces jours étaient ceux où son père et ses frères partaient travailler, laissant Lisbet à la maison pour cuisiner ou balayer. Au lieu de cela, elle grimpait dans le lit de sa mère et prenait sur ses genoux ses pieds enflés qu'elle massait, pendant que Mutti lui parlait de sa sœur, Petta, et de sa vie avant la ferme. Mutti lui parlait de l'arbre à danser, qu'elles avaient renommé « arbre du destin », trônant comme un juge au centre de leur village. Elle lui parlait du fleuve dans lequel elle nageait, des orages si violents que ses cheveux se dressaient sur sa tête. C'était autre chose, à l'époque, avait-elle ajouté avec un brin de regret en frottant les petits cheveux de son crâne rasé, uniques survivants des lames du rebouteux.

Lisbet a atteint les ronces. Elle les écarte avec précaution, pénètre dans l'enceinte paisible de la clairière. Mutti aurait adoré cet endroit. Son désir de dénicher une ultime fois un arbre à danser était devenu si fort au cours de ses dernières semaines qu'elle ne parlait presque plus que de cela. Mais surtout, elle martelait à Lisbet qu'être une femme était une chose aussi belle que brutale. Parfois, elle la serrait contre elle à l'en étouffer en disant cela, et c'était à cause de ces moments-là que Lisbet avait fini par deviner que la tombe creusée par sa mère était pour elle, ou pour Mutti elle-même, ou peut-être pour elles deux. Que si sa mère désirait l'emmener dans l'église de son enfance, c'était pour l'absoudre d'un péché qui n'avait pas encore été commis. Que Mutti voulait la protéger de cette tristesse qu'elle-même ressentait.

Combien d'entre vous étiez des filles, demande Lisbet aux rubans, *et combien des garçons ?* Pendant un temps, Lisbet avait rêvé de filles, autant de filles que sa mère avait enfanté de fils, des filles auxquelles Lisbet aurait parlé de Mutti, créant entre elles une chaîne, de femme à femme, grâce à laquelle sa mère n'aurait jamais été perdue. Mais cette idée lui semble bien sotte, bien creuse à présent – Lisbet désire seulement une chose : que son enfant soit animé par un souffle.

Mais tout à coup, un bruit retentit. Un soupir, un sanglot. Elle sent à travers tout son corps un courant, comme si allait éclater l'un de ces orages dont parlait sa mère. Elle lève les yeux vers les branches, mais tout est calme et immobile.

« Mutti ? demande-t-elle dans le vide. Mutti, es-tu là ? »

Le bruit recommence, plus près cette fois. Mais il ne vient pas du vide ni de l'arbre, ni des rubans ou de son propre cœur battant.

Il recommence. Recommence. Elle attend. Ce bruit lui rappelle la danseuse de Strasbourg et le bruit de l'air allant et venant comme à travers un soufflet, attisant le feu de sa folie.

Une peur glaciale, paralysante, lui tord le ventre au moment où les ronces de la clairière s'écartent. Une femme apparaît, pleurant comme si on lui avait déchiré le cœur, plongeant ses mains nues dans les ronces comme si elle avait cherché à s'y faire saigner délibérément. Lisbet reconnaît aussitôt ce crâne rasé et ces larges épaules.

Agnethe se fige brusquement. Son visage est tiré et pâle, juste rehaussé par deux ronds colorés sur ses joues. Ses yeux sont gonflés, son nez coule – tout à coup, la description que lui a faite Henne un jour d'un homme attaqué par un essaim revient à l'esprit de Lisbet : un noyé gonflé, cireux, pommelé.

« Lisbet. » La voix est éraillée. Semblant soudain revenir à elle-même, Agnethe s'empresse de retirer ses mains des ronces, de les enfouir sous ses aisselles. « Qu'est-ce que… »

Son regard s'élève, faisant briller ses joues striées de larmes.

Le cœur de Lisbet bat si vite que sa gorge se serre. Elle sait ce qu'Agnethe s'apprête à voir : un vieux tilleul trapu, semé de feuilles mortes et de lambeaux de tissu, paré d'une plateforme aussi délabrée que grossière – une image si différente de celle qu'elle-même perçoit qu'elle lui semble injuste. Elle aimerait pouvoir grossir, se gonfler comme une nappe de brouillard et engloutir l'arbre à danser. Cet arbre est le sien, ces bébés aussi, et il n'y a rien à partager, rien à expliquer.

Agnethe se rapproche, la tête penchée en arrière, les yeux exorbités. Le choc est si grand que ses pleurs se sont arrêtés.

« Qu'est-ce donc ? »

Lisbet ne parvient pas à faire ralentir son cœur. Ses coups sont trop violents, trop sonores, comme toujours en ce lieu, si près des vestiges de ses enfants partis trop tôt. Mais Agnethe ne semble exiger aucune réponse à sa question. Elle s'approche doucement en levant bien les pieds, comme un enfant enjambant des failles de peur qu'elles ne l'attirent vers l'Enfer. Agnethe arrive à la hauteur d'une des offrandes, un galet dont la forme épousait parfaitement le creux de la main de Lisbet et qu'elle avait décoré d'un fil, enroulé tout autour comme de la dentelle. Elle s'accroupit à côté.

« Non… », commence Lisbet, car ses offrandes sont entourées d'une superstition qui interdit qu'on les bouge une fois installées.

Mais Agnethe ne tente aucunement de déplacer le galet. Elle se contente de le scruter intensément.

Lisbet découvre les profondes entailles qui marquent ses mains, et le rouge vif du sang sur sa peau blanche.

Agnethe se relève si vite que Lisbet étouffe un cri, et son cœur se débloque, faisant jaillir sa voix.

« Tu saignes.

— Quel est cet endroit ? »

Lisbet se tortille. Ses pieds sont douloureux.

« Un arbre.

— Je vois bien », répond Agnethe, un léger sourire aux lèvres. Une fois de plus, elle est le portrait craché de son frère. « Mais les rubans, les offrandes. On dirait un autel païen. »

Lisbet tremble, ses genoux commencent à se dérober. Elle est obligée de s'appuyer contre le tronc de l'arbre pour ne pas vaciller.

« Pas du tout.

— Je ne t'accuse de rien, reprend Agnethe en brandissant devant elle ses paumes ensanglantées. Je te demande, c'est tout. De quoi s'agit-il, Lisbet ? Est-ce toi qui as fait tout cela ? »

Lisbet se mord la lèvre. Elle craint, comme on le lui a appris, les mots comme *païen*, comme *sage*, comme *femme*, comme *sorcière*. Mais Agnethe se rapproche, et sur son visage se lisent une curiosité sincère, une faim.

« C'est beau. Tous ces rubans. Et ce... (Elle pointe la plateforme du doigt.) C'est toi qui as construit cela ? »

Enfin, Lisbet acquiesce et s'autorise à sourire devant le sifflement admiratif d'Agnethe.

« Pour quoi faire ? »

De nouveau, cette boule dans la gorge. Lisbet baisse le regard vers son ventre, place ses mains autour, comme par réflexe.

« Une douzaine, fait doucement Agnethe. Je suppose que je trouverais une douzaine de rubans si je comptais. Tu as choisi cet arbre. Pour eux.

— Et pour moi, ajoute Lisbet. Pour avoir un refuge. »

Agnethe hoche la tête.

« C'est beau », répète-t-elle.

Ses bras tressaillent, Agnethe semble sur le point d'étreindre Lisbet. Finalement, elle se contente de se rapprocher d'elle.

« Tes mains », dit Lisbet.

Machinalement, Agnethe les regarde.

« Oh.

— Il te faut les laver. »

Ces mains, Agnethe les pose sur Lisbet, qui se retient de s'écarter. Elles sont enflées, couvertes de cicatrices et de sang visqueux, et Lisbet reçoit le souffle d'Agnethe, froid et humide comme l'eau d'un fleuve, comme si Agnethe était une noyée sortie des eaux pour venir la trouver.

« Lisbet… »

Lisbet attend. Agnethe est sur le point de lui dire quelque chose, de lui faire une confidence, peut-être, en échange de la sienne. Elle tourne son visage vers sa belle-sœur, mais il lui est impossible de capter son regard, car Agnethe scrute le sol, scrute l'arbre. Sentant que quelque chose lui glisse entre les doigts, Lisbet tente de le rattraper.

« Tu peux me parl…

— Pourrai-je venir ici ?

— Comment ?

— Dans cet endroit, précise Agnethe. Une fois que… » Au lieu de terminer sa phrase, Agnethe désigne sa propre tête, et Lisbet comprend, comprend son besoin de solitude, de silence. « Je doute que l'église m'offre un tel havre de paix. »

Ainsi donc avait-elle remarqué les regards, les murmures en ville. Lisbet apprend peu à peu à ne pas sous-estimer sa belle-sœur – apprend que, en dépit de son air absent, Agnethe veille. Que même lorsqu'elle reste de marbre, elle ressent tout.

« Je ne toucherai à rien, se dépêche-t-elle de promettre, mésinterprétant le silence de Lisbet. Mais je comprendrais, bien sûr, que tu veuilles garder ce lieu pour toi seule, pour tes… »

Elle lève le bras vers les rubans. Lisbet hésite, mais comment opposer un refus à cette femme aux mains écorchées, aux joues trempées ?

« Oui, Agnethe. »

Agnethe semble fondre de soulagement.

« Nethe. C'est ainsi que mes amis m'appellent. C'est ainsi que Henne m'appelait, avant. »

Une vague de tristesse gonfle avec ces mots, contenue, mais d'une profondeur vertigineuse, abyssale. *Nethe*. Cela lui va mieux – un mot court, percutant.

Lisbet hoche la tête.

« Oui, Nethe. Viens ici quand tu veux. »

Six

Leur église n'est qu'un bas édifice dont les murs comportent plus de bois et de torchis que de pierres, bordé de vestiges de cultes anciens rongés par le temps, donnant à l'ensemble un air d'inachevé. Le père Hansen, leur prêtre, est bien assorti au lieu : un homme vieux, voûté, dégageant quelque chose de noble et d'usé, un homme aux pommettes hautes et aux yeux couleur d'argent, à la peau plissée comme de la cire fondue. Alors que certains prêtres se vêtissent comme s'ils étaient des princes, le père Hansen, lui, porte chaque année les mêmes habits, des habits rapiécés et raccommodés dont l'éclat des fils s'est terni, un trait qui lui vaut le respect de sa congrégation et la condescendance des mieux lotis.

Lisbet ne devrait guère juger un messager de Dieu à son odeur, mais elle ne peut s'en empêcher. Le bébé qu'elle porte en elle la dote d'un odorat si aiguisé qu'elle en est épuisée. Le père Hansen sent la cire d'abeille, l'huile d'encens et la vieille, vieille sueur. Mélange d'humain et de divin, présume-t-elle.

Ida est assise sur le premier banc, à côté de sa fille et de ses fils. La simple vue de sa silhouette à la tête couverte, de ses boucles familières, d'un blond de lin, retombant sur ses tempes et de la courbure de sa joue lorsqu'elle enfouit sa tête dans ses mains est un réconfort pour Lisbet, qui n'a presque pas dormi de la nuit à cause de rêves sur sa mère, à cause des pensées qu'elle ressasse sur le sort de ses abeilles.

Mais pour la première fois Lisbet nourrit le sentiment d'avoir une alliée chez elle. Outre Ida et ses abeilles, depuis six ans qu'elle partage la maison de Henne, Lisbet a vécu sans la moindre compagnie. Leur visite à Strasbourg, leur rencontre fortuite devant l'arbre à danser semblent les avoir rapprochées, elle et Nethe.

Nethe a encore plus besoin d'une amie que Lisbet. La tension entre elle et Ida demeure claire et palpable, et son arrivée à l'église a déclenché parmi les fidèles énervés par la chaleur un début d'effervescence. D'après les ouï-dire que Lisbet s'est appliquée à écouter, personne ne semble connaître les raisons qui ont conduit Nethe à l'abbaye. Il n'est question que d'un péché, et de la sentence qui a suivi. Le principal bienfaiteur de l'église, Herr Furmann, qui a l'oreille des XXI, a tenté d'approcher Nethe avant l'office, agitant devant elle ses soies parfumées et ses poignets volubiles. Nethe s'en est écartée pour se rapprocher de Lisbet, qui l'avait protégée d'autres assauts derrière son ventre, son bouclier.

Leur curiosité est compréhensible – enfin un sujet de conversation autre que la chaleur, que l'implacable plongée de Strasbourg dans un nouveau cycle infernal. Même la guerre contre les Turcs a perdu de son attrait, éculée. La clôture du sermon du père Hansen, à l'opposé des paroles qu'il prononce d'habitude, n'arrange guère la situation d'Agnethe.

« Un mot sur les événements de la place du marché », dit-il, levant le regard de son pupitre pour le braquer quelque part au loin, à gauche de leurs têtes. Lisbet ne comprend pas immédiatement l'allusion du prêtre, mais Sophey, elle, se fige, la mâchoire crispée. « Je sais que cette femme qui dansait a fait parler. Soyez rassurés : il ne s'agit que d'un cas isolé de faiblesse féminine. Nous savons que ces incidents peuvent survenir... » Son regard migre lentement en direction d'Agnethe, qui n'hésite pas à le dévisager en retour. « … et que les XXI ont à cœur d'agir comme il se doit pour les endiguer. »

Là-dessus, Plater se lève, comme si Hansen l'avait appelé par son nom. Le prêtre bat des paupières, bouche ouverte, prêt à poursuivre, mais Plater tourne le dos au pupitre et, sans un mot à l'égard du religieux, entame un discours.

« Le problème est déjà réglé, déclare Plater, mais il est vrai que le conseil désire éviter que se propagent des rumeurs superstitieuses. Une femme a été trouvée, dansant, il y a une semaine environ, dans un lieu bien en vue, proche de la cathédrale. Elle y restait toute la journée durant, toute la nuit ou presque, et ne s'interrompait que pour tomber dans un sommeil étrange, durant lequel on la rapatriait chez elle. Malgré cela, la femme revenait chaque jour, si bien que, au terme d'une observation scrupuleuse, notre représentant, Sebastian Brant, en concertation avec les XXI, a décidé qu'elle serait emmenée à Drefelhausen.

— À la chapelle ? intervient Herr Furmann, seul homme de l'assemblée à dépasser Plater par son rang.

— La chapelle de saint Guy, oui, répond Plater, manifestement agacé par cette interruption.

— Cette femme cherchait donc à honorer les saints ? Était-ce une transe religieuse ? »

Nethe avait dit qu'à l'abbaye ce n'était qu'à l'aune de l'opinion qu'elles avaient d'une consœur que les femmes jugeaient si cette dernière était entrée dans une transe religieuse ou possédée par le Diable. Lisbet l'observe, curieuse de voir quel effet ces paroles pourront avoir sur elle. Mais, une fois encore, Nethe est redevenue pierre.

« C'est l'avis des XXI, répond Plater. Sans doute cherchait-elle à expier un péché, quel qu'il soit. Pour ce faire, avoir choisi cette manifestation outrancière révèle simplement le caractère particulier de cette dame. Une fois lavée dans la grotte du saint, le chapitre sera clos. »

Plater se rassoit, laissant le père Hansen conclure son office en bredouillant encore quelques mots avant de descendre de son pupitre pour se faire aussitôt alpaguer par Herr Furmann.

« Et voilà, déclare Sophey, satisfaite. Allons-y. »

Mais ni Lisbet ni Nethe ne bougent. Herr Furmann a invité Plater à se joindre à sa discussion avec le prêtre. Lisbet soupçonne Nethe de vouloir glaner quelques bribes de leur conversation, mais les fidèles en chemin vers la sortie font obstruction. Ida, qui était assise entre sa fille et son mari, se lève pour se diriger vers elles. D'un bond, Nethe se redresse à son tour et part à la suite de sa mère, sans même jeter un regard derrière elle.

Une fois à la hauteur de Lisbet, Ida l'aide à se mettre debout.

« Herr Furmann semblait perturbé, lui dit-elle.

— Cette danseuse avait de quoi perturber », rétorque Lisbet.

Ida la transperce du regard.

« L'as-tu vue ? Était-ce tel qu'on le décrit ?

— En effet, soupire Lisbet en se balançant pour tenter de soulager un peu son dos. Mais cette histoire est terminée maintenant.

— Es-tu sûre de te sentir bien, Bet ? Je peux me rendre seule dans les faubourgs.

— Parfaitement bien, répond Lisbet sans cacher son agacement. Ne me parle pas comme Henne, s'il te plaît. »

Ida sourit.

« Je ne m'y risquerais pas.

— À l'entendre, j'ai toujours l'impression d'être souffrante », ajoute Lisbet tandis qu'elles s'engagent dans l'escalier pour rejoindre la charrette et le cheval d'Ida.

Aucune trace de Sophey ni de Nethe, déjà en route pour la ferme.

« Je vois bien que tu ne l'es pas », dit Ida en arrangeant à l'arrière de la charrette ses paniers remplis de pain tout juste cuit, de quelques betteraves, de champignons, de pichets en terre cuite contenant du lait que la chaleur, si Lisbet se fie à son odorat, commence déjà à faire tourner. De maigres aumônes, même aux yeux des XXI. Voilà longtemps que Lisbet soupçonne Plater de se remplir les poches avec l'argent que le conseil lui alloue pour les actes de charité de sa femme.

« Seulement, tu es si grosse. C'est une bonne chose, se reprend-elle aussitôt en attrapant Lisbet par la main. Une bonne chose, oui. Mais je sais comme tu dois te sentir lourde. »

La route de Strasbourg est remplie de pèlerins, de fidèles en route pour ou de retour de la cathédrale et de marchands ambulants proposant pour presque rien des chandelles de suif et des gâteaux d'avoine. Il n'en a pas toujours été ainsi, se souvient Lisbet. Le jour du Seigneur était respecté à la lettre autrefois, et dans la ville tout entière brillaient les cierges et résonnaient les prières, mais le fléau prédit par Geiler s'était vite répandu. Il circule à présent des histoires de moines courant les tripots, de prêtres fréquentant les tavernes. Si le clergé ne respecte plus ses propres principes, comment peut-on en attendre autant de ceux qui ont des fermes à gérer et des bouches à nourrir ?

Ida se penche doucement vers Lisbet.

« Tu es bien silencieuse aujourd'hui.

— Je réfléchis, souffle Lisbet.

— N'en attrape pas d'aussi vilaines rides entre les sourcils que le père Hansen », la taquine Ida.

Lisbet voudrait rire, mais impossible. Elle se sent lourde, comme Ida l'avait dit, et un peu triste aussi.

« Allez, Bet. Dis-moi ce qui ne va pas. »

Lisbet sait qu'Ida ne la laissera pas tranquille. C'est une mère dotée d'intuition, habituée à consoler les tracasseries de ses enfants. Lisbet soupire et hausse les épaules.

« C'est Henne ? Il te manque ?

— Non », répond Lisbet, si vite qu'elle en a honte.

Ida lève les sourcils, tout en dirigeant le cheval à travers les rues de plus en plus étroites qui bordent la ville.

« Les abeilles vont bien ? »

Cette fois, la question fait sourire Lisbet. Ida comprend mieux que personne son obsession pour les abeilles.

« Oui. Pour l'instant. Mais si notre requête n'aboutit pas…

— Elle aboutira. Dis-moi ce qui ne va pas. » De nouveau, Ida lui lance un regard aiguisé. « Garde un secret pour toi, il te fera vieillir plus vite qu'un péché.

— C'est Nethe, répond Lisbet, qui, à ces mots, sent Ida s'écarter légèrement.

— Depuis quand l'appelles-tu ainsi ?

— C'est justement la raison pour laquelle je ne voulais pas t'en parler.

— Comment cela ? demande Ida, et même si son ton reste léger, il contient une gêne, comme une patte d'abeille accrochée sur un rayon de miel. Qu'y a-t-il ? Va-t-elle bien ? »

Lisbet hésite.

« Le jour où nous avons vu la danseuse… je l'ai trouvée qui errait dans les bois. Elle était bouleversée.

— À cause de la danseuse ?

— Non. À cause de quelque chose que lui a dit Sophey. »

Lisbet regarde son amie. Son profil est magnifique, Lisbet l'a toujours pensé, en dépit du fait qu'Ida trouve son nez trop gros, son menton trop fuyant. Elle hésite à tout lui raconter. Mais comment lui parler de son arbre à danser ? Lisbet aurait l'impression de blasphémer.

« Sa vie sur la montagne n'a pas dû être aisée. Elle ne pouvait pas revenir indemne.

— Non, en effet, répond Lisbet, mais l'esprit d'Ida semble ailleurs.

— Nous y sommes », dit-elle.

Leur arrivée dans les faubourgs déclenche généralement une effervescence, un jaillissement de mains tendues et de témoignages de reconnaissance que Lisbet redoute. Mais alors que le cheval s'arrête devant la maison de Herr Lehmann, Lisbet et Ida trouvent la porte close, l'accès barré par une corde. Les sourcils froncés, Ida saute avec légèreté de la charrette pour tenter de regarder à travers le panneau de bois pourri.

« Personne ? » demande Lisbet.

Ida se rend jusqu'à la masure voisine, puis à la suivante. Même si plusieurs marchands ambulants se sont attroupés autour de la charrette, il n'y a aucune trace de ceux qui les accueillent habituellement. Ida retourne devant la porte de Herr Lehmann et cogne. Descendue de la charrette, Lisbet regarde à travers les fentes des volets délabrés.

« Il y a quelqu'un ? »

Un filet de voix s'élève derrière la porte. Lisbet reconnaît celle de la fille aînée de la fratrie.

« Hilde ? demande Ida. Nous avons apporté du pain et du lait.

— Je ne peux pas ouvrir la porte de ce côté. »

Lisbet tire sur la corde.

« Non, proteste la fille en l'entendant. Ils ont dit de la laisser fermée.

— Où sont tes parents ? demande Lisbet.

— En ville, répond Daniel, venu rejoindre sa sœur. Ils sont partis voir les danseurs.

— Mais la danseuse n'est plus là, répond Ida. Elle a été emmenée dans une chapelle.

— Ils ont emmené tout le monde ? demande Hilde, et, derrière elle, son petit frère Gunne ajoute une remarque inaudible, d'un ton exalté.

— Elle était seule, répond Ida. Lisbet l'a vue.

— Non, répond Hilde, qui tient ses lèvres si près de la porte que Lisbet distingue ses gencives édentées, sent son haleine âcre. Il y en a plusieurs.

— Des centaines ! s'exclame Gunne en bousculant sa sœur pour faire apparaître son menton dans la fente.

— Pas des centaines, se moque Ida en pressant gentiment son pouce sur son menton.

— Presque, proteste Daniel. Mutter et Pater sont partis voir.

— Pouvons-nous y aller aussi ? demande Gunne. Pouvez-vous nous emmener ? »

Ida fait claquer sa langue.

« Tout cela ne présente aucun intérêt. Ce ne sont que des femmes qui dansent. Que dois-je faire du panier ? »

Une fois l'aumône distribuée et la masure derrière elles, Ida jette un regard en coin à Lisbet.

« Nous devrions quand même peut-être y aller.

— "Ce ne sont que des femmes qui dansent" ? se moque Lisbet.

— Nous pourrions nous joindre à elles.

— Ce n'est pas drôle. Tu ne l'as pas vue. Si ces danseuses ressemblent à la première… »

Sa phrase reste en suspens. Elle n'a pas les mots, ne veut pas leur donner corps ni reconnaître cette familiarité ressentie alors, ce sentiment de déjà-vu nourri par toutes ces années au chevet de sa mère.

« Il ne s'agit pas d'une véritable danse, mais d'un bien triste spectacle, Ida.

— Il n'empêche, répond-elle, soudain exigeante comme une enfant. S'il te plaît. Je n'ai que mon père à la maison.

— Et des fils, et ta fille.

— Une joie permanente, répond sèchement Ida. Allez, nous passerons du temps ensemble, comme cela. Et de toute façon cette charrette est à moi. »

Il serait vain de tenter de la dissuader, et Lisbet préfère la perspective d'un voyage en charrette à celle d'une discussion sans fin. Un moment plus tard, elles se retrouvent sur ce pont qu'elles connaissent si bien, puis sur la place du marché. Tous les fidèles de Notre-Dame y sont réunis au milieu de prédicateurs de rue et de mendiants. En quelques minutes, tout le restant de leur aumône est distribué. Lisbet et Ida cherchent alors du regard ces centaines de personnes en transe que leur avaient promis les enfants, sans rien trouver.

« Tu vois, dit Lisbet, soulagée. Ce n'étaient que des rumeurs. Allons-nous-en. »

La foule ici rend la température plus chaude encore. À croire que l'on pourrait remuer l'air comme on remue un ragoût, songe Lisbet. Mais, au lieu de l'écouter, Ida paie un homme pour garder la charrette et lui demande où se trouvent les danseurs.

« Là-bas. » Il pointe du doigt le marché aux chevaux. « Il y a une scène, maintenant. Et une autre du côté de la guilde des tanneurs.

— Une scène ? » La voix d'Ida pétille d'excitation ; Lisbet sent sa gorge se serrer. « Les guildes ont été fermées ? »

L'homme hoche la tête.

« On n'avait nulle part où les mettre, sinon. D'après les médecins, il n'y a rien d'autre à faire que de les laisser danser. »

Ida fait volte-face vers Lisbet pour lui saisir la main.

« Le problème doit être sérieux pour qu'ils en arrivent à interrompre l'activité des guildes, Lisbet ! »

Mais le ton d'Ida, lui, est tout sauf sérieux, et sa main s'agrippe à celle de Lisbet avec une force suspecte. Lisbet tente de libérer ses doigts, mais Ida la tire déjà vers le marché aux chevaux, l'obligeant à naviguer entre la fange et les immondices.

Le marché aux chevaux est un endroit que Lisbet apprécie. Son odeur de verdure lui rappelle les champs de son père, et les chevaux piaffants, aux yeux doux, sentent le foin et la maison de son enfance. Mais l'odeur, au moment où elles pénètrent dans l'enceinte, n'est qu'humaine. Sueur et haleines aigres, ainsi que des cris exaltés derrière lesquels Lisbet perçoit un tambour.

« Ida… »

Leurs mains se séparent à mesure que la foule se densifie autour d'elles, et Ida finit par être emportée par le flot de curieux.

Lisbet aussi est happée. Sans la main de son amie, elle se sent déboussolée, parvient à peine à tenir debout, les bras autour du ventre pour se protéger au milieu de cette puanteur, de cette chaleur et de cette clameur insupportables. Et puis, tout à coup, la foule l'entraîne à travers le portail du marché, la scène apparaît devant ses yeux, pire encore que ce qu'elle aurait imaginé si elle s'était donné la peine d'imaginer quoi que ce soit.

Ce ne sont certes pas des centaines de personnes, mais au moins une quarantaine – il est impossible de précisément les compter –, qui se meuvent ensemble sans obéir à aucun rythme, à aucun pas de danse, retenues sur la scène par des mains qui repoussent et frappent celles qui s'approchent des bords. L'estrade se dresse à hauteur des têtes, si bien que les danseuses semblent flotter au-dessus de la foule, anges démoniaques virevoltants. Il n'y a que des femmes, toutes les cheveux au vent et les yeux exorbités, toutes gémissant comme la danseuse de l'autre jour tandis qu'elles tournoient et bondissent. Leurs sabots ont été jetés par terre, éparpillés sur la scène, leurs pieds sont déjà en sang, projetant des gouttelettes comme de la brume sur les planches neuves encore imprégnées de l'odeur du bois fraîchement coupé.

Lisbet vacille, manque de s'écrouler, mais, au milieu de tous ces gens, la chute serait fatale. Elle s'oblige à rester campée sur ses pieds, écarte les coudes pour mieux protéger son ventre. Au milieu des danseuses se trouvent des hommes, barbus et bien charpentés, des hommes qui manifestement n'ont pas été touchés par la musique, quelle qu'elle soit, qui a mis ces femmes en transe. Lisbet en voit un attraper brutalement une femme par la taille, puis la faire tourner si vivement qu'elle en percute une autre, qui chute. La danseuse au sol se relève aussitôt d'un bond et se remet à sautiller en boitant légèrement.

« Laissez-la. Par pitié, mon Dieu, laissez-la. »

Lisbet a parlé toute seule, mais assez fort pour que son incantation soit entendue par la femme à côté d'elle.

« Ce sont les hommes du conseil, lui dit-elle sans quitter des yeux les danseuses. Ils ont ordre de continuer à les faire danser.

— Comme si cela allait les guérir ? » demande Lisbet.

Sa vue se trouble, brouillée par le mouvement de tous ces pieds et de toutes ces chevelures, baladée comme un poisson au bout d'un hameçon.

Sa voisine hausse les épaules.

« Des musiciens vont bientôt arriver. Ils espèrent que la musique mettra fin à la transe.

— À moins qu'elle n'aiguise au contraire leur ferveur. »

Mais l'attention de la femme a dérivé. Une fois encore, Lisbet manque de perdre l'équilibre tandis que de nouveaux curieux se pressent à travers le portail, poussant la foule et Lisbet vers la scène. Tout se passe comme si Lisbet se trouvait prisonnière d'un filet, au milieu d'une masse infernale avançant inexorablement vers la scène, comme dans un cauchemar. Son pied s'enfonce dans le crottin, ravivant son odeur, maculant l'intérieur de son sabot d'une couche granuleuse. Des mains tendues vers la scène tentent d'attraper les pieds des danseuses, de leur arracher un morceau de jupon ou une touffe de cheveux, comme si ces femmes étaient des saintes vivantes. Lisbet s'accroche à son ventre comme à un radeau alors que le flot l'emporte jusqu'au pied de la scène.

Vues d'aussi près, les danseuses ne paraissent plus si effrayantes ; leur visage est habité. Hormis des souffles puissants, elles n'émettent aucun bruit, leurs yeux comme des pierres balayant la foule, sans s'attarder sur ces visages hurlants, transportés ailleurs. Une femme au dos arqué, de l'âge de Sophey, arrive devant Lisbet et se penche vers elle comme une petite fille, bras grands ouverts, tête rejetée en arrière, extatique, une chaîne en or pendue à son poignet. Ses pieds nus se soulèvent, martèlent le sol : elle sourit, révélant ses gencives roses, au mépris de la foule qui hurle et aboie de plus belle. Elle n'est plus qu'un corps, n'a pour limite que sa propre chair, son enveloppe.

Lisbet s'imagine elle aussi partir à la dérive, laisser son corps se mouvoir comme elle le faisait, enfant, au milieu des champs lorsqu'elle courait avec ses frères. À l'époque où sa peau était lisse et parfaite, où son cœur ne portait aucune cicatrice. L'un des hommes attrape le poignet de la vieille femme, la projette à gauche, puis à droite, si fort que son cou craque et qu'une grimace traverse son visage fripé. Ses yeux se plissent au moment où l'homme la lâche dans un braiment pour l'éjecter.

Comme la corde d'un piège, Lisbet sent quelque chose se rompre en elle. Elle retrousse les lèvres et s'embarque à travers la foule, à rebours, franchit le portail, s'éloigne de ces femmes, de ces hommes, de cette scène, s'éloigne aussi loin et aussi vite qu'elle le peut, jusqu'à ce que son sarrau s'accroche quelque part, l'obligeant à s'arrêter, pantelante. Elle plaque ses mains sur ses yeux si fort que des étoiles apparaissent. Puis une main lui serre l'épaule et, l'espace d'un instant, Lisbet redoute que l'un des hommes l'ait entendue penser tout haut et soit venu la chercher pour la faire virevolter sur scène. Elle pousse un cri, commence à se débattre, mais en réponse retentit la voix d'Ida.

« Pardon, s'exclame Lisbet en saisissant le bras de son amie. J'ai cru…

— Non », répond Ida. Son visage s'est assombri. « Je ne t'en veux pas. » Elle se retourne vers la scène, vers les femmes qui toujours tournoient, et tressaille. « Elles sont… extraordinaires. Toutes de lumière, de plumes. Ne trouves-tu pas ? Radieuses… »

Ida lève la tête vers le soleil d'un air béat. Son foulard glisse sur ses cheveux dorés, formant un halo brillant autour de son visage pâle. Elle paraît presque en extase, et cette image terrifie Lisbet, qui rattrape le foulard avant qu'il ne tombe par terre et le jette entre les mains de son amie.

« Je pars.

— Déjà ?

— Les abeilles, rétorque-t-elle. Comme tu le sais, c'est un travail de chaque instant, et maintenant que Henne n'est plus là... »

Elle commence à s'éloigner à grands pas, le cœur battant, les tympans vibrants. Folie, transe, abandon – Lisbet peut encore accepter, tolérer cela. Mais le ravissement qu'elle a vu sur le visage d'Ida l'écœure, tout particulièrement parce qu'elle-même a manqué de s'y laisser prendre en voyant cette vieillarde danser comme une enfant. Sombrer dans la folie n'est pas un jeu. Lisbet a confié à Ida que sa mère était morte, mais n'a jamais rien dit de plus, et elle ne s'en félicite que davantage à présent. Car si Ida avait tout su, Lisbet l'aurait haïe d'avoir réagi de la sorte devant les danseuses.

Ida la rattrape sans peine, cale son pas sur le sien. À cet instant, plus que tout, Lisbet voudrait ne pas être aussi grosse, aussi gonflée, voudrait pouvoir faire abstraction de tout, comme cette femme sur scène, imperméable au bruit, à la puanteur.

« Moins vite, lui dit doucement Ida. Fais attention, Bet. »

Lisbet voudrait pleurer. Il fait trop chaud, elle n'y tient plus. Même auprès d'Ida, elle se sent complètement seule.

« Je rentre à pied.

— Certainement pas », répond Ida en glissant un bras sous le sien.

Mais tandis qu'elles s'éloignent de la foule, de ces talons martelant le sol et de ces femmes tourbillonnantes, Lisbet remarque que son amie ne cesse de regarder par-dessus son épaule, jusqu'à ce que les danseuses disparaissent.

•

« Il y en a d'autres », lâche Lisbet en même temps qu'elle franchit la porte. Sophey se trouve devant le feu, remuant un ragoût d'un air inquiet, semblant encore plus vieille que le matin, lorsque Lisbet l'a laissée avec Nethe à l'église. « Des dizaines d'autres. Toutes des femmes. »

Sophey lève un bras impatient, faisant taire Nethe avant même que celle-ci n'ait pu sortir un son.

« Tu les as vues ? »

Lisbet hoche la tête, puis plonge les mains dans le seau et passe sur son cou le torchon trempé.

« Ida et moi. Tout le marché aux chevaux leur a été laissé. Les guildes également.

— Ida les a vues ? demande Nethe.

— Oui, et le spectacle l'a bien sûr horrifiée », ment Lisbet.

Elle tressaille au souvenir de ces images, de cette foule, de ces hommes attrapant les femmes pour les faire tourner. Du visage transporté d'Ida.

« Ne commence pas à adhérer à ces bizarreries, dit Sophey d'un ton cassant. J'ai déjà eu mon lot avec celle-là.

— Mais il se passe quelque chose, indéniablement, intervient Nethe, comme reprenant une vieille conversation. Les danseuses se multiplient. Je vous avais dit qu'il y en aurait d'autres. Et j'avais raison.

— Les XXI vont faire venir des musiciens », explique Lisbet malgré le regard menaçant que lui lance Sophey. Elle sait que sa belle-mère veut la faire taire, mais ces mots doivent sortir. « Pour déloger le malin.

— La chaleur les abrutit, voilà tout », jette Sophey en se signant. Nethe et Lisbet l'imitent. « Et ce n'est pas la soif ni d'autres danses qui les guériront. Geiler serait d'accord. Je ne veux plus entendre parler de ce sujet. »

Elle pose sa coupe et s'assoit avec difficulté, ses gros doigts posés devant elle. Ses mains restent enroulées comme autour du bâton d'une baratte, et à voir la manière dont ses jointures tentent péniblement de bouger, Lisbet devine que sa belle-mère cherche à les déployer.

« Cette folie collective amènera des prières, et qui dit prières dit cierges. Alors, au travail. »

Quarante-sept dans la danse

En la trente-deuxième année de Frau Clementz apparut une ferveur pour les anges. Les hommes, parmi lesquels son époux et le plus grand de ses fils, se mirent à entendre des anges murmurer au milieu de leurs récoltes gâtées. Ils s'armèrent de faux et se rendirent devant les réserves de l'église pour demander du grain. Ils virent des anges dans les spires des épaisses portes en bois, qu'ils fendirent. Ils sentirent des anges dans leur gorge, et son fils Arnd jura avoir vu un ange promener de l'or sous la peau de son papa.

La plupart d'entre eux furent exécutés, bien entendu, et de leurs cadavres découpés s'échappèrent des anges qui se dispersèrent dans les airs comme de la fumée. Frau Clementz le vit de ses yeux lorsqu'on pendit son époux et que les fils d'or qu'Arnd avait décrits se rompirent et que l'essence ultime des anges s'échappa de lui. Avant de mourir, il s'urina dessus ; Frau Clementz espéra que les anges ne l'avaient pas vu, ne s'étaient pas aperçus de ce dernier échec terrestre.

Arnd, par la suite, fut saisi de colère. Elle ne parvenait pas à toucher sa colère, sa rage. Lorsque la Bundschuh suivante éclata, il fut le premier à la porte, malgré les supplications qu'elle lui adressa, accrochée à sa taille, malgré ses menaces de se faire du mal, de s'en prendre à ses frères. Frau Clementz était prête à tout pour éviter de voir, une fois encore, un homme qu'elle aimait pendu devant une foule frénétique. Mais il partit et, comme la fois précédente, revint libre et indemne lorsque leur rébellion fut écrasée. Et furieux, tellement furieux qu'on aurait dit un charbon ardent. Il lui rapporta un bracelet en or, un bijou d'une telle finesse qu'on l'aurait dit tissé et qu'il attacha, encore chaud, autour de son poignet. Il déclara l'avoir pris sur un prêtre. Il déclara que ce bracelet lui rappelait les anges sous la peau de son père.

La troisième fois, un homme appelé Joss Fritz s'invita dans leur église, et le prêtre le laissa parler. C'était un homme mince qui s'exprimait d'une voix calme, mais dont la force était palpable. Arnd le compara tout bas au second avènement, bien que cette pensée soit blasphème. Cette fois, Frau Clementz ne tenta même pas de le dissuader de partir.

Aujourd'hui, Arnd est pendu, ses autres fils sont mariés, le dos de Frau Clementz est courbé comme un point d'interrogation et les anges sont revenus. Elle les voit dans les ombres de sa maison vide, dans les jarres poussiéreuses qui ne renferment plus aucune denrée, dans le puits depuis bien longtemps tari. Elle les voit dans les guildes, les voit au marché. Ils ne s'approchent jamais trop près d'elle, bien sûr. Comme n'importe qui.

Le bracelet est à son poignet en ce jour d'été, tandis qu'elle suit les ombres vers la guilde et aperçoit des anges qui se dispersent au milieu de femmes dansantes. Elle les voit mêlés à la chevelure de l'une d'elles, enroulés autour des bras et jambes jaunâtres d'une autre.

Elle ferme les yeux et les entend fredonner à son oreille. Mais alors qu'elle les écoute, un homme aux mains aussi grosses et rêches que feu son mari la fait tourner. Elle sent le bracelet se rompre, mais cela lui importe peu. Car lorsque Frau Clementz tend les bras vers le soleil, elle voit que les anges font briller leur or sous sa peau.

Sept

Lisbet distribue leur ration à Ulf et à Fluh, puis leur arrose le dos avec le restant d'eau stagnante de son seau. Les chiens sont bouillants, leur langue rose obscènement pendue entre leurs dents jaunies. Lisbet flatte la croupe d'Ulf, le gratte et le pétrit ; il reste parfaitement immobile pendant qu'elle éclate ses puces entre ses ongles.

Les abeilles, sorties de leurs ruches, volent tranquillement. Le travail qui l'attend ne l'effraie guère – en fait, ces tâches sont même bienvenues. Elle ramasse du romarin, le pose fumant sur le plateau, accroche son seau sur le pli de son coude et, après avoir relevé son col pour protéger son cou, s'en va en direction de la première ruche.

À son arrivée, les abeilles s'envolent comme les mouches de la forêt amassées dans les ombres. Elle pose une main légère sur le sommet de la première ruche. Quelques abeilles se posent, s'envolent, se posent à nouveau, la brise soulevée par leurs battements d'ailes lui caressant la peau, soufflant des murmures entre ses doigts.

Au début, ces abeilles la terrifiaient. À l'époque de son arrivée à la ferme, Lisbet trouvait que le rucher ressemblait à un cimetière, les ruches à des pierres tombales. Mais pendant sa troisième grossesse, ayant peut-être senti sa tristesse, sa détresse, Henne l'avait emmenée là-bas un matin, de bonne heure, et lui avait fait revêtir l'épaisse tunique de coton et le masque d'osier dont lui-même ne s'embarrassait jamais. Ce n'était pas un été aussi chaud que celui-ci, et pourtant, Lisbet pouvait à peine voir, à peine respirer.

« Je vais te montrer, et tu feras de même pour qu'elles comprennent que nous sommes liés. »

Cachée derrière son masque, Lisbet avait levé les yeux au ciel devant l'absurdité de cette idée. Henne s'était rendu jusqu'à la ruche la plus proche et avait soulevé le cône d'osier léger. Une forme de petite taille, vive, avait filé au loin sous son regard quadrillé à cause du tressage du masque. Sous le cône se trouvait la ruche, un cube de bois évidé, percé à l'avant, duquel les abeilles s'échappaient en spirales.

« N'aie pas peur, lui avait dit Henne, sa voix aussi grave que le bourdonnement des abeilles. Respire. »

Lisbet avait été tentée de lui répondre qu'elle ne pouvait pas derrière ce masque, sous ce soleil, mais elle l'avait finalement écouté.

« Là », avait-il dit en plaçant sa main sous sa poitrine, juste au début de son ventre arrondi – une grande main chaude et intime au contact de laquelle Lisbet avait cru fondre comme le miel dans l'eau.

À mesure qu'il dénouait les fermoirs, les abeilles venaient se poser sur ses mains. Ses gestes restaient lents, calés sur le va-et-vient de son souffle. Lisbet guettait l'essaim, mais tout se passait comme Henne l'avait prédit : les abeilles ne semblaient aucunement dérangées par sa présence. Il avait ensuite soulevé les rayons, d'où tombaient déjà du miel et quelques morceaux de précieuse cire.

« Les alvéoles ne sont pas encore remplies, avait-il dit. Ce sera le cas dans quelques jours. Il faudra alors retirer toutes les abeilles, comme ceci. » Henne avait promené le long des rayons son doigt sur lequel les abeilles délogées s'étaient posées avant de s'envoler, d'y revenir, puis de décoller une dernière fois pour regagner la ruche. « Ensuite, tu remets les rayons à leur place. »

Henne avait joint le geste à la parole, replaçant également la pièce de bois avant de sceller les fermoirs et de poser par-dessus le cône d'osier.

« À ton tour. Sans te presser. »

Les bras de Henne s'étaient enroulés autour de sa taille. Lisbet le sentait respirer derrière son dos, son cœur contre ses omoplates. Elle avait accordé sa respiration sur la sienne. Ce geste, avait-elle décidé, elle l'exécuterait parfaitement, pour le rendre fier.

Lisbet avait soulevé le cône, puis lentement introduit ses mains dans leurs gants trop grands à l'intérieur de la ruche. Même à travers son masque d'osier, elle distinguait l'or, le noir des abeilles, leur forme trapue. Elle avait ouvert les fermoirs pas plus grands qu'un ongle en se mordant la lèvre pour se rappeler d'agir avec lenteur et précision, sans faire tomber le morceau de bois, dont l'écorce s'effritait entre ses mains.

La couche inférieure de la ruche était devenue visible. On aurait dit un corps malade, couvert d'abeilles amassées comme des excroissances monstrueuses, lui remplissant les narines de l'odeur puissante, âcre et douce du miel et de la cire. Plusieurs abeilles avaient atterri sur son masque ; Lisbet les imaginait déjà enfoncer leur dard dans ses paupières, la laissant défigurée comme l'homme dont Henne lui avait un jour parlé.

Une forme sombre était passée devant son visage. Lisbet avait mis quelques secondes à comprendre qu'il ne s'agissait que de la main de Henne, qui la débarrassait des abeilles.

« Elles aiment tes gestes, *Schatzi*. Nous allons faire de toi une apicultrice en un rien de temps. »

Et il avait dit vrai. Travailler avec les abeilles lui est à présent aussi naturel que de respirer, plus naturel même que d'entretenir ses liens avec son mari. Peut-être n'a-t-elle pas réussi à être une bonne épouse, une bonne fille, à devenir la mère d'enfants en vie, mais, dans ce domaine, Lisbet a réussi. Les abeilles dansent autour de ses mains, bourdonnant plus fort encore que les battements de son cœur.

Avec douceur, elle les retire de sa peau, soulève lentement le cône et le retourne pour révéler les alvéoles noires d'abeilles. Comme un prêtre à l'église, elle agite au-dessus d'elle son romarin fumant, et les abeilles s'élèvent comme des prières vers le Ciel.

Dénouant les fermoirs, Lisbet démoule quelques morceaux dorés, toujours ébahie de les voir tomber dans sa main avec une telle facilité, ramollis par la chaleur, imprégnés d'un entêtant parfum. Henne affirme que cette abondance et la docilité de leurs abeilles sont la preuve qu'elles accomplissent l'œuvre de Dieu, mais Lisbet est persuadée qu'elles ne se montreraient pas aussi généreuses avec n'importe qui.

Elle prend une grande inspiration tandis qu'elle dépose dans son seau les premiers rayons de miel, tout en fredonnant doucement. Les abeilles l'encerclent, flottent un instant, puis s'envolent au loin. Elle prélève un deuxième morceau, puis un troisième, veillant toujours à libérer les abeilles restées prisonnières dans son seau. Le reste des rayons est laissé dans la ruche pour que les abeilles reprennent leur ouvrage, puis Lisbet passe au cône suivant.

Rien n'a bougé dans la cour. Elle fredonne toujours toute seule, pour son bébé, en la traversant pour se rendre dans le cabanon grossier qui leur sert de pressoir. L'installation est loin d'être aussi perfectionnée que celle du monastère, avec ses machines capables de soulever et de poser les épaisses planches de chêne, mais Lisbet s'en contente. Elle place le recueilloir sous la presse, vérifie que l'étamine est en place sous la plaque inférieure, puis installe les rayons de miel sur la planche.

Le coude appuyé contre l'étagère que Henne a installée à cet effet, elle pose par-dessus la seconde planche, puis actionne la manivelle pour que la cire s'étale et se casse. Elle en prélève un morceau qui dépasse, l'enveloppe dans du papier ciré. Le bébé donne un coup d'épaule ou de pied ; Lisbet pose ses mains autour de son ventre. Cette scène pourrait se dérouler une décennie plus tôt, à cette époque où tout était encore nouveau pour elle et où son troisième enfant grandissait en elle. Les unes sur les autres, les années se sont entassées comme des plis sur un tissu.

Le miel commence à goutter, puis à s'écouler, lissant la surface de l'étamine. Comptant les battements de son cœur, Lisbet attend que le flot devienne régulier. Puis elle redonne un tour de manivelle, ramasse son fagot de romarin et, à regret, mais sans regarder derrière elle, quitte le cabanon.

« Frau Wiler ? »

Cette voix trop familière provoque aussitôt un vertige dans son ventre, qui l'écœure autant qu'une dent pourrie.

« Herr Plater.

— En plein travail, je vois, dit-il en lissant son justaucorps. Le voyage de Henne progresse-t-il comme vous l'espériez ?

— Quelle surprise de vous revoir si vite. En quoi puis-je vous aider ? »

Elle ne l'invite pas à entrer. Le laisse sous le soleil. Déjà, il transpire : la sueur ruisselle sur ses joues, à l'intérieur de son col. Son visage paraît étrangement lisse. Son haleine est adoucie par une odeur de menthe et de clou de girofle. Son sourire s'agrandit, et Lisbet se retient de se jeter sur lui, de lui lancer des coups, de massacrer cet homme qui menace de leur prendre tout ce qu'ils possèdent.

« Vous êtes aussi directe que votre mari. » Lisbet attend. « Il aura raté les danseuses, remarque-t-il. Les avez-vous vues ? » Elle opine de la tête, sèchement. « Ma femme me l'a dit, poursuit-il. Les XXI veulent y mettre fin rapidement. Un conseil d'urgence a été réuni. Le clergé et les médecins s'accordent sur la solution. Ils ont ordonné une Grand-Messe, ont vidé la ville de ses ribaudes et de ses vagabonds, ont fait bâtir des scènes et envoyé des hommes forts pour danser avec les souffrantes.

— Certes, répond Lisbet en laissant le scepticisme peser dans sa voix. Mais ils se montrent brutaux avec elles.

— Il faut qu'ils les épuisent. Des musiciens ont été mandatés, également.

— Je le sais.

— Mon propos n'est pas là. » Plater marque une pause, comme pour la défier de lui répondre à nouveau. Jugeant son silence suffisamment long, il reprend : « Vous hébergerez des musiciens de l'église. Un ou peut-être deux. » Sa main se dresse pour étouffer les protestations qu'il pressent. « Il n'y a pas qu'à vous que cet effort a été demandé. Toutes les familles endettées des environs mettront à disposition les espaces libres de leur foyer.

— Nous n'en avons pas.

— Bien sûr que si, surtout en l'absence de votre mari. » Il croise les bras, penche la tête en balayant les environs du regard. « Il ne fait aucun doute que cette présence vous profitera. Trois femmes seules, sans homme pour les protéger…

— Nous n'avons pas besoin de protection. »

Plater fait claquer sa langue comme pour calmer un chien.

« Allons, Frau Wiler, nous vivons à une époque dangereuse. Maintenant que la ville a été vidée de ses pécheurs, où pensez-vous qu'ils iront ? » Lisbet ne peut s'empêcher de suivre son regard, qui se pose au loin, derrière les ruches, vers la forêt. Les arbres se fondent en une masse noire. « Cet effort jouera en votre faveur lors de votre passage devant l'Église et le conseil.

— Nous n'avons pas besoin d'aide, rétorque Lisbet. Nous sommes des fidèles assidus, nous distribuons les aumônes.

— Mais vos abeilles se nourrissent des fleurs sauvages du monastère sans que jamais vous ne lui ayez reversé une part de vos profits. »

Lisbet sent ses entrailles bouillonner.

« C'est au tribunal de Heidelberg d'en juger.

— Mais n'oubliez pas sous quels Cieux œuvre la cour. Les musiciens arriveront demain.

— Comme si nous avions le choix. »

Plater s'en est déjà reparti vers son cheval, ses mains calleuses glissées dans ses poches de soie. Sur son passage, Fluh bondit en jappant.

Lisbet s'arme de courage avant de retourner à l'intérieur de la ferme. Sophey est assise à table, la tête dans ses mains déformées.

« Cette chaleur..., souffle-t-elle. Quand cela va-t-il s'arrêter ? »

Lisbet attend que Sophey se découvre, essuie ses tempes trempées de sueur. Les yeux noirs de sa belle-mère se braquent sur elle, soulignés par des creux gros comme deux poings serrés.

« Plater est venu.

— Il est ici ? »

Sophey se lève, ses genoux craquent, ses yeux luisent de haine.

« Il vient de repartir, répond Lisbet. Mais il apportait un message.

— De Heidelberg ?

— De Strasbourg, des XXI et de l'Église.

— Une seule et même chose », râle Sophey, qui a toujours trouvé que le clergé était trop impliqué dans le conseil. Qui a toujours jugé qu'une séparation plus nette devrait être instaurée si l'on voulait que les prêtres restent purs. « Que nous veulent-ils encore ? »

Lisbet lui parle de leurs intentions, des exodes, des scènes construites, des musiciens. Sophey grimace.

« Tu aurais dû m'appeler.

— Personne ne le dissuadera.

— Nous verrons bien. Je pars pour la ville. La cire est-elle prête ?

— Elle est au pressoir. Où est Nethe ?

— Agnethe est en train de prier, il ne faut pas la déranger. »

Une fois Sophey partie, Lisbet sort les rayons de miel enveloppés dans le papier et frappe à la porte de Nethe.

« Nethe ? »

Elle colle son oreille à la porte, l'entend murmurer à l'intérieur.

« J'ai quelque chose pour toi. » La prière continue comme si de rien n'était. « Accepterais-tu de venir te promener avec moi ? Nous pourrions aller à l'arbre. »

Lisbet pose les rayons de miel devant la porte.

La curiosité laisse dans sa gorge un goût si amer qu'elle en vomirait. Et tout est encore là lorsqu'elle rentre après avoir accompli seule l'aller-retour jusqu'à son arbre : cette curiosité et les rayons de miel.

Les jours suivants, la ferveur de Nethe persiste. Lisbet ne la voit pas, ne l'entend pas, hormis la nuit quand, l'oreille collée à sa porte, elle distingue ses murmures et l'ardeur qui transparaît dans sa voix lorsqu'elle prie.

•

Les sourcils froncés, Ida se faufile à contre-courant dans la marée de fidèles. Plater n'est pas venu à l'église, empêché par les événements qui secouent la ville. À voir sa mine reposée, cette absence semble réussir à Ida. Mais lorsque Lisbet ouvre la bouche pour la saluer, au lieu de lui répondre, Ida s'adresse à Nethe.

« Comment vas-tu ? » lui demande-t-elle en s'approchant. Nethe recule d'un pas, comme si une danse s'engageait entre elles.

Nethe a fini par sortir de sa chambre le matin même, les joues creusées, puant. Elle s'est lavée dans l'auge réservée aux chiens. Tout se passe comme si la pierre que Lisbet avait réussi à fendre la semaine précédente s'était recalcifiée, avait retransformé Nethe en Agnethe l'étrangère, la pénitente.

« Bien », répond Nethe en serrant la mâchoire comme son frère.

La tension fait bourdonner les tympans de Lisbet. La main d'Ida tressaute – un geste si léger, si impulsif, que Lisbet l'aurait manqué en battant des cils au mauvais moment.

Nethe tourne les talons et part à grands pas vers la sortie de l'église. Au grand étonnement de Lisbet, Ida se lance à sa poursuite. Le sourcil levé, Lisbet se retourne vers Sophey, mais cette dernière les a déjà suivies. Pendant quelques instants, Lisbet reste figée, comme prise dans un filet. La réaction d'Ida a semé le chaos dans sa tête. Elle oblige son corps lourd à les suivre à son tour, retournant sous le soleil aveuglant.

Quelle que soit la discussion qui animait les deux femmes, Sophey y a mis un terme en se plantant comme un piquet entre elles. Deux ronds colorés sont apparus sur les pommettes blanches de Nethe, et la main d'Ida ne cesse de tirer frénétiquement sur un fil imaginaire de sa manche impeccable.

« Imbéciles, siffle Sophey. Dieu vous punit, toutes les deux.

— Tu crois que je ne le vois pas ? rétorque Nethe, le regard brillant de colère, aussi essoufflée que si elle avait disputé une course. Pourquoi penses-tu que j'ai prié toute la semaine dernière ?

— Que se passe-t-il ? demande Lisbet en se tournant vers Ida.

— Frau Plater, allez distribuer vos aumônes, je vous prie, lance Sophey à Ida avec ce mélange de politesse et de perfidie dont elle seule a le secret.

— Je...

— Immédiatement. »

Ida s'exécute et part en direction de sa charrette, soudain aussi docile qu'une petite fille. Lisbet commence à la suivre, mais une tape ferme sur son épaule l'arrête.

« Wiler, je présume ?

— Oui ? » répond Lisbet, confuse, en se retournant.

Herr Furmann est apparu derrière elle et la regarde d'un air détaché.

« C'est bien vous qui êtes chargée de la distribution des aumônes avec Frau Plater ?

— C'est bien elle, répond Sophey de ce ton à mi-chemin entre défiance et déférence dont elle use en présence des plus riches qu'elle. En quoi pouvons-nous vous aider, Herr Furmann ?

— J'ai ici plusieurs jarres de bière à offrir, dit-il en désignant son cheval attelé à une charrette couverte, aux rayons métalliques et sièges en cuir poli. Par les temps qui courent, chaque don supplémentaire que nous pouvons réaliser est une joie.

— C'est très gentil à vous, répond Sophey, quoique parfaitement consciente, comme Lisbet, que chez ce genre d'individu la générosité n'a pour but que de se voir rétribuer plus tard, Là-haut ou ici-bas. Nous allons immédiatement les charger dans la charrette de Frau Plater.

— Vous n'y arriverez jamais, s'esclaffe-t-il. Pourquoi pas vous ? »

Nethe se tient derrière elles. Une force évidente se dégage toujours d'elle, malgré le jeûne qu'elle s'est imposé la semaine passée.

« Oui, dit-elle. Bien sûr. »

Elle le suit, transporte les lourdes jarres en terre cuite de charrette à charrette sous le regard et les ordres sporadiques de Herr Furmann. La corvée terminée, Lisbet va se hisser sur le siège à côté d'Ida, mais un bruit de bouche désapprobateur l'arrête.

« Non, non, les jarres doivent m'être retournées. Il faudra transvaser la bière dans d'autres contenants. Prenez ce que vous trouverez. Je doute que vous puissiez vous en occuper. » Son regard se pose tour à tour sur la femme enceinte, puis sur la frêle Ida, avant de s'arrêter à nouveau sur Nethe. « Vous allez devoir y aller. »

Toutes les femmes grimacent, comme si Herr Furmann avait sorti un fouet.

« C'est impossible, Herr Furmann, intervient Sophey. Agnethe est requise à la ferme.

— Ce ne sera l'affaire que de quelques heures avec une carrure pareille, dit-il en la désignant d'un geste vague. Et vu la folie qui règne en ce moment, mieux vaut que celui-ci reste en sécurité, ajoute-t-il en pointant du doigt le ventre de Lisbet, dont l'esprit s'embrume de honte et de colère. Il y a seize jarres. Pensez à les recompter lorsque vous aurez fini, voulez-vous ? »

Face à n'importe qui d'autre, Sophey se serait insurgée. Mais la position de Herr Furmann l'oblige à ravaler sa fierté, tout comme Nethe, qui, semblant aller à la mort, se dirige vers la charrette pour grimper à côté d'Ida. Assise droite comme un I, Ida garde le regard planté devant elle.

« N'oubliez pas de dire à votre époux qui est à l'origine de ce don, Frau Plater », conclut Herr Furmann, et Ida hoche la tête sèchement avant de secouer les rênes.

Sophey se retient encore le temps que Herr Furmann s'éloigne de l'église, puis se cache les yeux derrière ses poings serrés.

« L'imbécile ! » enrage-t-elle, et Lisbet se demande si cette injure est dirigée contre elle, contre Herr Furmann ou contre Sophey elle-même.

Mais elle n'a pas le temps de répondre que sa belle-mère s'engage déjà d'un pas résolu sur le chemin qui les ramènera à la ferme.

Lisbet n'essaie même pas de la rattraper. Cette scène a laissé en elle un vertige. Plutôt que de suivre la route, elle décide de couper par la forêt. Pour accéder à son arbre, elle doit franchir la rivière, que la chaleur a réduite à un simple cours d'eau exhalant une odeur aussi saumâtre que l'haleine de Nethe, et suffisamment chaud pour lui procurer une étrange sensation lorsqu'elle le traverse. Sa peau est bleue à la hauteur des poignets, dont les veines ont gonflé depuis qu'elle porte un enfant.

Lisbet sort de l'eau, toujours obsédée par la scène à laquelle elle vient d'assister.

Elle sait que tous étaient amis, enfants : Henne et Nethe Wiler, Ida Metz, Alef Plater. Mais ce lien s'est brisé avant son arrivée à la ferme. Il lui arrive parfois de se demander si un amour aurait pu naître entre Henne et Ida, laissant Alef pour Nethe si cette dernière n'avait pas péché et provoqué son exil. Un plan parfait, détruit par le départ de Nethe et, en tout état de cause, par l'arrivée de Lisbet. Prenant la place de Nethe dans son monde, marchant dans son ombre.

Mais ce que Lisbet a vu devant l'église n'est pas un vestige d'amitié, mais d'inimitié, du moins concernant Nethe. Pour quelle raison pourrait-elle donc détester Ida – pour quelle raison pourrait-on détester une femme pareille ? Lisbet se souvient de la chape de silence qui avait précédé le retour de Nethe, une chape qu'elle perçoit à présent comme une conspiration, comme un acte délibéré pour la maintenir dans l'ignorance, lui cacher la vérité.

Une fois sur la rive, elle inspecte le sol, se laissant absorber par cette tâche ridicule, oubliant momentanément sa réflexion. Elle choisit un galet, le plus lisse, cerclé d'un anneau de quartz, et s'éloigne à travers la forêt et ses murmures pour rejoindre son arbre. En pénétrant dans la clairière, elle renifle autour d'elle comme un chien à la recherche d'intrus. Mais toutes ses offrandes sont bien là, les rubans sont toujours noués aux branches et la plateforme est nue.

Au pied du tronc, elle s'accroupit pour déposer le galet imprégné de la chaleur de sa peau. Elle ferme les yeux et lui transmet les battements de son pouls avant d'ouvrir la main.

•

Sophey n'émet aucun commentaire sur le retard de Lisbet et se contente de tendre le bras pour lui signifier de lui passer le seau de miel qu'elle a tiré du pressoir. Son expression la dissuade de chercher à engager la conversation. Elle sursaute au moindre bruit provenant de l'extérieur, attendant avec anxiété le retour d'Agnethe. Elles passent ainsi l'après-midi, à balayer la chambre de Henne et Lisbet, à ouvrir en grand les volets dans l'espoir qu'un souffle d'air puisse faire retomber la température de quelques degrés.

En dépit de ses plaintes, jamais Sophey ne laissera personne voir en elle une hôte sans générosité. Elle confectionne un pain avec le reste de la belle farine de Mathias, en mélangeant du miel tout frais à la pâte. Elle demande à Lisbet de prélever deux chandelles de cire d'abeille sur la commande et cache les leurs, en suif, sur une étagère haute.

Au crépuscule, Lisbet sort donner de l'eau aux abeilles quand elle entend des voix puissantes et aiguës. Nethe et Ida sont de retour de l'aumône. Lisbet prend la direction de la route, mais se cache dans l'ombre des ruches en entendant leur colère, dressée comme les plumes sur le cou d'un coq. Le cheval d'Ida s'arrête devant le portail de la ferme, et Nethe descend de la charrette, écarlate, suivie d'Ida, qui saute maladroitement à terre, son visage pâle ruisselant de larmes.

« Agnethe, je te jure sur la tête de mes fils...

— Ne me parle pas de tes fils, crache Agnethe. Ni de quoi que ce soit qui t'appartienne.

— Je t'en supplie, dit Ida. Je n'avais pas le choix. Crois-moi.

— Il y avait un choix. Ne crois pas que ton mariage te sauve. Car il n'existe aucun remède à cela.

— Qu'il en soit ainsi, dans ce cas, répond Ida. Laisse-moi au moins te demander pardon. »

Elle saisit alors la main de Nethe, dont le visage se crispe, mais qui ne la rejette pas. Même dans la lumière du soir, Lisbet parvient à lire de l'hésitation sur son visage.

« Agnethe ! »

La voix de Sophey est un étau. La porte de la ferme valse.

Nethe retire sa main de celle d'Ida et se hâte de traverser la cour pour passer devant sa mère, qui claque la porte derrière elles. Ida reste abasourdie, les mains encore en l'air. Lisbet sort du rucher et ouvre le portail de la ferme.

« Ida… »

Son amie bondit, la main sur la bouche.

« Tu te cachais, Lisbet ?

— Est-ce que tout va bien ? »

Un rire creux sort de la bouche d'Ida. Lisbet se rapproche pour mieux la voir sous les derniers rayons flamboyants du soleil et pose son pouce sur sa joue pour essuyer ses larmes. Mais Ida s'écarte et, appliquant ses paumes sur ses tempes, appuie comme pour faire éclater son crâne.

« Il fait trop chaud. »

Lisbet reste insensible à sa plainte.

« Que s'est-il passé ? »

Les épaules d'Ida s'affaissent.

« C'en est trop, Lisbet. »

Lisbet se mord la joue.

« Tu ne me parleras pas ?

— Je ne peux pas », répond simplement Ida. Lisbet attend, espérant obtenir une explication malgré tout, mais lorsque Ida reprend la parole sa voix est plus claire, plus franche. « C'est devenu une armée, à présent. À croire que toutes les femmes de Strasbourg ont rejoint la danse. Les musiciens vont devoir jouer jour et nuit.

— Crois-tu que cela fonctionnera ?

— Cela finira bien par s'arrêter. » Sans crier gare, Ida plante son regard dans celui de Lisbet, ouvrant tout grand ses yeux aux reflets violets. « Suis-je quelqu'un de bon, Lisbet ? »

Lisbet s'agrippe à elle.

« Tu es la meilleure femme que je connaisse au monde. Que t'a dit Nethe ? »

Les mains de son amie deviennent soudain molles. Elle recule, remonte dans la charrette.

« Bonne chance avec tes musiciens, Lisbet. »

Huit

Ils sont deux. Le premier de grande taille, blond, à la peau blanche – un brin de froment. Le second court, large et mat de peau. Un Turc. C'est lui qui parle pour eux deux.

« Je m'appelle Eren. » Sa main fine se pose sur sa tunique. « Et voici Frederich. »

Sa voix est douce, légèrement chantante. Sophey répond d'un hochement de tête sec, sans le regarder tout à fait. Peut-être n'a-t-elle encore jamais vu de Turc de si près, se dit Lisbet.

« Frau Wiler, dit Sophey. Frau Wiler, répète-t-elle en désignant Lisbet. Fräulein Wiler », ajoute-t-elle en montrant cette fois Nethe.

Eren les salue de la tête, tandis que Frederich s'incline bien bas.

« Nous vous remercions pour votre hospitalité, déclare Frederich tout en ayant l'air de réprimer une envie de rire.

— Êtes-vous joueur de tambour ? » lui demande Nethe.

Elle indique la peau tendue sur un morceau de bois que Frederich porte à sa ceinture.

« De flûtiau.

— Il plaisante, intervient Eren en gratifiant son compagnon d'un petit coup de coude dans les côtes. Ne lui adressez pas la parole, c'est un taquin. »

Sa voix est chargée d'affection, de complicité.

« Permettez-moi de vous montrer votre chambre », dit Sophey en faisant reculer Nethe.

Lisbet remarque que, chaque fois qu'elle parle, Sophey dresse la tête pour ne s'adresser qu'à Frederich. Eren ne semble pas l'avoir relevé, ou peut-être s'est-il habitué à ne plus remarquer ce genre d'attitude. Il se penche vers Ulf, collé contre ses jambes. Fluh, pour ne pas être en reste, arrive et lui lèche les doigts.

Mais, d'un coup de pied, Sophey repousse la chienne qui s'écarte en gémissant et lève une patte, comme pour jouer au blessé.

« Par ici. »

Les deux musiciens la suivent en silence. Eren se penche vers Fluh et donne une caresse sur son flanc avant d'entrer.

« Un Turc, souffle Nethe dès que le groupe s'est suffisamment éloigné.

— J'ai des yeux, tu sais.

— Quelle injure, grogne Sophey en sortant de la cuisine, éblouie par la forte lumière. Un infidèle. » Elle attrape d'une main furieuse le balai rangé près de la porte et commence à nettoyer les traces de boue imaginaires laissées par les semelles des deux hommes. « Un problème, un seul, et je les jette dehors, décret du pape ou non.

— Je suppose que nous les verrons très peu, remarque Lisbet. N'ont-ils pas dit qu'ils commençaient demain ? Ils doivent jouer jusqu'à la tombée de la nuit. Nous serons déjà couchées.

— Des musiciens. Quelle sotte idée. Ah, ces médecins… »

Ses marmottages cessent à l'instant où elle entend le plancher de la cuisine grincer. Le plus grand des deux musiciens, Frederich, s'est approché de la table. Sans son tambour, il paraît encore plus mince.

« Puis-je prendre mon souper ? Nous avons voyagé toute la journée. »

Sophey flanque le balai entre les mains de Nethe et s'en va servir leurs invités.

•

Les premiers jours, les musiciens vivent aussi discrètement que deux araignées. On ne retrouve d'eux que des traces, quelques miettes oubliées sur la table, des ombres furtives aperçues au bas d'une porte.

Lisbet balaie leur présence avec la même facilité qu'elle balaierait des toiles d'araignées. Son esprit est trop occupé par les abeilles et par Nethe, dont elle partage la chambre, désormais. Ses prières ininterrompues ont cessé ; Nethe se joint à tous les repas, mais il demeure chez elle quelque chose de nerveux, une agitation qui entretient la propre anxiété de Lisbet. La distance entre elles s'est réinstallée, ses murs solidifiés par la scène dont Lisbet a été témoin. Et, quand bien même sa réaction serait enfantine, Lisbet s'est sentie trahie par le fait que Nethe n'ait jamais demandé à retourner voir son arbre ; elle est habitée par le sentiment de lui avoir donné accès à la part la plus sacrée de sa vie pour la voir ensuite la piétiner, l'oublier.

Sophey est finalement celle que ces étrangers affectent le plus. Les rides sur son visage sont de plus en plus marquées, les ombres sous ses yeux s'étendent jusqu'à ses joues.

« J'espère qu'ils ne s'attendent pas à ce que nous lavions leur linge, crache-t-elle tout en récurant les assiettes des hommes avec une brosse en crin, avant de changer son eau de vaisselle. Jamais je n'y toucherai. »

Lisbet sait que sa tête fourmille d'histoires sur les Turcs, des esclaves échappés qui auraient assassiné leurs maîtres. Mais Eren n'a rien d'un esclave, et Lisbet est persuadée qu'il est un homme de bon cœur après l'avoir vu agir avec les chiens – bien que donner des caresses à un chien n'empêche pas de donner des coups à une femme.

Des rumeurs circulent à l'église : les indésirables chassés de la ville par les XXI pullulent dans la forêt. Herr Furmann s'est fait voler ses chèvres, une nuit, et des barrages ont été vandalisés, créant de nouveaux cours d'eau au milieu des arbres. Celui de Lisbet a été épargné, protégé par les marécages qui entourent la clairière et trop éloigné de la ville. Cependant, elle ne s'y rend plus qu'au beau milieu de la journée, comme si la chaleur pouvait tenir ces diables à distance.

Le troisième soir, au moment du coucher, Nethe prononce son nom. Lisbet demeure immobile dans son lit ; elle attend. Elle ferme les yeux, entend Nethe remuer, puis sent l'odeur de son souffle tandis que cette dernière se penche sur elle. Puis son poids s'envole, Nethe s'est redressée, mais Lisbet n'a pas le temps de réagir qu'elle s'est déjà glissée hors de la chambre.

Lisbet tend l'oreille : Nethe traverse la maison, arrive devant la porte. Les chiens restent silencieux. Lisbet hésite un instant, puis tâte l'oreiller de Nethe : la mèche de cheveux a disparu. Elle se rassoit, le dos droit. Pieds nus, elle part à la suite de sa belle-sœur, plissant le nez quand la porte grince. Nethe a laissé la porte de la cuisine grande ouverte sur la cour, calée avec le balai, laissant le clair de lune se répandre sur la table. Le pain est resté intact : les musiciens ne sont pas encore revenus.

Le long museau d'Ulf s'insinue derrière le cadre de la porte. Lisbet se faufile jusqu'à lui et pose la main sur sa tête pour le repousser doucement. Ulf lui lèche la paume, soigneusement, de sa langue râpeuse. Sentant celle-ci aussi sèche que du sable, Lisbet attrape son seau, l'emporte dehors et s'en va remplir l'auge du chien tout en scrutant les alentours avec attention. La nuit est étouffante bien que le ciel soit clair, piqué d'étoiles brillantes. Une silhouette apparaît au coin du mur.

« Nethe », siffle Lisbet tout en se rendant compte, en même temps qu'elle prononce ce nom, qu'il ne s'agit pas d'elle.

Eren s'est arrêté. Ulf part dans sa direction pour l'accueillir, laissant entendre les craquements de sa vieille queue qu'il agite comme une charnière rouillée. Lisbet prend soudain conscience de l'apparence qui doit être la sienne, les bras serrés autour de son corps difforme. Elle s'empresse de baisser la tête et de rentrer à l'intérieur de la maison. Elle sait que, dehors, Eren attend pour lui laisser le temps de regagner son lit, pour éviter qu'ils se croisent. Mais au lieu de retourner dans sa chambre, Lisbet allume une bougie en cire d'abeille, ramasse un couteau et commence à trancher le pain. Le bébé, en bougeant, lui remplit constamment la gorge d'un goût amer qu'elle voudrait pouvoir atténuer en mangeant quelque chose.

Le musicien passe la porte, range le balai sur le côté. Il s'arrête sur le seuil, ayant décelé sa présence. Le clair de lune dans son dos donne l'impression que sa silhouette a été découpée sur une ombre. D'un geste, Lisbet l'invite à venir s'asseoir en face d'elle, puis dépose une tranche de pain sur une assiette et la fait glisser vers lui, accompagnée de rayons de miel suintants.

L'homme opine du chef, reconnaissant, puis se débarrasse du paquet qu'il porte en bandoulière – son instrument, présume Lisbet, même si elle n'a jamais rien vu de tel. Elle sait à quoi ressemble un tambour. Ou une flûte. Mais cet instrument-là est pourvu d'une boîte ronde surmontée d'un long manche sur lequel des cordes sont tendues. Le jaune de la boîte lui rappelle son arbre et ses rubans criards au milieu de la verdure.

Eren pose l'instrument sur la table, à côté de son assiette. Les cordes vibrent comme pour lui répondre, un grondement grave. Il grimace, plaque sa main sur le manche pour les faire taire et brandit son autre main en signe d'excuse. Alors qu'on ne voit d'ordinaire que ses ongles blancs, parfaits croissants sur sa peau brune, ce geste révèle des doigts au bout calleux.

Sans les quitter des yeux, Lisbet se lève pour remplir une chope qu'elle pose devant lui. Le musicien la remercie d'un signe de tête, puis se courbe pour prier. Lisbet ignorait que les Turcs priaient. Elle se joint à lui et l'observe du coin de l'œil pendant qu'ils commencent leur dîner.

Ses épaules minces sur son corps large donnent l'impression que quelqu'un le tient constamment sous les aisselles, les bras légèrement écartés. Son visage est long, ses sourcils épais, aussi noirs que ses cheveux et sa barbe. Sa peau est aussi sombre que le bois de la table, et sa main reste tranquillement posée autour de sa chope tandis que, de l'autre, il porte à sa bouche sa tranche de pain.

Elle ose un regard vers son visage. Sa barbe est taillée plus court que celle de Henne ou de son père, révélant une mâchoire ciselée, des pommettes hautes et des joues pleines. Sa moustache n'est pas clairsemée comme celle des hommes d'Alsace, et ses extrémités sont relevées. Lisbet l'observe comme elle observerait une ruche, scrupuleusement, jusqu'à ce qu'il lève les yeux de son assiette vide et sourie. Ses dents sont très droites.

« Merci, murmure-t-il, et Lisbet hausse les épaules pour lui signifier qu'elle n'a rien fait d'autre que lui couper une tranche de pain, lui verser une chope d'hydromel. Fais-je erreur si je présume que vous élevez des abeilles ? »

Elle secoue la tête.

« Avec mon époux. »

Sa voix n'est qu'un filet, mais il l'entend malgré tout.

« Heinrich Wiler, un homme né pour les affaires, ajoute-t-il, et il sourit de nouveau, à la surprise de Lisbet. Frederich a posé des questions sur vous en ville.

— Sur moi ? »

Il balaye la pièce de la main.

« Sur la famille Wiler. Herr Metz, le meunier, vous aime beaucoup. »

Installée sur sa chaise, Lisbet se détend un peu, pose les mains sur son ventre tandis que le pain produit son effet.

« Nous sommes de fidèles clients de son moulin. Où est passé...

— Frederich est resté en ville. Mon ami adore la nuit. Comme vous, semble-t-il.

— Je n'arrivais pas à dormir. »

Cette remarque semble intime, mais Lisbet surmonte aisément sa gêne.

« Ma mère était pareille quand elle était enceinte de mes sœurs. » Il hoche la tête. « Et il faisait moins chaud qu'ici.

— Est-ce que Strasbourg… » Lisbet cherche ses mots. Le musicien attend, se retient de terminer sa phrase comme l'aurait fait Henne. Elle voudrait savoir si Strasbourg a changé, mais le musicien ne connaissait pas la ville d'avant. « Les danseuses sont-elles nombreuses ? » finit-elle par demander.

Les mains d'Eren tremblent légèrement – Lisbet n'aurait rien vu si une goutte d'hydromel n'avait pas débordé de sa chope et glissé le long de ses doigts fins. Elle s'imagine, le temps d'un instant absurde, la rattraper avec sa bouche, et boit une gorgée dans sa chope. Cet hydromel a été confectionné avec le miel de sa ruche préférée, celui des abeilles de son arbre.

« Les guildes sont toutes occupées, dit-il en avalant son breuvage. Une nouvelle scène a été ouverte, chez les charpentiers, mais la danse se répand dans la rue, à présent. Il paraît qu'une chapelle sera bientôt construite à Saverne.

— Encore une scène ? »

Lisbet fronce les sourcils.

« Oui, répond gravement Eren. Je n'ai jamais rien vu de pareil. Elles dansent jusqu'à s'écrouler par terre, les autorités les raniment avec du houblon et du vin dilué, puis elles se remettent à danser. »

Un silence tombe. Lisbet se demande si Eren se souvient aussi précisément qu'elle de ce tableau. Il est en effet possible de multiplier les scènes, de les multiplier encore et encore jusqu'à ce que le monde ne soit plus rempli que de femmes aux cheveux sales et fous, aux bras jetés en l'air, aux pieds écorchés et ensanglantés. Ses mains se crispent sur son ventre.

« Vous n'aviez jamais joué pour des danseuses avant ?

— Des danseuses, si, dans des fêtes et des festivals. Mais des danseuses comme celles-ci, qui tournent et virevoltent à n'en plus finir ? » Il secoue la tête. Ses yeux marron brillent à la lumière de la chandelle, qui projette sur son front l'ombre étirée de ses cils. « Jamais.

— Mais cela fonctionnera, assure Lisbet. Puisque les XXI l'ont décidé.

— C'est ce qu'ils croient.

— Pas vous ?

— Ce que je pense semble beaucoup vous intéresser. »

Sa voix est douce et son visage dépourvu de malice. Ses mains demeurent posées sur la table. Le couteau à pain ne se trouve qu'à quelques centimètres de son pouce. Pendant une fraction de seconde, Lisbet se demande si elle devrait le craindre.

« Il est temps d'aller me coucher. *Elinize saglik.* »

Elle le regarde, et Eren répète la formule.

« Santé à vos mains », dit-il. Puis il désigne le pain. « Pour ce repas. »

Lisbet baisse les yeux vers ses doigts enflés, vers la piqûre que lui a laissée une abeille apeurée. Là, dans l'obscurité, l'image des mains meurtries de Nethe lui revient à l'esprit.

« C'est une manière de vous remercier, explique Eren. Vous pouvez couvrir la miche – je doute que Frederich rentrera cette nuit. »

Le musicien se remet debout et Lisbet l'imite, un réflexe inculqué par son père, qui pourtant ne se serait jamais levé pour un Turc. Elle n'a pas envie qu'il parte, pas maintenant, n'a pas envie de se retrouver seule, accablée d'épuisement.

« Où est-il ? Où est votre ami ? »

Elle veut l'entendre de sa bouche. Veut l'entendre dire que, malgré les sévères mises en garde de l'Église, Frederich est au bordel, peut-être avec une femme au moment où ils se parlent, ses mains de batteur de tambour agrippées sur sa chair à lui en donner des bleus. Quelque chose palpite en elle, un élan de désir qui la fait rougir, elle qui ces derniers temps avait oublié cette part d'elle, comme si son être était devenu aussi lisse qu'une planche de bois polie.

Eren la regarde avec un léger froncement de sourcils.

« Bonne nuit, Frau Wiler. »

Il passe devant elle pour regagner la chambre de Henne. Lisbet le suit d'une oreille, connaissant si bien ce parcours, les grincements de chaque latte, le raclement de la porte sur le plancher inégal. Mais son pas, lui, plus léger que le martèlement lourd de Henne, n'est pas familier. Et il ne tente pas de l'étouffer, contrairement à elle.

Son instrument est resté sur la table. Lisbet a oublié de demander son nom. Elle tape légèrement sur une corde, qui laisse échapper une vibration dissonante. Imitant le geste d'Eren, elle la fait taire. Sous ses doigts, le vieux bois est lisse et chaud. Une fois encore, elle repense à sa plateforme et à Nethe, qui un peu plus tôt l'a réveillée. S'en est-elle allée dans la forêt, ou bien en ville ?

Elle soupire, cambre le dos. L'hydromel leur a fait du bien, à elle comme au bébé. Elle se décide à regagner sa chambre, mais, avant de partir, elle enveloppe le pain dans un linge et cale la porte de la cuisine avec le balai, comme Nethe avait pris soin de le faire.

Neuf

Le lendemain matin, Nethe peine à sortir de son lit. Ses traits sont tirés par la fatigue. Elle n'est rentrée qu'à l'aube.

Lisbet lui apporte une chope d'hydromel avec un morceau de gaze renfermant des herbes, que sa belle-sœur appose sur son front tout en écartant le breuvage.

« Pourquoi tout cela ? » demande-t-elle.

La repousse de ses cheveux forme sur son crâne un tapis épais, piquant, sous lequel ses cicatrices n'apparaissent pratiquement plus.

« Par compassion, simplement, répond Lisbet, mais voyant les sourcils de Nethe se courber, elle s'assoit près d'elle, sur son lit, et lui demande : Où étais-tu cette nuit ? »

Les lèvres de Nethe tressautent.

« Je suis sortie marcher.

— Où ?

— Où veux-tu marcher par ici ?

— Seule ?

— Tu es comme ma mère, répond Nethe en rejetant ses draps. Seulement des questions, sans autre intérêt que de satisfaire ta curiosité. »

Elle commence à retirer les draps du lit. Lisbet l'aide.

« Ce n'est pas vrai, proteste-t-elle en sachant qu'elle ment un peu. Comment était-ce, en ville ?

— Comment le saurais-je ?

— Parce que tu t'y es rendue avec Ida, répond Lisbet en fronçant les sourcils.

— Oui. » Les lèvres de Nethe tressautent à nouveau – pour former un sourire, Lisbet en est presque sûre, cette fois. « Oui, bien sûr.

— Et donc ?

— Je n'ai jamais rien vu de pareil. Ces femmes dansent avec une telle légèreté et les scènes sont si haut perchées qu'on croirait qu'elles flottent. La musique donne l'impression de pénétrer dans un lieu sacré. » Lisbet s'esclaffe, incrédule. Mais Nethe insiste avec véhémence : « Si un arbre peut devenir un lieu sacré, pourquoi pas une guilde ?

— Je ne te permets pas », rétorque Lisbet.

Elle ramasse le paquet de draps et sort de la maison d'un pas furieux pour aller le jeter dans la cuve à soude. Comment ose-t-elle ? Ses piqûres d'abeilles, entre ses doigts, la brûlent au moment où elle s'empare du battoir pour le plonger dans l'eau, au milieu des draps, avant de les jeter sur l'essoreuse.

Elle actionne la manivelle, arrosant ses jupons, travaillant le linge encore et encore jusqu'à le débarrasser de son eau. Mais, même une fois qu'il a été essoré, Lisbet continue, appréciant la douleur apparue dans ses reins, la tension dans ses bras, la sueur chaude qui perle derrière ses oreilles et les coups de manivelle qu'elle reçoit parfois sur la hanche, parfois sur le ventre.

« Vous êtes une diablesse avec cette essoreuse. »

Lisbet étouffe un cri et se retourne brusquement, craignant de trouver Plater derrière elle. Mais ce n'est que Frederich qui la regarde, appuyé contre le mur de la maison, ses longues jambes et longs bras le rendant semblable à un criquet debout. Son sourire en coin est revenu, lui conférant une expression malicieuse pas tout à fait inappropriée, vu la situation.

Lisbet s'empresse de se sécher les mains sur sa robe, même si la soude y laissera des traces blanches.

« Bonjour à vous, Herr... » Elle se rend compte qu'elle ignore son nom, attend qu'il complète. « ... Frederich. Déjà de retour ? »

Le musicien se dresse de toute sa hauteur, s'écartant du mur pour se rapprocher d'une grande enjambée.

« "Déjà" ? Mais je ne suis presque jamais présent à la ferme, Frau Wiler. » Les joues de Lisbet s'empourprent, mais Frederich se rapproche et poursuit : « Cette ville est remplie de mystères. Non que votre ferme n'en compte pas, bien entendu. »

Il bâille sans se couvrir la bouche, rappelant à Lisbet le réflexe de sa mère, qui ne manquait jamais de poser sa main devant les lèvres de Lisbet. *Le Diable pourrait entrer*. Une bouche, avait conclu Lisbet dès son plus jeune âge, est par définition un traître attribut. Que la sienne soit particulièrement large n'aide pas, ni le fait que ses lèvres restent entrouvertes lorsqu'elle dort ou réfléchit. Lisbet s'est toujours efforcée de se corriger en gardant constamment sa langue plaquée sur son palais, mais, comme mue par une irrésistible envie, sa bouche finit toujours par se rouvrir.

Frederich ne connaît manifestement pas ce dilemme – on peut compter chaque trou sur ses gencives. Elle frémit, tente de changer de sujet.

« Avez-vous perdu votre tambour ? demande-t-elle en désignant sa ceinture.

— Exact, et ma dignité aussi. L'un est plus facile à remplacer que l'autre.

— Avez-vous besoin de nourriture ? Il y a du pain, du miel... »

Mais Frederich lève la main.

« Seulement de sommeil. La seule chose que cette ville ne peut offrir. »

Son franc-parler la déroute autant qu'il l'amuse. Lisbet se redresse, projetant son ventre en avant pour créer une distance entre eux.

« Vous savez où se trouve votre lit. »

Le sourire du musicien s'agrandit.

« En effet. *Votre* lit, n'est-ce pas ?

— Qui est aussi celui de mon mari », répond-elle en ramassant ses draps emmêlés. Il sera nécessaire de les étendre au grand air afin qu'ils ne durcissent pas. Pour la centième fois depuis le début de l'été, Lisbet prie pour que se lève ne serait-ce qu'un souffle d'air. « Faites de beaux rêves, Herr Frederich. »

Là-dessus, elle part en direction du fil à linge, consciente d'être suivie du regard. Elle attend d'entendre la porte de la cuisine se refermer avant de se retourner. Une sensation de chaleur envahit ses clavicules. Quelle sotte de s'adresser ainsi à ce joueur de tambour. Mais son ventre la protège. Elle place ses mains autour, s'émerveille de sa grosseur, de ses proportions parfaites, si parfaites, comme une planète, comme un fruit. Une part d'elle à part.

Un gloussement retentit à l'intérieur de la maison. Nethe a donc fini par se lever. Son rire résonne à nouveau. Lisbet marche jusqu'à la porte, colle son oreille contre le panneau. Elle entend la voix de Frederich bourdonner, puis l'écho de celle de Nethe. Aurait-elle découvert pourquoi Nethe était si fatiguée ce matin ? Pourquoi Frederich n'est pas rentré de la nuit ? Ses joues rougissent. Ont-ils passé la nuit dernière ensemble ?

Il y a dans cette possibilité quelque chose de dangereux, de palpitant, qui pourrait même expliquer la théorie de Lisbet sur l'enfant illégitime et l'exil de Nethe. Quelle imprudence de sa part de courir à nouveau un tel risque !

Elle soupire, ramasse les draps. Elle désire toujours Henne, le voudrait, maintenant, à cet instant précis, bien qu'il se trouve à des kilomètres d'elle, à Heidelberg. Cependant, Henne aurait beau se trouver dans le même lit qu'elle, jamais il ne la toucherait. Pas avec le bébé dans son ventre. Elle hésite un instant à partir s'isoler dans le pressoir pour glisser ses doigts en elle. Elle avait totalement oublié cette partie de son corps, mais tout à coup, il n'y a plus que ce désir qui la dévore au point de lui procurer une douleur physique.

Ulf la rejoint en trottant, engouffrant son museau dans sa main. Le fantasme de Lisbet s'envole aussitôt. Elle s'essuie les mains, le gratte derrière les oreilles.

« Stupide chien. »

•

« Connaissez-vous un dénommé Plater ? »

Lisbet, épuisée, accueille avec soulagement le puits d'ombre qu'est la cuisine. Ses mains douloureuses sont collantes de miel, ses ongles incrustés de cire qu'elle retire avec un petit couteau. Nethe et Sophey sont parties se coucher il y a plusieurs heures. Lisbet, elle, a inventé des excuses pour demeurer dans la cuisine, malgré la fatigue. Eren est rentré. Il a rapporté un pot en terre d'où s'échappe un parfum de fenouil et de viande. Elle se laisse tomber sur une chaise, en face de lui, soudain affamée, quand le musicien lui pose cette question avec une pointe d'inquiétude dans la voix.

« Malheureusement, oui, répond Lisbet.

— J'étais certain que vous n'étiez pas heureuse de le compter parmi vos connaissances, dit Eren. Il vous envoie ses salutations.

— Et quoi d'autre ? demande Lisbet, le ventre noué par l'angoisse.

— Rien. » La réponse d'Eren la rassure. « Mais il s'excuse de vous imposer de tels hôtes. »

Eren prononce ces mots d'un ton léger, mais Lisbet a compris ce que ce message sous-entendait.

« C'est une brute. Malgré tout ce qu'il prétend.

— C'est tout de même grâce à lui que nous sommes là », dit Eren en soulevant le couvercle du pot en terre.

Il est obligé d'insister pour décoller le couvercle, scellé par de la pâte.

« *Baeckeoffe ?* » devine-t-elle, se penchant aussi bas que son ventre le lui permet pour sentir le fumet du plat. « Sophey vous a donné ses restes ?

— Il m'a été donné par Mathias Metz », répond Eren en rapprochant le pot de Lisbet. Ses parois sont épaisses, de la même couleur que la boue. On distingue à l'intérieur des os entièrement blancs dont la chair s'est détachée. « Cet homme vous apprécie réellement, vous et votre famille.

— C'est le père de ma meilleure amie, explique Lisbet en plongeant dans le ragoût un morceau de croûte. Qui est l'épouse de Plater. »

Le plat est encore imprégné de la chaleur du four du meunier. Lisbet sent aussitôt de la sueur perler sur sa lèvre et se cache la bouche pour l'essuyer. Puis elle pousse le pot vers Eren.

« Tenez, prenez-en.

— Ce n'est pas pour moi.

— Partageons. Je ne peux pas manger seule. »

Baissant la tête, le musicien plonge le bout de sa croûte dans la sauce. C'est un mangeur soigneux. Lisbet l'avait déjà remarqué, mais ce plat salissant rend ce trait de caractère d'autant plus saillant. Aucune miette ne reste accrochée dans sa barbe, pas une goutte ne vient tacher sa chemise. Il se penche en avant, plonge à nouveau son morceau de croûte, et Lisbet l'imite, émerveillée par ce silence qui règne entre eux, sans gêne aucune. La manche du musicien est fermée par une grosse couture.

S'apercevant que Lisbet l'observe, il pose sa main sur son genou.

« Désolé, dit-il. Je ne suis pas bon couturier. »

Lisbet fronce les sourcils.

« Je ne… »

Il ressort son bras, lui montre sa manche sur laquelle a été pratiquée une petite incision de deux ou trois centimètres. Le tout a été fermé par un fil grossier, trop épais pour le tissu, dont les piqûres ont laissé de gros trous.

« Mes cordes se prennent dedans, parfois, dit-il. Quand je joue.

— Comment s'appelle votre instrument ? demande Lisbet en le désignant.

— Un luth. Il appartenait à mon père. Il est un peu trop grand pour moi – c'est ce qui a déchiré ma manche. L'ennui, c'est que, si je la relève, c'est ma peau que les cordes pincent. »

Il découvre alors son avant-bras pour révéler plusieurs cicatrices blanches qui tranchent tout autant sur sa peau que cette couture noire sur sa manche, contraste de couleurs en miroir. Lisbet remarque ses poils noirs. Les battements de son cœur résonnent soudain dans ses oreilles. Elle s'oblige à répondre par un éclat de rire.

« Laissez-moi m'en occuper. Votre couture ne tiendra pas.

— Jamais je ne vous demanderais…

— S'il vous plaît, coupe-t-elle. Cela ne me dérange pas.

— Maintenant ? » demande-t-il, et, bien que Lisbet n'eût pas songé à repriser le vêtement à cette heure, elle acquiesce.

Tandis qu'Eren s'absente pour aller changer de chemise, Lisbet écoute la maison endormie, la forêt que cette nouvelle nuit sans air a rendue mutique, puis époussette les miettes sur son jupon. L'odeur du ragoût est tellement alléchante qu'une envie lui prend de porter directement à ses lèvres le pot en terre cuite et de laper à même le récipient, comme un chien.

« Voilà. »

Le musicien est réapparu dans une chemise plus foncée, plus usée encore que celle qu'il lui tend, pourtant fine comme une peau. Lisbet l'accepte – elle est encore chaude – et se dirige vers le buffet où la boîte à couture contenant fil, laine, aiguilles et écussons est rangée. Elle choisit le fil le plus clair, qu'elle avait elle-même filé au fuseau pour la chemise de mariage de Henne, ainsi qu'une aiguille en os pas plus épaisse qu'un cheveu.

En se retournant vers la table, elle découvre qu'Eren a replacé sur le pot son couvercle luté et l'a posé près du feu pour que le ragoût continue à mijoter et gagne encore en arôme. Elle se demande qui a pu lui enseigner ces gestes, qui a pu lui enseigner à coudre, même grossièrement. Henne n'envisagerait même pas d'apprendre de telles choses.

Tandis qu'elle commence son ouvrage, défaisant d'abord les points à l'aide de la pointe du fuseau, Lisbet l'observe à la dérobée. Il a posé son luth sur ses genoux et ses doigts se promènent au-dessus des cordes, en suspens, comme s'ils cherchaient à jouer. Cet écart qui ne se referme jamais est un supplice. A-t-il une femme ? Serait-ce elle qui lui a appris à repriser ?

Lisbet ramasse la chemise, replie sur lui-même le tissu déchiré, coud quelques points pour masquer les parties abîmées. Les lèvres d'Eren remuent, ses yeux sont mi-clos, ailleurs, loin d'elle et de cette pièce ; sa musique et son chant intérieurs l'ont emmené en un lieu auquel Lisbet ne peut accéder. Elle commence à superposer les bords du tissu reprisé, utilisant un point que sa mère lui a appris, aussi discret qu'un murmure. En travers, en travers, piqué, piqué, pour suivre le mouvement de la trame. Ses doigts se souviennent de tout, agissent comme sous l'effet d'une volonté propre, un peu comme ceux du musicien, tous deux jouant à l'unisson deux partitions connues par cœur. Elle consolide son ouvrage avec des points arrière de sorte que la couture le gêne le moins possible.

« Quelle rapidité, déclare-t-il lorsqu'elle lui rend la chemise raccommodée. Vous êtes douée, Frau Wiler.

— Lisbet.

— Merci », dit-il en acceptant le vêtement. Il le brandit devant la flamme de la chandelle. Les points transparaissent sur le tissu comme des veines. « Encore mieux que si elle était neuve. »

Lisbet courbe la tête modestement tout en rembobinant le fil sur le fuseau. Sophey remarquera sûrement le morceau manquant, lui posera des questions. Que répondra-t-elle ? Qu'elle s'est attablée ici avec le Turc et a partagé avec lui le présent de Mathias avant qu'il ne lui donne à raccommoder une chemise encore imprégnée de la chaleur de son dos ?

« Est-il une menace pour vous ? » demande-t-il en la regardant soudain avec attention. Puis il ajoute : « Plater.

— Il est une menace pour tout. » Voyant Eren froncer les sourcils, Lisbet écarte les bras pour les désigner, eux, la maison, la cour. « Pour la ferme, pour les abeilles. Nous avons emprunté à l'église quand les temps étaient durs, comme la plupart des gens en Alsace. Tout a été rendu, mais ils nous demandent de les rembourser au décuple, et de leur donner nos ruches avec ça. »

Eren hoche lentement la tête.

« Nous avons également connu cela.

— Votre famille ?

— Mon épouse et moi. »

Lisbet attend, mais le musicien ne poursuit pas.

« Je crois que je pourrais faire peur à Plater, si vous le souhaitez, pour qu'il cesse de vous persécuter.

— Vous ? »

Lisbet ne peut s'empêcher de laisser échapper un éclat de rire.

« Oh oui. » Il prend une voix grave et ajoute : « Ne savez-vous pas que les Turcs sont des démons au cœur aussi noir que leur peau ? »

Lisbet rit à nouveau, plus nerveusement cette fois. L'aiguille dans sa main est encore chaude. Les sourcils d'Eren se sont abaissés sur ses yeux, ses lèvres forment une barre, tous ces nouveaux et sombres reliefs soulignés par la flamme de la chandelle. Puis le musicien se rassoit et se frotte les yeux de ses doigts fins, comme pour faire disparaître cette expression.

« Vous ne me croyez pas ? » demande-t-il, redevenu lui-même.

Lisbet secoue la tête et laisse tomber l'aiguille dans la boîte à couture, avant de se lever pour aller la ranger.

« On ne peut compter que sur soi-même dans une ville comme Strasbourg », dit Eren.

Il soulève son épaisse chevelure à l'endroit où elle s'enroule autour de son oreille. Sa peau, en dessous, est rouge et écorchée.

« Quelqu'un vous a frappé ? »

Il lève une main.

« Rien de grave. Mais je ne vous fais pas peur, n'est-ce pas ?

— Mon père avait des ouvriers.

— Des esclaves ?

— Des ouvriers. Des hommes comme vous.

— Des musiciens ? demande-t-il avec une pointe de dérision dans la voix.

— Non, des Turcs. »

Il avale une gorgée de bière. Le silence devient soudain plus piquant, mais Eren finit par reposer sa chope d'une main tranquille.

« Allez-vous devoir donner à Plater ce qu'il vous réclame ?

— Comme c'est joyeux ! »

Lisbet n'a pas entendu la porte s'ouvrir. Frederich est apparu sur le seuil de la cuisine, bâillant, une flasque de rhum accrochée à la ceinture. Derrière lui, une grosse lune blanche comme un oignon pelé brille dans le ciel. Lisbet n'avait pas non plus remarqué que ce moment partagé avec Eren l'avait menée jusqu'à une heure aussi avancée de la nuit.

« Ça sent bon », déclare Frederich en s'avançant vers le pot fermé.

Son pas est mal assuré.

« Tu es saoul, remarque Eren d'un ton léger. Au lit.

— Je suis cuit », répond Frederich, un peu trop fort.

Lisbet lui fait signe de baisser d'un ton.

« Il fait l'idiot », dit Eren en attrapant doucement une chaise pour la placer derrière Frederich.

Le joueur de tambour se laisse tomber dessus avec un soupir. La chaise craque comme de vieux os.

Frederich pose un doigt sur sa bouche tout en haussant ses épaules décharnées à la manière d'un enfant vilain. Puis il tend la main vers le ragoût, mais Eren l'arrête d'une tape, taquin, avant de lui fourrer dans la paume un morceau de pain. Frederich le mastique avec docilité, tout en glissant une main dans sa poche pour en ressortir une lettre fermée par un sceau, froissée.

« Pour vous », dit-il à Lisbet en projetant une pluie de miettes.

Le souvenir de l'assignation que Herr Plater leur avait apportée resurgit. Lisbet est gagnée par l'appréhension à l'idée de prendre cette lettre, mais c'est alors qu'elle reconnaît dessus l'écriture ronde et serrée de Henne.

Son époux, devant une lettre, tient la plume comme un enfant, langue rose dépassant entre ses dents, deux plis verticaux s'ajoutant aux stries que le soleil a imprimées sur son front. Ces signes de concentration ont toujours écœuré Lisbet. Même au moment d'émettre, alors que son corps n'est plus qu'une grande masse sombre au-dessus d'elle, dans le lit conjugal, il faut toujours qu'il laisse entrevoir cette bouche mouillée, cette langue qui pointe comme un vers sortant de terre au-dessus d'une tombe fraîchement creusée.

« Elle est de votre époux, dit Frederich d'une voix encore une fois trop forte. C'est le meunier qui me l'a donnée. »

Eren pose la main sur le bras de son ami, enveloppant son épaule de ses doigts longs et bruns. Frederich pousse un gloussement, puis répète son annonce en murmurant avec exagération.

Il lui tend alors la lettre, mais avant que Lisbet n'ait pu la saisir, avant qu'elle n'ait pu entrer en contact avec le parchemin rêche et jauni, le musicien la retire. C'est une farce – Lisbet sent le rouge lui monter aux joues.

Eren arrache la lettre de la main de son ami et la lui donne. Le parchemin, que Frederich avait rangé sous sa tunique, est encore tiède. Elle promène ses doigts sur ses plis. C'est un parchemin de mauvaise qualité, troué, mal découpé. Lisbet fixe bêtement les marques qu'elle sait être des mots, mais dans lesquelles elle ne déchiffre rien d'autre que son nom et celui de Henne.

« Souhaitez-vous que nous vous laissions seule pour la lire, Frau Wiler ? » lui demande Eren en l'observant.

Ses yeux noirs paraissent grands à la lumière de la chandelle, et sous sa barbe son sourire s'est effacé. Elle le regarde à son tour, regrettant de ne plus se trouver seule avec lui. Elle secoue la tête.

Frederich lâche un rot.

« Je vous demande pardon. »

Il se lève de sa chaise, contourne la table avec le plus grand soin, conscient de son ébriété, puis sort par la porte en se voûtant légèrement.

« J'espère qu'il ne s'agit pas de mauvaises nouvelles, dit Eren.

— Je ne peux pas la lire. Sophey, elle, sait déchiffrer.

— Je peux le faire, si vous voulez. » Elle lève les yeux vers lui, étonnée. Quelque chose sur le visage d'Eren se crispe. « Nous lisons aussi, dans mon pays.

— Bien sûr, pardonnez-moi. »

Encore une fois, ses joues s'échauffent. Lisbet s'empresse de poser dessus le bout de ses doigts moites.

« Il n'y a rien à pardonner.

— Est-ce commun ? Pour les musiciens, je veux dire. »

Eren secoue la tête, une fois, lentement, et répond avec tendresse :

« Frederich est doué pour le rythme, mais pas grand-chose d'autre.

— Dans ce cas, pourquoi Herr Metz lui a-t-il confié la lettre ?

— On ne me l'aurait pas confiée, à moi », répond Eren. Lisbet entend à sa voix qu'il ne cherche pas à susciter sa pitié. « On me juge digne de confiance pour porter du *baeckeoffe*, pas des confidences. Si vous souhaitez que je vous la lise, je vous promets de ne jamais en parler à Frederich, ni à personne d'autre. »

Lisbet regarde à nouveau le parchemin et le pose sur la table entre eux.

« Peut-être n'est-il pas convenable que je vous lise cette lettre ? »

Lisbet se mord l'intérieur de la joue pour réprimer un rire. L'idée qu'il puisse s'agir d'une lettre d'amour ne lui avait même pas traversé l'esprit.

« J'en doute. Ma belle-mère aurait dû me la lire, de toute façon. »

Il brise alors le sceau de cire. Dessus est imprimée la marque de la bague que Henne a héritée de son père, qu'il porte à l'annulaire. Eren pose les deux moitiés du sceau sur la table, en prenant soin de les réunir. Jamais Lisbet n'a rencontré d'homme aussi consciencieux.

Puis il déroule la lettre. Le parchemin craque et, même depuis l'endroit où elle se trouve, Lisbet parvient à sentir l'odeur qui s'en dégage, une odeur de misère, animale, qui se diffuse dans la pièce tout entière. Elle recouvre le pain pendant qu'Eren entame la lecture.

« Lisbet… » Son regard s'attarde sur la miche protégée, ses mains se posent autour de son ventre. La voix d'Eren devient plus grave à mesure qu'il lit, un vrombissement qu'elle ressent autant qu'elle l'entend. « J'espère que cette lettre trouvera le bébé en bonne santé. J'espère aussi que Mutter et Agnethe se portent bien.

« Le voyage jusqu'à Heidelberg s'est déroulé sans heurt. La route a été récemment réparée et elle est bordée de maisons presque tout du long. Il y a là-bas un endroit où les gens viennent s'instruire, si bien que je n'étais pas le seul à me rendre vers le nord. J'ai cheminé en compagnie de marchands et de membres du clergé, des hommes de Dieu. Et aussi d'un grand nombre de Maures, mais aucun incident n'a été à déplorer.

« Heidelberg est plus grande que Strasbourg. Toutefois, notre ville est devenue célèbre. Il se raconte qu'elle est frappée par une épidémie dansante, que tout le monde devient fou là-bas. J'espère que tu tiens mon petit garçon à l'écart et que tu t'abstiens de t'aventurer dans la forêt.

« Heidelberg compte cinq églises et une cathédrale. J'ai trouvé un gîte dans le nord, près du marché aux chevaux, et chaque jour je m'en vais voir l'ecclésiastique pour lui soumettre ma demande. Une autre semaine au moins me sera nécessaire.

« Cette lettre sera probablement la seule, mais sois assurée que je serai de retour avant la naissance de mon petit garçon.

« Henne. »

Lisbet lève les yeux.

« C'est tout ?

— C'est tout. »

Eren pose le parchemin.

« Excusez-moi, je dois... »

Elle se lève, pousse la porte pour sortir dans la cour, Ulf sur les talons. Elle entend derrière elle Eren l'appeler doucement, mais l'ignore. Quelque chose de chaud, de pointu, est apparu dans sa poitrine et derrière ses paupières.

À quoi s'attendait-elle ? Qu'espérait-elle ? En dehors des bruissements d'ailes des poules et du bourdonnement continu des ruches, la seule chose qui résonne dans ses oreilles est *mon petit garçon mon petit garçon mon petit garçon*.

A-t-il toujours dit cela ? Mon petit garçon ? Non, pas pour les autres. Non, car il n'éprouvait pas d'amour pour eux. Il désigne le bébé de la sorte pour la simple raison qu'il a passé avec lui plus de temps qu'avec eux. Mais Lisbet, elle, les a tous aimés, les a tous considérés comme siens et continue de les considérer ainsi. Elle seule a prié constamment pour leur survie, a pleuré à leur disparition, a supplié Henne de lui donner sa semence jusqu'à se sentir pareille à une fille de petite vertu, et même pas désirée. *Mon petit garçon*. Non, ce petit garçon est à elle, comme les autres avant, qui tous étaient ses petits garçons et ses petites filles, ses enfants. Lisbet n'a pas saigné, ne s'est pas déshonorée tant de fois pour que Henne se revendique ainsi propriétaire, pas alors que son implication est survenue si tard et restée si faible.

Elle s'en va dans la forêt parce que Henne le lui a interdit. La lune brille aussi fort que le soleil, et les ombres sont fraîches. Le soulagement qu'elle éprouve est aussi délicieux que de l'eau fraîche versée dans sa gorge.

Elle bifurque, s'écarte des chemins qu'elle connaît.

Ulf hésite – il se trouvait à quelques mètres devant, a entendu son changement de direction abrupte –, mais la suit, bien sûr, soulevant et frappant ses jupons avec sa queue au moment où il passe près d'elle. *Mon petit garçon mon petit garçon mon petit garçon*. Des branches s'accrochent dans ses vêtements, des brindilles se glissent sous ses plantes de pied, se coincent à l'intérieur de ses sabots de bois, mais elle continue à marcher jusqu'à ce que les battements de son cœur résonnent plus fort que ces mots et que le souffle lui manque. Elle court, réalise-t-elle, puis s'arrête brusquement en sentant le bébé changer de position à l'intérieur d'elle.

Elle enroule ses bras autour de son ventre, se recroqueville pour lui murmurer des excuses. Mais dans le silence qui s'est abattu tout à coup, quelque chose a changé. Ulf grogne. Et devant, plus loin, des voix résonnent. Un homme, un homme et deux femmes. À la lueur du clair de lune, elle les voit à présent tous les quatre, échevelés, serrés si près les uns contre les autres qu'ils pourraient ne former qu'une seule et même personne.

Lisbet recule en titubant et la forêt la happe, rapidement, la dissimule aussi bien qu'une pièce dans une poche, mais le bruit qu'elle a fait en bougeant les alerte.

Une odeur de fumée lui parvient, tentative de feu non pour se réchauffer, mais pour faire griller une de leurs prises qu'ils ont embrochée. Elle l'aperçoit à travers la muraille formée par leurs corps, un lièvre, un petit renard ou un gros écureuil dont la carcasse apparaît tour à tour noir et rouge, écorchée et calcinée. Et puis, une nouvelle bouffée de terreur : Ulf est toujours sur le chemin, a positionné son long corps mince entre eux et elle, et n'a pas cessé de grogner.

Ils murmurent. L'un d'eux se dirige vers le chien le bras tendu, comme pour le caresser. Mais de sa ceinture il sort une vieille lame rouillée, émoussée et tachée. Ulf aboie une fois, puis deux. Lisbet ferme très fort les yeux. L'homme se rapproche, elle doit fuir, mais ses pieds sont enfoncés dans le sol, au milieu de ces choses sèches et mortes qui, comme un tapis, jonchent la forêt, et bientôt les hommes et les femmes vont tuer Ulf devant elle, impuissante, car dans sa poitrine bat le cœur d'une traîtresse qui doit fuir, doit hurler, doit s'interposer en criant entre ce chien stupide, précieux, et ces gens affamés, désespérés…

« Lisbet ! »

Comment connaissent-ils son nom ? La terreur qui s'empare d'elle déclenche sa voix – elle pousse un cri. L'homme plonge sur le chien, mais Ulf réagit avec vigueur et rapidité, il détale en frôlant Lisbet, la gorge toujours remplie par ce grognement.

« *Scheiße !* s'exclame l'homme, mais son attention se tourne vers Lisbet, sortie de sa cachette. « Vous, là… »

De la pointe de son couteau, l'inconnu lui fait signe d'approcher. Une panique sans nom s'empare d'elle quand des pas résonnent soudain derrière elle. Ils l'ont encerclée et sur le feu brûlera bientôt son corps en plus de celui du chien, le ventre fendu en deux, le bébé emporté.

Mais elle reconnaît alors la voix d'Eren, qui l'appelle. L'homme lâche un nouveau juron, puis bat en retraite vers ses compagnons. Ils camouflent le feu avec leur corps, se retournant comme au départ, serrés les uns contre les autres, et, tandis qu'ils se remettent à parler entre eux, Lisbet suit le chien, laissant l'odeur de viande grillée et de fumée s'effacer derrière celles de la forêt desséchée.

« Lisbet ! »

Eren sort des ombres, accueilli par Ulf, qui lui tourne autour, excité.

Frederich, à ses côtés, semble dormir debout.

« Dieu merci », souffle-t-il en se massant le bras et en ajustant la sangle en cuir de son tambour sur son épaule maigre. La bague qu'il porte à son petit doigt projette un éclat. « Frau Wiler, je crois avoir eu mon lot d'errance au clair de lune pour cette nuit. Je vais me coucher. Pour la seconde fois. »

Eren la fixe d'un regard déterminé, ses cheveux noirs parés de reflets bleutés sous cette lumière, le poing tour à tour serré et détendu, comme s'il se retenait de décocher un coup.

« Quelle idée vous a pris de venir ici, dans la forêt ? »

Il parle doucement et Lisbet se rapproche, contourne les arbres qui les séparent pour mieux l'entendre.

« J'avais envie de marcher. Le bébé n'arrêtait pas de bouger. » Le silence d'Eren s'étire, se pare d'yeux qui la regardent sévèrement. Lisbet retrousse les lèvres. « Je sors marcher s'il me plaît.

— Ne savez-vous pas ce qui se passe dans ces bois ? »

La peur la gagne à nouveau.

« Frau Wiler…

— Lisbet.

— Lisbet, je vous en prie. Je ne suis pas votre maître mais, par pitié, ne revenez plus ici la nuit, ne sortez plus des sentiers. J'ai déjà vu des gens ici, lorsqu'il m'arrive de rentrer tard de la ville. Je porte un couteau sur moi. » Il lui montre le manche en os accroché à sa taille. « Et des bruits courent. Ce qui en fait danser certains en rend d'autres dangereux. Les médecins disent que la température de leur sang est peut-être trop élevée, que leur cerveau a enflé.

Les gens perdent pied. Et ces gens-là ne sont pas de ceux que vous aimeriez croiser en pleine nuit. Même en plein jour, d'ailleurs.

— J'avais besoin… » Elle déglutit. « J'avais besoin de marcher.

— Pas toute seule, dans ce cas. Permettez-moi de vous accompagner. Je marcherai devant ou derrière, suffisamment loin pour ne pas vous imposer ma présence. Nous ne serons pas obligés de parler. Mais si vous avez besoin de marcher la nuit, j'irai avec vous. »

Elle lui tend son bras. La nuit a troublé son esprit tout autant que l'alcool a troublé celui de Frederich. Elle frôle la toile rêche de sa chemise. Une odeur s'en élève, semblable à celle des champignons fraîchement cueillis.

« Si vous n'êtes pas trop fatigué… »

Un rictus tord sa barbe et Lisbet lui sourit en réponse. Tout cela n'est pas convenable, tout cela n'est pas possible, mais ils le feront malgré tout.

Le chemin du retour se déroule sans un mot de plus, et quand Lisbet, à pas de loup, les pieds enflés, regagne sa chambre, le lit de Nethe est vide.

Cent soixante-trois dans la danse

La première fois qu'Edith Bucer se rendit au bal, elle s'y rendit pour un garçon. Jan Drescher. Il avait de longs cils clairs, des mollets musclés et un grand sourire, lent à se dessiner. Elle lâchait ses cheveux pour la première fois depuis ses menstrues, et avait glissé derrière ses oreilles des violettes des bois, après en avoir écrasé d'autres pour parfumer ses poignets. Ses frères s'étaient moqués d'elle, l'avaient traitée de fille de petite vertu, mais Mutti, d'un hochement de tête, lui avait donné son assentiment.

Les tambours et les flûtes résonnaient haut et fort, comme dans une salle plutôt qu'au beau milieu des champs. Le feu projetait des flammes plus hautes encore que les épaules de Jan, créant au milieu du givre un tapis de terre propre. Edith avait contourné la ronde de danseurs pour se poser près du groupe de Jan. Jan Drescher lui avait tendu une chope de bière plus forte que tout ce qu'elle avait bu auparavant. Le breuvage l'avait réchauffée plus encore que le feu, et le long bras musclé de Jan s'était glissé autour de sa taille, l'avait serrée trop fort, l'avait fait tourner trop vite. Elle avait hurlé de plaisir et de peur. À la lumière du feu, le blanc des yeux de Jan brillait. La danse suivante se déroula de la même manière, celle d'après également. Il dansait comme un possédé, et revenait chaque fois la voir pour la réinviter.

Avant qu'ils se marient, il suivit le destin déjà tracé pour lui et partit s'installer en ville. Elle était enceinte, amoureuse et heureuse de le suivre comme un chien. Il les installa, elle et le bébé, dans une maison située dans une rue étroite, près des geôles. Elle n'aimait pas les odeurs du fleuve, les cris des moutons égorgés dans la boucherie voisine, ses fenêtres sans volet, et n'aimait pas entendre la respiration de son bébé siffler chaque matin, mais Jan voulait rester. Il partait danser sans elle, revenait imprégné d'une odeur de sueur et de fumée, mais ne la laissait jamais sortir, ne la faisait jamais tournoyer, et n'embrassait jamais non plus leur enfant.

Un matin, les lèvres du bébé sont bleues, et Jan déclare qu'il est trop tard pour aller chercher le guérisseur. Elle sait qu'il dit vrai, mais le supplie malgré tout de lui donner ses dernières pièces. Il n'en a pas. Jan les a toutes bues au bal. Elle hurle, s'effondre en pleurs, et emporte le bébé jusqu'aux marches de la cathédrale pour prier pour sa si petite âme, plume blanche emportée par le vent. Le cœur d'Edith se brise sous le poids de tout son amour, et la douleur, trop grande, n'est pas supportable.

Lorsqu'elle entend la musique, elle pense que des anges sont venus chercher son enfant pour l'emmener au paradis. Elle la suit, découvre des femmes, toutes ensemble plongées dans un désordre cacophonique, et, instantanément, Edith se reconnaît, sait qu'elles sont comme elle. Qu'elles ont rencontré un garçon à un bal, glissé des violettes des bois derrière leurs oreilles. Qu'elles aimaient leurs enfants et que leurs enfants sont morts, qu'un nouveau départ commence ici pour elles. Elle se glisse parmi elles, son bébé serré contre sa poitrine, et commence à danser pour retrouver celle qu'elle était.

Dix

Un parfum d'interdit semble flotter quand, le lendemain, Lisbet guette le coucher de Sophey et Nethe pour se glisser dehors, une torche à la main, et attendre dans la cour, en transpirant, que résonnent les cordes du luth transporté par Eren. À la lumière de la flamme, sa peau paraît grise sous sa barbe noire, recouverte d'un mélange si épais de poussière et de sueur qu'il n'aurait qu'à s'allonger pour se confondre avec le parterre.

« Pardonnez-moi », dit-il en arrivant à sa hauteur.

Le cœur de Lisbet se serre. Bien sûr qu'il ne tiendra pas sa promesse. Quelle absurdité de l'avoir cru. Lisbet est déjà en train de hausser les épaules pour lui signifier que cela n'est rien, lorsqu'il décroche son instrument et le lui tend. Le luth, creux, est plus léger qu'il n'en a l'air.

« Puis-je avoir de l'eau et un bol ? »

Il désire simplement se laver, se nettoyer avant de partir marcher avec elle. Lisbet sent son cœur s'alléger.

« Je vais aller au puits, dit-elle.

— Pouvons-nous plutôt passer devant ?

— Bien sûr.

— La journée fut... mais le puits sera bienvenu. »

Lisbet se demande comment fut cette journée, ce qu'Eren a vu, comment étaient les scènes à Strasbourg. Ce spectacle doit donner l'impression de traverser chaque jour l'Enfer.

« Il y a aussi la rivière, plus loin. L'eau y est plus fraîche.

— Vous devriez creuser vos puits plus profonds si vous voulez de l'eau plus fraîche, dit-il en souriant. Cela ne vous dérangerait-il pas de porter cela à l'intérieur ? Je ne voudrais pas salir votre sol.

— Bien sûr. »

Lisbet emporte l'instrument avec soin. La porte de la chambre qu'elle partageait avec Henne est entrouverte. Arrivée sur le seuil, elle hésite.

Les volets sont fermés et n'ont pas été ouverts depuis des jours, manifestement, peut-être depuis l'arrivée des musiciens, il y a une semaine. L'air colle à la gorge, chargé d'une odeur de transpiration étrangère, à la fois acide et sucrée. Le lit n'est pas fait. Il y a de la terre sur la paille, sans doute laissée par Frederich, moins soigneux qu'Eren.

Voilà donc où dort ce dernier – par terre. Son mince oreiller est enveloppé dans un justaucorps, le drap a été replié sur lui-même pour s'aérer. Elle pose le luth dessus, puis le déplace finalement sur la chaise où leurs vêtements sont entassés, afin d'éviter que Frederich ne trébuche dessus.

Elle attend quelques instants au milieu de la chambre, attend que des émotions lui viennent. De la culpabilité, à cause de l'excitation qu'elle ressent à l'idée de passer un moment seule avec Eren. De la peur, s'ils étaient découverts. Un manque, à cause de l'absence de Henne. Cette chambre était la leur depuis leur mariage, celle dans laquelle avaient été conçus leurs bébés. Mais aucun frémissement, rien. Elle referme la porte derrière elle.

Eren porte la torche, même si sa lumière n'est pas vraiment nécessaire. Le clair de lune est aussi vif que la veille. Lisbet s'efforce de chasser de son esprit les images qui lui reviennent, la brillance que donnait cette lumière aux dents de cette bande d'affamés, à cette lame et à ces ongles crasseux qui s'étaient dressés au-dessus d'Ulf. Le chien est parti devant. Elle le rappelle, le laisse se coller contre son genou, heureuse de le sentir à ses côtés. Eren est si discret qu'elle pourrait se trouver seule avec l'animal. Elle se laisse porter par ce silence qui règne entre eux.

Malgré l'envie qui la démange de se retourner vers lui, d'avoir dans son champ de vision son visage éclairé par la lune, elle se retient de regarder derrière elle. Elle serait capable de les mener jusqu'au fleuve les yeux fermés, et pourtant, arrivée à l'embranchement, là où le sentier pourrait les emmener jusqu'à son arbre, elle hésite.

« Tout va bien ? »

Il s'arrête derrière elle, tout près. Lisbet sent la caresse de son souffle sur sa nuque, aussi douce que les ailes d'une abeille, puis il retrouve son équilibre et se recule d'un pas.

La rive est déserte, mais pour la première fois Lisbet remarque des traces de présence humaine – une parcelle de terre fraîchement retournée, des morceaux de tiges blanches cassées nettement, propres comme des os, vestiges de champignons cueillis, ainsi que de la cendre au milieu de la clairière. Elle recule, mais Eren la dépasse, suivi par Ulf, pour se rendre jusqu'au charbon de bois et placer sa main au-dessus.

« Froid », déclare-t-il.

Les mains de Lisbet se détendent. Accroupi au bord de l'eau, Eren plonge la tête dans la rivière et se débarrasse de sa poussière avec un soupir manifeste. Ses épaules se relâchent. Il passe les mains dans ses cheveux qui retombent en longues mèches dans son dos. Lisbet se détourne, plantant son regard sur la forêt tandis qu'Ulf, pantelant, s'allonge à ses pieds.

« C'est mieux », dit Eren en s'asseyant par terre, les jambes croisées. Sa peau, luisante d'eau, a retrouvé sa couleur habituelle, et sa barbe ruisselle. « Le fleuve, en ville, est parfois souillé. Les odeurs flottent sur des kilomètres. Parfois… »

Il n'achève pas sa phrase, et Lisbet comprend qu'il existe une raison à cette hésitation.

« Ne vous inquiétez pas, dit-elle. Je voudrais savoir. »

Il hoche la tête.

« Parfois, des pères ou des fils maintiennent les danseuses sous l'eau, mais elles s'agitent de plus belle pour se libérer. »

Lisbet sent son esprit vaciller. Elle croit sentir les odeurs du fleuve, le passé se gonfle, la rattrape : elle sent sous ses doigts d'enfant une peau douce, humide et fraîche.

« Dites-moi quelque chose d'autre. »

Eren caresse Ulf le long de son dos étroit, l'arrose un peu. Le chien pose la tête dans ses pattes et lève les sourcils pour le regarder, dans une attitude de totale soumission.

« Quelque chose d'autre ? »

Lisbet se sent aussitôt idiote, mais plutôt que de lever les yeux au ciel ou de tomber dans le silence comme l'aurait fait Henne, le musicien cesse de caresser le chien et pose les mains par terre pour y prendre appui.

« Pourquoi ne me diriez-vous pas quelque chose, vous ?

— Je n'ai rien à dire, à part ce que me disent les autres.

— Ce n'est pas vrai, répond-il. Parlez-moi de votre vie ici, de votre vie avant. »

Des champs, pense-t-elle, *des frères et une mère malade. Une mère morte. Fébrilité. Désir.*

« La vie ici a beaucoup changé dernièrement, raconte-t-elle. Pendant cinq ans, nous n'étions que Heinrich, Sophey, moi et les abeilles. Agnethe n'est revenue qu'il y a peu.

— Revenue d'où ?

— De la montagne.

— J'ai remarqué ses cheveux, bien sûr. Mais c'est elle que cela concerne. Qu'en est-il de vous ? »

Lisbet se sent comme une enfant perdue devant une simple addition. Un plus un – pas de réponse. Qu'en est-il d'elle ?

« Les abeilles, par exemple, propose Eren. Quelles créatures fascinantes. Comment vous en occupez-vous ? »

Lisbet se saisit de la question avec soulagement. Eren l'écoute avec sur le visage la même expression que lorsqu'elle reprisait sa chemise, les yeux plissés. Mais, cette fois, ce qui parvient à ses oreilles n'est pas une musique silencieuse, mais le récit de Lisbet, son savoir qu'elle déverse dans ses oreilles : comment les abeilles dansent pour se mener les unes les autres de fleur en fleur ; le roi, qui jamais ne quitte la ruche à moins d'être blessé ; le goût du miel, différent selon les ruches et même les rayons ; et ces essaims, épais comme du brouillard, capables de tuer un homme. Sa respiration, qu'elle a appris à moduler, son cœur, qu'elle sait maintenant faire ralentir, et ses mouvements, qu'elle a adaptés, bougeant comme à travers de l'eau, pour pouvoir calmer les abeilles grâce aux rythmes de son corps.

« Vous parlez comme si vous les aimiez », remarque-t-il. Son ton est sérieux, ne comporte pas une once de malice, et Lisbet répond que oui, oui, en effet. « Je suis pareil avec mon luth, même s'il n'est pas vivant, continue-t-il. Il s'anime entre mes mains, et j'ai alors l'impression de vivre moi aussi vraiment. Je ne saurais le dire autrement. »

Lisbet s'adosse contre un rocher, les mains sur son ventre.

« Comment avez-vous commencé à jouer ?

— Grâce à mon père, répond-il en repliant les jambes contre sa poitrine comme un petit garçon. Au départ, c'est en jouant qu'il a pu payer le voyage qui nous a menés jusqu'ici. Je n'étais qu'un enfant lorsque nous sommes arrivés de Constantinople. Je ne me souviens presque de rien, à part de la musique. Mon père nous avait emmenés avec lui.

— Vous avez des frères ?

— Des sœurs. Cinq encore en vie. Toutes mariées et parties vivre ailleurs. Une est retournée au pays, mais les autres sont ici.

— À Strasbourg ?

— Nous ne sommes pas les bienvenus à Strasbourg. Mais il existe d'autres endroits où la vie est acceptable.

— Et votre femme ? »

Il regarde ses mains, écarte ses doigts aussi fins que de la vigne. Puis, en expirant, il les referme et dit :

« Morte.

— Je suis désolée. » Elle attend, pensant l'entendre poursuivre, mais il y a dans le silence qui grandit entre eux quelque chose de rugueux qu'elle préfère briser. « Est-ce la musique de votre père que vous jouez pour les danseuses ?

— Jamais. Je joue la musique qu'ils me demandent de jouer. L'arabisme est un crime à Strasbourg.

— Pourquoi restez-vous ?

— Pourquoi m'en irais-je ? »

Ces mots contiennent de la colère, qui s'embrase comme une torche et s'éteint aussi vite.

« Je ne voulais pas dire que… »

Il hausse les épaules.

« Pour aller où ? Je vis en Alsace depuis que je sais parler. Ce n'est pas facile ici, mais il en serait de même ailleurs. Je ne connais que quelques mots de turc.

— *Elinize saglik*, répond Lisbet avec hésitation.

— Vous vous en souvenez ?

— Mal.

— Pas du tout, répond-il. C'est sûrement moi qui l'avais mal prononcé. À l'époque où je suis arrivé, mes parents m'ont appris votre dialecte, puis ils m'ont envoyé étudier les lettres. Pour ma mère, devenir musicien aurait été du gâchis. Son père était guérisseur.

— Pourquoi sont-ils venus ici ?

— Pour avoir une vie meilleure. N'est-ce pas toujours pour cette raison que les gens partent ? N'est-ce pas pour cette raison que votre époux, Henne, s'en est allé à Heidelberg ?

— Ce n'est pas mon cas. Je suis venue ici à cause de Henne. »

Elle se rend compte, trop tard, de ce que cette réponse pourrait sous-entendre. Mais maintenant que ces traîtres paroles lui ont échappé, elle les laisse flotter. Jamais de sa vie elle ne s'est aventurée sur un terrain où personne ne l'avait invitée à entrer.

« Venue d'où ?

— De l'est. Mon père était paysan.

— Et votre mère ?

— Elle est morte », répond-elle avec le sentiment d'avoir déserté sa maison.

Cependant, les questions d'Eren la désarçonnent ; son intérêt pour elle semble sincère. Son attention finit par la plonger dans un si grand malaise qu'elle détourne la conversation.

« Avez-vous voyagé en dehors d'Alsace ?

— Oui. Frederich et moi étions en France avant cette mission. »

Lisbet plisse le nez en l'entendant évoquer le joueur de tambour, et Eren répond par un rire doux.

« Vous vous faites une mauvaise idée de lui.

— Il paraît si… » Elle cherche le mot dans les arbres. « Rude.

— Il est aussi tendre qu'un fruit à l'intérieur. Il a vécu des choses difficiles. Nous nous épaulons l'un l'autre. Nous n'avons personne d'autre sur qui compter.

— Il n'est pas marié ? »

Eren rit doucement.

« Non.

— Il est pourtant bel homme.

— Son tempérament n'est pas celui d'un homme marié.

— Il existe bien des genres de femme. Je suis certaine qu'il pourrait trouver.

— Si vous pensez à votre sœur… »

C'est maintenant au tour de Lisbet de s'esclaffer.

« Ce pourrait être un beau couple.

— Et vous ?

— Je suis déjà mariée, dit-elle en tapotant sur son ventre avec un sourire.

— Et vous formez un beau couple avec Heinrich. »

Lisbet se mord l'intérieur de la joue. Elle ne sait quoi répondre, n'a jamais évoqué de tels sujets, pas même avec Ida.

Eren secoue brièvement la tête.

« Pardonnez-moi. Ça doit être l'influence de Frederich. Je n'ai pas pour habitude d'être aussi direct, mais... »

Il promène ses doigts dans l'eau, et Lisbet comprend. Cette confiance qu'il lui témoigne est réciproque. Elle avait connu ce sentiment à l'époque de sa toute première rencontre avec Ida, à l'église, lorsque toutes deux avaient reconnu la pâleur qu'elles portaient sur le visage : celle de deux femmes attendant leur premier enfant. La confidence d'Eren l'enhardit.

« Et vous ? Formiez-vous un beau couple avec votre femme ? » demande-t-elle.

Il relâche doucement sa tête et la fait tourner autour de son cou, un mouvement fluide que Lisbet ne saurait imiter sans faire craquer ses os.

« Oui. Nous nous sommes mariés jeunes, sans même le consentement de nos parents. C'était une évidence, depuis le jour de notre rencontre. Il était si simple de l'aimer. Elle est morte avec notre premier enfant. »

Lisbet pose une main protectrice sur son ventre. Le bébé bouge, appuie contre sa paume, et c'est à cet instant qu'elle se rend compte que pas une seule fois Eren n'a évoqué son état, contrairement à toutes les personnes qu'elle a côtoyées dernièrement, qui ne semblent voir que cela. Il ne regarde jamais son ventre, ne pose aucune question sur le bébé. Il ne parle que d'elle, que de lui. Lisbet est déroutée.

« Vous ai-je heurtée ? demande-t-il.

— Non. Pas du tout. Quel était son nom ?

— Aysel.

— C'est charmant.

— Cela signifie rayon de lune : la lumière qui vient de la lune. »

Une boule se forme dans la gorge de Lisbet. La perte d'une femme, la perte d'un bébé – une histoire presque banale. Est-ce pour cette raison qu'il se montre si gentil envers elle ? Oui, bien sûr. Cela n'a rien à voir avec elle, Lisbet. Il se serait comporté ainsi avec n'importe quelle femme enceinte.

Elle plonge les mains dans la rivière. L'eau se déverse contre ses poignets et refroidit son sang trop chaud.

Et puis, soudain, un rire. Pas le sien ni celui d'Eren, mais un rire suffisamment familier pour lui couper le souffle. Elle se redresse, vérifie qu'Eren se trouve toujours à ses côtés, s'aperçoit qu'il a éteint la torche et que sa main est déjà posée sur le manche de son couteau. Ulf s'est levé. Il aboie, mais sans grogner. Lisbet n'a pas le temps de le siffler qu'il s'est déjà éloigné.

Le rire s'arrête, et le cri de surprise que pousse Nethe leur parvient.

« Ulf ? Assis. »

Ce n'est pas à cause d'elle que Lisbet fait signe à Eren de se cacher. Ce n'est pas pour cette raison qu'elle-même s'accroupit derrière les fourrés en se félicitant d'avoir emporté une étole sombre. C'est à cause de la personne qui émerge des arbres derrière Nethe, Ulf trottant vaillamment sur ses talons. Ida.

Lisbet se sent comme une enfant jouant à cache-cache. Le même goût amer envahit sa bouche, la même excitation face à la peur d'être découverte tandis qu'Ida et Nethe débouchent sur la rive avec leurs longs jupons, encerclées par le chien qui les renifle.

« Il y a quelqu'un ? » demande Ida d'une voix incertaine.

Elles regardent autour d'elles, mais Lisbet est bien protégée dans sa cachette. Elle ne distingue plus du tout Eren au milieu des arbres noirs.

« Il a dû s'échapper », fait Nethe en haussant les épaules. Puis elle ordonne : « Ulf, maison. »

Elle accompagne ces mots d'un léger sifflement, comme le fait Henne. Le chien détale vers la ferme, laissant transparaître dans sa manière de bondir l'espoir d'être récompensé par un os.

« Vite, dit Nethe en tirant Ida par la main. Ce sera plus rapide par ici. »

Nethe relève alors ses jupons et, à la stupeur de Lisbet, Ida l'imite et la suit dans la rivière, qu'elles traversent pour atteindre l'autre bord.

Eren sort des arbres comme un spectre. Il tient toujours à la main son couteau, dont l'éclat attire l'œil de Lisbet. Clignant des yeux pour guetter son amie et sa belle-sœur, elle entend à peine les mots du musicien :

« Qui était avec votre sœur ? »

Mais Lisbet a déjà soulevé ses propres jupons et, sans prêter attention à sa question, ni à ses jambes nues striées par un mélange de sueur et de poussière, ni aux galets qui glissent sous ses pieds, elle pénètre tant bien que mal dans la rivière calme, à la poursuite de Nethe et Ida.

« Frau Wiler ? » chuchote-t-il, mais Lisbet est un chien qui renifle les traces des deux femmes dans l'air.

Elles se dirigent vers l'ouest, parallèlement à l'église, en direction de la route principale qui mène à la ville. Les suivre à travers ces bois dangereux avec ce musicien derrière elle serait folie, mais il lui faut revoir, savoir avec certitude que c'est bien elles qu'elle a vues ensemble, riant et se tenant par la main comme les deux fidèles amies qu'elles étaient autrefois.

Eren la rattrape.

« Frau Wiler, répète-t-il. Où allez-vous ?

— En ville.

— Maintenant ? À pied ? »

Elle ne voit aucune raison de lui répondre et laisse le bruit de ses pas s'en charger. Sa tête tourne comme si elle était ivre, mais cette sensation rend ses pieds légers et agiles. Elle avance sans peine. Les arbres commencent à se clairsemer et le bruit de la route à résonner, des tambours, des flûtes, des cris. La nuit est vivante, comme un jour de fête, comme à l'époque des bals dans les champs de son père.

Lisbet, éblouie, débarque au milieu d'un chaos de feu et de gens, tant de gens qui marchent, rient, fument et chantent, et le bois, à sa lisière, au départ de la route, est tellement encombré que l'on croirait se trouver dans un port ou Dieu sait quel autre lieu de rassemblement. Elle émerge de la mer calme qu'est la forêt pour pénétrer dans cette écrasante humanité.

Elle ne se retourne pas pour vérifier qu'Eren la suit : elle sait qu'il se trouve proche, et cette pensée l'encourage à avancer malgré l'étrangeté de ce tableau, malgré l'odeur de viande rôtie, la poussière qui s'élève de ce sol cuit par le soleil, et tous ces étrangers autour d'elle.

Elle passe en revue leurs visages à mesure qu'elle avance vers les faubourgs de la ville, mais pas d'Ida, pas de Nethe, pas de Mathias ni même de Plater – elle ne reconnaît personne ici. Elle est une inconnue parmi d'autres. Personne ne la regarde, personne même ne la remarque. Une montée d'exaltation la gagne devant cet anonymat. Aux yeux de ces voyageurs attirés par les danseuses, elle n'est rien.

« Frau Wiler, lance Eren, faisant voler ses pensées en éclats comme un morceau de bois pourri. Le bruit est trop fort, et il se fait trop tard. Le bébé… »

Elle est assourdie par les cris d'un prêcheur qui appelle à la damnation pour chacune de leurs têtes.

« … et jetant Son jugement sur vous il fera bouillir le sang dans vos veines, et décochera Sa vengeance pour faire tomber votre âme droit dans la bouche de l'Enfer… »

La foule s'est massée et acclame ses avertissements, et même si ces paroles sont vraies, même si tous finiront damnés et que Dieu n'en épargnera aucun, et certainement pas elle, Lisbet à cet instant ne peut y prêter attention. Elle doit trouver Nethe et Ida, doit les sortir de cette mêlée, de ce sombre et sinistre carnaval. Une nouvelle fois, Eren la rattrape, mais soudain, comme si le temps s'était rétracté en un point, elle aperçoit ses doigts fins, puis son visage implorant, et puis la glaire ronde, jaune et épaisse, qui comme une abeille file, brillante, dans l'air et atterrit sur sa joue barbue. Un instant plus tard arrive un coup de côté, mal ciblé. Elle manque de vomir, comme si c'était elle qu'on avait frappée, mais Eren réagit avec l'impassibilité de celui qui, depuis toujours, est habitué.

L'assaillant s'éloigne en titubant, en crachant des obscénités, et ses comparses rient comme s'il était un bouffon. Lisbet ouvre la bouche, mais Eren secoue la tête, alors Lisbet se venge malgré tout en bousculant l'homme si fort qu'il s'écrase par terre, dans la poussière.

Il se relève en un rien de temps, mais plutôt que de s'en prendre à Lisbet, il se tourne vers Eren et le pousse si violemment que le musicien tombe contre ses compagnons, lesquels, à leur tour, le repoussent. Tout est devenu rouge, infernal autour d'eux, Lisbet a le corps lourd, gonflé par la chaleur, par son sang, par le sang de son enfant.

« Arrêtez », crie-t-elle faiblement – bien sûr, personne ne l'entend.

Eren se laisse malmener, gardant tant bien que mal l'équilibre pendant que les ivrognes le font tourner comme dans une gigue.

« Arrêtez », répète-t-elle en se plantant au milieu du cercle.

Cette fois, les hommes obéissent. Ils se dispersent, et Lisbet manque de défaillir de soulagement. Elle regarde Eren, qui lui-même la dévisage sans dissimuler sa colère.

« Je suis désolée », dit-elle vainement.

Il secoue la tête, une fois seulement, un geste sec, tranchant.

« Il aurait été avisé de vous abstenir de me défendre, Frau Wiler.

— Lisbet », le corrige-t-elle timidement, mais la relation balbutiante qu'ils avaient nouée est brisée maintenant.

Lisbet vacille légèrement, puis sent sous ses aisselles les mains du musicien qui la stabilisent. Des fourmillements de honte lui envahissent la poitrine : sa robe est trempée de sueur, et il ne fait aucun doute que les doigts gracieux du musicien le sentiront, qu'elle le dégoûtera.

Derrière eux, quelqu'un crie un avertissement. La foule se scinde en deux pour laisser passer une charrette sans toit. Elle avait oublié Ida et Nethe, avait oublié sa propre présence en ces lieux.

« Rentrons-nous ? » demande Eren.

Même si l'effort lui coûte, Lisbet redresse le dos, se fait aussi grande que lui. Ses cils, aussi longs que ceux d'Ida, effleurent juste au-dessus de sa barbe la peau nue de sa joue, lisse comme du bois poli.

« Je vais bien. »

La main d'Eren est posée sur le creux tendre de son aisselle. Elle sent son pouls battre ici, sent sa gorge s'empourprer peu à peu. Lorsqu'ils se trouvaient au lit, Henne adorait la voir rougir ainsi, voir les plaques apparaître comme un chemin de dalles le long de son cou. Il les embrassait une par une, jusqu'à atteindre sa bouche, puis son oreille dont il mordait le lobe.

Lisbet se détourne.

« Rentrez, si vous êtes fatigué. Je dois trouver mon amie.

— Votre sœur ?

— Ida ! rétorque-t-elle sèchement. Elle est avec Nethe. »

À son comportement idiot s'ajoute maintenant de la rudesse. La honte qui se mélange à sa peur la fait parler ainsi. Mais elle refuse d'avoir parcouru tout ce chemin et de lui avoir fait endurer cette épreuve pour rien.

En entendant le soupir d'Eren, Lisbet comprend qu'il est las d'elle. Elle préférerait qu'il parte, qu'il la laisse au milieu de cette masse de gens sans visage où peut-être elle retrouverait un peu de la témérité qui l'animait encore quelques minutes plus tôt. Mais il reste. Et tandis que la charrette passe, bondée de sacs et de passagers, il la soulève avec une telle adresse qu'on croirait qu'il porte une enfant, et la dépose à l'intérieur avant de sauter à côté d'elle et de s'asseoir sur le bord, ses pieds pratiquement posés sur les genoux de Lisbet.

L'homme chargé de surveiller les passagers et la marchandise tend la main, mais alors qu'Eren s'apprête à sortir une pièce de sa poche, Lisbet trouve à l'intérieur de son tablier un vieux morceau de rayon de miel poussiéreux que l'étranger accepte, les yeux brillants. Se protégeant le ventre, elle se laisse bercer par la charrette, qui s'ébranle sur la route semée d'ornières. La tête penchée en arrière, elle regarde le ciel immense, voilé par les étoiles, et plus près d'elle Eren, sa mâchoire, le dessous de son menton, son pouls qui sur sa barbe noire fait onduler un étrange courant. Elle continue ainsi à les fixer, la nuit et Eren, jusqu'à ce que les deux se mélangent, jusqu'à ne plus savoir où l'un s'achève et où l'autre commence.

Elle ne tourne la tête qu'au moment où se dessinent les remparts de la ville et commencent à résonner les battements de tambour.

Une chape de silence semble avoir tout écrasé soudainement. Il n'y a plus que ce bruit singulier, rythmé et curieusement indécent. D'instinct, Lisbet sent que cette musique n'est pas le produit d'un seul joueur. Même un millier de Frederich ne donneraient pas ce son.

« Êtes-vous sûre de vouloir y aller ? » lui demande Eren. La voyant hésiter, il secoue une nouvelle fois la tête. « Nous pouvons encore faire demi-tour. »

Mais maintenant qu'elle est arrivée si loin, qu'elle l'a mis en danger, qu'elle a suivi Ida et Nethe jusqu'à ce spectacle, impossible de ne pas les trouver. Elle se laisse glisser de la charrette, atterrit maladroitement à terre, et se tourne vers le vacarme.

« Je veux voir. »

Ils sont descendus devant le marché aux chevaux, dont les hauts murs semblent vibrer. Lisbet le sent à travers ses pieds, son bassin. L'entrée est envahie par la foule, mais elle sait que, s'il existe un endroit où elle pourrait trouver Nethe et Ida, elle y est. La nuit tout entière, l'univers tout entier semblent tournés vers l'entrée de la guilde, vers ce son à la fois si surnaturel et si terrestre.

Eren part en tête cette fois, en forçant le passage. Lisbet lui emboîte le pas, tout près derrière lui, sur la paille sèche qui craque sous leurs pieds. La scène, haute et large, ne laisse aux spectateurs qu'un interstice limité pour lancer leurs cris, acclamations et prières. Et dessus se trouvent les danseuses.

Il y a au moins une centaine de femmes, serrées les unes contre les autres sur un plancher couvert de toile, des femmes dont les pieds frappant le sol produisent un bruit de roulement ininterrompu si violent qu'on croirait entendre le tonnerre lui-même. Elles tourbillonnent, vrillent, bondissent, toutes ruisselantes de sueur, luisantes, éclatantes.

Eren fait signe à Lisbet de rester à sa place, dans le coin d'une stalle autrefois destinée aux jeunes juments, avant de lui indiquer qu'il s'en va sonder la foule. Elle hoche la tête, presque incapable de détacher son regard de la scène. Le spectacle est différent de la dernière fois, de ces vieilles femmes que des hommes forts faisaient valser. Il n'y a plus d'hommes du tout, plus de musiciens non plus – comment pourrait-il y en avoir avec autant de danseuses ? Lisbet se rend soudain compte que, parmi ces voix qu'elle entend, toutes sont féminines, des hauts cris, des huées qui lui donnent l'impression d'être mêlée à une horde de sylphides ou de sorcières. Jamais de sa vie elle n'a entendu ou vu des femmes en si grand nombre. Leurs habits leur glissent des épaules, mais, contrairement à la première fois, cette vision n'a rien d'obscène. Là, dans le noir, à la seule lumière des torches, au milieu de cette odeur de sueur et de chevaux, ces femmes semblent venues du ciel, semblent divines, léchées par les langues dorées des flammes.

Deux danseuses s'écartent. Lisbet distingue alors le centre de la scène, où une femme en fait tourner une autre.

Toutes deux s'étreignent fermement par la taille. Sa respiration s'emballe.

Ce sont Nethe et Ida. Lisbet est obligée de se tenir au mur de la stalle, de s'agripper au bois jusqu'à se fendre les ongles. Puis, dans un soudain élan, le groupe se referme et les avale. Lisbet prend appui sur le portail pour se donner de la hauteur, le ventre posé sur le haut du battant. De là-haut, elle parvient tout juste à apercevoir les cheveux courts de Nethe, qui dépasse en taille toutes les autres danseuses, et sa tête rejetée en arrière dans un cri exalté.

« Je ne les vois nulle... », commence Eren, de retour à ses côtés, mais elle le fait taire d'un geste et pointe le doigt.

À nouveau, le groupe s'écarte et son amie et sa belle-sœur apparaissent, visibles au milieu des autres par leur étreinte. Ces gestes ne témoignent clairement pas d'une crise de démence ni d'un soudain abandon de piété. Nethe et Ida semblent parfaitement normales, ne sont que deux femmes qui tournent et tournent, enserrées.

Un grand bruit résonne aux portes du marché. Plusieurs hommes font irruption au milieu de la guilde à l'air déjà saturé en brandissant de longs crochets. Ce sont les hommes forts des XXI, au premier rang desquels, aussi imparable qu'un cauchemar, se trouve une tête aux cheveux de cuivre, Plater, un crochet pendu à sa main calleuse. Lisbet sent un poing invisible lui saisir la gorge, la serrer. Si Plater aperçoit Ida...

Plongeant tête la première, elle descend du portail et se jette vers la scène. Disparu, le halo doré des flammes : il n'y a plus que la puanteur des fèces et de la sueur de ces femmes rompues, plus que sa belle-sœur et sa meilleure amie, idiotes ou inconscientes ou peut-être les deux, qui à elles seules rendent ridicule tout ce tableau piteux. Eren est trop lent, il ne parvient pas à suivre Lisbet, qui l'entend crier après elle comme si elle était sous l'eau. Elle traverse la marée humaine, gravit les marches en bois. La scène, qui grince et tangue sous les mouvements des danseuses, lui donne l'impression qu'elle a quitté la stabilité du quai et mis le pied sur le pont d'un bateau.

Une fois son équilibre retrouvé, elle avance en chancelant jusqu'au centre du groupe. Le bruit est atténué, ici, laissant place à celui des respirations, qui forme à lui seul comme un rythme et procure à Lisbet le sentiment d'être de retour dans le ventre de sa mère, d'entendre le battement d'un cœur qui pourrait être celui de Dieu lui-même. Voilà donc ce que son bébé doit ressentir à cet instant : aucun besoin de connaissance, si ce n'est celle du corps dans lequel il baigne. Cette idée a quelque chose de réconfortant et de vertigineux aussi, et, tandis que Lisbet progresse au milieu des danseuses, son impression se confirme : il ne s'agit pas de folie, mais d'un élan, d'un espoir – un abandon. De la transcendance, peut-être.

Un cri résonne depuis les marches. À travers les corps secoués par le rythme, Lisbet voit les hommes envahir la scène, tisonnant déjà les danseuses avec leurs crochets. Plater, penché vers l'avant, s'acharne lui aussi de toutes ses forces, mais alors qu'il s'affaire, Lisbet découvre derrière lui un garçonnet ; sa tête arrive juste à la hauteur du crochet. Elle reconnaît Daniel, le fils de Herr Lehmann, et son visage irradie une telle lumière que Lisbet en frémit.

Elle se force à continuer, à avancer jusqu'à Nethe et Ida. Toutes deux sont tellement absorbées l'une par l'autre qu'elles n'ont même pas remarqué l'arrivée des hommes, ni les cris qui se multiplient, ni même Lisbet, jusqu'au moment où celle-ci attrape Nethe par l'épaule et la secoue violemment.

Nethe se dégage et regarde Lisbet en clignant des yeux, comme dérangée en plein rêve. Son visage est rouge et luisant, ses paupières semblent lourdes, et, à travers l'étoffe de sa robe, Lisbet sent son épaule se tendre et sa respiration haletante se hacher.

Lisbet, articule-t-elle, et, à côté, Ida, venant tout juste de retrouver l'équilibre après cette virevolte cassée, affiche la même stupeur, la même expression paniquée. Lisbet sent exploser en elle une colère légitime.

« Regarde, crie-t-elle en la secouant, avant de pointer son doigt. Ton mari. »

Nethe lâche un juron ; la peur a rendu ses yeux blancs, tandis que ceux d'Ida s'écarquillent. La paume moite de Nethe se referme d'un côté sur le poignet de Lisbet, de l'autre sur celui d'Ida, puis toutes deux se retrouvent traînées vers le fond de la guilde.

Il n'y a pas d'escalier de ce côté, mais Nethe ramasse ses jupons et saute dans la foule avec l'agilité d'un chat. Les spectateurs se reculent comme devant une pestiférée, en poussant de hauts cris lorsqu'elle lève les bras pour attraper Ida par la taille et s'empresser de la poser par terre comme une petite fille. Ce faisant, les deux femmes échangent un regard qui serre de malaise le ventre de Lisbet.

« Lisbet ! »

Eren est apparu derrière Nethe, il lui tend à son tour les bras et, sans même réfléchir, Lisbet se jette en avant, frôlant le torse du musicien avec son ventre tandis qu'il l'aide à descendre avec précaution. Main dans la main, dans une chaîne, comme si leur échappée était prévue depuis le départ, tous les quatre s'enfuient comme des gamins qu'on pourrait entendre chantonner.

La main d'Eren est sèche et calleuse, celle de Nethe masculine et musclée, et elles glissent tellement entre les doigts de Lisbet couverts de sueur qu'il lui faut redoubler d'efforts pour les serrer. Est-ce le fruit de son imagination, ou a-t-elle senti Eren serrer la sienne en réponse ?

Alors qu'ils s'échappent de la guilde, Lisbet se retourne vers Plater, vers ces hommes, vers ce garçon et ces crochets ondulants, brillants comme des aiguilles, qui fusent au milieu des danseuses. Mais tandis que Daniel tourbillonne en riant, comme si son crochet était son partenaire de danse, son regard croise celui de Lisbet. Elle rentre la tête dans les épaules. Un frisson la parcourt pendant qu'elle respire goulument l'air nocturne que rien n'agite aux côtés d'Eren qui les entraîne, les éloigne de la guilde, les éloigne jusqu'à ce que le martèlement de ces pieds par centaines soit avalé par le carnaval des rues.

Onze

De retour sur la grand-route, Eren finit par lâcher la main de Lisbet, qui remue un moment les doigts avant de libérer à son tour la main de Nethe et de se placer derrière elle et Ida.

« Mais que diable faisiez-vous ? » souffle-t-elle, furieuse.

Sous ses côtes est apparu un point douloureux qu'elle ressent à chacune de ses respirations. Nethe, à côté d'elle, courbe la tête comme une enfant que l'on dispute, mais Ida continue d'avancer d'un pas déterminé, deux ronds écarlates sur les joues.

« Pas ici, Bet, lâche-t-elle. Mon père est sorti vendre. Expliquons-nous plus loin.

— Vous êtes encore plus inconscientes, dans ce…

— Pas ici, répète Ida. S'il te plaît.

— Venez », intervient doucement Eren.

C'est uniquement pour lui que Lisbet accepte de poursuivre le chemin, de traîner son corps endolori jusqu'à l'ombre de ces mêmes arbres où, à peine une heure plus tôt, commençait la cohue des promeneurs nocturnes. Sans un mot, ce groupe singulier se retire derrière la lisière jusqu'à ce que la forêt les ait complètement engloutis, eux et tous les bruits de la route.

Lisbet s'écroule sur un vieux tronc pourri qu'un orage, il y a longtemps, a fait tomber par terre. Le bois est à la fois râpeux et ramolli, et, du bout de son ongle, Lisbet gratte sa surface couverte de champignons, laissant ses narines se remplir de leur odeur, qui recouvre celle de la sueur, de la cire et de son haleine aigre.

« Tout va bien, Bet ? »

Le tronc bouge légèrement. Ida s'est assise. Lisbet n'a même pas besoin de la regarder pour deviner l'expression incertaine qui habite son visage, et sa lèvre charnue que mordent ses dents légèrement tordues. Elle devine, aussi, qu'Ida a bu – quelque chose de brûlant et de fort.

Elle ne peut regarder son amie ; elle la frapperait ou éclaterait en sanglots, et ne souhaite ni l'un ni l'autre. Sentant l'attention des autres centrée sur elle, Lisbet se demande quelle image elle peut renvoyer, là, courbée sur son ventre, son corps tout entier soulevé par sa respiration.

Elle se concentre sur son souffle, s'oblige à le ralentir, à le rendre plus profond pour le déployer jusqu'au bébé et jusqu'à son propre cœur, pour les apaiser. Elle attend que son pouls ait cessé de battre d'un rythme fou, attend que soit visible l'empreinte du bébé lové sous son sarrau pour enfin trouver la force de lever les yeux.

La boisson a rendu le regard d'Ida vitreux. Lisbet scrute le visage de son amie, cette femme qu'elle croyait si bien connaître, à présent devenue une parfaite étrangère. Depuis tout ce temps, Ida cachait donc ces échappées nocturnes à Lisbet. Cette trahison s'élève comme une lame dans sa gorge. Le regard que lui rend Ida, apeuré, désolé, ne fait que renforcer sa colère. Redressant le dos, Lisbet la dévisage, impitoyable.

« Eh bien ?

— Tu savais que nous étions amies.

— Surtout que vous ne l'étiez plus, rétorque Lisbet tout en sondant le visage d'Ida pour déceler le mensonge qui, elle en est sûre, suivra. Tu m'as dit toi-même que tu n'avais que faire d'elle.

— Si seulement…

— Nous avons prié pour qu'il en soit ainsi, intervient Nethe d'une voix un peu trop forte – le visage d'Ida se froisse encore davantage.

— Pourquoi ? Que s'est-il passé entre vous ?

— Faut-il vraiment que nous parlions devant le Turc ? » demande Nethe.

Lisbet la foudroie du regard, et Nethe la toise à son tour. Même si cet air lui sied un peu mieux qu'à la frêle Ida, Lisbet remarque que ses yeux, à elle aussi, sont embrumés. Elles ont donc bu toutes les deux.

« Tu aurais plus à craindre de moi à cet instant », répond froidement Lisbet.

Soudain, des rires éclatent derrière les arbres : c'est un homme et une femme à la recherche d'un coin pour s'ébattre. Lisbet se lève au prix d'un immense effort, s'efforçant de ne pas laisser paraître à quel point son ventre la déstabilise. Les rires se transforment en halètements, en claquements de chair contre chair.

Eren leur fait signe de s'éloigner vers la rivière, mais à la grande surprise de Lisbet, alors qu'ils se mettent en route, Ida pousse un gloussement, qu'elle étouffe en posant sa main sur sa bouche. Nethe éclate à son tour de rire, au milieu des gémissements qui résonnent toujours dans l'ombre.

« Ida, Agnethe, siffle Lisbet. Arrêtez. »

Mais les deux femmes rient à présent à gorge déployée, en se tenant l'une l'autre par la taille, et, même si le couple ne peut à présent plus les entendre, Lisbet sent la colère monter, sent la honte lui inonder le corps.

« Espèce de gamines, crache-t-elle.

— Tout va bien, Lisbet », intervient Eren, mais même sa voix douce ne parvient pas à l'apaiser.

Le cou brûlant, elle presse le pas, remonte ses jupons et s'élance sans même ralentir dans la rivière. Elle voudrait les semer, se débarrasser d'elles, ne plus penser à toutes ces questions, à leur présence.

Elle entend derrière elle leurs rires et les appels d'Eren, sait qu'il s'inquiète de la voir se presser ainsi, mais tant pis. Elle poursuit sa course sur le sol vaseux, sous les cris perçants d'Ida chaque fois que la boue lui aspire les orteils, sous les cris de Nethe qui se joint à Eren. Mais elle ne s'arrêtera pas, ne ralentira pas, ne se laissera pas rattraper. Elle se glisse entre les arbres muets jusqu'à ses ronces, qu'elle écarte d'un geste sec avant de refermer l'ouverture derrière elle.

Au pied de son arbre à danser, elle s'écroule, pose ses mains sur ses yeux et appuie jusqu'à voir des étoiles. Son corps et son esprit ne sont plus qu'un amalgame de couleurs et de chaleur, et entre ses jambes palpite une sensation rythmée comme les cris du couple, comme les pas des danseuses sur les planches de bois.

« Lisbet ? »

Cette voix est celle de Nethe, sobre cette fois, et toute proche. Lisbet ouvre les yeux. Dans sa fureur, elle avait oublié que Nethe connaissait cet endroit, le passage à travers les ronces, et la voilà à présent qui la regarde, rangée à côté d'Ida qui vacille, le nez en l'air, bouche bée, contemplant les rubans, et Eren, derrière, qui examine le sol couvert d'offrandes.

« Sortez, ordonne Lisbet, mais sa voix est si faible que Nethe, au contraire, se rapproche.

— Tu ne dois pas courir, lui dit Nethe. Pas si près du terme.

— C'est toi qui me donnes des raisons de courir, crache Lisbet. En te comportant comme une putain, comme une idiote. Toi et Ida.

— Et toi, alors ? ose Nethe. Dehors en pleine nuit avec un Turc ! Quelle excuse as-tu à fournir ?

— C'est moi qui pose les questions ! »

Lisbet ne parvient plus à contrôler sa violence. Pourquoi les a-t-elle conduits jusqu'ici, jusqu'au seul endroit sûr pour elle et ses enfants, le seul endroit où ils puissent être seuls ?

Ida se laisse tomber à genoux et se traîne jusqu'à Lisbet, qui de nouveau perçoit l'odeur de boisson dans son souffle.

« Où sommes-nous, Bet ? »

Lisbet sent les larmes monter. Il fait si chaud. Elle est épuisée, se sent si lourde. Elle aimerait qu'Ida la serre.

« C'est son arbre », répond Nethe. Sa voix a perdu de son tranchant. « Pour ses…

— Arrête, dit Lisbet. Comment oses-tu ?

— C'est toi qui nous as conduits ici, répond Nethe fermement.

— Vous ai-je demandé de me suivre ?

— Pour quoi ? demande Ida. Ton arbre ? Qu'est-ce donc que tout cela ? »

Elle montre du doigt la plateforme, mais Lisbet remarque sèchement :

« Je doute que ton mari apprécierait que tu saches ce qui se trouve ici.

— Depuis quand te soucies-tu de ce que pense mon mari ? répond Ida, semblant soudain avoir recouvré ses esprits. Crois-tu vraiment que ce qu'il pense m'importe ? »

Lisbet s'oblige à prendre une respiration. L'air fait vibrer sa cage thoracique, lui bloque la gorge.

« Ceci est un arbre à danser. Un lieu de rite païen.

— Et qu'en est-il de cela ?

— Ce sont des rubans. C'est moi qui les ai accrochés. Pour… pour mes deuils.

— Pour tes bébés ? »

Lisbet lève les yeux vers les bandes de tissu, vers le ciel haché qu'elle entrevoit derrière les branches, constellé d'étoiles, et hoche la tête. La main d'Ida se glisse dans la sienne. Lisbet ne trouve pas sa fraîcheur habituelle. Cette main-là est petite, collante, comme celle d'un enfant fiévreux.

« Pardonne-nous, Lisbet, dit Ida. Ne sois pas fâchée. »

Lisbet n'a pas la force de rester en colère. Elle pousse un grand soupir, puis serre la main de son amie.

« Que faisais-tu là-bas ? Avec elle. Pourquoi dansiez-vous ? »

Le menton pointu d'Ida s'abaisse.

« Pour disparaître.

— Disparaître ? ricane Lisbet. En vous donnant en spectacle ?

— Deux personnes parmi tant d'autres.

— Tu es la femme d'un membre du conseil. Elle est une pénitente. Vous vous croiriez donc anonymes ?

— Mon époux était censé être ailleurs. Je pensais connaître ses missions, ses déplacements.

— Lui semble être au courant des tiens. Je vais être franche : vous n'étiez pas dans le même état que les autres, et cela crevait les yeux. Je l'ai vu, Eren l'a vu, et Plater l'aurait vu lui aussi. Je crois d'ailleurs que c'est le cas. N'importe qui l'aurait vu. Deux femmes ivres au bal, pas au milieu d'une épidémie. Ce que vous avez fait mérite au mieux d'être qualifié d'idiotie, au pire de blasphème.

— Garde ton jugement pour toi, lance Nethe.

— C'est toi qui manques de jugement, visiblement, répond Lisbet. Et que faisiez-vous ensemble ? Dire que je pensais votre amitié brisée. Je vous ai vues vous disputer, au retour de l'aumône.

— De l'histoire ancienne, dit Nethe avec prudence. Les danseuses… les danseuses nous offrent une chance.

— Une chance de quoi ?

— De prendre un nouveau départ, de trouver une forme de salut. »

Lisbet pose la tête contre le tronc de l'arbre pour que Nethe ne devine pas à son regard qu'elle la comprend.

« Pourtant, vous vous amusiez. Cela n'a rien d'un jeu.

— C'est vrai », remarque Eren, et toutes les têtes se tournent en même temps vers lui, resté en retrait, au bord de la clairière, près des ronces. Lisbet l'avait complètement oublié. « Certaines de ces femmes dansent jusqu'à la mort, jusqu'à ce que leurs pieds ruissellent de sang ou… »

Il jette un coup d'œil à Lisbet, qui soudain se sent vaciller. Elle s'accroche plus fort à la main d'Ida, essaie de s'ancrer dans le présent.

« Je vous demande pardon, poursuit-il. Je cherchais seulement à vous dire le danger que vous encouriez, Fräulein Wiler.

— Je n'ai pas besoin qu'un Turc me délivre des conseils, répond Nethe avec un reniflement de mépris.

— Certes, dit Eren. Mais acceptez ceux d'un musicien qui a vu la réalité de cette fièvre. Qui a vu les impostrices traînées hors de la scène et punies, les pieds brûlés par des charbons ardents. Le bruit court qu'on les noiera si elles venaient à se multiplier.

— Je sais quelque chose des punitions, lâche Nethe en indiquant son crâne.

— Plater était présent, poursuit Lisbet – prononcer le nom de cet homme lui laisse dans la bouche un goût aussi amer que de la bile. Qu'allons-nous devenir s'il vous a vues ? Henne sera parti pour rien à Heidelberg. Il te marquera au fer, et saisira nos abeilles. Tu sais qu'ils sont à l'affût du premier faux pas. »

Nethe semble se flétrir. Le changement est visible, ses épaules s'affaissent.

« Nous voulions simplement un endroit où nous sentir en sécurité, un endroit où nous perdre.

— Une foule est tout sauf cela, dit Eren d'un ton plus clément qu'il ne le faudrait.

— Mais pourquoi vous cacher ? demande Lisbet. Henne serait heureux de votre amitié.

— C'est lui qui l'a interdite, dit Nethe.

— Je ne peux pas le croire. Il a toujours encouragé la nôtre, répond Lisbet en serrant la main d'Ida, mais cette dernière s'écarte et, les yeux humides, glisse son bras frêle autour de ses jambes.

— Je n'aurais pas dû l'accepter, dit-elle. Je me rends compte, maintenant, à quel point tout cela était mal, Agnethe. Mais c'était ma seule planche de salut, comprends-tu ?

— Comprendre quoi ? demande Lisbet. Tu parles par énigmes. » Elle contourne Agnethe. « Écoutez-moi, toutes les deux. Qu'y a-t-il entre vous ? Dites-le-moi. Dites-moi pourquoi tu as été bannie. »

Mais Ida plante son regard à l'horizon et, une fois de plus, Nethe se dérobe, se fige, mutique. Une telle colère envahit Lisbet que son sang se glace. Elle plonge les mains dans la terre, comme pour s'y ancrer.

« Tu parles de salut, de bénédictions, et après avoir passé sept ans dans le silence, tu miaules comme une chatte au milieu de cette folie dansante. T'entends-tu parler, Nethe ? Car pour moi qui t'entends, qui t'écoute, je te le dis : tes actes n'ont aucun sens. »

Nethe demeure impassible. Un petit bruit s'échappe de la gorge d'Ida.

« Dites-moi pourquoi vous dansiez. Dites-moi pourquoi tu as été bannie. » Un autre silence passe, brisé par Lisbet. « Dites-moi ! Parlez, à la fin ! Pourquoi me mettez-vous à l'écart, pourquoi toujours me laisser dans l'expectative ? »

Elle ramasse une poignée de terre, la jette de toutes ses forces sur Nethe, sans se rendre compte immédiatement de son poids, du petit galet qu'elle avait choisi pour son liseré de quartz. Nethe le reçoit en plein dans l'arcade. Ida se jette en avant pour l'aider, se précipite sur le filet de sang qui coule sous le sourcil de Nethe. Elle est obligée de se grandir, presque de se dresser sur la pointe des pieds. Elle pose sa manche contre la blessure.

Alors que Nethe n'a pratiquement pas réagi au coup, elle attrape à présent l'autre main d'Ida, sa main libre, qui n'est pas pressée contre son sourcil, et la referme en coupelle. Elle pose cette main contre sa joue, puis lève les yeux et braque son regard sur celui de Lisbet. Ce geste est une habitude, est aussi naturel qu'un baiser.

L'espace d'un instant, Lisbet ne comprend pas. Mais elle remarque alors l'expression sur le visage d'Ida tandis qu'elle contemple Nethe : il est illuminé par un tel amour qu'il est presque indécent de le voir. Cette lumière est la même que lorsqu'elle dansait et que Lisbet avait prise pour de la frénésie, du délire. Et peut-être y en a-t-il, ne serait-ce qu'un peu, puisque ce qu'elle traduit relève de l'impossible.

Lisbet a l'impression de chuter. Elle enroule fermement les bras autour de ses genoux, enfouit la tête dans ses jupons.

Au milieu de cette caverne obscure, elle examine les ombres, les tire du brouillard. La mèche de cheveux, douce, blonde et secrète. Un péché si grave qu'on l'avait bannie. Les regards furtifs, l'énergie étrange qui semblait les unir, et puis ce jour où Nethe avait accompagné Ida pour donner l'aumône. Les fugues nocturnes de Nethe. Lisbet se mord la langue. Il y a bien sûr le choc de cette prise de conscience, noire, dévorante, mais aussi une sorte de tristesse immense qu'Ida ne lui ait jamais rien dit.

Elle relève la tête.

« Tu es damnée », souffle-t-elle, alors qu'elle voudrait crier. *Menteuse. Menteuse.* « Que le diable t'emporte. »

Le bruit qui sort de la gorge d'Ida est étranglé, dépourvu d'air. Un gémissement.

« Ne dis pas cela, répond Nethe.

— Je comprends maintenant pourquoi ils t'ont isolée », poursuit Lisbet, une main sur son ventre. Mieux vaut se faire passer pour pieuse, pour puissante, ne pas laisser voir qu'elle n'est en fait qu'une femme apeurée, seule, abandonnée dans son désarroi. « Vous n'êtes que des pécheresses de la pire espèce. Des inverties décadentes, infectes, souillées. »

Ida tressaille, mais Nethe, elle, lui rend son regard impitoyable.

« Ces mots sont ceux de ma mère. Ceux de Plater.

— Ces mots sont ceux de Dieu, dit Lisbet en se hérissant.

— Mais pas les tiens », rétorque Nethe. Du sang coule toujours de son sourcil, mais elle ne l'essuie pas. « Tu ne crois pas à ce que tu dis, pas vraiment. L'existence de cet endroit le prouve. »

Elle désigne l'arbre, les rubans.

« Cela n'a rien à voir, proteste Lisbet, soudain saisie par la peur. Je parle d'un péché, un péché de la pire espèce.

— Crois-tu que nous ne le savons pas ? demande Nethe, qui brusquement rompt sa posture impassible et part dans un grand rire hystérique, plus frénétique que joyeux. « Nous sommes tous perdus. Moi, Ida, toi et tes bébés…

— Nethe ! » s'écrie Ida.

Mais Nethe ne s'arrête pas.

« Pourquoi penses-tu que ces femmes dansent ? Parce qu'il n'existe rien ici-bas pour les sauver. Toi et ma mère me l'avez suffisamment répété : Strasbourg dérive vers l'Enfer. Et ce sont nous, les femmes, qui les premières en subissons les conséquences. Que nous soyons dressées ou bannies, nous sommes toujours, *toujours* damnées. Les prières n'aident en rien, les prêtres non plus. Tes enfants n'ont jamais été bénis, ils sont donc damnés. La décadence n'est pas où tu le crois. » Elle se frappe la poitrine, là où se trouve son cœur. « N'est-ce pas précisément pour cela que tu viens ici ? Pour te réfugier dans un lieu qui t'apaise, où tu trouves un semblant de paix ? Car tu ne jouis d'aucune paix, sinon, n'est-ce pas, Lisbet ? »

Lisbet ne peut le nier. Même si son cœur bat la chamade sous le coup de cette tromperie, de toutes ces révélations, elle ressent malgré tout la présence de son arbre jusque dans son sang, qui la rafraîchit, qui la calme autant que la main d'une mère.

« Et moi non plus, poursuit Nethe en respirant si fort que des postillons jaillissent de sa bouche. Jamais je n'ai trouvé la paix à l'église, enfant, ni plus tard à la ferme. Je n'ai pas trouvé la paix malgré le temps passé à sonder mon cœur, en silence, à l'abbaye, malgré les coups de fouet qui m'ont été infligés. Je ne l'ai pas trouvée dans la cathédrale, où ma pénitence devait s'achever. J'y ai pourtant prié plus ardemment que jamais pour qu'enfin mon âme s'apaise. Devienne tranquille. Sereine. Ces choses, il n'y a qu'avec cette femme que je les ai trouvées.

— Nethe, répète désespérément Ida. Par pitié, c'en est trop.

— Puisqu'elle veut savoir, qu'elle sache, lance Nethe en faisant à présent les cent pas comme un lion en cage. Nous nous aimons depuis notre enfance. Il ne s'agit pas simplement de désir ou d'un penchant étrange. Cet amour est aussi profond et aussi naturel que les racines sur lesquelles nous marchons. Nous avons échafaudé nos vies autour de lui. Nous avions planifié le mariage d'Ida avec Henne, et le mien avec Alef Plater, pour vivre ensemble tous les quatre.

— Tu ne pensais tout de même pas que cela fonctionnerait ? Que vous vivriez votre vie tout entière dans le mensonge ?

— Mieux valait cela que vivre l'une sans l'autre, intervient Ida d'une petite voix. Je n'aimais pas Henne, Bet. Tu n'as pas à être jalouse. »

Lisbet pousse un ricanement. Elle n'est aucunement jalouse, mais simplement désemparée, effarée qu'Ida et Nethe aient pu croire à de telles chimères.

« Mais Plater nous a découvertes, poursuit Nethe. Il y a sept ans, ici même, dans la forêt. Il se trouvait avec Henne.

— Henne ? » Lisbet se fige. « Il sait ?

— Il sait, et il regardait lorsque Alef m'a battue », répond Nethe, et dans sa voix transparaît non plus seulement de la hargne, mais aussi de l'incompréhension. De la désolation. « Il l'a laissé faire. Il m'a regardée…

— Non, dit Ida. Elle n'a pas besoin de tout savoir.

— Si, la coupe Nethe. Qu'elle sache quel genre d'homme elle a épousé. »

Les deux femmes se dévisagent, Lisbet sent Nethe ployer. Mais elle refuse de se voir épargnée.

« Je veux savoir. »

Nethe prend une grande inspiration.

« Henne m'a regardée. Il n'a pas fait le moindre geste pour l'arrêter, pas même quand Alef a fini par m'assommer. Il n'a rien dit non plus quand, ensuite, Alef m'a placée devant un dilemme : l'épouser ou m'exiler sur la montagne. Il venait d'entrer au service des XXI, à l'époque, et déjà leur pouvoir durcissait son cœur.

— Après le départ de Nethe, il m'a moi aussi demandé de faire un choix, fait Ida d'une toute petite voix. Le même exil, dans une autre abbaye. C'était la raison de la dispute à laquelle tu as assisté, Bet. J'ai choisi d'être lâche. J'ai choisi de rester.

— J'avais tort lorsque je te traitais de lâche, clame Nethe. Tu es plus courageuse que nous toutes de supporter un tel mariage. » Elle se retourne vers Lisbet. « Plater m'a pris ce que j'avais de plus précieux, se l'est approprié. Il savait que cela me serait plus douloureux que n'importe quoi d'autre, plus douloureux que n'importe quel exil. Si Ida est restée, elle l'a fait pour son père. Je le comprends, à présent. Car Plater aurait laissé Mathias tomber aux mains des XXI et de leurs impôts. C'est pour son père qu'Ida a accepté ce mariage brutal, sans amour.

— Pas sans amour, intervient Ida. Car il y a mes enfants, tous nés sains et saufs. Car je t'avais comme amie, Bet. »

Lisbet se sent dériver plus loin encore de la réalité, au fond des ombres, au fond de ce puits qui s'est révélé à elle. Le mariage d'Ida, une punition. Chacun de ses enfants, un acte de repentance. Dire que Lisbet la croyait bénie.

Le visage de Nethe brille d'indignation. Tout se passe comme si elle avait oublié Eren, toujours au bord de la clairière, avait oublié que chaque mot prononcé par elle la condamne un peu plus.

« J'ai passé chaque instant de ces années à vouloir me dépouiller d'elle, me déconstruire pour oublier toutes les parties de moi-même qu'elle m'a aidée à bâtir. À me saigner pour me débarrasser d'elle comme on se débarrasse d'une maladie. À croire que mon amour pour elle était un péché. Je pensais avoir réussi. Mais à la seconde où je suis revenue, j'ai senti sa bonté partout, dans le pain de mon premier repas, dans ses attentions à l'église. Je ne peux davantage l'oublier que je ne peux m'oublier moi-même, Lisbet. Alors, j'ai arrêté d'essayer. »

Nethe semble plus grande que jamais, semble dominer la clairière comme un second arbre aux racines tout aussi fortes que celui de Lisbet.

« Si cela fait de nous des pécheresses, alors soit. Mais je crois que tu sais que le monde ne s'arrête pas à ce qui est ou non péché. C'est la raison pour laquelle tu es venue ici, sur ce lieu païen, un lieu que l'Église condamnerait, et c'est la raison pour laquelle tu l'as rendu sacré. Je crois aussi que c'est pour cette raison que tu déambules avec un Turc, incarnation vivante du pire ennemi de la chrétienté. »

À ces mots, Lisbet se tourne en direction d'Eren, accroupi dans les ombres. Son regard est baissé et son corps tellement immobile qu'on le croirait devenu pierre.

Nethe s'arrête de marcher. Sa poitrine se soulève.

« Je pense que tu comprends.

— C'est impossible, fait Lisbet d'une voix éraillée. Vous ne devez pas faire cela.

— Nous sommes chastes », dit Ida d'une petite voix. Lisbet répond par un ricanement sans joie. « Crois-moi. Je mesure le risque que nous prenons simplement en nous montrant ensemble, mais notre amour est chaste, Bet. Nous ne pouvons faire plus. Je ne peux vivre sans elle. »

Elle pleure soudain à chaudes larmes, et déjà la rancœur vacillante de Lisbet s'envole pour de bon.

« Ne pleure pas, dit-elle. Oh, Ida, pourquoi ne m'avoir rien dit ?

— Pour toutes les raisons que tu énonces toi-même. Si Alef le savait… » Elle frissonne. « Je ne voulais pas te mêler à ce mensonge.

— Mais si votre amour est réellement chaste, il s'agit alors d'amitié. Personne ne peut vous condamner pour cela.

— Bien sûr que si, répond Ida. Alef n'y croira jamais. Il me tordra le cou, avec l'aval de la loi. Tout en se gardant bien de dire qu'il n'est qu'un cocu, naturellement. »

C'est au tour de Lisbet de frissonner. Plater, en effet, n'hésiterait pas à user de violence contre n'importe laquelle d'entre elles. Toute la noirceur du châtiment infligé à Ida lui apparaît soudain : c'est pour la torturer qu'il l'a gardée sous son joug. Plater a fait bannir la femme qu'il espérait secrètement épouser, et a gardé dans une sorte de purgatoire la femme que cette dernière aimait.

« Que penseraient tes enfants s'ils l'apprenaient ? demande Lisbet en massant le bras de son amie.

— Elle est aussi une femme, répond Nethe à sa place. Pas seulement une mère, pas seulement une épouse.

— Je ne dis pas que… » Lisbet enfouit son visage dans ses mains. « Cessons de tourner en rond. Tout ce que je veux dire, c'est que cette situation ne peut perdurer. À commencer par la danse.

— Je le sais, souffle Ida d'une petite voix. Nous le savons. Mais nous n'avons nul autre endroit où aller. »

Les mots s'échappent avant même que Lisbet n'ait pu les ravaler.

« Venez ici, dit-elle. Si votre amour est réellement chaste, si vous n'êtes qu'amies. »

Clignant des yeux pour chasser ses larmes, Ida acquiesce.

« Il l'est, Lisbet. Je le jure.

— Dans ce cas, nous pourrons nous retrouver ici, ensemble. »

Un silence abasourdi accueille ses paroles. Lisbet elle-même n'arrive pas à croire qu'elle les a prononcées.

« En es-tu certaine ? » demande Nethe d'une voix rauque, tant son excitation est grande.

Lentement, Lisbet hoche la tête.

« Il vous faut un lieu sûr. Je ne veux pas que l'on vous surprenne. Et cette clairière abrite déjà un arbre à danser, après tout. »

Nethe pousse un long cri de joie, et le visage d'Ida s'illumine.

« Mais promettez-moi de ne jamais toucher à rien, et de toujours refermer le passage entre les ronces. Et surtout de ne jamais rien dire à personne. »

Elle prononce ces mots sans quitter Nethe du regard, et comprend que cette dernière saura faire preuve de discrétion avec Eren, comme avec son arbre. Nethe acquiesce, et tend à Lisbet une main couverte de cicatrices pour l'aider à se relever.

Nethe dépose au creux de sa paume le galet, que Lisbet replace doucement au pied de ses rubans. Puis elle les regarde se balancer sous un léger souffle de brise, devant les étoiles aveugles. Toutes les trois sont à présent liées par leurs secrets, ancrées les unes aux autres aussi fort que des racines dans la terre.

Deux cent vingt-neuf dans la danse

Dorit a été pénitente toute sa vie. Depuis son enfance, sa mère et son père les font vivre, elle, ses frères et ses sœurs, dans la rédemption. Ceux qui ont survécu sont enfermés dans des monastères et des couvents, mais Dorit, elle, aspire à autre chose. Elle ne supporterait guère de se voir cloîtrée derrière de hauts murs, de se voir enclore par des prières. Suivre le chaos comme s'élance un chien de chasse est pour elle un réflexe, une offrande de son esprit et de son corps dans l'espoir d'obtenir le pardon.

C'est pour cela qu'elle a pris le chemin de Strasbourg. Comme dans bien des villes, les temps sont au désespoir, peut-être plus encore qu'ailleurs. Depuis que la comète a voué le siècle tout entier à la damnation, Strasbourg est devenue infâme, un repaire de démons. Dorit emballe sa paire de cisailles la plus coupante, réunit les cendres laissées par les feux qu'elle avait allumés, la nuit. Elle s'aiguise les dents sur des pics, ne mange plus que de l'herbe et des champignons crus. Son ventre est gonflé, elle ne se lave plus, et arrive dans la ville puante, triomphante.

D'autres paraissent avoir eu la même idée. La route est envahie d'hommes et de femmes harnachés de fouets, au crâne rasé, au visage, au torse enduits de cendre, tous bardés de chapelets et priant. Il faudra aller plus loin dans ses actes de pénitence. Elle décide de vendre ses dernières dents, qu'elle se fait arracher sans même une gorgée d'eau-de-vie. Elle refuse la gaze, préfère saigner et laisser la terre assoiffée boire son sang. Avec la pièce obtenue, elle s'en va dans une taverne, paie trois femmes comme guides. Les femmes haussent les épaules en lui disant qu'elles s'apprêtaient de toute façon à partir voir les danseuses.

Dorit les suit. Ces femmes sont des putains, elle le voit à leur robe, à leurs manières, à la façon dont leur corps se meut à travers les rues, une aisance que Dorit n'avait jusqu'alors jamais vue. Son corps à elle n'est que le terrain des châtiments que ses péchés terrestres, et les péchés des autres, lui ont valu. Sa souffrance est pour elle une fierté, et pourtant, en voyant ces femmes, quelque chose au fond d'elle se serre.

Elles se rendent jusqu'au marché aux chevaux, que plus une bête n'habite. À la place, c'est sur une scène que les femmes montent avant de commencer à onduler au milieu des autres qui déjà dansent sur le plancher. Mais il est clair que, si ces femmes simulent, la transe des autres est réelle. Dorit reconnaît le halo doré qui les entoure, l'oubli de soi total propre à cet état. Cette frontière, Dorit ne l'a franchie que par deux fois, au prix d'une douleur extrême – la partie de son mollet autrefois écorchée vive, qui la démange encore, en est le précieux vestige.

Elle se fraye un passage au milieu des danseuses. De toute évidence, la plupart d'entre elles n'ont encore jamais été sous l'emprise du divin. Ces femmes-là s'épuiseront aussi vite qu'une chandelle dans un courant d'air. Alors qu'elle les regarde, l'une d'entre elles s'écroule, convulse, une fois, deux fois, les yeux révulsés, blancs comme des œufs écalés. Ses expirations sont longues, et malgré les danseuses qui la piétinent, encore et encore, la femme ne montre aucune réaction. Morte, donc.

Un long moment s'écoule avant que d'autres ne la remarquent, et l'on porte alors le corps de la femme en l'air, au-dessus de la foule, ses bras ballants comme deux colombes pendues par le cou. Le cadavre sera jeté dans la fosse commune, avec les autres pauvres.

De ses gencives nues et tendres, Dorit sourit et commence à tourner. Il y a sur cette scène beaucoup de futurs martyres. Elle leur montrera comment faire. Elle leur apprendra comment obtenir le pardon.

Douze

« Quelle surprise de vous voir de si bonne heure. »

Sans son fichu amidonné sur la tête, Sophey semble fragile, ratatinée, comme un bébé sans ses langes. Un bébé qui fait ses dents, songe Lisbet, non sans une pointe de méchanceté, en regardant sa belle-mère traverser la cuisine de son pas boiteux tout en se tenant la joue. Une chique est apparue sur sa mâchoire à cause d'une dent pourrie ; sa peau est rouge. Ses cheveux sont collés en fines mèches sur son front et ébouriffés comme des plumes de poussin derrière les oreilles. Son crâne blanc est visible à travers. Lisbet repense à ces rumeurs qu'Eren lui a rapportées, à ces médecins qui parlent de sang trop chaud, de cerveaux enflés. Peut-être est-ce le cas de Sophey, peut-être que sa boîte crânienne s'étire sous la pression de son cerveau.

Lisbet a la peau tirée autour des yeux, et aussi fine que des ailes d'abeille. Elle n'a pas dormi de la nuit, alors même que l'épuisement lui donnait des douleurs dans le corps tout entier. Le bébé n'a cessé de donner des coups, lui a secoué les côtes jusqu'à l'obliger à se lever, et il ne restait alors rien d'autre à faire que de marcher jusqu'au rucher en espérant que le fredonnement des abeilles apaiserait le petit en même temps que son esprit échauffé.

« Qu'as-tu donc ? » Les yeux noirs de Sophey se plantent sur le ventre de Lisbet. « Est-ce à cause du fils de Henne ? »

Lisbet secoue la tête et dégage ses cheveux. Sophey plisse les yeux.

« Tes mains sont sales. »

Lisbet les pose sur ses cuisses et les croise. Elle a eu beau les frotter plusieurs fois, la terre de la clairière qu'elle a jetée sur Nethe est restée sous ses ongles. En y repensant, Lisbet a l'impression d'un rêve, mais cette trace concrète lui prouve le contraire.

Sur le chemin du retour, tandis qu'Eren les suivait à distance et que Nethe avançait, tête baissée, avec le pas trop affirmé d'une soûlarde, Lisbet lui avait demandé si, réellement, elle mesurait la peine qu'elle encourait au cas où Plater les surprendrait. Nethe avait eu une réponse lapidaire, et son regard, d'une gravité absolue, ressemblait tellement à celui de Henne que Lisbet en avait frémi.

« Démembrement, avait-elle annoncé. Noyade. »

Puis elle s'était retournée en direction du chemin et avait continué à marcher.

Lisbet regarde à présent sa belle-mère assise à table en face d'elle, sans comprendre comment, après toutes ces années passées ainsi à côté l'une de l'autre, une telle distance peut encore les séparer. Lisbet et Sophey se connaissent à peine.

« Tu sembles en piteux état. »

Leurs regards se croisent. Lisbet ne cligne pas. Ses yeux brûlent de fatigue. Sophey aspire de la salive, puis sort cracher du sang dans la cour avant de ramasser son fichu, qu'elle noue autour de sa tête d'une main rapide, habituée. Ainsi accoutrée, elle redevient elle-même, l'invincible Sophey.

« Y a-t-il de l'eau ? demande-t-elle. Es-tu allée voir les abeilles ? »

Lisbet hoche la tête, une tête qui pèse sur son cou ; dans sa bouche, sa langue remue dans sa bouche sèche.

« Va donc te recoucher », ordonne brusquement Sophey. Lisbet la regarde avec de grands yeux étonnés. « Tu n'es bonne à rien ce matin. Muette, le regard mort. Retourne au lit, et réveille ma fille. »

Lisbet réunit son peu de forces pour se lever. Ses genoux craquent.

« Tout sera plus facile lorsque Henne sera rentré », déclare Sophey.

Lisbet finit par s'éclaircir la gorge.

« Oui. »

Sophey a pris son silence pour de la nostalgie, sa morosité pour un chagrin de cœur. Mais après ce que Lisbet a appris sur Henne cette nuit, ce serait au contraire un soulagement qu'il ne revienne jamais. Comment avait-il pu accepter de voir sa sœur se faire battre, se faire bannir de la ferme, et laisser Ida se faire marier de force, sans leur venir en aide ? Lisbet dévisage Sophey, se demande si elle sait – et ce qu'elle sait. Son aversion évidente pour Ida, sa volonté de la tenir à l'écart de sa fille… Lisbet pourrait-elle l'interroger sur ces sujets ?

Cruellement, Sophey imite le regard fixe de Lisbet.

« Alors, tu y vas ? » lui demande-t-elle.

Non, conclut Lisbet. Elle ne le pourrait pas.

Nethe est étendue de tout son long sur le lit, la bouche grande ouverte, exactement comme Henne lorsqu'il est endormi.

« Nethe », souffle-t-elle. Voyant qu'elle ne se réveille pas, Lisbet pose une main sur son épaule et la serre. « Agnethe. »

Un léger sourire se dessine sur les lèvres de Nethe, qui tourne la tête pour poser sa joue contre la paume de Lisbet. Mais, d'un coup sec, Lisbet retire sa main et Nethe ouvre les yeux.

« Nethe, ta mère te demande. »

Nethe répond par un grognement – les effluves de vieille bière dans son souffle envahissent les narines de Lisbet.

« Je suis fatiguée.

— Pas autant que moi. Elle demande que tu te lèves.

— Elle n'a qu'à faire appel à toi. Dis-lui que j'ai mal au crâne.

— Je n'en doute pas, répond Lisbet. Mais j'ai ordre de retourner au lit.

— Tu étais sérieuse, n'est-ce pas ? lui demande soudain Nethe, sans bouger.

— À propos de quoi ?

— De ton arbre. Nous pourrons vraiment y aller ? » Lisbet aimerait ne jamais avoir prononcé ces mots, aimerait que cette nuit n'ait jamais existé. « Ce soir ? ajoute-t-elle.

— Si je ne peux pas dormir, nous ne ferons rien du tout.

— Je le retrouverai sans toi, dit Nethe.

— Et j'irai réveiller Sophey. »

Nethe la foudroie du regard, mais pas aussi intensément que d'ordinaire. Ses yeux sont encore embrumés par l'alcool.

« Tu n'oseras pas.

— Non, admet Lisbet. Mais si tu ne me laisses pas dormir immédiatement, Sophey se retrouvera avec une fille assassinée et une belle-fille sur le gibet. »

Nethe éclate de rire.

« Une tragédie, Lisbet.

— En effet. »

•

Lisbet se réveille confuse d'un sommeil sans rêves dont elle ne garde que des images floues de mer, d'un bateau soulevé par les flots. Ses cuisses sont visqueuses, mais, dans la pénombre de la chambre aux volets clos, impossible de voir pourquoi. Elle s'empresse de relever son sarrau, d'enfouir sa main sous ses jupons, puis de porter ses doigts à son nez, tout en sachant déjà qu'ils sont couverts de sang, tout en sachant déjà que l'odeur qu'elle va sentir sera ferreuse et salée – mais non. Elle lèche le bout de son index. Du sel. De la sueur, seulement.

Elle se rallonge sur son matelas de paille, sentant son cœur ralentir peu à peu, et pose une main sur son ventre. *Tu es là, toujours là. Mon petit garçon.*

Elle finit par s'asseoir. Une chaleur insupportable règne dans la chambre. Ses cheveux, séparés en grosses mèches, sont collés dans son dos, sur son front. Il ne fait aucun doute qu'elle pue, autant que Nethe. Elle se demande si Sophey a décelé l'odeur de bière dans l'haleine de sa fille. Elle pensait autrefois que sa belle-mère voyait tout, savait tout, mais a maintenant compris qu'elle n'était qu'une femme comme les autres, endurant bien des souffrances, aussi abîmée que n'importe laquelle d'entre elles par la malédiction que son Geiler adoré a jetée sur elles, et sur Agnethe en premier lieu.

Elle tend l'oreille, mais n'entend rien. Ni les ronflements des musiciens ni le fracas de Sophey qui s'affaire à ses corvées. Ses paupières commencent à se refermer. Elle pourrait dormir plus, dormir encore. Elle devrait, si Nethe insiste pour ressortir cette nuit.

Elle est en train de sombrer quand un cri retentit dans un endroit qu'elle ne parvient pas à identifier. De nouveau, elle se redresse, à l'affût. Le cri résonne une fois encore, cri de colère ou de peur, suivi, quelques secondes plus tard, par les aboiements des chiens. Elle s'oblige à se lever.

La cour est assombrie par le crépuscule. Elle a dormi toute la journée. Les poules se dispersent sur son passage tandis qu'elle se hâte en direction du bruit, sans pour autant courir, car son corps toujours assoupi n'est pas prêt. Son ventre lui semble toujours plus lourd au sortir du sommeil ; au moment où elle atteint les ruches, son souffle est haché. Et ce qu'elle découvre alors manque de le lui couper pour de bon.

Elle ne comprend pas, au départ. Les chiens courent dans tous les sens autour de la clôture qui longe le rucher.

Sophey se trouve à la lisière de la forêt, son râteau en l'air, et crie. Quelque part au milieu des arbres, Lisbet entend la voix de Nethe, mais sans la voir, Nethe qui rugit, comme lancée dans une partie de chasse. Et partout entre elles, entre Lisbet et Sophey, entre Sophey et Nethe, l'air est noir, épais, l'air bourdonne, rempli d'abeilles.

Les côtes de Lisbet se transforment en lames qui à chaque respiration l'entaillent. C'est l'intensité de cette douleur qui lui indique qu'elle ne rêve pas. Elle tente de se ressaisir, croise les bras sur sa poitrine, les serre très fort pour repousser la panique qui vrombit tout autour de son corps.

« Ne criez pas, lance-t-elle en s'efforçant de rendre sa voix mélodieuse, comme si elle chantait une berceuse. Sophey, Nethe, ne criez pas. Ne criez pas. »

Mais Sophey ne l'entend pas. Lisbet lève les yeux vers le ciel. Les abeilles flottent toujours partout, donnent corps à la chaleur étouffante en ondulant dans les airs. Elles ne forment pas une seule et même masse, cependant. Lisbet distingue à travers elles le ciel de plus en plus sombre, des lambeaux de nuages, voit que ce ciel est sans lune, que les étoiles ne sont pas encore apparues. Il n'y a pas d'essaim. Ce qui a alarmé sa belle-sœur et sa belle-mère a également semé la panique chez les abeilles, une panique que les cris des deux femmes ne font qu'attiser.

Il faut d'abord s'occuper des chiens. Les chiens doivent être rapatriés en premier. Elle les siffle. Ulf obéit, et Fluh l'imite en le voyant venir s'asseoir aux pieds de Lisbet. Elle prend dans ses bras le plus petit des deux, qui claque des dents et jappe, et emmène Ulf jusqu'à la cuisine avant d'y laisser les deux chiens et de fermer la porte derrière eux.

Son regard se tourne vers le pressoir. Elle pourrait aller chercher sa robe, son masque d'osier, son filet. Mais le plus urgent est de faire revenir le silence, de dissiper la tension dans l'air pour que les abeilles retrouvent leur calme.

« Frau Wiler ? »

Lisbet tourne la tête. Frederich se tient à côté d'elle, bouche bée, son tambour sur la hanche. Ses yeux sont rouges. Il rentre tout juste de Strasbourg.

« Ne dites rien », fait Lisbet d'une voix chantante. Le tambour lui a donné une idée. « Où est Eren ?

— Au lit, me semble… »

Mais Lisbet le fait taire.

« Allez le chercher. Lui, et son luth », dit-elle de cette même voix suave, exaltée de savoir que seul un mur les séparait, qu'aucune autre âme que les leurs n'occupait la maison.

Frederich opine du chef et part en courant vers la ferme, son tambour battant sur sa hanche. Lisbet fronce le nez, mais il faut agir : les abeilles forment toujours une marée désordonnée, et non une nuée. Nethe, dans la forêt, s'est arrêtée de crier ou s'est peut-être éloignée. Lisbet va rejoindre Sophey.

« Ne criez pas, lui dit-elle en s'approchant, lui répète-t-elle jusqu'à ce que Sophey se retourne, sa joue enflée rouge vif, le visage écarlate de colère.

« C'est un voleur ! s'exclame-t-elle. Regarde !

Ne criez pas », lui ordonne de nouveau Lisbet.

Lentement, elle lève les mains au-dessus de sa tête. Sophey finit par se taire. Le visage blême, elle baisse son râteau.

« Que faut-il faire ? » demande-t-elle sans élever la voix.

Lisbet descend les mains.

« Restez ici. »

Aussi lentement que possible, Lisbet retourne vers la maison, découvrant alors ce que Sophey montrait du doigt : deux cônes d'osier du rucher retournés, jetés l'un sur l'autre, et, à côté, des ruches saccagées. En ruine. Lisbet s'oblige à détourner les yeux, à les dépasser, à poursuivre son chemin jusqu'à Eren, arrivé dans la cour avec son luth, à côté de Frederich.

Elle lui fait signe – lui fait signe de jouer. Il hausse les sourcils. *En êtes-vous sûre ?*

Lentement, articule-t-elle en silence. *Doucement*.

Il soulève son instrument, le positionne au centre de son corps, à l'endroit où elle-même porte son enfant, l'entoure comme pour le bercer. Puis il commence à jouer.

La beauté de cet air serre la poitrine de Lisbet. Elle n'a jamais rien entendu de tel, et tout à la fois cette musique lui semble familière, comme une chanson qu'elle aurait un jour perçue dans son sommeil. Elle regarde les abeilles, qui par miracle n'ont toujours pas formé d'essaim, alors que deux colonies ont vu détruire leur habitat. Rassurée par l'effet que produit la musique, Lisbet décide de laisser les abeilles à Eren et de s'éloigner.

Au milieu de l'air chaud et confiné du pressoir, elle prend le temps de respirer profondément. L'odeur de la cire lui nappe l'intérieur des narines, rassurante, bienfaitrice. Elle récupère son voile, sa tunique et son filet, tout en veillant à la lenteur de ses mouvements, alors même qu'elle se trouve seule, que rien ni personne ne peut la voir, tout en s'efforçant d'accorder le rythme de son cœur à la musique d'Eren pour que les abeilles, au moment où elle s'approchera d'elles, la ressentent comme une simple extension de celle-ci, une simple incarnation de ces notes apaisantes.

Elle ramasse au milieu des ruches détruites deux rayons de miel dont elle se frotte les poignets. Ces ruches étaient les plus anciennes, des colonies sur lesquelles le père de Henne travaillait. Leur miel a une couleur d'or clair et sent la forêt. Elle attrape l'une des coupelles destinées aux abeilles, la remplit de suif, puis plonge à l'intérieur un cube de cire pour en adoucir l'odeur. Elle allume ensuite la mèche sur l'une des pierres du mur, puis sort cueillir dans le bosquet de romarin des tiges qu'elle enflamme, répandant une fumée odorante.

Avec précaution, Sophey la rejoint et prend entre ses doigts raidis la coupelle, comme si ces gestes étaient une danse que toutes deux avaient répétée au préalable, suivant la cadence de la musique d'Eren. La vieille dame redresse le dos, et sans peur aucune conduit Lisbet jusqu'au centre du rucher, toutes deux formant comme une procession dans une grand-messe où fume l'encensoir.

Les abeilles, déjà amadouées par la musique, volent plus bas, s'abaissent sur elles comme un filet tandis que Lisbet lève le sien et entame le travail. Une légère hésitation résonne dans la mélodie d'Eren, dont les doigts s'emmêlent en voyant les deux femmes pénétrer au milieu des abeilles, mais il se ressaisit un instant après.

Lisbet progresse, reconduisant doucement les abeilles vers la partie de la cour qui leur est réservée, vers leurs ruches. Du coin de l'œil, elle aperçoit une silhouette qui émerge de la forêt, mais Nethe a la présence d'esprit de rester en retrait, de s'abstenir de poser des questions.

La manœuvre demande un temps infini, mais le sommeil a revigoré Lisbet, qui agit comme si tout le travail accompli jusqu'alors n'était qu'un exercice en vue de ce moment précis, comme si les désastres, les malédictions et le sang qui composaient sa vie n'étaient maintenant plus que musique, beauté et abeilles, là, sur ce chemin de procession ouvert par sa belle-mère et rendu sacré par cette fumée. Lisbet est habitée par la puissance que doivent ressentir les prêtres, elle qui donne sa place à chaque insecte, qui supprime leur panique, leur confusion. Qui leur apporte la paix. Les abeilles délogées avancent par à-coups, sondent les airs, avant de former une colonne au-dessus des ruches saccagées.

« Et maintenant ? » murmure Sophey sans presque remuer les lèvres.

Lisbet sait qu'elle ne peut rien faire pour elles. Ils ne disposent d'aucune ruche supplémentaire, d'aucun cône d'osier, et, quand bien même en posséderaient-ils, les abeilles mettraient du temps à s'installer. Lisbet pose son filet à côté d'elle et s'agenouille avec précaution devant la première ruche. Elle fouille parmi les débris, parmi les rayons de miel qui saignent sur ses mains, parmi ces chambres et ces alvéoles parfaites en ruine. Finalement, elle le trouve. Le roi, presque aussi large que son pouce, coincé dans sa cavité détruite, les ailes cassées. De lui tout découle. Sans lui, les abeilles sont perdues. Elle l'écrase entre ses ongles, vite, pour lui épargner de souffrir.

Pleurer ne servirait à rien, mais elle sent malgré tout le picotement des larmes en se retournant vers la ruche voisine. Le roi, ici, est plus difficile à trouver. Elle examine les abeilles au-dessus à la recherche d'un corps massif au milieu des sujets, mais rien.

« Lisbet... », commence Sophey, mais Lisbet secoue la tête.

Elle soulève la ruche pour inspecter l'intérieur, découvre les rayons aux formes parfaites, explore leurs trames extraordinaires, si complexes qu'aucun humain ne pourrait en être l'auteur, et finalement le trouve, prisonnier derrière une pellicule de cire froissée.

Le roi s'élève au-dessus des ruines de sa ruche dans un bourdonnement énorme. Il titube, se cogne bruyamment contre la joue de Lisbet. Elle sent le frôlement de son aile, aussi léger que des filaments de toile d'araignée, puis il s'élève encore un peu et pénètre au sein de la colonie. Les abeilles montent dans les airs avec lui, comme si ce roi était une ancre faite vent, comme si les amarres avaient été rompues, et le suivent dans la forêt.

Treize

Autour de la table nettoyée, ils sont assis, tous les cinq, dans un silence abasourdi. Frederich regarde Lisbet avec un air presque révérencieux, Nethe respire bruyamment, et Eren a posé ses mains à plat sur le bois, ses longs doigts fins écartés. Sophey a donné à Lisbet la chaise la plus confortable, celle qui tient sur ses quatre pieds sans branler, une attention habituellement réservée à son fils seul.

L'envie de parler démange Lisbet – l'envie de remuer, également. Sa jambe tressaute, sa peau fourmille. Victorieuse, elle se sent inondée par un nouveau souffle, un nouveau sang.

« Incroyable, finit par lâcher Frederich. Extraordinaire. Êtes-vous une sorcière, Frau Wiler ?

— Fred, le rabroue Eren. Cesse donc d'être bête. »

Lisbet, installée entre Nethe et le joueur de tambour, lui lance un regard en coin. La même énergie semble émaner de lui, la même gloire. Le luth, muet, est posé sur la table, entre les chopes de bière brune que Sophey leur a versées à tous les cinq. Elle a même souri en tendant sa boisson à Eren, n'a pas eu la moindre grimace quand leurs mains se sont frôlées. Seule Nethe n'a pas touché à sa chope ; son visage est devenu livide à sa simple odeur.

« Que s'est-il passé ? finit par demander Lisbet. Qui a fait ça ?

— Un enfant, répond Sophey. Nethe l'a vu. »

Nethe hoche la tête.

« Il volait du miel.

— Sans même bien s'y prendre, remarque Sophey. Il en a laissé autant qu'il en a pris, en le gâchant, qui plus est.

— Un enfant, dis-tu ? » La voix de Lisbet déraille. « À quoi ressemblait-il ?

Nethe hausse les épaules.

« Un garçon. Cheveux foncés, maigre. Ils se ressemblent tous à cet âge-là.

— Cheveux foncés, répète Lisbet. Grand comment ? Comme ça ?

— À peu près.

— Avec des yeux bleus ? Très écartés ? Et un teint cireux ?

— Je viens de te le dire : cela aurait pu être n'importe quel enfant, répond Nethe avec impatience. Sacrément effronté, cependant. Il avait l'air de se croire dans son bon droit en se servant. »

Lisbet se relâche contre le dossier de sa chaise. Une crainte, une suspicion la ronge.

« Qu'y a-t-il ? demande Sophey en la regardant avec des yeux ronds. Que sais-tu ?

— Rien », répond Lisbet un peu trop rapidement.

Elle dit vrai, mais doute.

« L'un des sales gosses de l'aumône, c'est cela ? » insiste Sophey, et les traits de Lisbet se crispent – Sophey a presque deviné.

Elle revoit le garçon qui maniait un crochet à côté de Plater, celui qui l'avait aperçue dans la guilde avec Eren. Et qui, peut-être, avait vu danser Nethe et Ida.

Daniel Lehmann.

Sa famille doit être aux abois. Et les propos de Nethe disant que l'enfant semblait se croire dans son bon droit en volant les rayons de miel – pourraient-ils signifier que Daniel pensait pouvoir se servir en échange de son silence ? Lisbet espère que non. De toutes façons, Nethe avait réagi si vite que le chantage n'avait même pas pu avoir lieu.

« Il y a beaucoup de gens dans le besoin, remarque-t-elle du ton le plus affirmatif possible. Les XXI ont mis la moitié de la ville à la rue depuis que l'épidémie dansante a commencé.

— C'est vrai », dit Eren. Sophey ne se retourne pas vers lui. Sa tolérance nouvelle à l'égard du Turc semble avoir atteint ses limites. « Toutes les tavernes ont été fermées, et les pensions aussi.

— Presque toutes », ajoute Frederich avec un sourire narquois.

Eren a un petit sursaut sur sa chaise, provoqué de toute évidence par le coup de pied qu'il envoie sous la table dans le tibia de son compagnon.

Sophey recommence à se tenir la joue. Sa chique a l'air d'enfler de minute en minute.

« Nous devons nous protéger, déclare-t-elle après quelques instants. Avec autre chose que ces bons à rien de chiens. Ils n'ont commencé à aboyer qu'en t'entendant crier, Nethe.

— Nous protéger ? demande cette dernière. Et comment ?

— Avec des hommes », répond-elle. Frederich bombe le torse. « Des hommes forts. »

Frederich se ratatine.

« Des hommes de Plater, donc ? demande Lisbet, incapable de masquer son dégoût. Il a toutes les brutes de la ville à sa botte.

— Qu'importe, répond Sophey. Nous ne pouvons nous permettre de subir de nouveaux vols.

— Mais c'est justement lui qui encourage ce genre d'acte, ose Lisbet. N'était-ce pas l'objectif de sa lettre ? Que penserait Henne si…

— Henne te remercierait de bien vouloir montrer du respect à sa mère, rétorque Sophey, tous ses bons sentiments envolés. Je dois me rendre chez le rebouteux, demain, pour me faire arracher cette dent. Je profiterai de l'occasion pour parler à Plater. »

Là-dessus, Sophey pousse vigoureusement sur ses jambes pour se lever et sort de la pièce à grands pas.

Frederich soupire bruyamment.

« Les joueurs de tambour sont musclés, vous savez.

— L'heure n'est pas aux plaisanteries, Frederich, remarque sèchement Eren.

— En effet, répond Frederich en bâillant. Mais elle est au repos. J'ai eu assez d'émotions pour aujourd'hui.

— Personne n'a besoin de le savoir », rétorque Eren.

Son regard est planté sur Lisbet ; son attention est comme un fer sur elle.

« Très aimable, répond Frederich d'un ton léger. Bonne nuit, dames belles, maîtresses des abeilles. » Il exagère une révérence avant de se tourner avec Eren. « Prends garde, mon ami. Strasbourg est toujours un bien désolant spectacle. Je ne t'envie pas ton tour de nuit. »

Il s'en va en sifflant à travers la maison, referme la porte légèrement trop fort derrière lui. Lisbet s'est toujours étonnée de cette manie masculine, constatée chez ses frères comme chez Henne, cette façon de se mouvoir si bruyamment, si naturellement dans le monde, sans crainte aucune des jugements, sans non plus craindre de gêner autrui. Eren n'est pas comme cela, cependant. Il partage en tout cas avec Lisbet – avec les femmes en général – la faculté de se tenir si tranquille qu'on en oublierait presque sa présence.

Lisbet les regarde tour à tour, lui et Nethe. Elle s'aperçoit que sa belle-sœur la fixe.

« Pouvons-nous y aller ? »

Lisbet soupire. Les abeilles lui avaient fait oublier leur rendez-vous clandestin.

« Maintenant ?

— J'ai dit à Ida de nous rejoindre près de la rivière après le coucher du soleil. Elle nous y attend. »

Lisbet secoue la tête. L'idée qu'Ida puisse abandonner ses enfants endormis pour partir dans la forêt noire à la rencontre d'une femme dont Lisbet pensait qu'elle la détestait est tellement loin de son image d'autrefois. Lisbet a appris tant de choses sur elle qu'elle ne soupçonnait pas.

« Il n'y a rien à craindre, dit Nethe en se levant et en promenant une main dans ses cheveux courts. Mutti prend du pavot pour sa dent. Elle dormira déjà.

— Êtes-vous fatiguée, Frau Wiler ? » demande gentiment Eren.

Elle comprend qu'il lui suggère par là de refuser, de s'affirmer, mais, à dire vrai, sa question l'irrite. N'a-t-il pas vu ce qu'elle a fait avec les abeilles, ce qu'elle a accompli ? Frederich a peut-être raison, finalement – peut-être possède-t-elle un don de sorcellerie, de magie blanche, peut-être est-elle capable d'apporter à ce monde quelque chose de bon. Elle, la *maîtresse des abeilles*.

En même temps, Lisbet a envie de retrouver son arbre, de voir les rubans de ses bébés, de leur raconter ce qu'a fait leur maman, qu'elle a dompté les abeilles, a réussi à accorder leur rythme sur le sien aussi facilement qu'Eren joue de son luth. Combien de fois s'est-elle rendue là-bas en pleurant ? Ne serait-il pas bon, pour changer, de leur apporter une victoire ?

« Non, répond-elle. Je viens, Nethe. »

Nethe laisse éclater sa joie tout bas, puis ramasse le restant de pain et de bière pour emballer le tout dans un sac, comme elles l'avaient fait pour Henne avant son départ à Heidelberg.

« Sophey pourrait le remarquer, dit Lisbet.

— Nous mettrons cela sur le dos du joueur de tambour, répond Nethe.

— Il ne mérite pas moins », remarque Eren d'un ton amusé.

Lisbet sourit malgré elle.

« Puis-je vous accompagner ? demande-t-il. Je ne suis pas attendu en ville avant plusieurs heures. Je ne suis peut-être pas un homme fort, mais j'ai un couteau.

— Ton couteau ne m'intéresse guère, lâche Nethe, à présent de meilleure humeur. Mais prends ton luth, en espérant que tu ne sais pas jouer que pour les abeilles.

— Nethe, la prévient Lisbet. Tu t'oublies.

— C'est précisément ce que je cherche », répond-elle, du feu dans les yeux.

•

La première nuit où Lisbet s'est rendue à son arbre avec un bébé dans le ventre est restée gravée dans sa mémoire. Elle n'a pas oublié cette impression de sentir quelque chose céder en elle, ce délicat assemblage s'éparpiller, mais elle ne s'apitoiera pas sur son sort ce soir, ne remontera pas le fil qui la relie à cela. Ce soir, Lisbet a décidé d'oublier toute sa tristesse, toutes ses souffrances, malgré le péché qu'elle s'apprête à commettre. L'allégresse de Nethe, contagieuse, résonne jusque dans son propre sang.

On entend de temps à autre les cordes du luth, accroché comme un arc dans le dos d'Eren. Le musicien marche derrière Lisbet, mais pas assez près pour permettre à cette dernière de percevoir autre chose que ces notes dissonantes. Se laissant guider par leur instinct à travers la forêt silencieuse, ils avancent sans torche, seulement chargés d'un ballot de chandelles et d'une pierre à feu – dont Sophey ne remarquera pas l'absence, a assuré Nethe. Ils devraient avoir peur, et peut-être est-ce justement cela que Lisbet ressent derrière son euphorie, son exaltation, mais le frisson n'en est que plus délicieux.

Ida est déjà arrivée. Sa silhouette se dresse au bord de la rivière, petite, menue, enveloppée par le halo de sa torche. Nethe accourt vers elle, mais c'est Lisbet qu'Ida étreint la première, étroitement et plus longtemps que d'ordinaire. Lisbet comprend la signification de ce geste et accepte de lui accorder son pardon.

Puis elle les mène à travers les arbres. Elle entend derrière elle Nethe raconter à Ida l'intrusion du voleur, l'exploit de Lisbet avec les abeilles, et les exclamations joyeuses d'Ida en réponse.

Lisbet se sent intouchable, imprégnée par la force des abeilles, par celle de ce roi qu'elle a senti craquer sous ses ongles. Toutes les inquiétudes qu'elle nourrissait à cause de Daniel Lehmann, à cause de Plater, se sont envolées. Les ronces s'écartent, et la lumière de la torche d'Ida se répand sur la clairière. L'arbre se révèle, puis les rubans de ses bébés, et Lisbet se sent en paix.

Nethe pousse un long cri de joie et détale loin d'Ida, les bras grands ouverts, en tourbillonnant, comme redevenue ivre.

« Pouvons-nous monter ? » demande-t-elle en montrant la plateforme.

Lisbet hoche la tête tout en surveillant du regard les pieds de Nethe, dangereusement proches de ses offrandes soigneusement disposées par terre.

« Elle ne devrait pas s'écrouler, ajoute-t-elle.

— Allez-vous réussir à grimper ? » lui demande Eren.

Le musicien se tient tout près de son épaule. Lisbet imagine la chaleur qui se dégage de son corps. Au lieu de lui répondre, elle le mène jusqu'à l'échelle, irrégulière mais solide, et commence à monter. En vérité, elle n'a jamais tenté de la gravir en étant aussi grosse, et encore moins dans la nuit noire. Mais son euphorie la porte, et, malgré son souffle court, Lisbet se hisse jusqu'à la plateforme avant de le regarder d'en haut, en agitant la main, et d'éclater de rire devant son air déconfit.

Nethe et Ida la suivent, puis Eren, avec précaution, et tous les quatre se retrouvent là, installés en tailleur, les uns en face des autres, comme un peu plus tôt à table avec Sophey et Frederich, dans un silence ébahi. Puis Ida se met à rire, suivie par Nethe, qui sort de sa besace sa flasque de bière.

« C'est vraiment toi qui as construit tout cela ? » demande Nethe en s'essuyant la bouche.

Elle passe la flasque à Ida.

« J'ai trouvé les planches et la corde dans l'une des maisons, plus loin dans la forêt. » Voyant Eren froncer les sourcils, Lisbet précise : « Elles sont abandonnées. C'étaient les maisons des païens, des rebelles et autres exclus.

— Ces bois recèlent bien des secrets », remarque Nethe en installant les chandelles tout autour de la plateforme.

Eren secoue la tête.

« Je n'arrive pas à croire que vous l'ayez construite vous-même.

— Réparée, seulement », répond Lisbet. Elle accepte la flasque, faute de savoir quoi faire de ses mains. « Les arbres à danser étaient communs du temps où mes parents étaient enfants. Sa plateforme était en mauvais état, mais toujours solide. C'est une construction simple : seulement cinq planches posées sur des poutrelles, et quelques clous. » L'étonnement d'Eren la fait éclater de rire. « Il fut un temps où j'étais jeune, forte et sans gros ventre !

— Elle a toujours été forte », remarque Ida en réclamant à nouveau la flasque. Lisbet la lui passe sans y avoir bu. « À l'époque où Henne l'a ramenée à la ferme, je l'ai prise pour une créature fragile, pour une gerbe d'orge que l'on secoue, que l'on coupe sans peine. Mais elle n'a jamais ployé, pas même après toutes les épreuves qu'elle a traversées. »

À son grand désarroi, Lisbet sent sa gorge se serrer. Car Ida se trompe. Lisbet a ployé, Lisbet s'est brisée, bien des fois. Elle détourne le regard vers ses rubans, pendus mollement aux branches de l'arbre.

Ida glisse sa main fine dans la sienne.

« Tu es merveilleuse, Bet. Agnethe m'a raconté ce que tu as fait avec les abeilles.

— Elle t'a parlé du voleur, aussi ?

— Bien sûr. » Le front d'Ida se plisse. « Comme il est triste de savoir qu'il existe tant de gens dans le besoin, dans la misère. »

Lisbet prend une grande inspiration. Elle voudrait lui faire part de ses soupçons, de sa crainte d'avoir reconnu Daniel, qui peut-être à cet instant même est en train de tout raconter à Plater, de déclencher leur ruine à tous. Mais Ida se tourne pour reprendre de la bière.

« Je suis surprise que tu sois venu, dit Nethe en jaugeant Eren. Est-il dans l'habitude des Turcs de côtoyer les sodomites ?

— Nethe, prévient Lisbet.

— Je ne crois pas, répond Eren d'un ton léger. Plutôt dans l'habitude des musiciens. »

Lisbet ne peut s'empêcher de sourire. Jamais elle n'a connu d'homme avec un tel humour. Henne ne trouve jamais rien amusant ; il a hérité de sa mère son regard qui toujours se durcit devant une situation drôle. Et il y a maintenant cette cruauté, cette trahison envers Nethe... D'où cela peut-il lui venir ?

« Je l'avais remarqué, répond Nethe. Le joueur de tambour... »

Eren baisse la tête en caressant les cordes de son luth.

« Frederich ? Il... ? » s'exclame Lisbet en sentant son ventre se serrer.

Elle est aussi naïve qu'un nouveau-né. Comment a-t-elle pu ne jamais voir toutes ces vies extraordinaires qui l'entouraient, ne jamais décoder ce langage secret ?

« Il est amoureux d'un garde, explique Eren. Un garde des geôles. »

Les joues de Lisbet s'empourprent. Elle se déteste, déteste son ingénuité.

« Ha ! s'exclame Nethe. Nous sommes partout, et jusque dans les rangs des XXI eux-mêmes – il suffit de savoir regarder.

— Nethe, fait doucement Ida. S'il te plaît.

— Comme tu es convenable, ma bonne Ida », rétorque Nethe, puis elle ajoute en frappant des mains : « Je crois que le moment est venu de danser. Joue-nous quelque chose.

— Nethe, assène sèchement Lisbet.

— Mes excuses », répond-elle en se levant pour adresser à Eren une révérence masculine.

Ida glousse de rire et Lisbet la regarde, désarmée. Que se passe-t-il dans la tête de ces femmes ? Leur présence mutuelle semble les rendre bêtes.

« Mon cher Turc, musique, je vous prie ! »

Lisbet lance un regard désolé à Eren, qui pourtant s'exécute. Il joue cette fois un air vif et sautillant, qui ne recèle rien de la délicatesse entendue plus tôt. Mais cela suffit pour que Nethe et Ida se lèvent et commencent à marteler le sol en poussant des cris joyeux, au grand dam de Lisbet : elle doute soudain de la solidité de sa construction, qu'elle sent tanguer et cahoter. Personne n'a pris le temps d'allumer les chandelles, si bien que seul l'éclat de leurs dents et de leurs yeux brille dans l'obscurité.

Lisbet se sent de trop. Elle se décale et s'adosse contre le tronc pour leur laisser de l'espace. Nethe, une nouvelle fois, prend des attitudes masculines en faisant valser Ida sous la canopée. Ce lieu qui toujours avait été un lieu de silence, comme une église – Nethe l'avait elle-même remarqué –, est à présent envahi par la musique jusque dans ses chevrons, jusque dans ses branches et ses feuilles qui s'animent, miroitantes, et Lisbet comprend alors pourquoi les païens avaient choisi d'y rendre leurs cultes.

Aussitôt après, Eren enchaîne avec un autre air, et les femmes dansent, dansent, relevant leurs jupons, révélant leurs pieds nus et leurs chevilles, jusqu'à tant qu'Ida le supplie de ralentir le rythme. Eren entonne alors un air que l'on joue lorsqu'on bat le grain, une mélodie régulière, familière, et Ida, poussant un petit cri, invite Lisbet à se joindre à la danse en lui tendant la main.

« Viens, tu n'es pas si vieille. »

Lisbet lève les yeux au ciel, puis accepte la main de son amie, mais Nethe est obligée de lui offrir la sienne aussi pour qu'elle parvienne à se hisser sur ses pieds. Les trois femmes tournent ensemble au milieu de l'arbre à danser, main dans la main, formant une ronde près d'Eren, assis, attentif à leurs pas et à leur rythme. Lisbet ferme les yeux, se laisse guider par Nethe et Ida ; la tête lui tourne au point de lui donner la certitude qu'elle va tomber, tomber et les blesser, elle et le bébé, tomber de l'arbre si elle continue à tourner, à fermer les yeux. Pourtant, elle se laisse conduire, encore et encore, jusqu'à ce que la musique cesse.

Plutôt que de rompre la ronde, les trois femmes se regardent. Ida attire vers elle Lisbet et Nethe pour les étreindre. Lisbet sent ses bras se refermer sur elle, et son ventre au milieu faisant obstacle, dur comme un noyau. Elle sent la joue douce de son amie contre la sienne tandis qu'elle se tourne de profil pour mieux se lover entre elles, pour que toutes les trois se balancent ensemble, leurs cœurs battant les uns contre les autres. Elle voudrait rester ainsi à jamais, respirer en chœur avec ces femmes, figer cet instant où elle comprend à la fois tout et rien de ce qui existe entre elles.

Mais Ida desserre alors son étreinte, et Lisbet chancelle, se rattrape contre Nethe, aussi stable et forte que son frère, Nethe qui éclate de rire et l'aide une fois encore à s'asseoir sur la plateforme.

« Et nous n'avons même pas bu, remarque Nethe pendant qu'Ida s'effondre à genoux en haletant.

— Il me faut de l'eau, dit Ida. Il fait trop chaud.

— Il fait chaud chaque nuit et chaque jour, fait Nethe en se balançant pour s'emparer à nouveau de la flasque. Ce n'est pas l'eau qui étanchera notre soif.

— Qu'importe, répond Ida. Je dois me rendre à la rivière. »

Nethe lève les yeux au ciel, puis elle aide cette fois Ida à se remettre sur pied.

« Aussi sensible qu'un chiot, déplore-t-elle.

— Prenez la flasque, dit Lisbet. Je boirais moi aussi volontiers un peu d'eau.

— Vous ne venez pas ? » demande Ida en regardant tour à tour Lisbet et Eren.

Lisbet sent son visage rougir.

« J'irai m'asseoir plus loin, répond Eren. Je ne bougerai pas avant votre retour. »

Ida hésite malgré tout. Lisbet est bien consciente de la situation : Eren est un homme, qui plus est un Turc, un inconnu, un musicien itinérant. Eren incarne le mal dont Ida et Lisbet ont entendu parler dans tous les contes de leur enfance. Mais la soif l'emporte, et Ida finit par se laisser entraîner par Nethe, sa flasque tintant dans sa main.

Bien que Lisbet se soit déjà retrouvée seule avec le musicien auparavant, les choses sont différentes, là, dans cet endroit qu'elle pensait ne jamais ouvrir à personne. Son assurance s'envole ; elle garde les yeux rivés sur le ciel, hachuré par les branchages. Ce silence semble convenir à Eren, qui ramasse son luth.

Il joue cette fois un air doux et délicat, plus triste aussi que celui joué pour les abeilles. Cet air est un cri aux rebords émoussés, une lamentation, sans nul doute. Lisbet ferme les yeux et s'adosse à nouveau contre le tronc.

Elle se laisse partir à la dérive, laisse ses pensées s'égarer et les souvenirs remonter. Elle repense au premier enfant qu'elle a porté, puis au second. Tous viennent à elle, chacun de ses enfants, découlant de la musique comme des esprits : corps de lumière, âmes d'or. Lisbet a toujours pensé que ce que prêchait le père Hansen à l'église était faux, lorsqu'il disait que tout enfant non béni de ses mains serait damné. Elle le ressent une fois encore, ici, sait que cela ne peut être vrai. Car chacun d'entre eux vit toujours dans son souvenir, chacun d'entre eux est compté. Et tous ont été sauvés.

Eren s'est arrêté de jouer. Elle se force à le regarder. Il la regarde aussi. Il sait ce qu'elle ressent, et cette impression est si puissante que Lisbet en a le souffle coupé. Elle se penche vers lui comme un roseau vers la rivière, les paupières déjà closes, les lèvres entrouvertes.

« Lisbet... »

Mais au lieu de ses lèvres sur les siennes, une main sur son épaule. Au lieu d'un baiser, un geste doux pour la repousser. Une sensation de brûlure inonde ses joues. Impossible de le regarder dans les yeux.

Elle se lève en vacillant.

« Je dois... Il faut que... »

Elle ignore son appel et redescend l'échelle, heurtant le tronc avec son ventre. En l'entendant recommencer à jouer, elle sait qu'il ne l'a pas suivie. Elle s'inflige à elle-même toutes les injures qu'elle connaît, tandis que l'embarras et la honte font vibrer sa tête comme des battements de tambour.

Ce n'était qu'une folie passagère, se dit-elle, tout en sachant que cela n'est pas vrai. Si Eren lui avait rendu son baiser – elle secoue la tête pour chasser cette idée. Jamais il ne le lui aurait rendu. Lisbet est mariée, est vieille, porte en elle l'enfant d'un autre homme.

Sa bouche est aride, son corps douloureux. Il lui faut rejoindre Nethe et Ida au bord de l'eau, marcher pour se débarrasser de ce malaise, de cette sensation qui imbibe ses os. Si Eren peut faire comme si rien ne s'était passé, alors elle aussi.

Elle traverse la forêt, les yeux à présent accoutumés à l'obscurité, s'oblige à réfréner ses pensées, son cœur, à les ranger à l'intérieur d'elle, bien ficelés. Ils tentent une nouvelle fois de se soulever, comme des poissons luisants dans un filet, et Lisbet les repousse.

En approchant de la rivière, elle distingue de petits halos de lumière, puis entend des murmures, des rires brefs. Plusieurs personnes sont disséminées par petits groupes entre les arbres. Elle tente de passer inaperçue, encore imprégnée du souvenir de l'homme affamé et de son couteau rouillé. Son pas est lent : à chaque mètre parcouru, Lisbet fait de plus en plus attention. Son pouls s'accélère. Mais ces gens n'ont pas l'air d'être ceux de sa précédente rencontre. Les décrets des XXI ont même fini par pousser dans la forêt des familles, aussi prudentes qu'elle. À la lumière des flammes, elle distingue des visages d'enfant, des piles de chiffons sur lesquels dorment des bébés aux petites bouches retroussées.

Elle choisit d'épouser l'ombre, de se réfugier derrière les denses broussailles où ces gens n'ont pas osé s'aventurer. Là-bas, le sol recommence à devenir marécageux, et le bord de la rivière est semé de branches rejetées par les eaux. Craignant de se faire voir, Lisbet est tellement concentrée sur ses pas qu'elle ne reconnaît pas les bruits qu'elle perçoit, qu'elle les prend pour le cri d'un hibou ou d'un renard qui aboie, au loin. Mais alors qu'elle atteint la rive où elle avait coutume de se baigner autrefois, ceinte de fougères, à l'abri, parfaite pour ne pas être surprise, la vision qui l'accueille est impossible, et pourtant sans ambiguïté aucune.

Ida est assise sur un gros tronc tombé à terre, celui où Lisbet fait parfois sécher son linge. Elle avait un jour trouvé une biche noyée dont elle avait déposé le petit corps brun, mou et gonflé ici. L'image de cette biche lui revient en voyant la luisance obscène de la langue d'Ida, la manière dont sa tête tombe sur son épaule. Ses jambes pâles sont écartées, tout chez elle est ouvert, ses bras, sa bouche, et son visage est habité par une expression d'abandon si intense que Lisbet sent la honte l'envahir avant même d'avoir vu Nethe, à genoux devant elle, sa tête aux cheveux dorés enfouie entre les jambes de son amie.

Pour peu que Lisbet ait encore douté, un instant plus tard Ida gémit de nouveau – un bruit ardent, animal –, avant d'attraper Nethe par la nuque, de l'agripper pour lui relever violemment la tête et de se pencher vers elle, bouche contre bouche, et voilà Nethe à genoux dans la boue, Ida accrochée à elle, les jambes autour de sa taille, les coutures de son jupon prêtes à craquer, les bras déployés sur son dos.

Lisbet devrait signaler sa présence. Elle devrait crier, hurler, se jeter sur elles pour les battre à cause de leur péché, de leur inconscience. Mais elle ne peut pas parler, ne peut rien faire à part reculer maladroitement dans l'ombre, le cœur battant à tout rompre, quand tout à coup elle aperçoit quelque chose qui bouge derrière les deux femmes.

Quelqu'un d'autre les observe. Une silhouette accroupie dont le visage est bouffi, monstrueux, dont les doigts palmés sont fermés sur le manche d'une fourche. À côté, une autre silhouette plus grande est tapie dans l'obscurité. Les deux créatures semblent tout droit sorties des murs de la cathédrale. Le Diable et son complice sont venus chercher leurs âmes.

« Ida ! s'écrie-t-elle. Agnethe ! »

Mais trop tard. Alors qu'elles s'écartent l'une de l'autre, les deux silhouettes surgissent au milieu de la boue. Pas le Diable et son démon, mais deux êtres tout aussi redoutables. Lisbet les reconnaît immédiatement : Daniel, à qui les piqûres d'abeille ont rendu les joues suintantes et cramoisies, dont les doigts maigres ont enflé sous l'effet du poison. Et derrière, intact mais non moins horrible, Plater. Son visage luit, victorieux, tandis qu'il attrape Ida par les cheveux et l'arrache du tronc.

« Putain ! crie-t-il. Sodomite. Hérétique. »

Nethe rugit. Son poing se lève, prêt à frapper Plater, mais Ida intervient.

« Nethe, par pitié, va-t'en !

— Garce », grogne Plater, nez à nez avec Agnethe. La haine mêlée à la concupiscence lui déforme les traits. « J'aurais dû te battre à mort.

— Tu ne m'as jamais approchée d'aussi près, Alef. » Nethe est aussi grande que lui, et aussi enragée. « Laisse-la. Elle ne veut pas de toi, et moi non plus.

— Agnethe, gémit Ida. Pars.

— Vite, mon garçon, lance Plater, les cheveux d'Ida enroulés sur sa main. Étripe-la. »

Daniel tient le crochet dans sa main, le même qu'il a utilisé sur la scène au milieu des danseuses. Ses yeux tournent dans leurs orbites sur sa figure misérable, enflée. Lisbet perçoit son hésitation. Il n'oserait tout de même pas… ? Comment aurait-il pu devenir un monstre si vite ? Il faut au moins atteindre l'âge d'homme pour cela. Sa retenue la pousse à agir. Elle se précipite, s'interpose entre Nethe et lui.

« Fais-le ! hurle Plater.

— Daniel, le supplie Lisbet. Non. Tu ne pourras pas effacer cela. »

La respiration de Daniel est laborieuse – sans doute a-t-il avalé une abeille dont le dard est toujours logé dans sa gorge. Elle l'entend siffler, voudrait le prendre dans ses bras.

« Maintenant, mon garçon ! » ordonne Plater.

Les sifflements de Daniel sont de plus en plus prononcés. Ses paupières s'abaissent et Lisbet se rapproche de lui, écarte le crochet.

« Tout va bien, Daniel », dit-elle de cette même voix qu'elle avait prise pour apaiser les abeilles dont il avait lui-même détruit les ruches.

L'espace d'un instant, Lisbet croit qu'il va la laisser le prendre dans ses bras, mais Plater, en hurlant, s'avance d'un pas. Ida pousse un cri lancinant. Il la traîne derrière lui et, en réaction, Daniel lève de nouveau son crochet, comme une marionnette contrôlée par un fil. Lisbet se retourne et, de toutes ses forces, se jette sur Nethe pour la repousser.

« Va-t'en, siffle-t-elle, la poitrine soulevée par son souffle. Va-t'en ! »

Le visage de Nethe est étiré par un cri silencieux. Elle semble plus enragée, plus désespérée que n'importe quelle créature que Lisbet a vue jusqu'ici.

« Je m'occupe d'elle, dit Lisbet. Pars, ou tout cela n'aura servi à rien. »

Un courant d'air. Plater a frôlé Lisbet, qui perd l'équilibre, tombe contre le tronc. Plater attrape le crochet de Daniel et Ida se remet à hurler, à supplier Nethe de partir.

Haletante, pétrie de douleur, Nethe ramasse ses jupons et, sans un regard en arrière, disparaît entre les arbres.

Ida est toujours prisonnière. Sa main est agrippée au poignet de son époux, et tout dans sa manière de tenir son corps indique que ce n'est pas la première fois qu'il la traite ainsi. Lisbet s'agenouille près de son amie pour tenter de l'aider à se libérer. Ida gémit.

« Elle n'a pas eu beaucoup de scrupules à t'abandonner, assène Plater – mais sa voix tremble. Sale chienne. Sale putain.

— Par pitié, laissez-la !

— Cette histoire ne vous regarde pas, Frau Wiler, crache-t-il. Alors Ida, que ressens-tu ? Dis-nous ce que cela te fait de la voir t'abandonner à ton destin une deuxième fois.

— Lâchez-la ! s'écrie Lisbet en essayant d'imiter la rage de Nethe.

— Bet, supplie Ida d'une petite voix. Le bébé.

— En effet, dit Plater. Personne n'aimerait assister à un nouvel échec, n'est-il pas ? »

Sa haine est si brûlante, si dévorante, que Lisbet pourrait tout aussi bien être attachée à un poteau et sentir les flammes lui lécher les joues. Dans un élan de fureur, elle songe à arracher son crochet à Daniel, à le plonger dans les entrailles de Plater et à tourner, tourner.

Mais elle entend soudain des murmures dans les arbres, tout autour d'elle, et lève les yeux. Des gens se tiennent dans les ombres : des femmes, des enfants, des vieux appuyés sur des bâtons. Ce sont ces familles poussées hors de la ville. Des masses informes dans le noir, des visages sculptés par la faim, des yeux immenses que Lisbet ne reconnaît pas. Sauf…

Eren. Lisbet manque de pleurer de soulagement. Il se fraye un chemin à travers la foule, vers elle, mais elle secoue la tête, le plus discrètement possible. *Non*.

La présence de tous ces gens n'est pas sans effet sur Plater. Il force Ida à se lever, et transfère sa prise sur le haut de son bras.

« Où l'emmenez-vous ? demande Lisbet, enhardie par la présence des spectateurs.

— Cela ne vous regarde pas.

— Si votre intention est de la tuer, dit-elle en élevant la voix, sachez que nous sommes tous témoins.

— Je suis le représentant du conseil. C'est au tribunal qu'il appartient de juger cette affaire.

— Pour quel crime ? demande l'un des spectateurs.

— Imposture parmi les danseuses, répond Plater. Elle sera punie, comme les autres blasphémateurs.

— Il ment ! s'écrie Lisbet. Elle n'a rien fait de mal.

— Prenez garde de ne pas vous compromettre, l'avertit Plater, mais Lisbet n'en a que faire, serait prête à dire, à faire n'importe quoi pour que tout s'arrête.

— Je jure sur la vie de mon enfant…

— À quoi bon ? » ricane Plater.

Son souffle se coupe.

« Frau Wiler ? fait Daniel d'une voix aussi mince qu'une aiguille, tendant vers elle une main suppliante. Puis-je vous ramener chez vous ?

— Ne t'approche pas de moi, crache Lisbet. Je regrette chaque instant de bonté que je t'ai offert. Que le Diable t'emporte. »

Plater s'éloigne déjà, traînant Ida derrière lui, non pas en direction du moulin, mais de la ville. Lisbet s'élance à leur poursuite, mais Ida se retourne.

« Rentre, Bet, lui dit-elle. Je t'en supplie. »

Le bébé dans son ventre ne bouge pas. Après un temps infini, alors que tous les spectateurs sont partis, que Lisbet sent la solitude l'envahir, elle entend la voix d'Eren, sent sur son épaule sa main hésitante, ce même geste doux avec lequel il l'avait repoussée plus tôt.

Mais cette fois Lisbet se tourne vers lui et s'effondre dans ses bras. Eren la laisse faire. Elle enfouit son visage dans sa tunique, hurlant jusqu'à ce que sa gorge pique. Il fait un noir d'encre tant ses yeux sont fermés fort, et Lisbet a l'impression d'être de retour au bord de l'eau en ce jour où elle avait tiré Mutti de la rivière, les poches pleines de pierres. Où elle avait tenu sa mère bien-aimée, sa folle de mère, noyée, dans ses bras. Le même anéantissement, la même sensation de ruine s'empare d'elle.

Elle avait été si naïve de croire qu'ils pourraient vivre en paix. De croire que leur âme pourrait être sauvée. La fin du monde est arrivée, pense-t-elle, et Lisbet ne peut rien faire, à part le regarder s'effriter.

Trois cent quinze dans la danse

Elle était seulement venue par curiosité. C'est ce que Trude se rappelle, là, devant la scène, mais ses intentions ont changé depuis qu'elle a découvert cette femme aux cheveux noirs lâchés.

Bien sûr, Trude a déjà vu la folie. Le prêtre, Mutti, ses frères – chacun nommait à sa façon le mal dont son père était atteint, mais une chose était sûre : il ne venait pas d'ailleurs. Son père n'avait pas attrapé la vérole, ne s'était pas ouvert le crâne. Ce mal venait de lui.

Le mot « fou » avait été prononcé – le pire des mots. Trude avait entendu l'histoire de Greiger à qui le feu de Saint-Antoine donnait l'impression d'avoir des fers brûlants sur la peau et qui, pour s'en débarrasser, s'était luimême écorché vif, et partout dans les villes vivaient des fous que l'on voyait parfois entrer dans des chagrins ou dans des rages si dévorants qu'on les aurait dits plus animaux qu'humains.

La folie de son père n'était pas de celles-là. Cette folie ne s'exprimait pas par des cris, ne faisait même pas peur, la plupart du temps. Elle se manifestait par un vide silencieux, semblable à celui d'un nid à l'abandon, ou bien son père faisait penser à un oiseau tombé de son perchoir et agonisant par terre. Comme Greiger, il ressentait de la douleur, et aussi du chagrin et de la rage, comme tous ces pauvres gens des villes, mais tout était porté sans un bruit. Son corps lui-même en était lourd : ses jambes traînaient et ses bras étaient si faibles que Trude devait l'aider à se retourner et lui faire sa toilette. Après la naissance de Trude, son père et sa mère avaient cessé de partager leur couche. Un petit lit était réservé à son père près du feu, tandis que Trude dormait avec Mutti.

Au bout d'un certain temps, il ne resta plus d'autre remède que le vinaigre, le pavot et les prières. Au départ, à l'époque où subsistait encore l'espoir d'un changement, des reliques chauffées dans le feu étaient appliquées sur ses tempes et ses chevilles. Trude avait fabriqué une amulette avec des excréments et de la fourrure de lièvre, et l'avait placée sous son oreiller. L'amulette, envahie par les mouches, avait fini par se décomposer. Mutti les avait même emmenés voir la comète, que l'on avait déterrée et placée sur un autel, à Ensisheim. Le fragment faisait la taille de deux poings d'homme réunis. La taille des mains de son père jointes pour prier. Le voyage avait été long, un trajet qu'ils n'accompliraient qu'une fois dans leur vie. À leur retour, Trude avait collé l'un contre l'autre ses poings serrés et les avait enfouis dans les mains de son père pour qu'il se souvienne de la comète que Dieu avait envoyée.

Trude n'aimait personne autant que son père. Elle ne l'avait jamais dit à Mutti ni à ses frères, car tous semblaient le haïr. Elle ne l'avait même pas dit à son père lui-même, mais elle espère qu'il le savait.

Depuis sa mort, Trude est perdue. Mais il y a cette femme qui danse, là-haut sur scène, ses yeux gris sont les mêmes que ceux de son père, et Trude ne peut détacher son regard d'elle. Elle marche jusqu'à elle, essaie d'enfouir ses poings dans ses paumes, mais la femme est ailleurs. Elle n'est pas son père, bien sûr. Et la douleur qui imprègne son visage n'est pas la même : dans ses yeux gris se lit l'extase. Chez toutes ces femmes, les lèvres sont retroussées de joie, pas de chagrin. Que ressentirait-elle, se demande Trude, si sa tristesse se transformait en lumière ?

Trude dit à son papa qu'elle l'aime, tout haut. Et entre dans la danse.

Quatorze

La langue aride, Lisbet se réveille. Elle tend le bras, mais bien sûr Nethe n'est pas auprès d'elle. Les souvenirs de la nuit déferlent soudain ; elle fait tout son possible pour ne pas se laisser à nouveau sombrer. Le bébé donne un coup, puis un deuxième. Elle doit boire, les nourrir, tous les deux.

La peau de son visage tire. Elle entend deux personnes parler, un homme et une femme. Il y a Sophey, mais l'autre n'est pas Eren. Ni Henne. Et, Dieu merci, pas non plus Plater. Elle entend des enfants rire. Elle s'oblige à se lever, à marcher jusqu'à la porte, à l'ouvrir, saisie de l'impression que ses mains sont deux objets étrangers, deux appendices attachés à ses poignets.

Sophey et Mathias sont assis à la table, leurs mains noueuses soudées ensemble et leur visage luisant de larmes. Mathias tient sur ses genoux un paquet entouré de chiffons.

Sophey lève les yeux vers elle. Sa dent pourrie a tellement fait enfler sa joue qu'on la croirait rembourrée avec de la ouate. Derrière eux, la porte de la cour est restée ouverte. Ulf est étalé par terre, sur le seuil, et Lisbet aperçoit des enfants qui courent derrière Fluh. Il y a Ilse et ses cheveux de cuivre, ainsi que ses frères. Sur les genoux de Mathias, le dernier-né d'Ida, Rolf, remue. Dehors, les enfants rient, battent des mains devant le chien qui, dans la lumière vive, saute dans tous les sens à la poursuite d'une mouche ou d'une abeille. Lisbet n'a pas dû dormir plus de quelques heures. Tant mieux. Le temps ne doit pas jouer contre elle.

« Lisbet, fait Sophey d'une voix éraillée, étouffée par sa chique, aussi sèche, semble-t-il, que la langue de Lisbet. Tout cela peut-il être vrai ? »

Lisbet se verse un petit gobelet de bière. Chacun de ses gestes doit faire l'objet de concentration, sans quoi elle le renverserait, le tiendrait trop fort ou pas assez. Elle s'abreuve profondément, laisse le liquide tiède décoller sa langue de ses gencives.

« Mathias dit qu'Ida a été emprisonnée dans les geôles. Qu'Agnethe est en fuite, se cache dans la forêt comme une rebelle. » Sophey laisse résonner un rire creux qui projette des postillons ensanglantés sur la table toujours parfaitement entretenue. Elle n'essaie pas de les essuyer, et le regard de Mathias est si morne, si perdu, que Lisbet présume qu'il n'a même pas remarqué les taches rouges qui mouchètent leurs mains. « Le Turc dit qu'il t'a trouvée errant dans les bois, comme possédée.

— Eren ? » demande Lisbet.

Sophey lui renvoie un regard assassin.

« Le Turc.

— Où est-il ?

— En ville, avec le joueur de tambour. Il dit avoir vu l'arrestation d'Ida. Y a-t-il là-dedans quelque chose de vrai ?

— Oui, répond-elle. Plater l'a emmenée.

— Les as-tu vues ensemble ? Agnethe et Ida ? »

Lisbet hésite. Son esprit embrumé ne parvient pas à élaborer de réponse à partir des éléments qu'Eren a soigneusement semés. Rolf se met à crier. Lisbet se précipite vers lui pour l'extraire doucement du corps tremblant de Mathias et l'éloigner du bord dur de la table.

« *Mein Gott, mein Gott*, s'écrit Mathias. Leur destin est scellé. Elles sont damnées. »

Les paupières roses du bébé s'entrouvrent. Lisbet tente de l'apaiser en le berçant de gauche à droite, comme le faisait Ida. Les joues de Rolf se gonflent et un soupir à l'odeur douce s'échappe de sa bouche, puis ses yeux se referment. Lisbet sent ses seins fourmiller. Le corps de l'enfant se détend tandis que le sien, à l'inverse, se redresse.

« Non, dit-elle. Rendons-nous aux geôles. Les cachots doivent être envahis de fausses danseuses, de pilleurs. Les gardes seront soulagés qu'on leur retire un prisonnier. Ils ne savent pas qu'elle est une… »

Lisbet n'a même pas les mots pour qualifier Ida. Elle refuse d'utiliser ceux que Plater, dans la clairière, a crachés. Ida est une mère, est la femme que Nethe aime, est la meilleure amie que Lisbet connaîtra jamais.

« Ils ignorent le véritable motif de son arrestation, dit-elle. Nous pourrons les soudoyer. Vous pourrez les soudoyer. Nous devons la ramener à la maison. »

Elle baisse les yeux vers Rolf, dont le corps endormi pèse dans ses bras. Jamais elle n'acceptera de le voir orphelin.

« Tu crois pouvoir la faire libérer ? demande Sophey avec autant de mépris que de chagrin dans la voix. Ils ne t'écouteront pas, n'outrepasseront jamais les ordres de Plater. Plater a témoigné contre sa propre épouse. Comment peux-tu penser que ta voix comptera ?

— Dans ce cas, mieux vaut rester ici à nous lamenter, n'est-ce pas ? lance Lisbet, mais sa voix fait sursauter le bébé, qui aussitôt se met à pleurer. Laissons-le les châtier, comme la dernière fois ?

— Tu es au courant ? demande Sophey.

— Oui, et pas grâce à vous, répond Lisbet.

— Tu les savais pécheresses », dit Sophey. Mathias, la tête dans les mains, pousse un gémissement. « Nous devons laisser les tribunaux décider…

— Les tribunaux sont composés d'hommes comme Plater », rétorque Lisbet par-dessus les hurlements du bébé.

Ilse apparaît timidement à la porte. Son visage est identique à celui d'Ida – Lisbet en a mal jusque dans les dents. Elle lui tend le bébé, que la petite fille attrape entre ses bras fins, d'un geste habitué.

« Il y a du lait, lui dit Lisbet en pointant son doigt. Et du miel. Va lui donner à manger. »

Ilse se dépêche de s'en aller, courbant avec obéissance sa tête cuivrée, tenant le corps de son petit frère pratiquement aussi long que le sien.

« Il y serait prêt, dit-elle. Il serait prêt à laisser ses enfants sans mère, parce qu'elle lui a désobéi. Pas à Dieu. À lui. Plater agit comme si lui et Dieu ne faisaient qu'un.

— Blasphème, déclare Sophey en se signant.

— Blasphème, oui ! s'écrie Lisbet. Mais il n'est que son propre serviteur, pas celui de Dieu.

— Ce qui démontre une fois encore que notre intervention ne changera rien.

— Essayons, au moins. Si vous refusez, j'irai sans vous. »

Lisbet se détourne et sort dans la cour. Sur son passage, Ulf se lève et la suit. Les garçons n'interrompent pas leur jeu pour la suivre du regard. Ils sont dans leur monde, avec Fluh qui continue de gambader autour d'eux. Enfin, des enfants soulèvent des nuages de poussière dans cette cour ; mais Lisbet préfère ignorer cette vision.

Le cheval de Mathias est attaché près du pressoir, à côté de sa charrette. La robe de sa monture est plus brillante que celle de la leur, et à l'arrière de la charrette sont entassés des sacs et des sacs de farine fraîchement moulue. Une idée germe dans l'esprit de Lisbet. Elle se rendra aux geôles, donnera toute la farine de Mathias, toute leur cire – donnera n'importe quoi pour qu'on lui rende son Ida.

Quelqu'un tire sur sa manche. Odeur de vinaigre et de décomposition.

« Cela ne fonctionnera pas. »

La voix de Sophey déborde de tristesse. En voyant le visage de la vieille femme, Lisbet sent faner sa colère. Le chiffon qu'elle s'est attaché autour de la tête pour soulager sa dent lui donne un air grotesque.

« Je dois essayer. »

Sophey soupire, puis se hisse pour prendre les rênes.

« Mathias surveillera les enfants. Détache le cheval. Mes doigts ne peuvent plus le faire. »

•

Même en plein jour, l'entrée dans Strasbourg offre un spectacle cauchemardesque. Leur progression est bientôt interrompue par un engorgement de charrettes, d'hommes et de femmes forcés de stationner, de faire marche arrière. Lisbet se penche avec précaution pour observer la foule et repère Hilde Lehmann au milieu du chaos, le visage noirci par de la cendre, les mains dressées vers le ciel. Hilde l'aperçoit à son tour et lui fait de grands gestes.

« Une pièce ?

— Nous n'avons rien, répond Sophey, mais Lisbet tâte ses poches.

— Où est Daniel ? demande-t-elle.

— Il n'est pas rentré hier soir, répond Hilde avant de désigner la marée humaine qui les entoure. Ma mère danse. »

Depuis sa charrette remplie de sacs de farine, Lisbet distingue un peu plus loin une femme sautillant dans la poussière : Frau Lehmann. Son mari, à côté d'elle, est secoué par d'énormes sanglots. Pourtant, sous la lumière vive des premiers rayons du jour, Lisbet ne voit aucune larme sur ses joues lorsqu'il se tourne au milieu des curieux stupéfaits pour tendre ses mains vers eux.

Hilde l'ignore.

« Hébergez-vous toujours des musiciens ? Si tel est le cas, faites-les venir pour qu'ils l'accompagnent pendant qu'elle danse. »

Lisbet l'arrête d'un geste sec.

« Dis à ta mère de cesser. Si l'Église s'aperçoit qu'elle simule…

— Daniel travaille pour l'Église désormais, répond Hilde d'un ton pincé. Il attrape les danseuses avec un crochet.

— Je… »

Lisbet s'est interrompue à temps avant de dire : *Je sais*.

« Avez-vous une pièce ?

— Je n'ai presque rien. »

Elle lui donne sa menue monnaie, que la fillette lui arrache avant de courir jusqu'à la charrette suivante. Leur avancée se poursuit, pas à pas. Au moment où leur charrette passe devant Frau Lehmann en train de secouer son corps avec un air lubrique, Lisbet détourne les yeux, écœurée.

À l'approche du marché aux chevaux, Sophey fait claquer les rênes au-dessus du cheval pour contourner les spectateurs attroupés et les engager dans une longue boucle, vers les geôles. En passant devant les portes ouvertes de la guilde, Lisbet aperçoit les femmes qui, à l'intérieur, tournoient. La sérénité que dégageaient les danseuses la veille s'est envolée : à la lumière, leurs visages apparaissent émaciés et hagards, leurs pieds se soulèvent comme les sabots de bêtes en partance pour l'abattoir.

À la manière dont remue le chiffon que Sophey s'est noué autour de la tête, Lisbet voit que sa belle-mère se mâchonne l'intérieur des joues, s'arrêtant seulement pour cracher du sang sur le sol poussiéreux. Depuis tout ce temps, Lisbet l'avait mal jugée. Sophey n'est pas une femme insensible, seulement terrorisée. Elle l'est encore à cet instant même, et pourtant, elle a accepté de l'accompagner, de traverser avec elle ce bourbier.

Les geôles ont été construites au bord des faubourgs, le long du Rhin. La charrette emprunte la route qui longe les fortifications de la ville. À chaque virage, le bruit de la musique s'intensifie, recouvert de temps en temps par les cloches que fait tinter l'église pour apporter sa bénédiction.

C'est à se demander comment dorment les gens. Le bébé remue, elle l'imagine levant les bras en réponse aux cloches, sensible à la musique comme semblent l'être tous les êtres humains dès leur naissance et même avant. Elles arrivent à la hauteur de la guilde des tanneurs, engorgée, elle aussi. À l'entrée a été dressée une scène sur laquelle jouent des musiciens. Lisbet aperçoit Frederich, solidement campé sur ses jambes, battant son tambour. Le bruit est phénoménal : il résonne dans ses tympans, fait vibrer le bébé en cadence. Lisbet le revoit pour la première fois depuis les révélations qu'Eren lui a faites sur lui, mais voilà qui ne suscite en elle aucun autre sentiment que de la joie. Le souffle court, elle tire sur le bras de Sophey pour lui signifier de s'arrêter.

« Attendez. Un instant. »

Elle est à terre avant même que la charrette ne soit tout à fait arrêtée. Sophey tente peut-être de l'appeler, mais elle n'entend rien, lancée vers la scène, les coudes dressés de part et d'autre de son ventre comme bouclier. Elle est obligée de se jeter sur le côté pour s'extraire de la marée humaine qui l'emporte, et de s'accroupir sous la scène elle-même.

Il flotte ici une odeur de bois coupé et d'urine. Levant la tête, elle reçoit sur la figure des morceaux de terre séchés qui s'effritent sous les sauts d'une danseuse. Elle se déplace jusqu'à l'avant de la scène, accrochée aux linteaux comme à un radeau.

Frederich a l'air on ne peut plus sérieux. Son regard reste fixé sur le ciel tandis que ses paumes frappent la peau tendue de son tambour.

« Frederich ! crie Lisbet. Frederich ! »

Sa propre musique l'empêche d'entendre. Au prix d'un dernier effort, elle parvient à attraper sa botte et lui frappe la cheville aussi fort qu'elle le peut. Frederich recule d'un pas, puis ses yeux s'écarquillent lorsqu'il finit par l'apercevoir.

« Frau Wiler ! » Il s'accroupit pour se mettre à sa hauteur. « Que faites-vous ici ?

— Il faut que vous veniez avec nous, dit-elle. Aux geôles. »

Il fronce les sourcils.

« Pourquoi ?

— Je sais que vous avez un amant », dit-elle.

Le visage de Frederich se ferme. Il fait mine de se relever.

« Non ! s'écrie Lisbet en le tirant avec une telle force qu'il retombe à genoux avec son tambour. Je m'en moque. Je souhaite simplement voir mon amie.

— Frau Plater », prononce-t-il solennellement, d'une voix qui indique à Lisbet qu'Eren lui a tout raconté – cette idée la soulage : elle-même n'aurait jamais pu aller au bout de ce récit sans pleurer. « Il ne pourra pas vous aider. Ce n'est qu'un garde.

— Je vous en supplie, dit Lisbet. Je vous en supplie, venez. Si c'était vous… »

Frederich la foudroie du regard.

« Ce n'est pas une menace, s'empresse-t-elle d'ajouter. Je voulais dire que, si c'était vous qui étiez enfermé, ne souhaiteriez-vous pas que quelqu'un essaie au moins de vous aider ? »

La mâchoire de Frederich se contracte. Il jette un coup d'œil en direction des autres musiciens, qui jouent et tapent des pieds de la même façon que, devant eux, dans la guilde des tanneurs, les femmes dansent à en mourir.

« Cela ne changera rien.

— Je vous en supplie. »

Il pousse un soupir et détache son tambour, qu'il tend à l'un des cinq violonistes. L'homme pose son instrument pour glisser la tête dans la sangle et, sans la moindre question ni la moindre hésitation, commence à jouer. Frederich fronce le nez.

« Tant pis pour la rythmique », déplore-t-il avant de sauter de la scène.

Lisbet le conduit jusqu'à l'endroit où la charrette est stationnée avec Sophey. Une file de plusieurs véhicules s'est formée derrière le leur et leurs conducteurs le couvrent d'insultes, mais cette dernière reste assise, stoïque, tandis que la foule la contourne comme un rocher au milieu d'un ruisseau.

« Joli chapeau, Frau Wiler », lui lance Frederich en découvrant son bandage de fortune, tout en grimpant sur les sacs de farine.

Lisbet se hisse à côté de Sophey, qui se penche vers elle en poussant un sifflement indigné.

« Le joueur de tambour ?

— Dépêchez-vous », répond Lisbet.

Sophey fait claquer sa langue – le geste s'adresse autant au cheval qu'à Lisbet.

Les pierres luisantes des geôles semblent jaillir du Rhin, seulement précédées par une plage marécageuse reliée à un ponton de bois faisant office de quai pour les bateaux et de lieu d'exécution pour les noyés, plongés dans les eaux marron. Un peu plus haut, le rivage a changé de couleur, souillé par le sang et les boyaux des moutons que rejette l'abattoir. Alors qu'elles franchissent le pont, Lisbet aperçoit des mains blanches s'agitant comme des drapeaux de reddition derrière les barreaux des minuscules fenêtres taillées dans la pierre.

Devant l'entrée principale, des gens dans différents états de détresse attendent, les uns derrière les autres. Une femme, tête nue sous le soleil, hurle tout en arrachant ses vêtements. Près d'elle, deux enfants maigres et tremblants, sautillant sur leurs pieds nus, s'accrochent à ses jupons. Les pavés, bien entretenus à cet endroit, retiennent la chaleur aussi férocement que des charbons. Une fois descendue de la charrette, Lisbet fouille ses poches, mais sa dernière pièce a été donnée à Hilde. Frederich la rejoint.

« Celui-là s'appelle Peter », dit-il en indiquant le bout de la file. Lisbet tend le cou et découvre un garde posté devant le grand portail. « Nous ne sommes guère amis, mais il nous laissera passer si nous lui donnons quelque chose. Qu'avez-vous ?

— De la farine, répond Lisbet en indiquant la charrette. Et du miel de la ferme en quantité.

— Il préfère la bière. Mais laissez-moi voir ce que je peux faire. Quel est son nom complet ?

— Ida Ilse Plater, dit Lisbet en s'efforçant de faire abstraction des hurlements de la femme, des enfants affamés. Elle a été arrêtée...

— Ce matin, je sais. »

Frederich se dirige à grands pas vers le garde, se frayant un chemin à travers la foule avec cette aise caractéristique, comme doté d'une parfaite légitimité à dépasser tous ces gens qui, à l'évidence, attendent depuis des heures dans la fournaise. Sophey envoie un coup dans les côtes de Lisbet.

« Il le connaît ?

— Oui.

— Il a déjà séjourné ici, pas vrai ?

— Ce n'est pas ce que vous croyez », répond Lisbet, tout en pensant : *c'est pire*.

En réponse, Sophey renifle et toise la femme aux enfants tremblants. Elle s'avance de quelques pas tout en détachant le chiffon qu'elle porte autour de la tête pour soulager sa dent. Lisbet la voit grimacer au moment où la compression exercée par le garrot s'arrête, mais Sophey récupère le tissu pour le déchirer en quatre morceaux égaux.

À sa grande stupéfaction, Lisbet la voit alors s'agenouiller devant les deux enfants – filles ou garçons, impossible à dire –, sur les pavés chauds à en attraper des ampoules. Elle leur fait signe d'appuyer leurs mains crasseuses sur ses épaules pour pouvoir soulever leurs pieds, un par un, et les bander. Leur mère ne le remarque même pas, mais sur le visage des enfants l'angoisse laisse place au soulagement alors que le tissu forme autour de leurs pieds une carapace pour les protéger des pavés brûlants.

Puis Sophey se relève laborieusement et s'en retourne auprès de Lisbet.

Un effort est nécessaire à Lisbet pour ne pas continuer à la regarder, bouche bée, et se concentrer à la place sur le garde et Frederich, qui désigne leur charrette par des gestes.

« Vous avez été bonne », remarque-t-elle sans regarder sa belle-mère.

Sophey pousse un grognement.

« Je sais que vous me pensez de marbre, Lisbet. Mais je suis faite de chair et de sang comme vous. Et j'aime ma fille. Et j'aime la femme qu'elle aime. Cessez de me regarder ainsi, comme si vous pensiez que j'étais un monstre. J'abhorre son péché, et j'abhorre l'endroit dans lequel nous sommes venues aujourd'hui. Mais pour Ida, pour Nethe – je n'ai jamais eu que de l'amour, et je souffre que cela n'ait pas suffi. Qu'elles aient eu l'imprudence de continuer. »

Frederich, qui leur fait à présent signe d'approcher, épargne à Lisbet de répondre. Bombant la poitrine, Sophey tire Lisbet derrière elle et s'engouffre dans la foule.

« Deux sacs de farine pour vous faire entrer, Lisbet, dit-il. Il vous faudra ensuite trouver Karl par vous-même.

— Karl ? » demande Lisbet en même temps que Sophey s'exclame : « Deux sacs ?

— S'il veut deux sacs, poursuit Sophey en regardant le garde droit dans les yeux, alors il devra nous laisser entrer toutes les deux. »

Sa joue enflée, criblée par la petite vérole, brille. Peter soupire. C'est un homme râblé, comme Eren, mais son visage est rouge comme une betterave à cause de la chaleur.

« Ce n'est pas le marché que nous avons passé.

— Parce qu'il y a des clauses officielles ? » rétorque Sophey en lui lançant son regard noir caractéristique.

Peter se balance d'un pied sur l'autre. Le garde a chaud, est las. Lisbet sait déjà qu'il va céder avant qu'il ne déclare : « C'est bon.

— Bien », fait Sophey. Elle se tourne vers Frederich, qui, malgré la gravité de la situation, n'a rien perdu de son air malicieux. « À quoi ressemble ce Karl ?

— Blond, barbu, répond Frederich. Aussi grand que moi, avec des yeux marron. Donnez-lui cela. » Il retire la chevalière qu'il porte à son majeur. « Il saura qu'elle vient de moi. Il vous aidera du mieux qu'il le peut.

— Merci, dit Lisbet en acceptant la bague, avant de serrer la main du joueur de tambour. Merci », répète-t-elle, car il n'y a rien d'autre à dire.

Frederich hausse les épaules, puis sort sa pipe de sa poche.

« Je ne vous promets rien. Je reste ici pour surveiller la charrette. »

Là-dessus, Peter frappe trois coups à la lourde porte en bois. Une petite lucarne placée à hauteur de tête s'ouvre brusquement, et Peter échange quelques messes basses avec son confrère, de l'autre côté. La porte s'ouvre de seulement quelques centimètres. De l'autre côté se trouve une cour en terre battue. Le ventre de Lisbet se serre, mais Sophey lui saisit la main et l'entraîne sans la moindre hésitation de l'autre côté.

Quinze

La bague de Frederich que Lisbet serre dans une main est tout aussi chaude que la paume de sa belle-mère qui l'entraîne. Elles ne s'étaient jamais donné la main, mais la simplicité avec laquelle ce geste s'accomplit, la même que pour tenir la main de Mutti, la surprend. Elle regarde tout autour d'elle les immenses murs qui, sur le ciel éclatant, découpent un carré d'étoffe bleue. Ida se trouve ici, quelque part. Derrière les barreaux des fenêtres s'agitent des mains, des tuniques, des sous-vêtements. L'espace d'un instant, sa vision vacille, Lisbet revoit son arbre, ses rubans flottant au vent, le ciel hachuré par les branches. L'impression d'avoir franchi le seuil d'un autre monde est la même que dans sa clairière, à ceci près que ce monde-ci lui procure un tout autre sentiment : celui d'un isolement profond, d'un rejet absolu.

« Serait-ce lui ? »

Elle suit du regard le doigt de sa belle-mère et découvre, là, devant une seconde porte, un homme correspondant à la description qu'a faite le joueur de tambour, à côté d'un autre garde assis à une large table, un grand livre de comptes devant lui. Ce dernier s'adosse contre sa chaise tandis qu'un vieillard s'adresse à lui, appuyé sur le bois de la table, en mimant des gestes implorants.

« Il semblerait. »

Sophey redresse les épaules et se dirige vers lui.

« Karl ? »

Le garde debout devant la porte baisse vers elle des yeux plissés. Son visage étroit rappelle celui d'un furet, ses joues sont rougeaudes. Furtivement, Lisbet l'imagine avec Frederich, la tête rejetée en arrière comme celle d'Ida. Comment se fait-il que cet homme se tienne ici, devant les portes des geôles, alors que son amie est enfermée derrière ? Le péché est le même, mais le genre masculin s'en sort bien mieux.

Lisbet ouvre la main pour lui montrer la bague. Le garde assis à la table tente de voir ce qu'elle renferme, mais Karl, trop rapide, a déjà posé son gant sur la chevalière et fermé le poing. Son regard, brusquement, est devenu grand et apeuré. Il attrape Lisbet par le poignet et s'éloigne en direction de la porte à barreaux.

« Qui vous envoie ?

— Frederich, murmure-t-elle, consciente d'être écoutée par l'autre garde, qui a perdu tout intérêt pour le vieillard à côté de lui.

— Je ne le connais pas.

— Bien sûr que si », répond Sophey.

Lisbet sursaute. Elle n'a même pas pris le temps de lui exposer son plan, mais Sophey semble avoir compris. Sa belle-mère paraît décidée à la surprendre aujourd'hui.

« Ne craignez rien de nous. C'est pour nous rendre service qu'il nous a conduites jusqu'à vous. »

Le regard de Karl ne cesse d'aller de Lisbet à Sophey. Il se méfie encore.

« Qui êtes-vous ?

— Frau Wiler. C'est chez moi que dort votre ami. » Les lèvres de Sophey se retroussent. « Lorsqu'il y dort, s'entend.

— Nous sommes ici pour Ida Plater, intervient Lisbet. C'est mon amie. Nous voudrions la voir.

— Plater… » La mine du garde devient sérieuse. « L'épouse de l'homme du conseil ?

— Elle-même, s'empresse de répondre Lisbet. S'il vous plaît, où est-elle ?

— Toujours ici », répond le garde avec prudence, sans lâcher le poignet de Lisbet.

Il baisse les yeux vers sa main et desserre doucement son étreinte.

« Oui, nous savons qu'elle est ici », fait impatiemment Sophey.

Le regard de Karl est fixé sur la bague.

« Mais plus pour longtemps. »

Lisbet sent son ventre se nouer.

« Va-t-elle être relâchée ? »

Le garde se tortille légèrement.

« Non. » Il hésite, considère le ventre de Lisbet. « J'ignore si…

— Elle peut entendre tout ce que vous aurez à dire, déclare Sophey. Parlez. »

Karl plante alors son regard droit dans celui de Lisbet. Ses yeux sont marron, comme l'avait dit Frederich, et il y a dedans quelque chose de gentil, et de triste aussi.

« Elle a été condamnée.

— Déjà ? » s'exclame Sophey. Sa voix tremble. « Comment est-ce possible ?

— Beaucoup de jugements sont rendus très vite désormais, répond Karl sans quitter Lisbet des yeux. L'épidémie dansante a apporté dans notre ville quantité d'imposteurs et d'étrangers. Ils condamnent en masse, car les geôles ne contiennent pas assez de place pour tout le monde.

— Où mettent-ils les condamnés, dans ce cas ? » demande Sophey.

Karl hésite.

« Je suis désolé. La sentence a été prononcée. Elle sera noyée. Aujourd'hui même. »

Lisbet lutte pour ne pas s'effondrer. Elle doit avoir blêmi, car le garde passe sa main sous son bras et Sophey l'attrape par la taille. Mais Lisbet ne supporte plus d'être considérée comme une faible, comme celle qui défaille. Elle les repousse tous les deux.

« J'exige de la voir.

— C'est impossible… »

Lisbet brandit la bague.

« C'est cette situation qui est impossible. C'est le fait qu'Ida se retrouve condamnée à être noyée pour un péché que vous portez aussi qui est impossible. »

Karl reste bouche bée.

« Elle simulait sur la scène des danseuses.

— Elle aime une femme. »

Karl devient livide. Il intime à Lisbet de se taire, mais Lisbet refuse.

« Elle est toujours là-dedans, et c'est vous qui avez les clés. Il y a donc quelque chose de possible. Alors faites-le, même si tout cela est injuste, même si tout cela est abject. Conduisez-moi à mon amie. »

Tous deux se regardent pendant un long moment. Le garde a peur, elle le voit à ses narines dilatées, à ses pommettes empourprées. Mais il attrape la chevalière de Frederich et la glisse à son doigt.

« Suivez-moi. »

•

Ils pénètrent dans un tunnel sombre et bifurquent devant des marches de bois montant vers l'une des tours pour s'engouffrer à la place dans des escaliers menant en bas. Lisbet s'efforce de conserver le courage dont elle a réussi à s'armer, de le serrer entre ses dents comme le mors d'un cheval. Il lui faudra être forte lorsqu'elle verra Ida. Ne surtout pas lui montrer sa terreur.

Avant de s'excuser, Karl a glissé quelques mots à son confrère, qui en réponse a jeté à Lisbet un coup d'œil lubrique. Il pense que Lisbet exerce un chantage sur Karl, qu'elle porte dans son ventre son bâtard, cela ne fait aucun doute.

Ils atteignent un passage souterrain éclairé par des lampes à suif. Leur odeur nauséabonde se mêle à d'autres, pires encore, qu'elle perçoit à mesure qu'ils passent devant des portes à barreaux cachant des cellules sûrement pleines à craquer, à en juger par le vacarme que l'on entend. Des bribes de chanson, des cris éclatent, puis s'amenuisent dès lors qu'ils se sont éloignés des fentes étroites du cachot. Karl décroche une lampe lorsque se présente devant eux une nouvelle volée de marches, en pierre cette fois, taillées à même la paroi du Rhin. Lisbet imagine l'eau déferlant autour d'eux, seulement retenue par ces murs, imagine les eaux puantes du fleuve inondant son nez, sa gorge.

Non.

Ils débouchent sur un sol fait de terre compacte. Il fait plus frais ici, et le vacarme est moindre. Aucune source de lumière, hormis la lueur de la torche de Karl. L'odeur, aussi, est différente. L'urine et la sueur sont remplacées par l'odeur soufrée des eaux stagnantes. Tout près du halo de la torche, quelque chose détale.

« On l'a isolée, dit Karl. Sur ordre de Plater.

— Il traite sa propre femme comme de la vermine, crache Sophey.

— Cela vaut peut-être mieux, répond le garde. Le bruit est moins fort ici, et elle ne partage pas sa cellule. Les geôles sont surpeuplées, comme vous l'avez vu. Cet endroit servait autrefois de cave. » Il s'arrête devant une nouvelle porte en bois, basse et large, de la taille d'un tonneau. « C'est ici.

— Ouvrez, dans ce cas, dit Sophey.

— Je ne peux pas, répond-il en indiquant un gros cadenas rouillé. Seul Plater a la clé.

— Pourquoi ne pas l'avoir dit plus tôt ?

— Vous n'espériez quand même pas la faire évader ? Vous n'avez demandé qu'à la voir.

— Et nous ne le pouvons pas », conclut Sophey en montrant la porte.

Karl rapproche la torche du battant, puis l'abaisse. Il y a là un trou, de la taille d'une bonne main, à l'endroit où le bois a pourri, sans doute à cause d'une inondation.

Lisbet se met à quatre pattes. Rien de plus frais que ce sol n'est entré en contact avec sa peau depuis des mois. Elle pose sa joue contre la terre, et l'odeur du fleuve lui emplit les narines. Tout est noir autour d'elle, mais Karl rapproche alors du bas de la porte la torche, dont la lumière s'infiltre de l'autre côté.

Elle distingue de la paille, voit détaler quelques rats. Et puis, tout à coup, un pied, nu et noir de crasse.

« Ida ? »

Un cri étouffé résonne dans l'obscurité, puis la voilà soudain, rampant comme pour sortir de la bouche d'une grotte.

« Lisbet ? Est-ce vraiment toi ? » Ses cheveux sont lâchés, son front porte un bleu à l'endroit où Plater a tiré sur ses cheveux pour la traîner. « J'ai bien cru entendre ta voix, mais j'ai pensé que je m'étais endormie et que je rêvais. Oh, Bet ! »

Ida passe sa main sous la porte et Lisbet l'imite, accrochant sa manche sur le vieux bois.

Elles s'agrippent l'une à l'autre, Ida aussi proche de la porte qu'elle le peut, en miroir face à Lisbet, joue contre joue. Son souffle est fétide, et sous ses yeux se dessinent deux grands creux. Mais ses mains ne sont attachées par aucune chaîne, et, hormis le bleu sur son front, elle semble indemne.

« Comment es-tu entrée ? » La peur obscurcit soudain son regard. « Mon mari sait-il que tu es ici ?

— Non, répond Lisbet pour la rassurer, bien que n'ayant aucune idée de l'endroit où pourrait se trouver Plater. Nous ne craignons rien. »

Ida lâche un sanglot en guise de rire.

« Tu sais ce que je veux dire, ajoute Lisbet. Personne ne viendra nous déranger.

— Oh, Bet. » Ida lui tâte le visage, se rapproche encore davantage pour que leurs nez se touchent pratiquement. « Je suis heureuse que tu sois là. Où sont les enfants ?

— Avec Mathias, à la ferme.

— Ils vont bien, ajoute brusquement Sophey. Ilse s'occupe bien de son petit frère.

— Est-ce vous, Sophey ?

— Évidemment.

— Merci d'être venue.

— Naturellement. »

Son ton est rude.

« Ilse est comme une petite mère. » Ida pleure, mais elle sourit en même temps. « Elle pourra t'aider, lorsque ton enfant arrivera.

— Arrête, dit Lisbet. C'est toi qui m'aideras.

— Tu ne le sais donc pas ? Je vais être…

— S'il te plaît. » Lisbet sent les larmes lui serrer la gorge, mais elle s'oblige à les ravaler. « Nous allons te sortir de là. »

Le rire d'Ida est doux et si déchirant que Lisbet pourrait se mettre à hurler et à arracher ses vêtements comme la femme devant les portes des geôles.

« Écoute-moi. Tu dois faire attention à toi. Tu n'as rien à faire ici, à gésir par terre.

— Je ne mérite pas d'être ailleurs. »

Ida serre sa main plus fort, et Lisbet ferme les yeux. Elles auraient pu se trouver dans l'arbre à danser ce soir même, en sécurité, protégées par ses branches. Elles restent ainsi en silence, respirant en cadence. Puis la voix d'Ida s'élève à nouveau.

« Assure-toi que mon père ne viendra pas assister à la sentence. » Lisbet s'apprête à parler, mais Ida la fixe d'un regard dur. « Ni mon père ni mes enfants. Ni toi.

— Je n'irai nulle part, répond Lisbet, mais Ida poursuit comme si de rien n'était.

— Nethe n'a toujours pas été retrouvée ?

— Non.

— Elle est à l'abri, dans ce cas. Si elle est sauvée, cela n'aura pas été vain.

— Ils ne peuvent pas faire ça. » La voix de Lisbet finit par se briser. « Je ne le permettrai pas.

— Je n'ai pas peur.

— Il y a bien quelque chose que nous pouvons faire.

— Tu sais que c'est faux. Tout ce que je peux faire, c'est garder la tête haute. Tout ce que tu peux faire, c'est continuer ta vie. Continue ta vie et sois heureuse, Bet. Si tu arrives à vivre, et à vivre heureuse, alors tu les auras vaincus. » Un nouveau rire bref, haut perché, s'échappe de sa bouche. Lisbet sait qu'elle ment. Qu'elle est terrifiée. « Je n'ai jamais rencontré d'homme plus malheureux que mon mari. Lui et moi aimions la même femme, mais il n'y en a qu'un seul d'entre nous qui ait reçu son amour en retour. Il n'a jamais rien été pour personne. Il n'a jamais rien été du tout, et c'est cela qui le rend aussi cruel. La cruauté, il n'a que cela. J'ai vécu quant à moi trois années de joie, une chance que bien des gens n'ont même pas. Cela s'arrêtera là. » Lisbet a mal à la main tant Ida la serre fort, mais pour rien au monde elle ne la retirerait. « Vivez votre vie, toi et ton enfant. Fais-le venir au monde sain et sauf.

— Je le ferai », promet Lisbet sans plus retenir ses larmes.

Pour la première fois, Lisbet y croit, croit chacun de ces mots. Que son enfant naîtra sain et sauf, qu'Ida sera noyée. Que le pire et le meilleur de sa vie sont à venir.

« Frau Wiler, dit Karl doucement. Il est temps. Il n'existe qu'un seul passage, nous risquons de nous faire prendre.

— Non, s'exclame Lisbet, la poitrine soudain serrée de panique. Ce n'est pas bien, ce n'est pas juste ! »

Même la voix de Karl est chargée d'émotion. Il enfouit une main dans sa poche et en ressort une petite bourse en tissu.

« Écoutez, j'ai ici du pavot. Il y en a assez pour... » Il ne parvient pas à dire les mots, mais tous ont compris.

Il soupèse la bourse. Il y en a assez pour mourir. Il la dépose sous la porte, entre elles. « Prenez tout. Cela vous aidera à supporter la douleur.

— Merci, répond doucement Ida. Partez, maintenant.

— Jamais.

— Pars », répète Ida. Ses mains se glissent dans le trou et attrapent les joues de Lisbet striées de larmes. « Pars, et vis, Bet. Vis pour nous deux. »

Puis elle s'écarte, emportant avec elle la bourse de pavot, et disparaît dans l'ombre, comme si elle n'avait jamais été là.

Lisbet l'appelle, mais déjà Sophey et Karl l'aident à se relever. Elle est à nouveau sur les bords de la rivière de son enfance, ses frères retirent ses doigts posés sur la chair froide, elle ne se débat pas, pas plus que maintenant, où elle ne ressent qu'un déchirement, l'arrachement d'une partie de son âme qu'elle laisse là, derrière elle.

Seize

Lisbet a déjà assisté à une exécution – la pendaison d'un rebelle, un homme qui avait fait effraction dans une église pour poignarder un prêtre en criant le nom de Joss Fritz et en appelant à la damnation de l'empereur. Il avait répété ces mots sur la potence, devant la foule déchaînée. Lisbet avait fermé les yeux et enfoui son visage dans les habits de son père au moment où la corde l'avait étranglé.

Elle a aussi déjà vu une noyée. Sa mère avait passé une journée entière dans l'eau lorsqu'ils l'avaient retrouvée. Sa peau était verte et ses yeux vides. Lisbet n'avait pas réussi à les regarder, et avait simplement enveloppé le corps de Mutti avec le sien. Mais elle a maintenant la ferme intention de regarder, pour être aussi courageuse qu'Ida.

Elle se tient entre Frederich et Sophey sur la rive du fleuve, face aux geôles. Les effluves nauséabonds des eaux qui les séparent du ponton où sera noyée Ida leur parviennent par intermittence. La plateforme est accessible par une langue de terre broussailleuse, surplombée par un pont, entourée par des masures branlantes semblables à des hérons maladroits cherchant leur pitance.

Une scène se trouve même dans leur dos. Une cinquantaine de femmes y dansent, enfermées comme du bétail par une clôture. La foule est tombée dans le silence, les musiciens jouent sans entrain, mais cela n'a pas entamé leur fougue. Lisbet a beau être habituée, le spectacle n'est reste pas moins impressionnant. Elle ne peut s'empêcher de se retourner et de le contempler, bouche bée.

Comme au marché aux chevaux, la scène a été construite en bois – on distingue les étais plantés à même la terre – et tapissée d'une toile que les pas des danseuses froissent et soulèvent. Le plateau est si haut que Lisbet ne voit que les têtes et les épaules des danseuses, et parfois aussi leurs bras levés en l'air.

Alors qu'elle les regarde, une empoignade éclate entre deux danseuses. Leurs corps s'entremêlent, leurs doigts volent, se prennent dans leurs cheveux emmêlés. L'une d'elles se met à gémir. C'est une femme vêtue d'une tunique grise souillée ; les coins de sa bouche sont couverts d'écume. Il y a du sang, aussi, dans les plis de ses joues, et le soleil a donné à sa tête tout entière une couleur de betterave. Et puis, sans crier gare, un crochet la sépare de l'autre danseuse, et ses cheveux grisonnants sont arrachés d'un coup, tombent par terre en une grosse touffe, pendant que le sang jaillit de son crâne.

Lisbet réprime un haut-le-cœur : quelqu'un a attrapé les cheveux et les jette au milieu de la masse de badauds. L'un des spectateurs l'attrape et la brandit comme un trophée. Sophey serre le bras de Lisbet.

« Les voilà. »

Elles sont au nombre de neuf, sur la rive opposée, encadrées par des gardes. Neuf femmes, attachées par la taille, les unes derrière les autres, sortant tête baissée par les portes des geôles. Pour l'exemple, les XXI font lire leurs crimes par l'un des gardes tandis que la foule commence à s'attrouper. Trois prostituées, deux voleuses, quatre impostrices. Les prisonnières se trouvent suffisamment proches pour que Lisbet distingue les cheveux dorés d'Ida. Elle est en troisième position, une condamnée parmi les autres. La procession est fermée par Plater. Lisbet se réjouit de voir sa mine éreintée, son teint livide. Qu'il regrette, oui. Qu'il porte ce fardeau jusqu'à ce que son poids le brise en mille morceaux.

L'ordre est donné aux femmes de s'arrêter et de se tourner. Lisbet les regarde une par une, pour se souvenir de chacun de leurs visages. Les musiciens continuent à jouer, les danseuses à danser. Tout se poursuit, même alors que les gardes commencent à pousser les femmes en direction de la langue de terre boueuse.

Lisbet est écrasée par la sensation d'assister à une scène irréelle. Cela ne peut pas être vrai, cela ne peut pas être vrai. Et pourtant, c'est bien l'amie avec qui Lisbet riait et partageait ses secrets qui s'avance, celle qui lui donnait son pain et sa bonté sans compter, tout naturellement, et qui savait aimer avec une telle pureté qu'elle rayonnait. Cela ne peut pas s'achever ici, dans ces eaux immondes où les mères au désespoir noient leurs bébés pour nourrir d'autres bouches. Sophey lui attrape la main.

L'espace d'un instant, Lisbet interprète ce geste comme une volonté de la rassurer. Mais Sophey lui tire brutalement le bras, et, levant les yeux, Lisbet découvre que ce n'est pas les femmes sur la rive que sa belle-mère regarde, mais la scène derrière elles. L'horreur est imprimée sur chaque ride, sur chaque trou de son visage buriné et enflé.

Lisbet suit son regard, et reconnaît la silhouette qui se hisse sur la scène : Nethe, aux joues écorchées, à la robe déchirée, à l'air fou, déchaîné. Elle se campe sur le devant de la scène, les jambes écartées comme pour mieux s'y ancrer. Mais avant même que Lisbet n'ait pu comprendre, n'ait pu analyser quoi que ce soit, Nethe ouvre la bouche et pousse un hurlement.

Elle pourrait avoir dit *Ida*. Elle pourrait avoir dit *non*. Lisbet ne parvient pas à distinguer le mot – il n'y a qu'une force, énorme, et le volume de ce cri, un son tiré d'une zone noire, sans fond. Il fend le bruit des pieds qui martèlent la scène, arrête les musiciens qui posent leurs instruments et la regardent.

Un rire gêné résonne quelque part, puis Nethe pousse un nouveau hurlement. Le son arrive jusqu'aux femmes ligotées, étreint Plater au cou, oblige tout le monde à lever le nez. Plater grogne, Lisbet le voit lancer un signe au garde le plus proche, qui aussitôt se presse vers le pont. Elle voit Ida, que le choc et le désespoir ont laissée bouche bée.

Plater donne ordre aux gardes de faire avancer les femmes. Une nouvelle fois, Nethe pousse son cri guttural, inhumain. Elle tape des pieds sur scène, le corps plié en deux.

« *Mein Gott* », souffle Frederich.

Les gardes, effrayés, ont l'air d'hésiter – aucun d'entre eux ne bouge. Nouveau hurlement, suivi cette fois par un écho, puis un autre. Autour de Nethe, les femmes se rapprochent, toujours en tournant, en frappant des pieds. Les poils sur les bras de Lisbet se hérissent.

Le garde envoyé par Plater est arrivé devant la scène, mais ne fait rien pour l'arrêter. Il émane d'elle une énergie trop vive, aussi perçante que la foudre – Lisbet la ressent jusque dans ses dents. Lorsque Nethe ouvre de nouveau la bouche, tout se passe comme si sa gorge recelait cent voix, qui s'envolent comme une nuée de criquets. Toutes les femmes sur scène hurlent comme un seul et même être, et la puissance qui s'en dégage est physique, viscérale. Elles semblent possédées, portées par une rage légitime et contagieuse.

Mal à l'aise, les gens dans la foule se tortillent, plusieurs hommes se mettent à crier, à appeler certaines des prisonnières condamnées.

« Beatrix ! », « Claire ! », « Helene ! ». Et, à côté d'elle, Sophey crie : « Ida ! »

Un grand bruit retentit sur le pont, un mouvement dans l'assistance, dont une partie cherche à descendre vers la rive. Lisbet voit ces gens : vêtements sombres, mines déterminées – ils n'attendent, semble-t-il, qu'un signal. Certains sortent de la foule et traversent le fleuve en direction des femmes ligotées.

Plater, lui aussi, crie à présent : Lisbet voit les tendons de son cou bandés à l'extrême. Mais ses ordres sont noyés sous les hurlements des femmes, qui appellent, qui répondent. Les gardes au bord de l'eau reculent alors que la rive est assaillie par un groupe d'hommes. Lisbet aperçoit l'éclat d'une lame de couteau.

« Des rebelles ? » s'écrie Frederich, mais Lisbet n'en est pas certaine.

On croirait voir des anges vengeurs, des mercenaires. Les hommes encerclent les femmes et dénouent leurs liens. Les gardes s'éparpillent, effrayés par leur hystérie. Lisbet s'accroche fermement à Frederich, à Sophey, alors que la foule les pousse vers le fleuve. Son regard reste rivé sur les cheveux blonds d'Ida que la masse aspire, réclame.

« Ils les libèrent ! » Une flamme sombre brûle dans les yeux de Frederich. « Ils les reprennent, voyez cela, Frau Wiler ! »

Comme si Lisbet pouvait regarder ailleurs. Médusée, elle assiste à l'évacuation des femmes, portées en l'air jusqu'au pont telles des reliques, éberluées, bras et jambes ballant comme si on les avait déjà noyées. Elle perd de vue Ida, sa tête blonde.

« Où est-elle ? » s'écrie Lisbet, mais sa voix est avalée par le raffut.

Fouillant les visages du regard, elle fait volte-face, puis découvre les prisonnières hissées sur scène parmi les danseuses. Un cri de joie collectif s'élève de la foule, qui braie sa victoire quand l'un des hommes se faufile entre elles et, de son couteau, coupe les cordes qui les relient.

Ida est déposée à terre, près de Nethe. La corde tranchée pend toujours à sa taille. Nethe a cessé de hurler, mais elle se trouve toujours au milieu des danseuses et frappe des pieds. *C'est trop tard*, pense Lisbet. Nethe est déjà ailleurs, ne s'est pas rendu compte qu'Ida se tient à côté d'elle.

« Attention ! » lance Frederich alors que les insurgés encerclent la scène, soulevant presque Lisbet du sol, et les emportent vers les musiciens, toujours assis, muets et hébétés. Quelqu'un leur indique un air, puis tout le monde s'empare de son instrument et commence à jouer. Tout autour d'eux, la foule entre dans une danse délirante, rendue plus ardente encore par cet acte de désobéissance. L'atmosphère est enfiévrée, dangereuse, exaltante. Lisbet lève les yeux vers Ida et Nethe, là-haut sur la scène.

Les pupilles d'Ida sont noires et immenses à cause du pavot. Elle regarde autour d'elle, stupéfaite. Puis elle regarde Nethe qui danse à côté d'elle, et sur ses lèvres se dessine un sourire rêveur. Elle saisit la main de son amante et la rejoint dans sa transe.

Hommes et femmes déferlent sur la scène, et, de nouveau, Lisbet les perd de vue, puis les retrouve, comme cette nuit-là au milieu de la guilde, tournoyant, encore et encore, comme seules au monde. Une peur s'empare d'elle.

Lorsqu'elle était enfant, elle avait l'habitude de monter un cheval. Ce n'était qu'une vieille jument pelée avec de gros nœuds sur ses genoux enflammés et une robe couverte de cicatrices ; le temps l'avait rendue aussi fine qu'un tissu usé. Mais Lisbet l'aimait, et la chevauchait chaque fois que Mutti dormait et qu'elle n'était pas appelée aux champs. Sans ses harnais et sa selle, la jument galopait comme un poulain. Un jour, en sautant une haie, Lisbet avait chuté : en tombant, elle avait précisément ressenti la même sensation qu'en cet instant, un souffle d'air, bref et frais. La certitude de la douleur à venir. Malgré le vacarme qui l'entoure, elle n'entend rien d'autre que ce bruit sifflant, pareil à des mouches autour d'un morceau de viande en décomposition.

« Imposture ! » s'écrie Plater d'une voix tonitruante.

Il a grimpé sur l'estrade des musiciens, son crochet brandi en direction des danseuses. La foule le hue, lui crache dessus ; Plater se baisse pour éviter un sabot qu'on lui a jeté. Il ne peut les atteindre ni se risquer à monter sur scène. « Duperie ! »

Mais Lisbet sait que ni Ida ni Nethe ne simulent. Il émane d'elle une aura venue d'ailleurs, quelque chose de divin. Les deux femmes se meuvent comme si elles étaient faites de plumes, agitant leurs doigts au gré d'invisibles courants, le visage serein. Leurs yeux sont délicatement fermés, comme pendant le sommeil, ne laissant voir que leurs paupières d'un rose nacré, luisantes de sueur, de larmes ou d'eau bénite. Seuls leurs pieds rappellent qu'elles ne sont pas des anges, ces pieds qui s'écrasent au rythme de leurs sauts, virevoltes et plongeons. Leurs corps, un murmure, parfaitement en cadence, bougent avec une singulière clarté.

Lisbet arrive tout près de la scène. Ici, la pression de la foule est plus dense encore, les gens se bousculent pour toucher les pieds des danseuses, quelqu'un brandit des fioles pour recueillir leur sueur et leur sang. Elle ne voudrait pour rien au monde toucher Nethe ou Ida, de toute façon hors de portée à présent, ne voudrait pour rien au monde briser leur symbiose. Elle aimerait plutôt se laisser tomber à genoux et les regarder danser jusqu'à ce qu'il ne demeure sur scène plus qu'elles et leurs têtes vides, leurs corps en suspens.

La paix, avait dit Nethe. *Je ne demande que la paix*. Là, au milieu du chaos, aux côtés d'Ida, elle semble l'avoir trouvée.

Mais Sophey arrive, jouant des coudes dans la foule.

« Nethe, gémit-elle. Ida. Agnethe, non. »

Elle gravit les marches, se fraye un chemin sur la scène en bousculant les danseuses et tire violemment sur le bras de sa fille, tendu vers le ciel. Les paupières de Nethe tressaillent : on croirait vraiment la déranger dans son sommeil. Elle ne s'arrête pas de danser pour autant et s'éloigne de sa mère, mais Sophey brandit les mains en avant, les agite comme pour disperser les poules de leur ferme, sans se rendre compte qu'elle et Nethe s'approchent près, trop près du bord de la scène, où les hommes se tiennent avec leurs bâtons.

« Attention ! » leur crie vainement Lisbet.

La foule hurle en chœur au moment où Nethe tombe dans le vide, suivie par Ida. Les yeux de Nethe s'ouvrent d'un coup. Son corps tout entier se métamorphose, sa danse légère et langoureuse se meut en des gestes lourds et rapides, jusqu'à se donner à elle-même des coups si violents que ses articulations craquent comme des brindilles. À côté d'elle, Ida l'imite, les yeux révulsés. Frederich se jette sur elle pour l'attraper, tandis que Lisbet tente de lui saisir les jambes.

« Aidez-nous », crie-t-elle à Sophey, qui se rue sur les épaules de Nethe.

Lisbet se colle tout contre Ida. Vaguement, une vieille mise en garde lui revient : il faut faire attention à la langue, à ce que les gens dans cet état ne l'avalent pas, au risque de s'étouffer, mais elle ne peut pas atteindre la bouche d'Ida, pas plus qu'elle ne peut l'obliger à cesser de remuer.

Elle décide de s'étendre de tout son long sur elle. Son ventre semble trop mou, ne supportera pas son poids. Elle se demande si le bébé pourrait se retrouver écrasé. Elle entend un bruit de craquement, de grincement. Elle se concentre, déterminée à se sacrifier. Elle est une pierre, un rocher lourd, ancestral, immuable, comme celui de la rivière sur lequel elle faisait sécher ses vêtements.

« Ida, murmure-t-elle tandis que les mains d'Ida s'échappent et s'agitent en l'air. Ida, calme-toi. »

Mais Ida gémit, Ida crie à présent, son haleine est aigre, empeste le pavot. Ses yeux sont écarquillés, et toute la tranquillité, toute la placidité qui l'habitait sur le ponton s'est envolée.

« Laisse-la, fait une dame dans l'assistance. Elle doit danser.

— Jamais », s'exclame Sophey, la voix rauque de peur.

Les gardes sont en train d'arriver. Plater hurle des consignes pour rétablir l'ordre. Il les cherche des yeux au milieu de la foule, mais ne les a pas encore trouvées.

« Elles doivent être sur scène ou bien à la chapelle, dit la dame. Ils les emmèneront, autrement.

— Dans ce cas, mieux vaut la chapelle », dit Frederich avant de soulever Nethe dans ses bras au prix d'un grand effort.

Sophey et Lisbet le suivent avec Ida, dont les jambes tour à tour bondissent et traînent par terre.

Ils arrivent à la charrette et déposent les deux femmes sur les sacs de farine, avant de les emmailloter comme de la cire et de les ligoter avec précaution. Leurs mouvements continuent malgré tout, rythmiquement, au son inexorable des tambours. Le spectacle est indécent. Les joues de Lisbet s'empourprent lorsque Nethe rejette la tête en arrière en gémissant d'extase comme l'avait fait Ida la veille au soir.

« Prenez la mienne ! » crie derrière eux un homme tenant une fille plus jeune encore que Nethe, presque une enfant.

Une femme apparaît timidement derrière son épaule, portrait craché de la fille, le front plissé par de profondes rides, une bande de cheveux gris sur les tempes.

« Nous pouvons payer, dit-elle. Par pitié. »

Sophey a hoché la tête avant même que la dame n'ait terminé sa phrase et fait signe aux parents d'installer leur fille à côté de Nethe. Aidé par le père en pleurs, Frederich ligote le corps frétillant de la jeune fille. Lisbet détourne les yeux.

« Vas-tu y arriver ? lui demande Sophey tandis que les parents montent à côté d'elle. Tu préviendras Mathias ?

— Le pavot… »

Lisbet parvient à peine à parler. Elle ignore si Sophey la comprend. Sa tête est pleine d'eau, pleine de vent, pleine de tout et de rien en même temps. Elle doit être en train de dormir. Elle doit être en train de rêver, forcément.

« J'y veillerai, Frau Wiler », intervient Frederich.

Sophey ne s'attarde pas plus longtemps. Elle fait claquer les rênes et, sans un mot de plus, les quitte. À l'arrière de la charrette, Nethe et Ida se balancent toujours à côté de la jeune fille. Lisbet et Frederich les regardent s'éloigner jusqu'à ce qu'elles ne ressemblent plus qu'à un jouet, à une miette, jusqu'à ce que la charrette tourne et disparaisse.

Dix-sept

Frederich sort Lisbet de la foule, au milieu de laquelle semble se préparer une émeute tandis que les gardes font irruption sur la scène. Sans détour, il la conduit jusqu'à un passage étroit creusé dans les remparts. Ils se trouvent à l'autre extrémité de la ville, loin de tout ce que Lisbet connaît, mais Frederich, lui, paraît se repérer sans la moindre difficulté. Le joueur de tambour disparaît quelques instants, Lisbet remarquant à peine son absence, puis revient avec une flasque de bière, accompagné d'un homme et d'une charrette.

Lisbet boit goulûment avant de le laisser l'aider à se hisser dans le véhicule. Elle regarde le ciel pendant qu'ils roulent. Le trajet le long des remparts semble durer des heures, jusqu'à ce qu'elle aperçoive des arbres, puis la lisière de la forêt, signe qu'ils se rapprochent de la ferme.

Pendant qu'ils cheminent, elle passe en revue ses souvenirs, tous imprégnés de ce même sentiment d'impossible, d'hystérie. De nouveau l'étreint cette impression de flotter, de se détacher de son corps et de rester suspendue au-dessus. Ida attachée par la taille, les pupilles dilatées par le pavot. Nethe hurlant avec la voix de cent danseuses. La foule se soulevant, renversant Plater et ses gardes. Le visage de Sophey lançant le cheval en direction de la chapelle, assise devant les corps bringuebalants de sa fille et de son amante. Mais il n'y a qu'une chose à retenir de tout cela : Ida n'a pas été noyée. Ida est encore vivante.

Son esprit erre, suit la charrette qui emporte Nethe et Ida. La chapelle de saint Guy se trouve à deux jours de voyage, et il faut pour l'atteindre traverser une dense forêt à flanc de montagne. La route sera semée de familles aux abois cherchant à mener filles, épouses et mères à la source pour les laver dans l'eau bénite et les guérir de leur abandon.

Mais pourquoi voudraient-elles revenir ensuite ? Pourquoi vouloir retrouver cette vie triviale, cette fournaise, cet été interminable où dans la bouche de chaque prêtre est prononcée leur damnation, où les hommes traînent leurs épouses par les cheveux, où ces mêmes femmes doivent noyer leurs enfants pour les sauver de la famine ?

« Frau Wiler ? Nous sommes arrivés. »

La voix de Frederich est douce, différente de l'ordinaire. La charrette s'est arrêtée. Il l'aide à descendre, puis congédie d'un mot l'homme qui les a conduits. Lisbet se demande vaguement si lui aussi est un amant du joueur de tambour, si chaque visage qu'elle croise recèle un secret que l'Église condamnerait. Elle-même a laissé son cœur la trahir lors de cette nuit avec Eren, dans l'arbre. Tous finiront damnés.

« Lisbet ? » Elle cligne des yeux. Mathias se tient dans la cour, ses yeux humides plantés sur elle, sa petite-fille agrippée à sa chemise. « Que s'est-il passé ? »

Frederich s'avance vers lui et salue chaleureusement le meunier.

« S'il vous plaît, Monsieur, laissez-moi vous expliquer. »

Mathias hoche la tête et pousse doucement Ilse.

« Emmène-la à l'intérieur, *kleiner Liebling*. »

La main de la petite fille est aussi douce que celle de sa mère – plus petite, simplement. Lisbet la suit, aussi obéissante qu'une enfant, et la laisse l'installer à la table et lui servir du pain ainsi qu'un verre de lait. Ilse la contemple de ses grands yeux.

« Où sont tes frères ? demande Lisbet.

— Ils dorment.

— Tu n'es pas fatiguée ? » La petite fille hésite. « Va. Ne t'inquiète pas. Va dormir, maintenant.

— Où est Mutti ? »

Lisbet remue sa langue sèche dans sa bouche.

« À l'abri. Allez, dors. Il se fait tard. »

Ilse, docilement, s'en va vers la chambre de Nethe. Au moment où elle pousse la porte, Lisbet aperçoit furtivement les garçons recroquevillés dans le lit et le bébé par terre, emmailloté sur sa planche. Ilse s'agenouille près de lui pour lui remettre ses couvertures. Puis la porte se referme.

Un long moment plus tard, Mathias et Frederich entrent. Le visage de Mathias est trempé de larmes et, sans un mot, il attrape les mains de Lisbet.

« Tout ira bien », dit-elle.

Elle aussi voudrait y croire. Mathias, d'une main tremblante, lui donne de petites tapes.

« Merci, lui dit-il. Merci d'être allée la voir.

— Je l'aime, dit-elle.

— Et elle t'aime aussi. » Le vieil homme avale sa salive. « Pourrions-nous rester ici ? Je ne peux pas les ramener là-bas. Pas s'il… »

La colère, la peur font dérailler sa voix. Lisbet n'a pas besoin de lui demander ce qu'il veut dire.

« Bien sûr.

— Va-t-il aller la chercher ?

— Il ne nous a pas vus », répond Lisbet. Il n'y a que cette pensée pour la réconforter. « L'agitation était si grande… Sophey les a emmenées sans que personne ne le remarque. »

Mathias prend une inspiration chevrotante.

« J'ignore ce qui se produira lorsqu'il…

— Ne pensez pas à demain. Il n'y a rien d'autre à faire que d'attendre. »

Mathias réprime un bâillement.

« Je dormirai par terre avec le bébé.

— Ne soyez pas sot, lui dit-elle. Prenez le lit de Sophey. Par ici.

— Dieu te bénisse. »

Mathias est tellement éreinté que sa peau est grise. Il redresse péniblement son corps, puis s'en va. Frederich s'écroule à côté de Lisbet.

« Puis-je vous servir quelque chose ? » demande-t-elle.

Le joueur de tambour fait résonner un rire creux, puis se met à pleurer. Il enfouit la tête dans ses mains, ses épaules secouées par les sanglots. Ne sachant que faire d'autre, Lisbet lui tapote doucement le bras.

« Je suis désolé, dit-il d'une voix rauque. Il est si facile d'oublier. À quel point nous sommes haïs, à quel point nous sommes incompris. » Il lève les yeux vers elle. « Mais vous savez ce que cela fait, n'est-ce pas ?

— Je ne suis pas... » Lisbet est désarçonnée, confuse. « Je ne suis pas comme vous. »

Les traits de Frederich se durcissent.

« Ce n'est pas ce que je voulais dire. » Il prend une inspiration. « Vous savez ce que cela fait d'aimer tout en craignant constamment le danger. Ces bébés... »

Un nœud se forme dans la gorge de Lisbet. Sa voix sort, étranglée :

« Comment le savez-vous ?

— Ne croyez pas qu'il vous a trahi, marmonne Frederich. Mais Eren m'a appris que vous aviez perdu des enfants. Je lançais une boutade – il voulait simplement me faire taire. Il m'a dit que je ne soupçonnais pas votre force. Car il faut du courage pour aimer par-delà ce que les autres considèrent comme les justes limites. C'est cela que nous avons en commun.

— Oui. » Lisbet lui prend la main et la serre. « C'est vrai.

— Frederich ? »

Le voilà. Le simple fait de le voir donne à Lisbet envie de fondre en larmes. Eren se tient sur le seuil de la porte, à contre-jour devant le crépuscule. Frederich se lève, se dirige vers son ami. Eren l'étreint comme un frère, le réconforte, tout en regardant Lisbet, les sourcils froncés. Elle secoue la tête en réponse. Elle ne saurait par où commencer pour tout lui raconter.

« Sortons, finit-elle par dire. Les enfants d'Ida dorment. »

•

Ils s'assoient sous le soleil couchant. Ulf et Fluh arrivent en trottinant pour s'installer auprès d'Eren tandis que Frederich et Lisbet commencent à lui faire le récit des événements, se relayant comme s'ils se passaient un charbon ardent, réticents l'un comme l'autre à prononcer plus de quelques phrases d'affilée pour décrire cette horreur, cette étrangeté. Leur récit terminé, tout le monde reste plongé dans un long silence. Lisbet contemple la silhouette d'Eren dans la nuit tombante. Elle voudrait s'appuyer contre lui, sentir sa carrure, se coucher sur lui de tout son long comme une toile sur son cadre.

« Je suis désolé, dit-il – sa voix, un vrombissement rassurant. Si j'avais su…

— Cela n'aurait fait aucune différence. Nous avons fait tout ce que nous avons pu.

— Bien sûr, poursuit-il doucement. Je voulais simplement dire… que j'aurais aimé vous aider. »

Lisbet acquiesce. Le ciel au-dessus de leurs têtes est du même bleu sombre que l'ecchymose qu'Ida portait sur le front, le même aussi que celui des yeux de Nethe. Lisbet les voudrait ici, à la ferme. Mais qu'y trouveraient-elles ? Plater, plus enragé que jamais. Elle ne serait pas surprise que Plater aille les chercher jusque dans la chapelle pour les noyer.

« Ce que vous dites corrobore les nouvelles que j'ai apprises aujourd'hui », reprend Eren.

Sa voix devient encore plus solennelle.

« Par pitié, répond Lisbet. C'en est assez. Ma tête est pleine.

— Les XXI ont trouvé une nouvelle explication à l'épidémie. » Elle l'entend déglutir. « Nos services ne sont plus requis. À vrai dire, nous sommes même accusés d'avoir fait empirer l'hystérie.

— Comment cela ? demande Lisbet d'une voix trop aiguë.

— On m'a raconté le soulèvement devant les geôles. J'ignorais le contexte, bien sûr. Mais il semblerait que certains des insurgés fassent partie des rebelles qui se seraient infiltrés en ville sous les traits de musiciens. C'est du moins ce qu'on raconte.

— Je me disais bien que la musique était mal jouée, tente de plaisanter Frederich.

— Que comptent-ils faire, alors ? murmure Lisbet.

— Nous exclure, répond Eren avec simplicité. Tous les musiciens ont reçu l'ordre de quitter la ville et ses faubourgs ce soir même. »

Le ventre de Lisbet se tord.

« Non, dit-elle. C'est impossible.

— Nous n'avons pas le choix, répond Eren sans oser la regarder. C'est un ordre. »

Frederich émet un bruit de bouche. Il regarde ses doigts, la marque blanche laissée sur sa peau par sa chevalière.

« Ce soir ?

— Ne songe même pas à t'attarder davantage, prévient Eren. Les gardes sont déjà postés devant chaque porte de la ville. Ils battent tous les musiciens qui refusent de partir. »

Frederich hoche la tête et soupire.

« Très bien. » Il se tourne vers Lisbet. « Votre bellemère s'en réjouira, Frau Wiler. Elle ne semblait guère nous apprécier. »

Lisbet ne peut dire le contraire. Elle ose à peine respirer de peur de laisser échapper ses pensées. *Vous pouvez rester. Par pitié, ne me laissez pas.*

« Il nous faut ramasser nos affaires, déclare Eren. À moins que nous ne dérangions le meunier ? »

Elle secoue la tête. Que deviendra-t-elle une fois Eren parti ?

« Tout ira bien, lui dit-il. Le meunier restera avec vous.

— Et vous ? » demande Lisbet. Son regard se promène voracement sur sa mâchoire, son nez, ses lèvres. Elle voudrait graver à jamais ses traits dans son esprit, comme si elle projetait de dessiner son portrait. « Où irez-vous ? »

Elle aimerait qu'il lui dise : *nulle part*. Elle aimerait qu'il lui dise : *je ne pars pas*.

« Vous ne devez pas vous inquiéter, Frau Wiler.

— Lisbet.

— Lisbet. »

Il y a dans sa voix une clarté nouvelle, aussi transparente que de l'eau pure. Lisbet attend dans la cour pendant qu'Eren et Frederich récupèrent leurs affaires, refusant d'assister à cet acte qui scellera leur départ.

Frederich revient rapidement.

« Portez-vous bien, Frau Wiler, dit-il après lui avoir donné une brève étreinte. J'espère que tout rentrera dans l'ordre rapidement. »

Il sort sa pipe de sa poche, puis s'écarte pour la bourrer. Eren met davantage de temps à revenir. Il finit par se montrer, muni du même ballot qu'à son arrivée. Ses épaules sont voûtées. Il n'a pas envie de partir, est tout aussi inquiet qu'elle. Ils pourraient s'étendre ensemble dans l'ombre des ruches, se laisser bercer par le bourdonnement des abeilles, pense-t-elle. Elle se lèverait sans le réveiller, irait récolter des rayons de miel, s'approcherait de lui, les lèvres sucrées…

« Merci pour votre bonté, Frau Wiler. J'espère que Fräulein Wiler et Frau Plater se rétabliront rapidement, et retrouveront bientôt la raison. »

Il se penche vers Ulf, puis vers Fluh, qui en réponse collent leur museau dans sa main.

Cet instant est peut-être le dernier, pense-t-elle, la dernière fois qu'elle le voit, la dernière fois qu'elle lui parle.

« Prenez soin de vous, dit-il. Ne vous aventurez pas en dehors de la ferme. Vous savez que la forêt n'est pas sûre.

— J'irai où il me plaira. »

C'est à présent la colère qui parle, chaude comme le soleil sur son cou. Il n'est ni son mari ni son maître. Pas même son ami, s'il la quitte maintenant. Eren la regarde, ses sourcils noirs courbés en un arc parfait. Elle voudrait promener son doigt dessus, descendre jusqu'au lobe de son oreille, sentir sur son cou son pouls battant sous sa barbe. Elle voudrait le regarder, le regarder, le regarder si profondément qu'elle se souviendrait de lui à jamais, voudrait que ce dernier regard suffise à le garder en elle pour l'éternité. Elle se détourne.

« Au revoir, Frau Wiler. »

Lisbet rentre à l'intérieur de la maison. Elle referme la porte sans même laisser à Eren le temps de se retourner, s'engouffrant brusquement dans cette pièce sans air, respirant à grand-peine, le souffle haché. Ainsi donc, se dit-elle, c'en est fini. Il est parti. C'en est fini.

Elle va se coucher sur les draps sales restés sur le lit qu'elle partageait avec Henne et s'endort d'un sommeil lourd, aussi lourd que le rocher qu'elle a imaginé en se couchant sur Ida. À son réveil, la confusion est totale ; sa langue est pâteuse. Il fait noir. Ce pourrait être le milieu de la nuit, l'aube ou entre les deux, elle n'en a aucune idée.

Elle reste étendue un long moment, recroquevillée sur son ventre, et ne se lève enfin que lorsque le bébé l'oblige à aller uriner. Si ce n'était pour lui, Lisbet ne se serait plus jamais levée. *Mon petit garçon*. Tout ce qu'elle fera désormais, elle le fera pour lui.

Voilà longtemps, après la perte de son neuvième bébé, Lisbet avait songé à aller voir le rebouteux pour qu'il la rende incapable de procréer de nouveau. Elle avait espéré que Henne l'abandonnerait, avait imaginé entrer dans les ordres, se faire nonne, retourner dans son village natal et devenir fileuse auprès de ses frères, ou encore s'exiler dans la forêt et voir combien de temps elle tiendrait au milieu des arbres et des rebelles. Elle avait rapidement abandonné cette idée, mais ces pensées étaient restées, ne pouvaient plus être défaites, gravées en elle comme une déclaration d'amour ou de haine.

Son besoin d'avoir un enfant surpasse tout ; il est si primaire, si animal, qu'elle-même n'a jamais cherché à le comprendre. Elle est passée par tous les paliers du désir, a connu la haine que l'on ressent lorsqu'une envie est si violente que l'on en grince des dents – la sensation la plus proche de la faim, la vraie, qu'elle ait jamais éprouvée. Elle a traversé des moments où, tirant son cœur de sa poitrine, elle remplissait de ses battements leurs corps minuscules et inertes, réceptacles de son amour. Elle comprend pourquoi les pélicans se font eux-mêmes saigner à coups de bec dans le poitrail, pourquoi les coucous ne gardent que certains de leurs œufs. Elle pourrait aller jusqu'à la violence pour cet enfant. Pour tous ses enfants. Mère tant de fois que les doigts de ses mains ne suffisent pas à les compter. Cet enfant doit rester, elle prie pour cela jusqu'à s'en écorcher les genoux, jusqu'à s'en couvrir les doigts d'ampoules, comme elle avait prié pour sa mère. Seulement, voilà ce que ses prières avaient donné.

Henne la trouve pitoyable, mais n'est-ce pas lui qui a semé ce désir en elle ? N'est-ce pas lui qui a planté ces graines incapables de pousser ? Qui es-tu devenue, Lisbet, lui demandait-il alors qu'elle se trouvait étendue devant lui, jambes écartées, à le supplier. Mais cette question n'est pas la bonne. Elle n'était encore personne. Que n'aurait-elle pas donné pour que son vœu soit exaucé.

C'est ce même besoin absolu qu'elle ressent pour ses abeilles, ce désir de les comprendre, de s'approprier quelque chose qui ne s'approprie pas. Ce sentiment est d'ailleurs aussi – Lisbet s'autorise à formuler franchement cette pensée, là, en cet instant obscur et indéterminé de la nuit –

celui qu'elle éprouve pour Eren. Mais tout le monde est parti.

Elle nettoiera donc toute trace de lui. Discrètement, elle se lève, veillant à ne pas déranger le père d'Ida, les enfants d'Ida, et se rend dans la cuisine où elle récure la table au suif, à l'eau et à la cire, balaie les vieilles lattes du plancher sur lequel se tenaient les musiciens, recouvre avec de la paille fraîche les marques laissées par les pieds de leur banc. Elle époussette la farine, remet à leur place chaises et bancs, repousse au centre de la pièce la table qu'ils avaient collée contre le mur. Plus besoin de se frôler en passant, plus besoin de se toucher, ni d'en avoir envie.

Elle balaie ensuite le couloir. Dehors, les chiens jappent pour réclamer leur petit déjeuner, mais elle ne peut ouvrir la porte, car, tant que la porte reste fermée, Eren peut toujours se trouver dehors. L'ouvrir et constater son absence est pour elle chose impossible.

L'air dans la maison devient bientôt irrespirable, chargé de sa sueur. Il faut ouvrir, mais auparavant Lisbet a besoin de reprendre pleinement possession de sa chambre, la sienne et celle de son mari. Du bout du pied, elle pousse la porte et s'arrête sur le seuil. Il faudra nettoyer des traces de botte sur les murs, retirer un cheveu blond sur les draps. Elle hésite à se mettre à quatre pattes pour chercher par terre les cheveux noirs d'Eren. Elle ne deviendra pas une dévergondée. *Reste debout*, se dit-elle. *Reste debout et finis*.

Elle balaie le sol et, ce faisant, tout espoir de conserver un quelconque souvenir de lui. Elle trouve par terre une corde cassée de son luth, laissée là au pied du mur, si soigneusement qu'il pourrait l'y avoir mise exprès pour qu'elle la trouve. Elle l'enroule autour de son doigt, regarde sa peau devenir rouge, puis blanche, puis plus blanche encore, comme de l'os.

Elle ne relâche la pression qu'au moment où il devient possible de mordre le bout de son doigt sans rien sentir et laisse alors émerger la douleur pendant que le sang afflue. Puis elle jette la corde au feu et ouvre en grand la porte au même instant où, enfin, le bébé d'Ida commence à pleurer.

Dix-huit

Une fois le bébé, les chiens et les poules nourris, elle s'en va au rucher.

Elle a décidé qu'il serait désormais un lieu sacré. Maintenant qu'Eren est parti, toutes les images qu'elle gardait de lui, toutes les mauvaises pensées qu'elle nourrissait doivent partir aussi ; car il lui faut retrouver sa pureté en vue du retour de Henne.

Les créatures sacrées sont à l'œuvre. Henne lui avait raconté que, parmi toutes les créatures du jardin d'Éden, les abeilles étaient les seules à n'avoir jamais changé, et que Ève et Adam, avant de commettre le péché originel, avaient goûté le miel de leurs ruches. Elle s'imagine sainte, comme elles. Les saints souffrent, et n'a-t-elle pas souffert, elle aussi ?

Munie de ses cendres et de son fagot de romarin, elle commence à enfumer le rucher, arpentant le terrain jusqu'à ce que l'atmosphère tout entière ne soit plus que bourdonnements. Elle retire les débris des ruches détruites, remet à leur place les cloches d'osier. Sa concentration est si grande que ses doigts sont raides. Elle travaille lentement sur chaque ruche, s'attarde sur chaque ruche, une par une, comme sur la perle d'un chapelet, retournant les rayons de miel dans sa main, le seau à cire posé par terre à ses pieds, portant à ses lèvres le miel d'une ruche après l'autre, aussi doux qu'une prière. Avec chacune de ses expirations s'en vont des souvenirs d'Eren, qu'elle enferme dedans.

Ses pensées se tournent vers Henne. Son mari s'est métamorphosé dans son esprit depuis qu'elle a appris ces terribles révélations sur lui. Ses contours sont devenus flous, sa force tranquille s'est ébréchée. Faut-il qu'elle l'aime lorsqu'il rentrera de sa mission à Heidelberg ? Si leurs abeilles leur étaient confisquées et qu'il ne lui restait autre chose que son rôle d'épouse – elle s'arrête. Non, cette fois ne sera pas la dernière auprès d'elles. Malgré ses péchés, malgré sa cruauté, Henne aime aussi ces abeilles. Comme il aime l'enfant qu'elle porte en elle. Si Lisbet projette d'être une bonne mère, alors elle doit être une bonne épouse aussi. Si Ida a supporté un homme comme Plater, le moins qu'elle puisse faire est d'accepter son sort.

Le dos tourné à la forêt, elle poursuit son travail en fredonnant des airs au hasard pour s'apaiser. Elle récolte le miel le plus sombre dans un bocal à part. Elle en fera de l'hydromel, le brassera elle-même pour obtenir la plus exquise boisson que Henne aura jamais goûtée.

C'est un miel couleur d'ambre, couleur d'or comme de la sève. Elle a beau essayer de les en détourner, ses pensées reviennent à Eren, à ses yeux couleur d'ambre au soleil. La cire est douce et molle sous ses doigts, encore imprégnée de la chaleur du cœur de la ruche dont elle l'a extraite ; les abeilles lui frôlent les poignets comme pour déposer sur elle des baisers. Sa vision se brouille. Elle voudrait relever ses jupons et partir en courant, courir jusqu'à rattraper Eren sur la route ou dans la forêt, lui taper sur l'épaule et…

Et quoi ? Son imagination est capable d'aller plus loin, surtout après la scène dont elle a été témoin entre Nethe et Ida. Elle se redresse, se tourne d'un mouvement rapide vers la lisière de la forêt, comme de peur que quelqu'un l'épie. Si jamais un étranger venait à approcher, elle ferait sortir les abeilles de leur ruche, les ferait former un essaim et piquer à mort l'agresseur. Elle, la *maîtresse des abeilles*.

« Frau Wiler ? »

Toutes ces douces pensées s'envolent d'un coup, et Lisbet pousse un cri. Son seau tombe par terre. Une silhouette sortie des arbres s'approche, masse noire sur la forêt sombre.

« Pardon, je… »

Plusieurs secondes lui sont nécessaires pour reprendre ses esprits. Son cœur bat la chamade, frappe dans sa poitrine comme les sabots d'un cheval. La silhouette se transforme en un corps beaucoup plus petit et plus fin que le sien. Celui d'un garçon.

« Frau Wiler, répète-t-il. C'est moi, Daniel Lehmann.

— Je t'ai reconnu, Daniel, répond-elle sèchement. Que fais-tu là ? »

Elle se baisse maladroitement pour ramasser son seau et stopper la lente progression du miel vers le sol, puis se relève et plante son regard droit sur lui. Ses yeux gonflés ne peuvent même plus s'ouvrir, le poison a constellé son cou de boutons. Ses habits sont les mêmes que ceux qu'il portait avec Plater – ses manches sont tachées de sang. Cette vision donne à Lisbet envie de vomir.

« Je porte un message.

— De qui ?

— Plater.

— Que veut-il ?

— Votre époux a été débouté.

— Débouté ? »

Abasourdie, elle le regarde se gratter l'œil et lui attrape le poignet.

« À Heidelberg. »

Son sang rugit. *Non*. Elle se fait violence pour rester debout, pour ne pas fléchir devant cet enfant, mais sous ses pieds le sol est devenu mou et l'avale. *Non*.

« La dette doit être payée en cire, poursuit Daniel en se dégageant. Sinon, les ruches seront saisies. La dette sera perçue dans deux jours. »

Recueillir une telle quantité de cire est tout bonnement impossible. L'opportunité offerte par le tribunal est une ruse. Il lui faudrait une semaine et le travail de plusieurs hommes. L'objectif est inatteignable. Mais jamais elle ne pleurera devant ce gamin.

« Autre chose ? » demande-t-elle froidement.

Daniel lui lance un regard furtif.

« Je ne voulais pas le conduire à elles. » Il gratte le sol avec son pied. « Il m'a forcé.

— Mon amie a failli mourir noyée, lâche Lisbet, qui laisse alors sa terreur se transformer en colère et s'abattre sur le garçon. Et il t'avait donné l'ordre de tuer ma sœur.

— Elles n'avaient pas à danser. »

Lisbet se demande soudain si cet enfant a compris ce qu'il avait vu au bord de la rivière.

« Ta mère fait partie des danseuses. »

Il hoche la tête et baisse les yeux vers le sol.

« Pas sur les scènes. Elles ont été sanctifiées.

— Et nos ruches ? demande-t-elle en désignant le rucher tout juste remis en ordre. Ne représentent-elles rien pour toi ?

— Je voulais seulement prendre un peu de miel. »

Il se gratte le cou – du liquide s'écoule de ses piqûres.

« Tu as de la chance que les abeilles ne t'aient pas tué », dit Lisbet. Sa colère retombe. « Et Nethe non plus. Si elle t'avait attrapé…

— Où sont-elles à présent ? »

Un rire creux échappe à Lisbet.

« Pour que tu le répètes à Plater ? Nous ne sommes pas amis, Daniel. »

Son visage se froisse. À nouveau, le garçon gratte ses piqûres. Lisbet le toise de la tête aux pieds. Elle devrait le haïr, mais ne ressent pour lui qu'une immense pitié. Ulf est arrivé à sa hauteur et le renifle doucement pendant que

Fluh sautille autour de lui en grognant et en aboyant. Lisbet est obligée de jeter son sabot à la chienne pour qu'elle le laisse tranquille.

« As-tu faim ? »

•

La cuisine est un four. Lisbet avait laissé la porte ouverte et le soleil, formant au pied de la porte un rectangle de lumière, s'est déversé à l'intérieur. La température du plancher est insupportable. Ilse et ses frères, assis autour de la table, ont un air hagard, convoitant du regard un restant de pain.

« Avez-vous pu dormir ? »

La petite fille hoche la tête. Un grand bâillement échappe à Alef.

« Nous avons de la visite. Il fait trop chaud, venez vous mettre à l'ombre ici. »

Au milieu de ce monde en perdition, la seule chose que Lisbet puisse encore faire est de se montrer bonne hôte. Les enfants s'installent autour du tas de bûches, là où Lisbet s'était installée en ce jour où Ida lui avait offert la belle farine de son père. À cette époque où Henne n'était pas encore parti, où Nethe n'était pas encore revenue, où les femmes ne dansaient pas encore à en mourir dans les rues de Strasbourg. Une autre vie.

Alef et Martin demandent à Daniel ce qui est arrivé à son visage, avant de compter ses boutons avec un plaisir non feint. Lisbet apporte du pain, du miel cru et du lait pour le plus petit. Elle prend le bébé des bras d'Ilse, plonge un linge propre dans le bol et le lui donne. Sa petite bouche rose le suçote goulûment, puis gémit pour en réclamer encore. Sentir sur elle son corps chaud lui donne des douleurs dans les seins. Au milieu de tous ces événements, comment se peut-il que son bébé à elle vive toujours, grandisse toujours en elle ? Comment ce miracle de tous les jours peut-il se produire, puisse enfin lui être offert en ces temps maudits ?

Elle regarde autour d'elle, regarde les beaux enfants d'Ida, puis Daniel, maigre, crasseux, calamiteux. Cinq enfants, comme elle l'avait toujours imaginé. Jouant dans la cour, se disputant les croûtes de pain, courant après les poules pendant qu'un bébé dort dans ses bras. Elle sent les larmes monter et les ravale.

Voyant Alef tendre la main vers le dernier rayon de miel, Lisbet secoue la tête.

« Il n'est pas à manger. Nous devons le garder pour les piqûres de Daniel. »

Elle libère l'un de ses bras, plonge un doigt dans le miel et fait signe à Daniel de s'approcher. Le garçon lui obéit, et Lisbet dépose le miel sur le bouton le plus laid.

« Il ne faut pas te gratter, lui dit-elle. Cela répand le venin. »

Son état est pire que ce qu'elle croyait. Les os de ses poignets saillent comme des œufs de rouge-gorge sous sa peau bleutée, ses yeux gonflés respirent la chaleur. Une fois son cou badigeonné, Lisbet verse un peu de miel cru dans son bol pour le dissoudre dans de l'eau avant de l'appliquer sur son œil. Daniel se lèche la joue en sentant un filet de miel couler.

« Merci », dit-il, puis, la bouche pleine de miettes, il ajoute : « Ma sœur aussi s'est mise à danser.

— Sincèrement ? » Il hoche la tête. « Si seulement j'avais su », dit-elle, mais elle retient ses mots.

Elle s'apprêtait à dire qu'il y aurait eu de la place pour elle dans la charrette, mais elle n'a pas assez confiance en Daniel pour divulguer une telle information.

« Toutes les danseuses seront évacuées de la ville, poursuit le garçon. L'idole de saint Guy sera bientôt prête.

— L'idole ? »

Daniel sourit, se rengorgeant de détenir cette nouvelle, puis mord dans son pain.

« Les XXI ont donné l'ordre que soit fabriquée une idole de cire. Maintenant que les musiciens sont partis, l'épidémie doit cesser. Ils emmèneront l'idole à la chapelle et la brûleront en son honneur. »

Voilà donc la raison pour laquelle sa cire lui est réclamée. Lisbet regarde derrière le garçon leurs ruches si bien rangées, si paisibles, où les abeilles bourdonnent. Ces ruches qu'elle devrait piller pour tout leur donner.

« Qui est-ce ? »

Mathias, clignant des yeux dans la lumière, est apparu sur le seuil de la porte. Il semble très vieux. Chaque ride de son visage est soulignée par une ombre, et le sommeil a ébouriffé ses rares cheveux. Ilse se lève aussitôt pour se précipiter vers son grand-père et l'inviter à s'asseoir dans la cour avec eux.

Mais Daniel, le ventre à présent plein, ses piqûres soignées, se lève sans un mot, sans un merci, puis chaparde le restant de miel et s'enfuit en courant.

« Personne », répond Lisbet.

Sous le malaise qui l'habite se cache de la tristesse. Daniel semble complètement acquis à Plater – si elle possédait le pouvoir de le soustraire à son emprise, Lisbet ne doute pas qu'il y aurait beaucoup à sauver chez lui.

« Mathias, j'ai besoin de votre aide.

— Tout ce que tu voudras, répond le vieillard, la main posée sur la tête d'Ilse.

— Nous avons fort à faire. »

•

Tout se passe comme si Lisbet avait franchi la frontière de son ombre, était passée de l'autre côté de sa propre vie. Le rucher est soudain envahi d'enfants courant au milieu des cloches d'osier, le visage protégé par des masques de fortune, des enfants qui se pressent autour d'elle, écoutant ses explications sur les abeilles. Tellement d'enfants qu'elle est obligée de tuer pour eux un poulet, qu'elle plume avec Ilse avant de lui montrer comment le farcir d'herbes.

Voilà de quoi ils se nourrissent deux jours durant. Mathias entretient le feu du mieux qu'il peut, pendant que Lisbet, parfois accompagnée d'Ilse, travaille au rucher, et de ses mains habiles fait fondre la cire, la mélange et la coule pour obtenir les cylindres les plus gros qu'elles et Mathias seront capables de porter. Cinq hommes seraient nécessaires, mais Lisbet accomplit ces tâches avec délectation. Ce travail la stimule, la rend forte, malgré ses chevilles devenues aussi épaisses que ses genoux à force de rester debout, malgré son dos qui constamment la fait souffrir.

Sophey a dû arriver à la chapelle de saint Guy à présent. Lisbet l'imagine lavant les pieds meurtris d'Ida et de Nethe, se demande si les deux femmes ont passé tout le voyage à danser. Dans peu de temps, l'idole sera prête, Henne sera rentré, les scènes dans les rues seront démontées. Et elle aura oublié Eren.

La peur, elle aussi, sera oubliée. Pour l'heure, lorsqu'elle parvient à dormir, Ulf lui tient compagnie, masse lourde et chaude à ses chevilles. Lisbet laisse même Fluh se coucher par terre dans la cuisine. Les deux chiens puent, la fourrure d'Ulf est si collée par la crasse que ses doigts ne passent plus à travers lorsqu'elle le caresse, mais de cela aussi Lisbet se moque. Car il n'y a que dans ces moments qu'elle se sent en sécurité. Ses rêves ont les couleurs vives d'une prophétie, elle y voit Daniel revenant avec Plater pour arracher leurs ruches ou l'emporter, elle, hurlante.

Mathias et les enfants ne montrent aucune intention de quitter la ferme, même quand arrive le moment où la cire est enfin chargée dans la charrette, les cylindres suintant sous la chaleur, alignés à l'intérieur avec soin. Les ruches sont à sec, les abeilles en détresse, Lisbet, Ilse et Mathias sont épuisés, mais le travail est fait. La demande de Plater a été satisfaite.

Trois hommes arrivent pour récupérer la cire, chargeant ce bel ouvrage dans leurs hottes pour le jeter sans aucune délicatesse sur une pile provenant sans doute du monastère. La cire, qui a déjà commencé à fondre, répand une entêtante odeur de miel.

« Il faudrait la couvrir, leur suggère-t-elle, mais les hommes lui rient au nez.

— Elle sera fondue quoi qu'il arrive », répond l'un d'entre eux.

•

Le soir venu, un autre poulet est égorgé pour fêter leur réussite. C'est un luxe pour lequel Sophey, sans nul doute, les réprimanderait, mais tous ont besoin de cette nourriture autant que de la gratification qu'elle représente. L'odeur de la lente cuisson emplit la cuisine, et Ulf, remuant les sourcils, lance des regards si désespérés vers la porte que Lisbet cède et lui donne une cuisse sur laquelle restent quelques morceaux de chair ; Fluh récupère une aile. Les enfants aussi sont épuisés, mais heureux. Ils ne cessent de parler du pressoir, de comparer leurs piqûres d'abeille et leurs brûlures de cire. Tandis que Lisbet nourrit Rolf, un tel sentiment de joie l'étreint qu'elle en pousse un profond soupir.

Cette situation ne durera pas. C'est impossible.

Le lendemain matin, alors que la carcasse mijote pour préparer du bouillon, un coup que Lisbet identifie sur-le-champ retentit à la porte. Les chiens se lèvent d'un bond et se mettent à grogner.

Mathias et les enfants dorment encore. Lisbet résiste à la tentation d'aller bloquer les portes de la chambre, de s'emparer du couteau avec lequel elle a découpé ses dernières carottes pour agrémenter le bouillon. Elle fait semblant d'être absorbée par sa cuisine, lorsque la voix s'élève.

« Frau Wiler. Je vois votre ombre sous la porte. »

Elle reste debout près du loquet.

« La cire a déjà été collectée.

— Ouvrez. »

La voix de Plater est presque aimable. Lisbet en frémit.

« Pourquoi donc ?

— Je désire voir mes enfants. Et ne me racontez pas qu'ils ne sont pas ici. Le jeune Lehmann les a vus. »

Lisbet se hérisse.

« Où vouliez-vous qu'ils aillent ? Ils savent qu'ils ne sont pas en sécurité chez eux, auprès de l'homme qui a voulu noyer leur mère.

— Et où se trouve leur mère à présent ? Est-elle ici, elle aussi ? » Lisbet sait qu'il n'y croit pas vraiment. Si tel était le cas, Plater aurait enfoncé la porte il y a des jours. « Je pourrais revenir avec un garde. Je pourrais vous faire arrêter pour enlèvement.

— Est-ce mon père ? »

Lisbet sursaute. Ilse, aussi discrète qu'un chat, s'est faufilée à côté d'elle.

« Ilse. » La voix de Plater est douce comme de la soie. « Ouvre la porte, veux-tu ? »

Ilse regarde Lisbet d'un air incertain.

« C'est à toi de décider, dit-elle à la fillette.

— Ouvre, ma fille, ordonne Plater.

— Tu n'es pas obligée de lui...

— Fais ce que je dis, Ilse. »

Ilse ouvre le loquet. Plater pénètre aussitôt à l'intérieur en poussant Lisbet, puis il soulève sa fille d'un bras. Son air est hagard, sa barbe mal taillée.

« Où sont mes garçons ?

— Ils dorment », répond Lisbet.

Ses doigts tressaillent. Le couteau est à portée de main.

« Réveillez-les.

— Ils sont fatigués...

— Alef ! Martin ! »

D'un coup de pied, il écarte le banc de son chemin, puis se dirige à grands pas vers les portes, Ilse toujours dans les bras. Rolf se met aussitôt à pleurer. Lisbet se rue pour précéder Plater dans la chambre de Nethe. Alef et Martin ont les cheveux ébouriffés. La lèvre de Martin se met à trembler. Lisbet prend Rolf dans ses bras tandis que Plater s'adresse à ses fils avec un claquement de doigts.

« Venez. Nous rentrons chez nous.

— Ils se plaisent bien ici, proteste Lisbet en berçant le bébé. Ils se sont habitués. Vous pourriez au moins… »

Plater laisse tomber Ilse par terre et se rapproche de Lisbet, nez à nez. Même le petit Rolf se fige lorsque son ombre les submerge. Les clous de girofle que Plater a mâchés ne couvrent pas l'odeur de l'alcool. Il est ivre. Ses yeux sont injectés de sang – Lisbet se demande s'il a pleuré.

« Ce n'est pas à vous de me dire ce que j'ai le droit de faire avec mes propres enfants, avec ma propre femme. Ils sont ici, tous autant qu'ils sont, par ma grâce. »

Il se frappe le torse une fois, deux fois.

Mathias arrive dans la chambre déjà surpeuplée.

« Alef. Il n'y a que toi pour faire un vacarme pareil.

— Tais-toi, vieillard, lance Plater avec mépris.

— Pas question. » Sa voix tremble, mais son dos est droit. « J'ai tenu ma langue pendant toutes ces années, t'ai regardé punir ma fille alors que tu portes toi-même le péché. Tu n'es qu'un homme, Alef Plater. Moins qu'un homme, même. Regarde comme tes enfants te craignent. Tu ne leur inspires que de la peur. »

Mathias s'interpose entre Lisbet et Plater, obligeant ce dernier à reculer de quelques pas.

« Sache une chose : régner par la peur est le pouvoir du faible. Cela ne tiendra pas. Voilà ce que tu n'as jamais compris. Tu aurais pu offrir à Ida de la bienveillance, voire de l'amour – mais tu ne lui as donné que des souffrances. Tu l'as vouée au malheur, et je ne laisserai pas ses enfants subir le même sort.

— Ils sont à moi.

— Alors demande-leur, dit Mathias en s'avançant – Plater recule encore d'un pas. Demande-leur s'ils souhaitent partir avec toi.

— Ils viendront, répond Plater en jetant un coup d'œil aux enfants, accrochés aux jupons de Lisbet, à Rolf qui crie dans ses bras. Ilse, Alef, Martin. Nous rentrons, immédiatement. »

Martin s'enfouit plus profond encore dans les jupons de Lisbet. Mais l'expression qui gagne le visage de Plater au moment où son fils lui tourne le dos ne trompe pas : il s'agit d'un désespoir pur, total. Masqué par son éternel rictus froid.

« Quel besoin ai-je de m'encombrer de ces erreurs, de ces bons à rien ? Restez si vous voulez. Le moulin ne vous appartient plus, Herr Metz. Ne vous risquez pas à remettre un pied sur ma propriété. »

La main de Mathias se met à trembler, mais le vieil homme la cache derrière son dos. Lisbet sait que ce moulin constitue son âme, une bâtisse née de la forêt dont il a assemblé les planches une par une aux côtés de la mère d'Ida.

« Je n'en resterai pas là, ajoute Plater. Vous devrez répondre de vos actes, Lisbet Wiler. »

C'est à présent Lisbet qui s'avance, enhardie par Mathias, par les enfants qui la regardent.

« Vous osez me menacer sous mon propre toit ? La dette a été payée. Je ne vous dois rien.

— Vous pensez avoir tout annulé avec cette cire ? grogne-t-il. Avoir remboursé vos dettes et le miel que vous avez volé ? »

Lisbet resserre son étreinte sur Rolf.

« Nous n'avons rien volé.

— Je l'ai dit à votre époux : vous vivez sur des sables mouvants. Rien de ce que vous possédez ne vous appartient.

— Vous mentez. Daniel a dit…

— Vous n'y verrez bientôt plus un mensonge, rétorque Plater. Vous vous êtes fait un puissant ennemi en vous attaquant à moi. *Celui qui n'est pas avec moi est contre moi, et celui qui n'assemble pas avec moi, disperse*. Vous vous êtes faite ennemie des XXI, vous vous êtes faite ennemie de Dieu Lui-même.

— Ne parlez pas pour Lui. Sortez de chez moi.

— Avec joie. »

Il sort en laissant la porte béante derrière lui. Lisbet le regarde s'éloigner d'un pas chancelant, puis disparaître. Tenaillée par la sensation d'être un agneau épié par un loup. Elle berce Rolf jusqu'à ce que le bébé, comme son cœur, s'apaise. Puis la voix d'Ilse finit par briser le silence.

« Merci, Bet. »

La petite fille se blottit contre elle encore une fois. Les enfants d'Ida l'enserrent tous ensemble, accrochés à elle de toutes leurs forces.

Cinq cent quatre-vingt-sept dans la danse

Agnethe se rappelle leur premier baiser. Un baiser qu'elles s'étaient donné si jeunes qu'il n'était même pas impur. Des lèvres qui chastement s'étaient touchées pendant une promenade en canot sur la rivière, les mains agrippées aux parois de l'embarcation pour ne pas tomber. C'était un été doux, serein, velouté ; Henne, Alef, Ida et elle avaient reçu la permission d'arrêter leur travail plus tôt chaque soir pour s'en aller courir dans la forêt comme des Gyptiens. Ce fut le dernier été semblable, car s'ensuivit une mauvaise année : des boules de glace grosses comme des poings s'abattant sur les champs, réduisant les récoltes en bouillie, congelant les abeilles dans leurs ruches.

Mais rien de tout cela n'importait. Rien de tout cela n'importait, car dès cet instant où, au milieu de la douce rivière qui s'écoulait de part et d'autre de ses chevilles, les lèvres d'Ida, comme un miroir, s'étaient posées sur les siennes, Agnethe avait enfin su qu'il existait pour elle une place dans le monde. Ida avait prié si fort pour expier leur péché que ses genoux en étaient couverts de bleus, et pourtant chaque semaine elle revenait à elle, au milieu des cloches d'osier ou quelque part dans la forêt, et elles s'embrassaient alors à en avoir les lèvres aussi tendres que la chair de ses genoux. Agnethe, elle, ne pouvait se résoudre à prier. Elle ne pensait pas que leurs gestes étaient impurs, n'avait jamais vu de si près l'extase, le paradis, n'avait jamais été aussi proche d'un ange qu'avec Ida.

C'est Ida qui l'avait touchée la première, une année après leur premier baiser, Ida qui le long de son corps avait fait descendre sa bouche, près du puits, et dont les doigts avaient trouvé un lieu qu'Agnethe elle-même ignorait, caché tout au fond d'elle, et Agnethe à son tour avait trouvé celui d'Ida. Ce lieu, même si ni l'une ni l'autre ne le nommaient jamais, s'appelait amour.

Leur mariage aurait lieu malgré tout, bien sûr : elle avec Alef, Ida avec Henne. Elles élèveraient leurs enfants ensemble, comme s'ils étaient les leurs à elles deux, comme des frères et sœurs. Tout était prévu, mais ce ne fut que le jour où Alef et Henne les surprirent dans la forêt qu'elle comprit que leur projet tout entier était bâti sur de la gangrène, sur du péché. Elle l'avait lu sur le visage de Henne, dans la colère brute d'Alef. Si le moindre doute persistait encore chez elle, la leçon qu'ils lui donnèrent l'avait dissipé. Agnethe désirait alors ardemment être punie, désirait mettre un terme à cette situation.

La montagne lui avait fourni des punitions, quantité de punitions, mais de résolution, aucune. La paix, sans Ida auprès d'elle, était impossible à trouver. Même le temps n'avait rien apaisé. Et Dieu avait cru bon de la punir à nouveau, et pire encore : de les rendre l'une à l'autre pour les séparer une nouvelle fois. La vision d'Ida ligotée au bord du fleuve avait failli la rendre folle. Agnethe s'était mise à danser, car il n'existait sur cette terre aucun autre moyen de supporter le mal que lui infligeait cette vision. Elle s'était mise à danser, et son esprit tout entier était devenu grotte, noir et vide. Jusqu'à ce jour, ici.

Elle se réveille entre Ida et une étrangère. Nethe aurait pu se croire morte, en chemin sur la longue route du purgatoire, si à ses côtés la jeune fille ne s'était pas agitée dans tous les sens en gémissant. Mais Ida, elle, est immobile, parfaitement immobile. Nethe prend ses mains dans les siennes. En fermant les yeux, elle pourrait s'imaginer seule avec elle, étendue comme autrefois à l'abri des arbres. Les yeux d'Ida sont ouverts, et noirs comme deux gouffres. Pourtant, Ida la voit, Nethe en est sûre, et pour en être plus sûre encore elle embrasse chacun des doigts d'Ida, en lui murmurant chaque fois qu'elle l'aime. Elle répète ces gestes jusqu'à ce que les mots emmêlés n'aient plus aucun sens, jusqu'à tant qu'elle ne les prononce plus que dans sa tête.

Et même si Ida ne répond pas, même si son souffle devient maintenant de plus en plus lent, et son regard terriblement noir, terriblement lointain, Nethe sait qu'elle l'entend, la reconnaît, et que ses mots sont vrais.

Dix-neuf

Les jours qui précèdent la fête de Sainte-Marie-Madeleine s'écoulent dans une ambiance de joie feinte. Toute la vie de Lisbet est comme suspendue à cette attente – celle du retour de Plater, de Henne, de Sophey, d'Ida, de Nethe. Elle porte désormais son ventre avec pragmatisme, s'autorise même quelques préparatifs en vue de l'arrivée du bébé : elle va chercher le tabouret du rucher qu'elle utilisera au moment de l'accouchement, s'assure de toujours garder des linges propres à disposition, et de la monnaie au cas où devrait être appelé un rebouteux. Chacun de ces actes lui apparaît comme une petite victoire, comme une petite flamme qui dans son cœur se ravive : celle de l'espoir, blanche et brûlante comme la comète dans le champ de son père.

S'occuper des enfants d'Ida offre une diversion qu'elle accueille volontiers, au point qu'un jour Lisbet s'aperçoit qu'une semaine entière a passé sans qu'elle se rende à son arbre, et plus de temps encore depuis sa dernière tournée d'aumône. Ida souhaiterait qu'elle poursuive la distribution, qu'elle aille aider ces gens dans le plus grand dénuement, surtout en cette veille de fête où partout s'affiche l'excès et fume l'encens, sans aucune pensée pour les affamés.

Elle expose son projet à Mathias, mais le vieil homme se renfrogne. L'altercation avec son beau-fils l'a secoué jusqu'à la moelle. Pour lui, toute sortie hors de la ferme est désormais synonyme de danger.

« Il n'y a aucun risque de croiser Plater dans les faubourgs, dit Lisbet. Il ne s'y rendait jamais. Vous le savez aussi bien que moi.

— Tu n'iras pas en ville, n'est-ce pas ? »

Derrière son dos, Lisbet croise les doigts.

« Non. »

Elle n'est pas fière, mais mieux vaut mentir que se laisser ronger par l'angoisse. Une fois en ville, elle sait qu'elle ne pourra résister à l'envie de se rendre à la cathédrale pour tenter de glaner des informations sur la chapelle, sur les danseuses, sur l'idole pour laquelle ses abeilles ont tout donné.

Mathias soupire.

« Je vais tisonner le feu. »

Ils passent la journée à préparer le pain, des miches larges et grossières pour remplir les ventres affamés, adoucies par du miel. Ilse pétrit la pâte comme sa mère, ses petits avant-bras déjà bien musclés. Défaits de l'emprise de leur père, les garçons se sont apaisés, contrairement à leur sœur, qui, elle, gagne en hardiesse. L'absence de leur mère les fait pleurer, ils s'accrochent aux jupons de Lisbet, donnent à manger au bébé chacun leur tour. Ce nouvel équilibre, ces nouveaux rôles que tous endossent ont quelque chose d'attendrissant. Lisbet espère qu'Ida le verra prochainement.

Au matin de la fête de Sainte-Marie-Madeleine, Lisbet se lève avant le soleil. Elle harnache la vieille mule à la charrette et part pour les faubourgs avec Ulf – sa source constante de réconfort, à présent.

La route est plus calme que la dernière fois ; le flot de voyageurs se dirige dans un seul sens, vers la cathédrale, pour la messe. Lisbet s'arrête aux portes de la ville pour distribuer ses miches, ne recevant en retour que de mornes remerciements. Aucun signe de la famille Lehmann ; leur masure a été barricadée avec des planches. Elle se rappelle les paroles de Daniel au sujet de Hilde, et se demande si l'idole a déjà quitté Strasbourg.

« Qu'en penses-tu, Ulf ? »

Elle lève les yeux vers les flèches de Notre-Dame. Au-dessus d'elles est suspendu un nuage de poussière auquel les rayons de soleil donnent une couleur jaune vénéneux. Pourquoi craindre de s'y rendre ? Lisbet en a autant le droit que n'importe qui. Plater sera fondu parmi cette masse de plusieurs milliers de personnes, et aura sûrement beaucoup à faire en ce jour important.

Elle pose une main sur son ventre. Depuis peu, elle s'est mise à parler à son bébé, son petit garçon, à attendre de lui des réponses comme certains en attendent de leurs prières. Après tout, n'est-il pas lui aussi un miracle de Dieu ? La peau qui sépare ses doigts de son petit garçon est comme une frontière qui sépare le monde des vivants de celui des morts : d'une fragilité extrême, renfermant tant d'espoir et de peur à la fois. Sans doute serait-il plus sage de faire demi-tour avec la charrette, de rebrousser chemin jusqu'à la ferme et de continuer d'attendre – de l'attendre lui, d'attendre son père, d'attendre sa tante et sa grand-mère et Ida.

Ses mollets fourmillent d'impatience. Sans se laisser le temps de réfléchir, Lisbet a déjà fait claquer les rênes et lancé la charrette derrière la foule de plus en plus dense, en direction du marché. Les cloches sonnent la messe, allant et venant sur leurs jougs, remplaçant la musique des joueurs. Comme le sifflet d'un maître, Lisbet les suit, jusqu'à ce que sa charrette se retrouve bloquée par la masse des fidèles. Après avoir attaché la mule devant une auge, elle poursuit son chemin à pied, avec Ulf.

Ils arrivent sur la place de la cathédrale juste au moment où les cloches s'arrêtent de sonner. Leur écho continue de résonner, fait pression sur ses tympans tandis qu'elle prend la mesure de ce paysage étonnant : les guildes semblent avoir été vidées, et toutes les danseuses transférées sur la place, là où tout avait commencé avec cette femme qui, seule, tournoyait. Des femmes par centaines dansent à présent dans l'ombre de la cathédrale, projetant leur épuisement comme de la poussière autour d'elles. Un silence surnaturel succède au vacarme des cloches, seulement ponctué par le martèlement des pieds foulant la terre et les gémissements occasionnels des affligées. Les hommes munis de crochets délimitent la frontière entre danseuses et spectateurs ; Lisbet les imagine un peu plus tôt, parquant les femmes sur la place comme du bétail. Elle examine leurs visages, mais aucun signe de Plater.

Au milieu de ce silence suspendu, les portes de la cathédrale s'ouvrent. À l'intérieur étincelle le feu de bougies par dizaines, et sous cette lumière extraordinaire s'avancent cinq hommes, vêtus aussi richement que des bourgeois. Elle reconnaît un visage parmi eux, identifiable puisque son portrait a fait le tour de toutes les églises de Strasbourg après le dernier *Bundschuh*, pour que tous connaissent l'homme qui a fait pendre les rebelles : Sebastian Brant, administrateur de la ville et chef de file des XXI. Le maître absolu de Plater. Austère dans son habit de velours noir, des franges de soie rouge aux poignets, il brandit une main blanche devant la foule muette.

« Gens de Strasbourg, voilà des semaines que vous ne connaissez plus la paix. »

Lisbet reçoit ce mot de « paix » comme un coup. Elle pense à Nethe, qui jamais n'a connu la paix ailleurs qu'auprès d'Ida, pense à la sérénité qu'elle-même éprouve devant son arbre. Brant se trompe. C'est depuis toujours que bien des gens ne connaissent pas la paix.

« Nous avons consulté prêtres, médecins, docteurs, rebouteux. Même notre Empereur a entendu nos supplications. Nous avons à chaque instant travaillé à restaurer l'ordre. Nous avons banni les musiciens… »

Ces musiciens qu'ils avaient fait venir sans référendum aucun. Lisbet s'oblige à chasser de son esprit l'image bienfaitrice d'Eren.

« Nous avons puni les impostrices. Les catins et les voleurs ont été expulsés de la ville… »

Pour rôder dans la forêt, aux abois. La colère de Lisbet gonfle de nouveau.

« Nous avons repris les guildes. Il est à présent temps de reprendre le contrôle de toute notre ville. Tel sera le mot de la fin : toute personne dansant sera conduite à la chapelle. L'épidémie s'arrête aujourd'hui, jour de Sainte-Marie-Madeleine. Purgeons-nous maintenant de ce chaos. Les yeux de Dieu sont sur nous, il nous appartient de Lui montrer que Strasbourg est Sa ville, la plus précieuse d'entre elles, la plus bénie. »

Lisbet est sur le point de rire, mais se retrouve noyée sous les rugissements de la foule. Ce n'est pas un simple cri de jubilation, mais une exclamation dans laquelle se mêlent la peur, le soulagement, l'horreur, la stupéfaction. Mais Sebastian Brant s'écarte alors, laissant place à l'idole que l'on sort de la cathédrale, à la lumière du jour.

Son odeur la frappe avant même qu'elle ne la voie, couvrant la puanteur pourtant extrême de la sueur, du souffle aigre des spectateurs, des excréments humains. L'odeur de la cire d'abeille, aussi pure que la note la plus cristalline d'un chœur. Deux fois plus haute qu'un homme, plus haute même que les scènes, exhalant un parfum suave écœurant, se dresse l'idole de saint Guy.

Le double de cire du saint est posté debout dans un chaudron badigeonné de goudron pour donner une illusion de fer noir ancien. Son torse est nu, laissant voir deux obscènes tétons et des côtes saillantes, et, bien qu'un soin tout particulier ait sans doute été apporté au sculptage de son visage, la cire coule déjà, fond sous la chaleur qui augmente, comme si, sous l'effet du chaudron, sa chair se délitait sur ses os. Lisbet s'attendrait presque à voir apparaître son squelette immaculé.

Elle se détourne. Le réconfort que lui procure d'ordinaire l'odeur de sa cire est gâché, avili par ce grotesque spectacle. La nausée monte lorsqu'elle voit l'idole érigée sur un bûcher fait de deux poteaux de bois croisés. Six hommes, trois de chaque côté, sont nécessaires pour la soulever. Tandis qu'ils descendent les marches de la cathédrale, la cire qui s'égoutte laisse derrière eux un long sillon. La foule s'écarte comme la rivière autour d'un rocher, les gens se ruent derrière eux pour gratter du bout des ongles la cire tombée. Lisbet se retrouve prise dans la cohue, Ulf se met à aboyer, elle s'accroche à sa fourrure tandis que la masse les embarque derrière la parade.

Les danseuses atteignent un nouveau degré de folie, poussent des cris perçants, bondissent à mesure que l'idole approche. Certaines arrachent leurs vêtements, exposant leurs seins, leurs jambes, leurs dos. Lisbet aperçoit les gardes qui les tisonnent du bout de leurs crochets, puis d'autres hommes encore, munis de bâtons, qui les poussent pour les obliger à se rabattre en file derrière la procession. Certaines tombent et ne se relèvent pas, piétinées encore et encore par la foule.

Elle lutte pour rebrousser chemin, traînant Ulf tandis que les affligées trébuchent et tombent comme des moutons affolés, en rugissant, en criant.

Elle finit par se libérer, regarde derrière elle. Les danseuses, rangées derrière l'idole, sautent et tournoient, troupeau désordonné s'étirant comme un serpent affreux, saint Guy en tête. La procession se faufile, faite de centaines de danseuses suivies de centaines de citoyens, tous tellement hystériques et fervents qu'il devient difficile de les distinguer. La masse tout entière se dirige vers la chapelle.

Lisbet reste là jusqu'à ce que les rues soient presque vides. Des enfants cherchent à ramasser les détritus qui jonchent le sol tels des débris d'épave. Il y a des sabots, des morceaux de tissu, des fichus, restes de cette incommensurable fête, de cette incommensurable monstruosité. Au pied des marches de la scène, quelque chose brille.

Elle le ramasse dans la poussière. C'est un bracelet fin en or, encore imprégné de la chaleur de sa propriétaire. Lisbet le lâche et ravale une envie bête et soudaine de pleurer.

•

Elle ne peut rentrer à la ferme, ne peut retourner auprès des enfants d'Ida en portant cette puanteur. Elle doit laver ce que la ville a laissé sur elle. Dans la forêt règne la même désolation que sur la place du marché : elle aperçoit des restes de feu, des abris de fortune faits de couvertures crasseuses entassées, mais aucune trace des gens qui les avaient encerclés au bord de la rivière. À chaque détour, elle s'attend à tomber sur Plater, sur Daniel, sur un maraudeur, mais à aucun moment les poils d'Ulf ne se hérissent, pas plus qu'il n'aboie, et Lisbet n'aperçoit quant à elle personne. Peut-être ont-ils suivi la procession, les danseuses et la silhouette suintante du saint.

L'odeur de la rivière lui parvient avant le bruit de l'eau, une odeur très verte, comme de la mousse fraîche. Lisbet a toujours redouté cette odeur. Revoyant Plater surprendre Nethe et Ida, un grand effort lui est nécessaire pour ne pas faire demi-tour et partir en courant.

Ulf s'élance devant tandis que Lisbet approche du tronc tombé à terre.

Il y a le visage d'Ida, sa tête rejetée en arrière. Le gémissement sorti de sa gorge laiteuse. Son cri perçant quand la main de Plater s'était enroulée autour de ses cheveux. Les lèvres d'Eren, ses doigts sur le luth. Elle ne veut pas y repenser, ne veut repenser à rien de tout cela, mais la rivière la pousse vers le passé, vers ces années révolues, vers ces êtres disparus, et un être en particulier : le premier.

Les champs autour de la rivière qui coulait près de la maison de son enfance n'étaient pas cultivés, seulement couverts d'herbes douces. C'est à cet endroit que la comète était tombée, ouvrant à l'eau un nouveau passage. Il était impossible pour qui se lavait dans la rivière d'entendre quelqu'un arriver sur ce tapis de pelouse. *Non que le Diable marche d'un pas lourd. Sur de silencieux sabots, il s'approche de vous.* Le Diable habitait dans la rivière creusée par la comète. C'est du moins ce que racontaient les villageois. Michael, le frère aîné de Lisbet, l'avait vu parmi les crapauds dont les yeux brillaient comme des joyaux. Sa queue fourchue remuant entre ces deux rives lisses, surnaturelles. Son large sourire au milieu des jeunes roseaux ployant le cou. Lisbet tourne la tête en direction de ces arbres, de cette époque, de cette rivière, mais le paysage vacille et disparaît.

•

Ils ne trouvent pas sa mère. Ce matin-là, Henne était venu, avait demandé sa main. Elle avait répondu non, comme aux trois autres avant lui, parce qu'elle ne pouvait quitter sa mère. Sauf que maintenant sa mère est partie.

Ses frères fouillent les étables. Son père, la ville. Lisbet est chargée de la chercher dans la maison, même si, de toute évidence, celle-ci est vide. Personne dans le lit qu'elles partagent toutes les deux, tête-bêche. Personne sur les chevrons du plafond ni dissimulé dans l'absurde cachette que constituerait leur plus grosse marmite. Elle sait qu'il lui reste un seul endroit à vérifier. Mais Mutti n'y sera pas. C'est un endroit qu'elle déteste tout autant que Lisbet. Toutes deux se ressemblent, lisent l'une en l'autre comme dans un livre ouvert.

Et c'est justement parce qu'elles se comprennent si bien que Lisbet en est convaincue : si sa mère ne veut pas qu'elle la trouve, il n'y a qu'un endroit où elle peut être.

Elle part les mains vides, tête nue, pieds nus. Ses pas sur les herbes hautes ne font aucun bruit. La comète, en s'écrasant, a éventré un champ tout entier, pendant qu'au même instant Lisbet déchirait le ventre de sa mère. Ce chemin, elle le connaît aussi bien que le visage de celle-ci.

Elle se tient sur le rivage, devant la bouche de l'Enfer. Tout bouillonne en Enfer, mais la rivière reste curieusement fraîche. Elle sent la terre lui suçoter les pieds, et les odeurs de ces endroits cachés qui remontent autour d'elle.

« Mutti ? »

Sa voix est mince comme un roseau, courbée vers les flots noirs. Quelque part, une fine lamelle de lumière se met à briller. C'est la bouche de l'Enfer qui s'ouvre – le verre d'un morceau de quartz émoussé par les eaux. Elle voudrait s'enfuir en hurlant. Mais elle s'avance au milieu des roseaux, jusqu'au bord de la rivière.

« Mutti ? »

Elle étend ses bras devant elle. Le Diable dégage des mèches de ses cheveux. Les roseaux dégagent des mèches de ses cheveux. Tâtonnant au milieu du bosquet, elle sépare leurs corps affûtés. Son cœur lui bloque la gorge. Elle ne peut prendre que de courtes respirations, humant l'odeur étourdissante de la rivière.

Elle gémit, s'agrippe à ce tronc sur lequel Ida avait agrippé Nethe et l'avait embrassée. Tant qu'à être arrivée jusqu'ici, il faut continuer. Il y a une autre odeur. Une odeur de romarin et de clou de girofle. L'odeur du baume qui lui sert à masser les pieds de sa mère. Cette odeur est la sienne, est celle de sa mère, est la leur. Elle s'écroule à genoux dans les eaux basses de la rivière.

« Mutti ? »

C'est un murmure. Elle rampe pour que les roseaux cessent de lui effleurer la tête. Pour ne plus être entourée que de cette douce odeur. L'odeur devient de plus en plus présente à mesure qu'elle s'approche de la limite du bosquet, de l'endroit où son frère a aperçu la queue du Diable. Mais au lieu de la queue du Diable elle trouve un pied, gonflé, verdâtre, glacé.

Elle tire dessus, une main sur l'autre, le tire vers elle, le sort des eaux profondes. Rien ne s'entend à part sa propre respiration. Elle ferme les yeux pour ne pas être obligée de voir. À l'aveugle, elle enfouit son nez contre l'épaule de sa mère. Elle promène ses mains sur son corps. Vêtements trempés, bosselés à cause des cailloux. Ici, le crâne rasé velouté. Ici, les mains douces, si douces qu'on croirait qu'elles ne renferment pas d'os. Ici, sa poitrine, effroyablement immobile. Elle dépose un baiser léger sur les lèvres de sa mère, sent le goût du pavot.

Même si personne ne l'entend, à part peut-être le Diable caché parmi les souples roseaux, Lisbet fredonne un air pour sa mère, la berce comme pour l'endormir. Il faut des heures pour que ses frères aient l'idée de se rendre à la rivière, quelques minutes pour qu'ils les trouvent ensemble, recroquevillées l'une sur l'autre. Quelques secondes seulement pour décrocher les doigts de Lisbet de la taille de sa mère et les séparer pour toujours.

•

Le bébé donne des coups. Lisbet se tient au bord de cette rivière. Il se dégage d'elle une odeur de cire, pas de clou de girofle. Elle a trop chaud. Son corps a besoin de fraîcheur, le bébé en a besoin. Il faut être courageuse. Elle descend avec précaution le long de la pente douce, jusqu'à l'eau. La sensation est si exquise qu'elle en pousse un grognement. La vase s'infiltre entre ses doigts de pied, les roseaux s'enroulent autour de ses chevilles, serrent, desserrent leur prise, comme doués de conscience.

« Mutti ? »

Mais sa mère ne lui parle pas, et pour la toute première fois Lisbet comprend que ce silence est une bénédiction. Elle s'arrête à la hauteur des pierres lisses alignées au fond de l'eau. Sans même avoir besoin de se fier aux réactions du chien, elle sait que trois pas de plus la submergeraient jusqu'à la taille. Ulf la dépasse en projetant des éclaboussures. Elle fait claquer sa langue pour lui dire de s'écarter, mais le chien lui rapporte un bâton, puis frotte son museau contre elle. La bête est si sale qu'elle pourrait en vomir. Elle jette le bâton dans l'eau.

Au moment où le chien revient avec, Lisbet se hisse sur la terre ferme. Elle retire de son mollet un vestige de tige d'herbe mêlé au sombre duvet qui recouvre sa peau. Ulf dépose le bâton devant elle, puis s'ébroue en aspergeant ses jupons.

« *Scheiße*, idiot. »

Du bout de son pied nu, elle repousse le bâton, puis s'assoit sur le tronc tombé à terre pour tenter de réenfiler ses bas puants. Ils s'accrochent, ne peuvent remonter sur ses jambes humides. Lisbet abandonne. Personne ne peut la voir, après tout.

Au moment même où cette pensée la traverse, elle sent un regard sur elle. Puis perçoit un bruissement, trop doux pour qu'il puisse venir du chien. Sa gorge se serre de peur. Quelqu'un l'observe.

Comme une enfant, elle voudrait fermer très fort les yeux, compter jusqu'à cent, faire disparaître la forêt. Elle sent toujours ce regard, si franc qu'on croirait une main sur son cou. Elle pourrait faire comme si de rien n'était, siffler le chien, reprendre son chemin vers la ferme. Peut-être que cette personne ne veut pas lui faire de mal. Elle serre contre elle cette idée comme on serre une poupée, et rappelle Ulf. Ulf ne vient pas.

Une nouvelle bouffée de terreur l'envahit, la fait se lever du tronc. Quelque chose craque sur sa gauche, puis Ulf aboie deux fois. Nouveau craquement. Le chien se tait. Lisbet tend l'oreille, l'appelle. Le chien ne répond pas. Ça y est, pense-t-elle. Ulf a été enlevé.

Elle ramasse le bâton qu'il lui a apporté – l'écorce s'écaille, mais en dessous le bois est solide –, puis se faufile entre les arbres, dans la direction où le chien est parti. Le bruit est tout juste assez fort pour le suivre : un froufrou, un sentier qu'on emprunte au milieu des arbres épineux. Elle s'arrête souvent pour tendre l'oreille, retenant sa respiration, les yeux fermés pour mieux entendre, comme dans ce jeu auquel elle jouait enfant avec ses frères, qui lui bandaient les yeux avec un morceau de toile de jute nauséabond et, cachés dans les gros trous des champs, frappaient des mains pour la guider au milieu de cette obscurité artificielle.

Le bruit la conduit jusqu'à une ouverture au milieu des arbres qu'elle ne connaît que trop bien. Devant elle s'étire le sentier qui mène à son arbre. La gorge sèche, elle déglutit, sentant remonter le goût âcre de la rivière. Ces gens aux abois ont peut-être fini par le trouver, par en faire leur camp. Elle voit déjà tous ses rubans arrachés, sa plateforme jonchée d'un bout à l'autre de corps serrés les uns contre les autres. Comme elle aimerait recevoir de l'aide ! Mais il n'y a personne, Lisbet est seule, complètement. Elle ne peut abandonner Ulf, pourtant. S'il n'est pas déjà trop tard, elle doit aller les trouver, négocier sa liberté. Ils n'auront qu'à prendre tout son pain, tout le miel extrait de la cire pressée.

Elle s'engage sur le sentier, siffle aussi fort et aussi souvent qu'elle le peut dans l'espoir que son chien l'entendra et reviendra. Ses pieds encore humides collent à l'intérieur de ses sabots, toute la fraîcheur apportée par la rivière est oubliée, remplacée par les bouffées de chaleur que lui donne la peur. Elle entend maintenant quelqu'un parler à voix basse, puis Ulf qui une fois encore aboie.

Sans plus se soucier de se faire remarquer, elle presse le pas, remonte ses jupons. Elle sent un feu, mais la fumée n'est pas encore visible, même si les spirales s'infiltrent dans ses narines, chargées d'une odeur de bois très sec. Elle s'accroche plus fort encore au bâton, une grosse écharde se détache, se plante droit dans sa peau. La douleur qui éclot distille du courage dans ses veines. Les dents serrées, elle pénètre dans la clairière, se réfugie dans l'ombre d'un jeune tilleul, et tente de voir au loin.

Un feu est bien allumé, tisonné récemment, surmonté par une colonne de fumée gris pâle. Au milieu des braises, comme un crapaud, est posée une vieille bouilloire rouillée. Une grosse bûche a été traînée à côté pour faire office de banc. Aucune trace du chien ni de ses ravisseurs.

Avancer dans la clairière sans savoir où ces gens se trouvent paraît inconscient, mais c'est ce qu'elle fait malgré tout. Au moment où elle se découvre, la voix basse s'élève à nouveau, et Ulf aboie deux fois.

Ils se trouvent dans l'arbre. Quelque chose remue au-dessus d'elle, les planches ploient, elle se rapproche du tronc, guettant entre les lattes une fente qui lui permettrait de voir. Il y a du mouvement à présent, et Lisbet perçoit le bruit maladroit des pattes du chien qui dérape en détalant vers l'autre bout de la plateforme.

Lentement, elle s'approche de l'échelle, prépare son bâton, le brandit bien haut. Mais lorsque la voix de l'homme résonne pour la troisième fois, Lisbet la reconnaît. De ses mains soudainement molles tombe le bâton.

Vingt

« Eren ? »

Les grincements s'arrêtent. La tête crasseuse d'Ulf apparaît derrière le garde-corps. Il aboie joyeusement, prend son élan, puis manque de dégringoler en s'élançant tête la première dans l'échelle, tandis qu'Eren se penche, le visage fendu par un sourire immense.

Lisbet lui rend son sourire. Son soulagement est si grand qu'il se répand dans sa poitrine, se diffuse jusque dans chacun de ses doigts. Ulf a sauté à ses pieds et la lèche, mais Lisbet ne parvient pas à détacher son regard de celui d'Eren, pas plus qu'elle ne parvient, de ses mains nues et enflées, à gravir l'échelle pour le rejoindre.

« Je suis désolé, dit-il finalement. Il m'a suivi. J'ai essayé de vous le renvoyer. »

Elle secoue la tête et rit, brisant soudainement le silence. Dans les arbres derrière elles, un petit oiseau s'envole. Son cœur, qui n'a pas oublié le danger, lui serre toujours la gorge. Elle appuie dessus, tente de ravaler sa peur. Des points de couleur apparaissent devant ses yeux, aussi éclatants que les vitraux de la cathédrale.

« Lisbet ? » Comme par magie, Eren est à ses côtés. « Je vous ai fait peur.

— Non. Oui. Je suis heureuse que ce soit vous. »

Sa voix semble dénuée de toute consistance, trop aiguë, enfantine. Elle s'assoit sur le morceau de bois pour reprendre ses esprits. Sa vision danse, enveloppe la peau brune d'Eren des éclats dorés du soleil. Elle avait oublié que le soleil pouvait être si doux, rendre les choses si belles. Elle pose une main sur ses yeux, la retire avec un petit cri de douleur.

« Vous avez une écharde », dit Eren en lui prenant la main.

Sa peau est fraîche et sèche, un miracle sur sa paume moite et palpitante.

Elle s'efforce de se concentrer dessus, sur ses mains posées sur les siennes, repère l'écharde barrant comme une veine supplémentaire le bas charnu de sa paume, plus foncée encore que la peau d'Eren sur la sienne.

Lisbet n'a rien d'une petite nature, et pourtant cette vision manque de la faire défaillir.

« C'est profond. »

Elle tente de gratter l'écharde de son autre main, mais Eren l'arrête comme une enfant.

« Laissez-moi faire. »

Il verse sur ses propres mains de l'eau de la bouilloire, puis s'agenouille devant elle sur le sol qui craque. Le regard de Lisbet se pose sur le sommet de son crâne, une spirale parfaite se déployant en une masse de boucles noires semées de morceaux de feuilles mortes, qui ont dû s'y accrocher lorsqu'il s'est allongé. Elle se souvient du choc qu'elle a éprouvé lorsqu'il a un jour retiré une feuille de ses cheveux. Et le voilà à présent à genoux devant elle, ses deux mains fines et fraîches sur elle, ses yeux intensément rivés sur sa peau.

Il palpe la chair qui entoure l'écharde. Lisbet se mord la langue alors que le morceau de bois bouge.

« Allez-vous devoir inciser ?

— Avec une aiguille, peut-être. Acceptez-vous que j'aille en chercher une ? »

Elle n'a pas envie qu'il lâche sa main, ne peut supporter l'idée de retourner chez elle, à la ferme. Elle secoue la tête, lui serre plus fort la main, le visage froncé. Eren se concentre à nouveau sur sa main, approchant sa tête si près que ses cheveux la chatouillent.

Son souffle est tiède, et très proche. Et tout à coup sa bouche est sur elle, sa barbe légèrement piquante, ses lèvres très douces. Lisbet n'a pas le temps de comprendre qu'elle le sent aspirer. L'écharde résiste d'abord, puis elle sent le soulagement l'envahir alors qu'elle sort de sa peau. Eren la crache par terre – la rupture du contact de sa bouche reste comme une blessure sur elle.

Son regard ne se pose pas sur Lisbet tandis qu'il tient au-dessus de ses mains la bouilloire pour y verser de l'eau, même si le sang n'a presque pas coulé, ne formant que de minuscules perles à la surface de sa peau.

« Merci », dit-elle enfin.

Toujours sans la regarder, il tend le bras pour gratter Ulf derrière les oreilles. Sa main tremble, et celle de Lisbet est fébrile alors qu'elle la soulève pour l'examiner. Sa paume est un peu rouge à l'endroit où Eren a posé ses lèvres, où l'écharde est sortie. La plaie s'ajoute aux autres minuscules cratères qui constellent sa peau, à cette topographie creusée par son labeur. Ses doigts, entre ceux d'Eren, semblaient si grossiers, si maladroits, mais voir ces preuves de leur utilité emplit Lisbet de fierté. Ces mains lui correspondent bien.

« Désolé. » Sa voix est rauque. « Je n'ai pas réfléchi.

— Peu importe, répond-elle en observant ses doigts fins sur la fourrure collée du chien, la manière dont ils passent à travers ses nœuds, les grattent aussi délicatement que les cordes d'un luth. Que faites-vous ici ? » demande-t-elle finalement.

Son visage, penché vers le chien, est masqué par une ombre. Elle voudrait qu'il lève la tête, plante sur elle son regard paisible et franc, mais Eren semble décidé à ne pas le faire.

« Eren ?

— Je vis ici, répond-il en désignant la plateforme.

— Dans la forêt ?

— Les autres débauchés s'en contentent bien.

— Vous n'avez rien d'un débauché, proteste-t-elle avec véhémence.

— Calmez-vous, je vous en prie. Ce n'est pas bon pour vous…

— Pour moi ? » Ces mots sortent dans un cri aigu, mais elle ne peut s'en empêcher. La rage s'est brusquement mise à brûler en elle – à cause de tout ce qu'elle a vu, de tout ce qu'elle a enduré. À cause de la honte que la joie de le revoir a déclenchée en elle, à cause de la manière dont il la regarde à cet instant même. « Cessez d'essayer de me faire croire que vous vous souciez de moi. Vous m'avez abandonnée, comme tous les autres. Tout le monde ne se préoccupe que de l'enfant que je porte, mais de moi, jamais, il ne reste personne pour… »

Elle se lève lourdement, et dans son ventre le bébé remue comme s'il l'avait entendue et comprise. Eren s'est levé lui aussi, mais l'aisance qu'il y avait entre eux s'est envolée. Il ne la touche pas, mais se tient comme prêt, les bras étrangement placés en arc de cercle pour la rattraper au cas où elle tomberait. Lisbet se détourne, respire de grandes bouffées d'air, goulûment.

« Je me soucie de vous, Lisbet, finit-il par dire. Je ne suis jamais parti. »

Il s'est approché si près qu'il suffirait d'un pas à Lisbet pour se retrouver contre lui.

« J'ai veillé sur vous après que les XXI nous ont donné ordre de quitter la ville, poursuit-il. J'aurais pu m'en aller avec Frederich et les autres, mais je suis resté pour m'assurer que tout allait bien pour vous. En attendant que votre mari ou votre belle-mère revienne. J'ai vu que Mathias et les enfants d'Ida étaient restés avec vous. Je vous le promets : vous n'avez été seule à aucun moment. »

Lisbet se tient suffisamment près pour compter ses cils, pour distinguer une cicatrice minuscule cachée sous sa barbe, au coin de sa bouche. Eren a donc laissé partir Frederich, son ami le plus cher. Il est resté pour elle.

« Pardonnez-moi, lui dit-il. Je ne voulais pas vous faire peur. Je voulais simplement m'assurer qu'il ne vous arriverait rien. Que si le moindre danger se présentait, quelqu'un serait là pour vous aider.

— Je sais me défendre toute seule, répond-elle d'une petite voix.

— Je le sais. »

Embrassez-moi, pense-t-elle. *Posez vos lèvres sur les miennes*. Au lieu de cela, Eren recule, et Lisbet essuie les larmes qui ont coulé sur ses joues.

« Voulez-vous que je vous raccompagne à la ferme ?

— Non, dit-elle, trop brusquement, trop vivement.

— Je sais que vous pouvez cheminer seule.

— Non, répète-t-elle, plus calmement cette fois. Je resterai un peu, si vous le permettez. Ulf s'est déjà installé. »

Ils baissent ensemble leur regard vers le chien, qui, vautré sur le flanc, langue pendue, ronfle doucement. Eren pousse un petit rire.

« Comme vous voudrez. »

•

Décider de rester est aussi simple que de respirer. Ils s'assoient côte à côte près du feu mourant, à bavarder. Il y a encore beaucoup de choses à dire : sur Frederich, sur Nethe et Ida, sur la parade monstrueuse de l'idole de saint Guy censée leur apporter à tous la rédemption. Ils tournent autour du sujet le plus évident, celui de savoir ce que fera Eren, où il ira. Lisbet ne veut pas en entendre parler. Une chose est sûre, il ne restera pas dans cette ville où les gens le fuient ou le frappent. Peut-être attendra-t-il quand même le retour de Henne avant de disparaître à jamais. Elle garde cette pensée comme un nuage dans le ciel changeant de son esprit.

« Pensez-vous que tout cela va cesser ? demande-t-elle.

— Il le faut. Les transes collectives sont comme les abcès : il faut les crever, les soigner, en extraire le pus. Mais une fois ces choses faites, elles appartiennent au passé.

— J'en sais quelque chose, dit-elle d'une voix douce. Et vous avez raison de préciser que ces choses passent. Mais parfois, en partant, elles emportent avec elles des gens.

— Vous-même en avez fait l'expérience ? »

La bouche de Lisbet s'ouvre, déjà remplie de Mutti, de ses pieds gonflés. De ces moments où, tout en l'apaisant de ses mains, elle priait dans son cœur pour la voir mourir, pour la voir libérée de son agonie. Mais que faire si ces récits le rebutent ? Que faire si, lui, cet homme qui pourtant a un sodomite pour meilleur ami, qui incarne lui-même le péché au regard de l'Église, que faire si cet homme réagit avec dégoût, la condamne ?

« Ma mère…, commence-t-elle. Ma mère a perdu la raison. Elle est morte juste avant que je n'épouse Henne. »

Car elle voulait s'enfuir, et son mariage avec Henne le lui permettait. La culpabilité lui serre encore un peu plus le cœur, le presse. La réalité de sa faute est horrible. Lisbet elle-même est horrible.

« C'est un deuil terrible à porter. »

Tout en lui inspire la confiance et la sécurité, et tout en elle voudrait lui raconter. Mais ces histoires sont les plus sombres, les plus enfouies en elle. Elle renonce et change de sujet.

« Qu'en est-il de votre mère ? »

Eren se met à parler de sa mère, qui savait lire, et de sa sœur emportée à l'âge de cinq ans par une fièvre. Ses cheveux étaient coiffés en une tresse aussi épaisse qu'une corde, et ses yeux ressemblaient aux siens. Son père boitait depuis une guerre dont il ne parlait jamais. Elle lui pose de nouvelles questions sur lui, son enfance, et Eren lui parle encore de ses sœurs, celles qui ont survécu, de sa mère, qui chantait, de son père musicien, d'une époque où sa famille avait tenté de dresser un ourson et de lui apprendre à danser pour récolter de l'argent, mais l'ourson, se languissant de sa mère, était mort de chagrin.

Il lui parle de leurs voyages, car ils voyageaient tout le temps, de villes en villages, en passant par les grandes cités, et lui-même voyage toujours, avec pour seul bagage sa chemise sur le dos, le luth de son père et la bouilloire de sa mère. Il lui raconte être allé aussi loin que Copenhague et la Grèce, et que dans sa vie deux mois ne se ressemblent jamais. Il lui raconte avoir appris la musique en regardant les doigts de son père. Et que, faute d'argent dans sa famille, il s'était exercé jusqu'à ses dix ans sur une planche de bois sur laquelle il avait gravé des cordes, fredonnant pour entendre ses airs. Lisbet lui tend le bâton dont un morceau s'était planté dans sa paume, et Eren l'accepte en riant.

« Comme cela », dit-il en le tenant contre lui comme il tenait son luth sur scène devant les danseuses.

Puis il fredonne. C'est un air rapide et joyeux, une gigue que Lisbet écoute en remuant les genoux et en battant des mains.

À la fin de sa chanson, il jette le bâton à Ulf, qui se précipite pour le rapporter tandis qu'Eren s'incline dans une révérence, sous les acclamations de Lisbet. Elle se sent agitée après toutes les péripéties de cette journée, qui bientôt laissera place à la nuit.

« Et vous ? lui demande Eren en s'installant à ses pieds. Qu'en est-il de vous ?

— Il n'y a rien à raconter.

— Il y a toujours quelque chose à raconter. »

Lisbet sent toute sa joie s'envoler, sent un poids s'abattre sur elle et l'écraser. Une fois pour toutes, elle voudrait s'en débarrasser, et peut-être est-ce le moment, peut-être est-ce le lieu, peut-être a-t-elle devant elle la seule personne à qui en parler. À qui se confesser.

« Vous me trouvez indiscret, dit Eren. Je vous demande pardon.

— Vous n'avez pas à vous excuser.

— Vous n'êtes pas obligée de me dire quoi que ce soit.

— Si. Je veux... J'ai besoin de... »

Il attend. Elle essaie de mettre de l'ordre dans ses pensées, de les démêler comme on carde la laine.

« Vous n'êtes pas obligée...

— S'il vous plaît, dit-elle. Ne parlez pas. »

Elle retrouve ce lieu, là où tout a commencé. Là où son histoire est née.

« Mon enfance n'a été qu'une succession de catastrophes. La nuit où je suis née, une comète s'est écrasée dans l'un des champs de mon père, à l'est. Une année entière de maïs a été brûlée, et la terre n'a plus jamais rien donné. Je présume que vous avez entendu parler de la comète – la comète d'Ensisheim. »

Elle aperçoit du coin de l'œil son hochement de tête, mais garde le regard rivé droit devant elle, sur un nœud dans le tronc de son arbre.

« Geiler, dans ses prêches, parlait d'un signe. Disait que Dieu nous avait tous damnés. Ma famille, en particulier. Car en plus du champ que nous avions perdu, plusieurs nouvelles récoltes ont été détruites, parfois par la grêle, parfois par des tempêtes. Soit des pluies torrentielles s'abattaient, soit il ne pleuvait plus du tout. Les inondations succédaient à la sécheresse, dans un cycle infini. Et, à mesure que je grandissais, notre malheur grandissait aussi. Les révoltes nous ont pris nos meilleurs paysans, et ont aussi failli nous prendre mes frères. Devant chaque mur, des rebelles étaient pendus comme de vieux draps, comme de piètres drapeaux blancs. Et lorsque j'ai fêté mes douze ans, ma mère a commencé à devenir folle. »

Lisbet déglutit. Elle ne peut pas lui dire à quel point les deux événements étaient étroitement liés, l'apparition de ses menstrues ayant coïncidé avec la ruine de l'esprit de Mutti.

« Vous dites que la folie est comme un abcès, mais la sienne se trouvait sous sa peau, dans son sang. Ses pieds se sont mis à enfler au point de ne presque plus pouvoir marcher. Le rebouteux a décidé de lui raser complètement les cheveux. » Au souvenir de cet acte particulièrement cruel, les larmes lui piquent les yeux. « Elle avait de beaux cheveux », ajoute-t-elle, désolée.

Elle ne lui parle pas des autres remèdes. Le rebouteux que Pater avait trouvé était un homme jeune, sans expérience, au visage glabre à part quelques poils sous le menton. Il leur avait vendu de la teinture de moutarde sans presque examiner sa mère.

« L'utérus est flottant, avait-il déclaré à Pater. Il remonte jusqu'au cou, s'est concentré sur le cœur et logé sous la gorge. Lorsqu'il est plein, l'enfant qu'il contient forme un poids, mais, la gestation terminée, il convient de faire usage de la moutarde, que l'on enfonce dans le gosier pour le repousser, ou au contraire de friandises placées au niveau des lèvres des jambes pour l'attirer. »

Dans son imagination, Lisbet donnait à cet utérus les traits d'un nourrisson affamé rampant vers les délices qu'on lui promettait. La moutarde avait donné à Mutti des cloques dans la gorge. Ils n'avaient pas d'argent pour les friandises.

« Et, malgré tout, sa raison s'est brisée. Certains jours, elle me reconnaissait, et il y avait toujours beaucoup d'amour. Et puis, elle m'a de moins en moins reconnue. Ses mains remuaient dans tous les sens, de l'écume s'échappait de sa bouche. Vers la fin, elle ne parlait même plus. »

Ses pieds noirs et sa bouche béante, ses mauvais jours et ceux pires encore. L'infinie, infinie dévotion. Cette langue qu'elles seules parlaient, ce réconfort que seule Lisbet pouvait lui apporter, et le pavot qu'elle lui donnait quand Mutti le demandait.

« Un jour, elle s'est rendue jusqu'à la rivière – non. » Elle se reprend. Si ces paroles sont une confession, alors tout doit être dit. « Un soir, je suis allée danser. C'est là que j'ai rencontré Henne. Heinrich, mon... » Elle n'a pas envie de prononcer le mot « mari ». Elle n'a pas envie de montrer son appartenance à un autre homme devant Eren, même si cette idée est parfaitement sotte, puisqu'il s'agit bien de l'enfant de Henne qu'elle porte dans son ventre, puisque les preuves de leurs multiples unions pendent aux branches de l'arbre au-dessus de leurs têtes. « Et il a demandé ma main. Mais l'épouser impliquait de venir vivre ici, de quitter Mutti, alors j'ai dit non. »

Sa voix se brise. Les yeux d'Eren sont si doux qu'elle voudrait qu'il les ferme. Elle ne mérite pas cette gentillesse.

« Mais Mutti a tout compris. Elle a pris du pavot. Elle s'en est allée à la rivière, cette rivière que la comète avait creusée dans notre champ, à l'est. Elle a rempli son jupon de pierres. »

La main d'Eren est étonnamment chaude et sèche sur la sienne. Ni fraîche ni moite. Mais vivante, tendre. Elle lui dit à quel point Mutti l'aimait, malgré tout, et que c'est la raison pour laquelle elle a continué à vivre, à porter ces enfants morts sans jamais se plaindre, parce qu'elle le méritait. Parce que tout ce qui lui arrive, Lisbet le mérite.

À ces mots, Eren brandit une main pour l'arrêter. Son corps est resté parfaitement immobile tandis qu'il l'écoutait ; à peine semblait-il respirer. Mais le regard qu'il lui lance à présent est entier. Ses doigts minces et bruns se trouvent à quelques centimètres des lèvres de Lisbet, et ses yeux sont plongés dans les siens.

« Nous nous sommes rencontrés il y a peu, Lisbet, mais j'ai l'impression de vous connaître. »

Le soulagement que lui procurent ces mots est presque douloureux.

« Je comprends.

— Alors vous devez aussi comprendre que, bien que n'étant ni votre père, ni votre frère, ni votre mari, mais simplement un ami, je suis parfaitement certain d'une chose : vous n'êtes en rien la cause de tout ce que vous m'avez décrit. »

Un rire creux s'échappe de la bouche de Lisbet.

« Croyez-vous me connaître suffisamment pour…

— S'il vous plaît. Me permettez-vous de dire quelque chose ? »

Son rire s'enraye, elle le ravale.

« L'Église croit en effet qu'il existe des siècles maudits. L'Église croit que les transes collectives peuvent être guéries par des idoles, et, pour guérir les os cassés, elle prie. L'Église croit que les bébés que l'on perd sont des punitions reçues pour nos péchés. Mais il existe d'autres manières de faire, d'autres croyances. J'en ai connu beaucoup depuis mon enfance, ayant grandi comme j'ai grandi, un pied dans deux mondes. Sur la terre de mon père, notre prophète est différent. Notre médecine repose sur des plantes et des éclisses. Nos histoires, nous les écrivons afin que personne ne puisse les déformer, ne puisse nous les prendre, ne puisse mal les interpréter.

— Ce que vous dites est blasphème, dit Lisbet.

— Encore un mot qui prend un sens différent selon la bouche qui le prononce. Je préfère voir tout cela comme une autre manière de vivre cette belle vie. Et je crois que, depuis votre naissance, Lisbet, vous commettez une erreur de lecture. Plus d'une dizaine de femmes perdent la vie, ou perdent la tête, chaque jour. Des centaines d'enfants sont nés la nuit où la comète s'est écrasée. Mille paysans ont perdu leurs récoltes dans les mêmes tempêtes que vous. Les rebelles se battent parce que eux aussi croient qu'il existe d'autres manières de vivre. Que vos prêtres se sont peut-être égarés. Comme le croit d'ailleurs votre belle-mère. Je l'ai entendue faire l'éloge de Geiler.

— Ce n'est pas la même chose, se défend Lisbet, sentant la chaleur gagner son cou. Et les malheurs de ma mère ne sont pas une vue de l'esprit…

— Ma propre mère a été touchée par une fièvre du cerveau qui l'a laissée muette pendant un mois entier. Ma sœur est morte du même mal. Mon épouse, mon enfant – toutes ces histoires sont aussi des malheurs, Lisbet. Et elles n'ont rien à voir avec vous. »

Eren aurait tout aussi bien pu lui donner un coup. Elle colle son poing contre sa poitrine, là où les mots l'ont frappée. Personne ne lui avait jamais présenté les choses sous cette perspective. Rien ni personne, pas les prêtres, pas même ses prières, ne lui a jamais offert un tel cadeau, celui de jeter un autre voile sur sa vie tout entière.

« Pensez-vous que cela est vrai ?

— Je le pense de tout mon cœur. Mais le pouvez-vous aussi ? » Il se penche vers elle. « Pouvez-vous y croire également ? »

Elle n'essaie pas de protester. Ne crie pas au blasphème. Mais choisit, là, en ce lieu qu'elle-même a défini comme sacré, d'acquiescer.

« Je le peux. »

À ces mots, Lisbet sent ce poids, tout ce poids se soulever de ses épaules et s'envoler à travers les branches de son arbre à danser, tourbillonnant dans l'air brûlant. Les larmes coulent.

« Me comprenez-vous ? demande-t-il doucement. Vous pouvez lâcher prise à présent, Lisbet. Laisser tout cela derrière vous. »

Elle le regarde. S'essuie les joues. Et, en souriant, hoche la tête.

« Je le ferai. »

Les épaules d'Eren se relâchent, comme s'il partageait son soulagement.

« Bien. Dans ce cas, il vous faut vous tourner vers l'avenir. Alors, quand est-ce qu'arrive ce bébé ?

— S'il arrive. »

Ces mots sont sortis avant même que Lisbet n'ait pu les retenir.

« Ne parlez pas ainsi.

— Hélas, je n'ai pas le choix, répond-elle. Maudite ou pas, la réalité demeure : ce ne serait pas la première fois. »

Eren rejette la tête en arrière. Sa barbe est toujours soigneusement taillée, le contour de sa mâchoire carrée est aussi net qu'un sillon dans la terre, sa pomme d'Adam monte et descend tandis qu'il déglutit. Elle continue de regarder sa gorge, s'imagine poser ses lèvres à l'endroit où se rejoignent sa peau et sa barbe, le doux et le rêche.

« Vous êtes très forte, Lisbet. »

Elle rit, étonnée.

« C'est précisément le contraire. Je n'ai réussi à en garder aucun.

— Mais vous les avez honorés, vous avez continué à les porter, à les aimer. » Il hoche la tête, et le charme se rompt. « J'aime toujours ma femme et ma fille, même si elles sont mortes toutes les deux.

— Pendant l'accouchement ?

— Juste après. Quelque chose n'est pas sorti. Elle est morte la première, le bébé ensuite. Et je serais mort aussi, sans Frederich. Il m'a pris sous son aile, et nous voyageons depuis. Je crois qu'il a reconnu en moi une âme égarée, comme lui.

— Et pourtant, vos chemins ont fini par se séparer.

— Je suis persuadé que nous nous retrouverons. Et que nous repartirons. »

Que doit ressentir l'homme capable de laisser ainsi son chagrin derrière soi, ou bien encore de le compresser au point de pouvoir le faire tenir dans sa poche et l'emmener partout, au gré de mille vies ? Pourrait-elle en faire autant ? En aurait-elle seulement envie ?

Oui – voilà la réponse, aussi furtive qu'un clin d'œil. *Oui, évidemment*.

« Mais arrêtons de parler de cela, dit-il. Ce bébé vivra, Lisbet.

— Et vivrai-je aussi ? »

Ses épais sourcils se nouent.

« Vous le devez.

— Je le dois, acquiesce-t-elle. Je dois être mère. Il n'existe pas d'autre issue, n'est-ce pas ?

— Vous resterez Lisbet, dit-il. Vous continuerez à vous promener dans la forêt avec Ulf, à prendre soin de vos abeilles.

— Peut-être, répond-elle.

— Vous devez vous battre pour cela. » Eren se penche vers elle, si près que leurs corps pourraient se toucher. « J'ai dû m'opposer à ma mère pour devenir musicien. Un musicien lettré est un homme gâché, mais c'est pourtant ce que je suis.

— Et je suis une femme qui connaît les abeilles, sourit-elle.

— Tout à fait. » Il étend ses jambes. « Ne devriez-vous pas aller vous en occuper ?

— Est-ce ce que vous souhaitez ? »

Il la regarde, la regarde droit dans les yeux. La respiration de Lisbet se coupe comme s'il lui avait porté un coup.

« Voulez-vous que j'allume un feu ? »

Elle hoche la tête, incapable de parler, même après que son regard s'est détaché de son visage. Eren est à présent concentré sur les braises qu'il tente d'attiser. Elle observe ses lèvres qui se retroussent et l'effet de son souffle tentant de donner vie au feu. Un frisson de chaleur chatouille le point où l'écharde a été aspirée.

À quoi ressemblerait sa vie si elle était sa femme ? Assise dans l'obscurité grandissante, le regard rivé sur son visage éclairé par le feu naissant, elle laisse cette idée se déployer dans son esprit. Il y aurait de nombreuses nuits comme celles-ci, sous les étoiles, au gré de ses missions. Il y aurait aussi le manque de travail, parfois, l'absence de stabilité, l'incertitude quant au prochain lieu où ils poseraient leurs bagages, mais serait-ce vraiment un problème ?

Elle laisse ses pensées à aller plus loin encore, jusqu'à un autre monde où, en ce soir de bal, c'est Eren qu'elle aurait rencontré, Eren et son luth pressé contre son cœur, et les doigts d'Eren entrelacés avec les siens, le souffle d'Eren dans son cou, l'enfant d'Eren en elle, la promesse d'Eren d'une autre vie possible, différente. Différente, assurément. Pas dénuée de durs labeurs, non, mais un autre genre d'existence, en marge. Une abeille sans ruche. Elle songe, en l'observant, que peut-être les prêtres se trompent : le contraire du mot « ordre » n'est pas « chaos ». « Liberté », plutôt.

« Voilà, déclare-t-il en s'accroupissant, les flammes à hauteur de ses épaules. Je m'en vais chercher plus d'eau. Puis-je vous laisser sans crainte ? »

Elle hoche la tête, soulagée de ne pas l'entendre lui répéter qu'elle devrait rentrer à la ferme. Peut-être a-t-il besoin d'elle autant qu'elle de lui, besoin de cette parenthèse. Tout se passe comme si tous deux se trouvaient en équilibre au bord d'un précipice, repoussant le moment de tomber. Même seule, Lisbet se sent en sécurité, et même alors que ce traître d'Ulf part sur les talons d'Eren en direction de la rivière. Elle se lève avec effort, comme toujours après être restée assise trop longtemps, et gravit les échelons de la plateforme avec insouciance.

Le sol a été presque entièrement balayé par Eren. Ses quelques effets sont disposés proprement, comme ils l'étaient dans sa chambre à la ferme. Son luth est posé en travers de son oreiller, comme une amante endormie. Elle l'imagine observant son père, l'attention qu'il devait porter à ses doigts, une dévotion identique à celle qu'elle-même avait éprouvée en le regardant jouer. Que doit ressentir l'homme qui apprend ainsi ? Entre les mains d'une femme, un tel pouvoir serait considéré comme sorcellerie.

« Lisbet ? »

L'inquiétude qu'elle perçoit dans sa voix l'emplit de bien-être. L'imitant quelques moments plus tôt, elle se penche au garde-corps et lui fait signe.

« Je suis là-haut. »

Eren soulève ses mains. La bouilloire est pendue à son bras, ses manches sont relevées, révélant ses avant-bras musclés. Ses mains sont pleines de champignons. Ulf, un nouveau bâton entre les dents, se tient à ses côtés, tous deux aussi fiers l'un que l'autre de leurs trouvailles, semble-t-il.

« Je descends les cuisiner, dit-elle, mais Eren secoue la tête et s'agenouille.

— Restez là-haut, ils vont mettre du temps à cuire. »

Lisbet s'assoit au bord de la plateforme pour pouvoir le regarder. Elle a l'impression d'être une jeune fille malgré son ventre énorme, ses articulations enflées, sa vague peur de tomber. Eren nettoie les champignons avec la lame de son couteau, puis les pèle grossièrement avant de les trancher, un par un, et de les mettre dans la bouilloire déjà sur le feu. Il écrase ensuite de l'ail qu'il ajoute dedans, remet le couvercle à sa place et s'essuie les mains. Il semble chercher à faire impression sur elle, comme elle dans la cuisine, à la ferme, exécutant chaque geste avec un soin particulier. Sa préparation terminée, il se lève et, sans la regarder, contourne le tronc. Elle entend le grincement des échelons, sent les planches ployer tandis qu'il prend place à côté d'elle et se penche en avant pour poser ses avant-bras nus sur le garde-corps peint.

Ils restent ainsi, assis en silence, sans gêne aucune, pendant un moment, à regarder Ulf ronger son bâton, les babines retroussées.

« Vous lui manquerez », dit finalement Lisbet.

Vous me manquerez, pense-t-elle.

« Il me manquera.

— Ne vous sentez-vous jamais seul, pendant vos voyages ?

— Est-ce à dire que vous me donnez votre chien ? »

Pas mon chien, mais moi, oui, voudrait-elle répondre.

Elle hausse les épaules.

« N'avez-vous jamais songé à vous remarier ? »

Elle lui pose cette question comme si de rien n'était, mais Eren n'est pas dupe. Lisbet le voit au regard furtif qu'il lui jette.

« Ce n'est pas une vie pour une femme. »

L'odeur de l'ail sauvage s'élève jusqu'à eux. Eren descend de l'arbre et rapporte la bouilloire enveloppée dans une tunique. Ils soufflent ensemble dessus, puis Lisbet approche le bec de sa bouche pour y verser directement son contenu. Le bouillon est presque corsé, et les champignons pourraient passer pour de la viande. L'ensemble, chaud et salé, la rassasie – le contraste avec le miel dont elle se nourrit depuis des jours est exquis.

« C'est délicieux, dit-elle pendant qu'il boit à son tour.

— Vous avez l'air étonnée, répond-il en s'essuyant la bouche. Je ne suis pas seulement musicien.

— Un musicien lettré », le corrige-t-elle d'un air moqueur. Eren exécute une fausse révérence. « Voulez-vous bien jouer pour moi ? »

Ils se regardent alors, et le monde tout entier se réduit à un point, à cet invisible rayon d'énergie brillant de lui à elle et d'elle à lui, un fil qu'elle voudrait par-dessus tout pouvoir embobiner pour être unie à lui à jamais. Ce sentiment qu'elle éprouve ne peut être de l'amour, elle le sait. Car l'amour est le fruit de toute une vie. Ce qui les relie à cet instant, cette communion, est pourtant tout aussi fort. Lisbet sait qu'Eren le ressent aussi.

Et Lisbet sait également qu'il ne franchira pas cette distance. Il pose en revanche la bouilloire, s'étend de tout son long pour attraper son luth, exposant, ce faisant, la chair duvetée de son bas-ventre. Puis il se rassoit en tailleur, à l'écart du garde-corps, et pose doucement son instrument sur ses cuisses, comme un bébé que l'on berce dans ses bras.

Maladroitement, Lisbet se tourne face à lui, comme s'ils étaient deux enfants sur le point de jouer à un jeu de mains. Son regard est toujours posé sur elle tandis que ses doigts se placent sur les cordes, tandis qu'il commence à les faire chanter. Il joue l'air qu'il avait joué la dernière fois, sur l'arbre, une élégie, une chanson d'adieu. Et pendant tout ce temps son regard reste sur elle, ses yeux ne se ferment pas un instant pour mieux entendre la musique, comme il le faisait sur la place du marché, comme si boire son image lui permettait de mieux jouer.

Lisbet sent la musique s'étirer en une courbe au-dessus de leurs têtes, devenir presque visible, dorée, brillante dans les derniers rayons du crépuscule, dans les derniers au revoir du jour. Les notes s'enlacent autour des branches, s'entremêlent aux rubans de ses bébés, effacent les souvenirs d'airs passés, fait tomber sur leurs épaules tout le poids de la disparition et de l'oubli. Il joue jusqu'à les plonger dans le noir, jusqu'à ce que brillent les étoiles à travers les feuilles. Il joue jusqu'à ce que le calme la gagne, jusqu'à ce que toute la forêt soit bercée par lui. Lisbet pleure, ses larmes sont chaudes sur ses joues, et les yeux d'Eren sont luisants eux aussi.

Lorsque enfin ses doigts s'arrêtent, font cesser la mélodie d'un coup, et qu'il pose son luth, Lisbet sait ce que recèle son esprit. Il tend sa main, dont les doigts portent encore l'empreinte des cordes, et essuie les larmes sur son menton, sur ses lèvres. Le bout de ses doigts est calleux, mais ses gestes sont doux, délicieusement doux. Il descend jusqu'à son poignet, et son pouce rêche masse la chair tendre qui se trouve ici, qu'il couvre de sa peau si foncée que Lisbet pourrait croire s'être fondue dans la nuit.

Puis il s'agenouille et, au milieu de l'espace qui les sépare encore, l'embrasse une fois sur chaque joue. Il l'embrasse à nouveau sur le front, un baiser ferme et lent, comme fait pour lisser les plis qui le marquent. Et puis, enfin, Lisbet lève son visage vers le sien pour que le signe de croix soit complet, geste le plus sacré d'entre tous, alors que leurs lèvres se rencontrent, délicates au départ, puis sauvages.

Il n'y a plus d'hésitation alors. Cette période est depuis longtemps révolue, et, lorsqu'elle s'étend sur les vieilles planches, Eren la suit, accroché à sa taille, sans que leurs lèvres se décollent, jusqu'à tant que sa main descende entre ses jambes. Lisbet étouffe un cri, mais même à ce moment-là il n'y a aucune interruption, aucune incertitude, aucune gêne tandis que ses doigts l'écartent et la trouvent ouverte et humide.

Elle attrape sa chemise pour sentir sa peau contre la sienne, tout son esprit occupé par son seul désir, puis bascule sur le côté alors qu'il entre en elle. Son dos est collé contre le torse d'Eren, les battements de son cœur sont à lui, et ceux d'Eren à elle, aucun mot n'est prononcé hormis leurs deux noms qu'ils répètent telles des prières, des bénédictions, des mots comme nouveaux, comme prononcés sincèrement pour la première fois, aussi purs et immaculés que la cire d'abeille tout juste tirée de la ruche du tout premier jardin, à l'époque où tout a commencé.

Personne dans la danse

La ville est hagarde. Elle est une chose énorme, une chose vide, comme une lourde cape drapée sur les épaules de Daniel Lehmann. Il ne prie pas autant qu'il le devrait, mais prie malgré tout pour Hilde, en route pour la chapelle, prie pour elle de tout son cœur.

Il grimpe sur la scène déserte tapissée d'une toile que le sang et l'urine ont rendue marron, faite de planches que ces pieds par centaines ont fendues. Les danseuses ont laissé un véritable chaos derrière elles. Quinze personnes par jour sont mortes, a déclaré Herr Plater avec délectation, en soulevant vers les cieux une coupe de spiritueux, vacillant sur ses jambes. Vu cette chaleur, la nouvelle n'est pas une surprise. Elles sont enterrées dans des fosses communes, des tranchées creusées le long des remparts. Un frisson le parcourt. Dieu merci, Hilde a été emmenée à la chapelle. Déjà, la miséricorde retombe sur eux.

L'épidémie est terminée, et Daniel en est à la fois heureux et triste. Mais le devoir l'appelle, à présent. Daniel, en tant qu'homme de Herr Plater, a une cause à défendre. Une mission à accomplir. En retour, Plater lui a promis du baume pour les pieds de sa sœur, des betteraves et du miel à leur table, du lait pour Gunne et de la bière pour le reste de la famille. Et, au-delà, des prières et une place au paradis comme pour quiconque le sert, car le servir, c'est servir les XXI, et par conséquent Dieu.

Son esprit, tout doucement, cherche à comprendre comment fonctionnent les rouages de ce monde. Pas les luttes minables qui agitent les faubourgs, les tavernes et les rues. Mais la puissance véritable au cœur de ce monde. Dieu domine le tout, bien sûr, mais il existe des moyens de se tendre vers Lui, de creuser pour ses frères, sa sœur et lui-même une place. Daniel pourra les mettre à l'abri, tous, en restant proche de Plater.

Une pensée plus sombre l'habite, cependant, logée dans sa gorge. Tapie comme une tumeur. Le doute. Il tente de le ravaler, mais impossible de l'ignorer. Il y a les coups de pied que son maître assène aux chiens errants. Son plaisir évident alors qu'il traînait sa femme vers les geôles. Le fait qu'il s'adonne depuis peu à la boisson, raison pour laquelle Daniel accomplit des voyages entre le moulin et la taverne pour lui rapporter de la bière et du genièvre, dont l'odeur à elle seule brûle. La colère qui irradie son regard embrumé. Mieux vaut ne pas y penser. Mieux vaut continuer de se fier à Herr Plater, et donc à Dieu. Il ne peut y avoir aucun mal à ces choses-là, si lui-même le dit.

Que doit ressentir un homme si proche du sacré ? Daniel est parcouru d'un frisson d'excitation et de peur à cette idée, car peut-être pourrait-il devenir un jour comme Herr Plater. Un requin parmi les poissons, un roi parmi les abeilles.

Ses piqûres ont cessé de le démanger grâce aux soins de Frau Wiler. Il ne faut pas qu'il pense à cela non plus. Herr Plater attend sa bière, attend des nouvelles de l'idole. Le travail qu'ils accomplissent est celui de Dieu, dit-il. Et Daniel Lehmann, dont la vie n'a jusqu'ici été qu'un dédale de choix difficiles, le croit.

Vingt et un

Lisbet est réveillée par une odeur de fumée aussi familière que ses propres mains et aussi inappropriée en ce lieu que le bras d'Eren en travers d'elle. Elle soulève la tête, prenant conscience, comme chaque matin, de son corps plus gros, plus lourd et plus fatigué que la veille. Une douleur vive à la taille la transperce, là où les couvertures minces qu'Eren a déployées n'ont pas réussi à la protéger du bois brut de la plateforme.

Elle se redresse avec effort. Elle attend et attend encore, une main sur le ventre, sur cette peau fine qui sépare son bébé du monde, que la honte affleure. Mais elle ne ressent que de la joie.

Elle se tourne vers Eren. On dirait un enfant lorsqu'il dort ; son bras qui reposait sur elle est maintenant replié sous son menton. Sa jolie bouche est entrouverte, et Lisbet résiste à l'envie d'accomplir les gestes laborieux qui lui permettraient de se pencher pour la baiser. Des décisions seront à prendre dans peu de temps – des décisions qu'elle n'avait, avant cette nuit, jamais considérées ailleurs que dans ses fantasmes les plus fous. Eren les emmènerait avec lui, Lisbet le sait. Les emmènerait, elle et le bébé. Il le lui a soufflé à l'oreille pendant qu'ils se trouvaient ensemble, qu'il la remplissait. Il lui a soufflé qu'il l'aimait.

L'aube commence tout juste à poindre, à percer à travers les feuilles qui les surplombent. Déjà un ciel de fin du monde rayonne, d'un bleu sans merci. La forêt, elle aussi, s'anime, grince, craque, s'étire sous la chaleur d'un nouveau jour de cet été sans fin. Ulf aboie, et Lisbet se remémore soudain ce qui l'a tirée du sommeil. La fumée. Lentement, elle rampe jusqu'au garde-corps pour vérifier si le feu qu'Eren a allumé la veille est bien éteint. Ulf est là, alerte, tourné vers la forêt. Il ne reste que des cendres dans le brasier. Il aboie de nouveau.

« Lisbet ? »

Elle se retourne et découvre Eren, les yeux petits, encore ensommeillés, ses cheveux ébouriffés comme ceux d'un garçonnet. En le voyant, son cœur se gonfle, et lui revient le souvenir de son corps tiède épousant parfaitement le sien, de son souffle chaud dans son oreille.

« Est-ce que tout va bien ?

— Sentez-vous cette odeur ? »

Il renifle l'air comme un chien.

« Le feu n'est pas éteint ?

— Si », répond Lisbet en tentant de se lever.

Ses jambes sont raides, tout son corps est douloureux. Plus jamais elle ne se plaindra d'un lit, même le plus mal rembourré qui soit.

Eren la rejoint d'un bond pour l'aider avec précaution à se mettre debout. Il lui masse le haut des bras et, l'espace d'un instant, Lisbet reste blottie contre lui, les lèvres d'Eren sur son front. Ulf aboie deux fois, plus fort, et plus urgemment.

Le corps d'Eren se tend.

« Entendez-vous ? »

Lisbet s'écarte légèrement de lui pour que les battements de son cœur ne parasitent pas son écoute. Au loin, devant Ulf, elle entend les bruissements de la forêt…

« Les oiseaux ne chantent pas, dit-elle.

— Écoutez encore. »

Eren lève un doigt, son oreille de musicien décelant des bribes de son qui ne parviennent à Lisbet que lentement. Ce sont les crépitements qu'elle avait entendus auparavant, mais plus affirmés à présent, semblables à de l'eau, au grondement d'une vague qui approche.

« Du feu, dit Eren. Non loin d'ici. »

Il lui attrape la main, récupère son luth et la tire en direction de l'échelle.

« Il faut aller à la rivière.

— Eren, dit-elle – sa gorge est très sèche. Eren, cela vient de la ferme. »

Elle entend le bruit distinctement maintenant que ses oreilles l'ont reconnu, maintenant qu'elle sait qu'il provient de leurs terres. Une fois au pied de l'arbre, Ulf se met à courir autour d'elle, pris de panique, puis détale en direction de la ferme.

« Ulf ! crie-t-elle avant de partir à sa suite.

— Attendez-moi à la rivière. Je vais chercher le meunier et les enfants. »

Elle commence à protester, mais Eren la pousse sans ménagement en direction de la rivière.

« Je vous y rejoindrai. »

Il part en courant. Bien que sachant qu'elle devrait lui obéir, Lisbet le suit.

Il est déjà hors de vue. Mais, quelques instants plus tard, elle ne craint plus qu'il ne l'entende, car les rugissements, les sifflements du feu dévorant et grandissant couvrent tout. Elle n'est pas en mesure de courir, pas avec son ventre, pas avec ses jambes encore raides, mais elle progresse aussi vite qu'elle le peut et se retrouve bientôt à la lisière de la forêt.

Cette chaleur ne trompe pas. Lisbet a soudainement peur, elle qui depuis le début aurait dû se tenir sur ses gardes, depuis l'instant où Eren et elle ont pénétré dans la clairière. Jamais elle n'aurait dû le croire, penser qu'un jour elle pourrait se libérer de cette gangrène, de tout ce qu'elle incarne. Même le sacrifice de sa mère n'a pas suffi à la sauver – comment donc a-t-elle pu penser que ses mots y parviendraient ?

Il y a soudain de la fumée au-dessus de sa tête, remplissant de noir les trouées entre les branches des arbres. Pétrie de terreur, elle avance, jusqu'à le découvrir enfin – non pas un mur de flammes engouffrant les arbres, formant une barrière infranchissable, non pas le corps de ferme lui-même flambant comme un bûcher, mais…

Le rucher. Les ruches ne sont plus que de petites buttes de flammes, des monticules brûlant à intervalles parfaitement réguliers. La fumée est chargée d'une odeur de sucre écœurante. Des abeilles en jaillissent comme autant d'étincelles au milieu d'un chaos de lumière, produisant des bourdonnements si aigus que Lisbet n'entend rien d'autre.

Ses abeilles sont en train d'être brûlées vives, et Lisbet pousse un faible cri, expression impuissante de sa rage, tout en s'approchant, vacillante. Une fumée noire s'amoncèle au-dessus du rucher comme une nuée d'orage, tandis que les bourdonnements résonnent de plus en plus fort.

Où est Eren, où sont les enfants ? Tant bien que mal, Lisbet avance, mais la chaleur l'oblige à contourner le rucher. La sueur et les larmes ruissellent sur son visage, ses yeux sont aveuglés par la fumée, son corps la torture.

Ce n'est qu'au moment où elle se retrouve en dessous qu'elle comprend. Au moment où elle s'avance sous la fumée, dont le noir infernal obstrue le bleu du ciel. Ce n'est pas seulement la fumée qui bloque le soleil. Ce qui bloque le soleil est doté d'un souffle.

Les abeilles qui ont survécu ont formé un essaim, et cet essaim se comporte exactement comme une volée d'oiseaux, vrille dans l'air, l'envahit de paires d'ailes. Lisbet recule, trébuche, tente de s'éloigner de l'essaim, mais ce faisant son regard se pose par terre, où se trouvent d'autres abeilles, un autre essaim, plus petit, dont la forme ressemble à celle d'un homme. C'est le Diable, pense-t-elle, le Diable venu la chercher, finalement.

Elle se laisse tomber à genoux tandis qu'il se lève, se cabre, et fait sortir de sa bouche un beuglement terrible. Ulf court entre les ruches en feu, la fourrure roussie, les yeux écarquillés de douleur, s'élance droit sur le Diable et effraie les abeilles, qui s'envolent en une masse furieuse et informe vers le ciel. En dessous, ce n'est qu'un homme, meurtri par les piqûres, hurlant. Il titube vers Lisbet, qui finit par le reconnaître : Plater.

« Frau Wiler ! »

La voix est celle d'une fillette, mais Lisbet ne se retourne pas pour voir qui parle, qui tire sur ses jupons, car à cet instant un mouvement, une silhouette s'agite plus loin parmi les ruches en flammes. Eren est ici, au milieu du brasier.

Elle assène à Plater un coup qui le fait tomber à terre, puis plonge dans la fumée et les essaims. Elle sent les abeilles que la terreur a rendues folles, les abeilles qui lui transpercent le cou, qui transpercent ses mains aux doigts crispés comme des griffes au milieu de cette fumée devenue tangible, piquante, mais elle n'en a que faire, car elle doit aller chercher Eren.

Un bruit de toux – pas la sienne. Là. Elle suit le bruit, les yeux aveugles, inondés par la fumée, les poumons de plus en plus lourds. Le bébé. Elle ne peut rester ici, et ne peut non plus partir. Là, encore.

« Eren ! »

Elle s'étrangle en hurlant son nom, mais Eren est là, l'a attrapée, la tire.

« Partons », crie-t-il, ses mains puissantes sur elle, sa voix claire dans son oreille.

Tout n'est que confusion, puanteur, terreur, il n'y a plus qu'Eren pour l'ancrer à cette terre, ses mains qui la serrent…

Mais tout à coup, là, devant eux : Plater. Plater est apparu brusquement, lui bouche la vue, sa peau brûlée et piquée grouillante d'abeilles. Plater couvert de venin, de fumée, pousse des grognements de douleur et de colère, et Lisbet devine l'intention qui l'anime à l'instant où ses mains se referment sur son cou.

« Sale putain », râle-t-il. Son souffle est chargé d'alcool. « Vois donc qui je suis. Vois ce dont je suis capable. »

Ces mots, Lisbet en est certaine, ne s'adressent pas qu'à elle. Ils s'adressent aussi à Ida, à Nethe, à toutes les femmes qui l'ont défié pour vivre heureuses. Tandis que jaillissent sous ses yeux des étincelles rougeoyantes, Lisbet sait que Plater veut la tuer. Elle, mais aussi son petit. Son enfant qui, près de neuf mois durant, a survécu à l'intérieur d'elle. La fureur monte en elle comme un souffle. Plater ne l'enlèvera pas à ce monde.

Elle entend le cri horrifié d'Eren et s'accroche à lui, cherchant à tâtons sa ceinture et le manche de son couteau. Sa vision n'est plus occupée que par la fumée noire, les abeilles et sa colère rouge, rouge. Elle brandit une main et, en même temps que les doigts de Plater se resserrent, que des étoiles commencent à danser devant ses yeux, abat de toutes ses forces le couteau.

Il y a un grognement, puis un cri. Les mains de Plater sont soudain aussi molles qu'une corde pourrie. Elles s'ouvrent d'un coup et Lisbet, déséquilibrée, est sauvée de la chute par deux autres mains qui se posent sur elle. Une fois qu'Eren l'a aidée à se redresser, elle découvre, derrière un rideau de larmes, le couteau enfoncé dans le cou de Plater.

Une douleur soudaine lui tord, lui déchire les entrailles. Elle baisse les yeux, s'attendant à trouver une lame enfoncée dans son propre corps, mais ne voit que les bras d'Eren.

« Le Turc ! s'écrie quelqu'un. C'est le Turc ! »

Elle comprend tout à coup à quoi doit ressembler la scène. Plater gisant par terre, le couteau d'Eren planté dans son cou.

Elle retire les mains d'Eren posées sur elle.

« Partez, dit-elle. Partez. »

La douleur revient. Lisbet s'écroule à genoux. Elle tombe par terre, et tout s'éloigne, la fumée, les ruches, Eren, et le bord du monde.

•

Il ne reste plus alors que la douleur, la douleur dans son ventre, dans son dos, dans son cœur et dans sa tête, une douleur insoutenable. Ulf décrit toujours des cercles désespérés au milieu de la cour, et les abeilles au-dessus d'eux se massent en un essaim plus gros encore, tandis que deux petites mains fraîches l'attrapent, la tirent à l'abri des arbres, et l'obscurité se referme sur elle en même temps que leur frondaison pour ne plus lui laisser voir que les éclairs noir doré de son agonie.

•

D'autres mains sur elle, des mains sur ses tempes, des mains qui l'éventent, et surtout un poing qui s'ouvre et se ferme à l'intérieur d'elle. Le Diable l'agrippe par l'entrejambe et aspire, la mord entre ses dents, le sol se fend et l'avale.

•

Il y a des feuilles en dessous d'elle, elle les a reconnues, et les agrippe par poignées. Elle n'a pas encore été damnée. Il faut tenir. Mais quelque part des serpents sifflent, des milliers de serpents qui se glissent et se dressent le long de la forêt sans fin pour arriver jusqu'à elle. De l'eau est versée dans sa gorge. Un haut-le-cœur la secoue. On en verse encore. Elle boit, se noie.

•

Ils l'ont allongée sur une planche. Son ventre est fendu en deux – de cela elle est certaine. Un regard vers le bas, et elle verra ses tripes, ses entrailles aux nuances aussi nettes que le violet et le rouge et le noir des abeilles, que l'or pur qu'elle a aperçu lorsque Eren est entré en elle et que ses paupières se sont refermées sur la vision des rubans de son arbre à danser. Mais il y a toujours trop de mains sur elle, elle les repousse, les mord. Quelqu'un lui glisse entre les dents une racine qui lui remplit la bouche de petits morceaux d'écorce.

•

Elle flotte à présent, et les gens autour d'elle parlent une langue qu'elle reconnaît mais ne comprend pas. Les mots ne sortent plus, sa langue est bloquée derrière la lanière de cuir qui a remplacé la racine, et au-dessus d'elle il y a un toit, un toit soutenu par des solives noueuses qu'elle a comptées des milliers de fois, ces tourbillons dans le bois qu'elle contemplait lorsque, réveillée dans son lit, elle attendait de devenir mère ou attendait que le Diable l'emporte. Maintenant qu'il la tient entre ses griffes, il ne sert plus à rien de se battre.

« Poussez, Frau Wiler. »

Par pitié, mon Dieu, mon bébé.

« Poussez, Frau Wiler. »

Par pitié, mon Dieu ! Mon bébé.

On lui verse de l'acide dans la gorge. Le liquide brûle comme un millier de coupures, un millier d'incisions précises ; puis vient le miel, qui lui donne l'impression d'avoir avalé la tige d'une rose. Le vinaigre et le miel manquent de l'étouffer, mais on l'emmène malgré tout dans une chambre. On l'oblige à se mettre debout contre un mur. Le matelas à ses pieds est trempé et son ventre se tortille comme un sac de serpents. La douleur lui fait perdre l'équilibre – une personne inconnue la maintient debout.

Clouée au mur, elle hurle comme un renard pris dans un piège, prêt à se ronger la patte pour se libérer.

Son corps se brise avec le même bruit qu'un rayon de miel, un bruit de craquement mouillé. Le goût du sucre inonde sa bouche et le bout de chacun de ses doigts bourdonne. Elle est un essaim, une et multiple à la fois, elle vole au-dessus du lit, survole la forêt, ailée et énorme, et lorsqu'elle finit par s'écraser sur de la paille, la vision qui l'accueille lui tire les larmes.

« On y est presque. »

Aussi fort qu'elle le voudrait, cette voix n'a rien de commun avec celle de sa mère.

« Lisbet, pousse. »

Nethe.

Lisbet se dirige vers sa voix comme une taupe cherchant son chemin dans la galerie obscure de son agonie. La voix de Nethe résonne à nouveau, douce et chargée d'amour. Une vague de feu monte à présent en elle. Elle ondule, et le monde entier se réduit à un point en elle. On lui replie les jambes, sa colonne vertébrale se brise, sa bouche est grande ouverte, mais elle ne peut crier.

« Pousse. »

Elle pousse.

•

Il y a une cuillère, sucrée par du miel. Le miel entre ses lèvres est frais. Il y a un linge sur son front et quelqu'un pleure, mais ces pleurs ne viennent pas d'elle.

« Le fils de Henne. » La voix de Sophey, lointaine. « Le petit garçon de Henne. »

Les yeux de Lisbet sont fermés, ses bras ballants sont lourds. Quelque chose, à présent, est déposé en travers d'elle, gluant et étonnamment chaud, une grenouille bouillie. Mais cette chose remue sous les langes. Rien à voir avec ses bébés morts. Cette chose miaule et donne des coups.

« Ton petit garçon. »

Le souffle de Nethe est sucré par le miel, lui aussi. Elle positionne les bras de Lisbet autour de l'enfant, et, malgré un épuisement si profond qu'elle pourrait simplement renoncer, se laisser sombrer et quitter cette vie, Lisbet s'agrippe et ouvre les yeux.

Il est rouge, couvert de sang, magnifique. Ses paupières papillonnent : elle aperçoit deux pupilles noires, et un blanc d'une pureté absolue. La voit-il ? La connaît-il comme elle le connaît ? Sait-il qu'ils s'appartiennent l'un à l'autre ? Qu'elle a traversé le feu et tant, tant de deuils pour finalement arriver à lui, à lui seul ?

Toutes les parties de son cœur se gonflent, s'inondent. Elle sent le brûlé et le sang, entend le cordon qui les reliait se dissoudre sous le feu. La bouche de son fils trouve son sein et la douleur est vive, mais juste.

Enfin, les bras de Lisbet restent pleins.

Vingt-deux

Les premiers jours sont de lait et de sang. La fumée a écorché sa gorge et embrumé son esprit. Seule l'extase qu'elle ressent en tenant son fils la convainc de se redresser. Bien heureusement, Nethe est chargée de ses soins pendant que Sophey s'occupe du désastre causé par l'incendie. Pendant des jours, la maison empeste la fumée et le miel, comme une église. Et elle est aussi silencieuse qu'une église à présent que Mathias et les enfants ont regagné le moulin après la mort de Plater. Après son *meurtre*. Elle ferme la porte de son esprit pour chasser ce souvenir. Lisbet l'a tué pour survivre. Pour sa survie, mais aussi celle de son fils. Voilà qui ne lave pas sa conscience, mais qui l'apaise suffisamment pour lui permettre de savourer la joie que lui procure son enfant.

Elle préfère alors penser à Ilse dans les bras d'Ida, à Rolf à son sein. Pourquoi son amie n'est-elle pas venue la voir ? Lisbet donnerait n'importe quoi pour ouvrir en grand les fenêtres, mais les fenêtres doivent rester closes jusqu'à ses relevailles, pour éviter que le sang ne remonte.

Voilà l'une des choses que prescrit le rebouteux qui se présente à des heures imprévisibles du jour ou de la nuit, pour arracher la dent de Sophey, recoudre Lisbet, la laver au vinaigre ou vérifier que le bébé est emmailloté correctement. Lisbet est si faible qu'elle défaille alors que le guérisseur se trouve à ses côtés. À son réveil, elle se rend compte que Sophey et Nethe sont en train de se disputer, sait qu'elle en est la raison, mais ne trouve pas la force de s'interposer.

Son esprit est confus. Elle ne sait plus démêler la plénitude de la souffrance. Le plaisir et l'agonie, acérés, s'imbriquent, deux sensations pourvues de dents, violentes et déchirantes. L'amour est épuisant, assez proche de la peur par son intensité. Lisbet le ressent, mais des jours entiers lui sont nécessaires avant qu'elle ne soit capable de plus, comme parler ou faire autre chose que soulever le petit corps de son fils pour le nourrir. Pourtant, cela suffit. Elle se contente de le humer, oubliant pendant plusieurs minutes tout ce qui a précédé, et cela suffit.

Nethe ne parle presque pas non plus. Il y a parfois en elle une immobilité infinie, un silence profond. Les premiers jours, Lisbet trouve sa présence apaisante, mais, à mesure qu'elle redevient elle-même, elle remarque la manière dont Nethe la regarde lorsqu'elle nourrit son enfant et dont elle détourne les yeux chaque fois que Lisbet tente d'établir le contact. Nethe est revenue de la source le teint gris, le regard grave, les cheveux plus longs, au-dessus des oreilles. Lisbet s'étonne elle-même du peu de temps qui s'est écoulé depuis qu'elle a fait sa connaissance, du peu de temps qu'il lui a fallu pour l'aimer. Elle voudrait pouvoir passer la main à travers ce silence, lui dire que tout va bien, que son fils est né et que rien n'est plus important. Mais le mutisme de Nethe l'arrête. Il lui faut s'armer de tout son courage pour, au quatrième jour de vie de son fils, oser prendre le poignet de Nethe au moment où elle lui tend le bébé.

« Assieds-toi là », lui dit-elle. Nethe se perche au bord du lit. Lisbet se décale vers le mur, puis hausse l'épaule pour se dénuder. Elle étend le bras tandis que son fils commence à téter. « Viens. »

Mais Nethe ne bouge pas. Son regard est fixé sur la porte close derrière laquelle Sophey récure encore et encore la table, le banc, le sol, comme pour effacer pour de bon toutes les traces des événements récents.

« Nethe, souffle Lisbet. Quel que soit ce poids, tu n'as pas à le porter seule. Que s'est-il passé ? Es-tu… es-tu toujours condamnée ?

— Amnistiée, dit-elle dans un soupir. Les XXI ont gracié l'ensemble des danseuses, ainsi que toutes les impostrices. L'ordre est arrivé par décret du pape : la danse était déjà une pénitence en soi. Plater ne nous a jamais dénoncées comme sodomites. Que tout le monde le sache cocu aurait été pire que tout pour lui.

— Mais ce sont d'excellentes nouvelles, dit Lisbet. Vous êtes libres, toi et Ida. »

Un son minuscule, un sanglot ravalé se fait entendre.

« Nethe ? » De nouveau, Lisbet tend la main, mais Nethe l'évite. « Que s'est-il passé ? »

Pour la première fois depuis qu'elle la veille, Nethe la regarde alors, et Lisbet devine la nouvelle à son visage, à la colère pure inscrite dans ses traits. Brusquement, elle ne veut plus savoir, ne veut plus retrouver ses esprits, ne veut plus de son fils dans ses bras, de cet être si pur et charmant dans ce monde si laid.

« Ida, dit-elle. Ida est morte ? »

Le visage de Nethe se fronce. Elle se jette sur l'épaule de Lisbet, et Lisbet l'accueille, sent son corps trembler et ses larmes chaudes tomber sur sa peau nue. Entre deux cris étouffés, Nethe lui raconte être revenue à elle, dans la charrette, alors qu'elles voyageaient depuis un jour. Ida se trouvait près d'elle, le souffle court, comme après un effort. Ses yeux étaient complètement noirs, ne voyaient plus, mais elle semblait la reconnaître. Nethe l'avait tenue pendant tout le temps où son cœur s'était ralenti, avant de s'arrêter. Puis elle s'était blottie contre elle jusqu'à sentir la froideur de son corps, jusqu'à en oublier où sa peau s'arrêtait. On l'avait enterrée dans le cimetière de la chapelle de saint Guy ; toutes les bénédictions qu'elle méritait lui avaient été données.

« Je ne comprends pas, gémit Nethe. Est-ce la punition de Dieu ? Pourquoi l'a-t-Il emportée ? »

Lisbet sait qu'il s'agit du pavot, et non de Dieu. Du pavot que Karl lui avait donné et qu'Ida avait pris avant d'être noyée, pour s'épargner la douleur. Ce pavot qui lui avait serré le cœur et l'avait fait sombrer, exactement comme Mutti. Mais elle ne peut dire à Nethe à quel point son bonheur était proche. À quel point ce dénouement, après toutes ces épreuves, est cruel.

« Non, dit-elle. C'est la danse qui l'a emportée. Et mieux vaut mourir ainsi que noyée, Agnethe. C'est toi qui lui as évité ce sort.

— Je pensais qu'ils m'attraperaient, répond-elle. Je voulais simplement lui montrer que j'étais là. Je pensais que nous serions noyées ensemble. Et puis les danseuses se sont mises à hurler, et mes pieds ont commencé à bouger, sans que je fasse quoi que ce soit. J'étais ailleurs. Je volais.

— Je l'ai vu, acquiesce Lisbet. J'ai vu que tu ne simulais pas. Que ton abandon était vrai.

— Elle est morte. Oh, grand Dieu, comment est-ce possible ?

— Mais toi tu es vivante, et tu étais avec elle jusqu'au bout. »

Lisbet entrelace ses doigts à ceux de Nethe et pose sa joue contre la sienne. Son chagrin est doux, et se mêle à la sensation vive du nouveau-né qui tète son sein. Là, dans ce lit, auprès de son bébé et de sa nouvelle sœur, Lisbet se sent plus entière que jamais. Elle pense qu'Ida ne lui en voudrait pas.

Mais elle n'a pas encore tout appris, toutes les disparitions. Ce cher et bon Ulf est mort, ses brûlures étaient trop douloureuses pour qu'il puisse poursuivre sa vie. Les abeilles ont brûlé ou se sont enfuies dans la forêt. Eren a disparu, et fait l'objet d'un avis de recherche pour le meurtre de Plater. Lisbet tente à plusieurs reprises d'expliquer à Nethe qu'on l'accuse à tort, mais Nethe l'arrête.

« Cesse de parler de cela, Bet. »

Et Lisbet comprend qu'il est, en effet, inutile d'en parler. Car tant qu'Eren demeure introuvable, elle n'a pas besoin de le protéger. Et comme elle ne peut pleurer Eren ouvertement, alors elle pleure son chien, et Sophey la cajole, lui redonne du vinaigre.

Mais à côté de ces nouvelles dévastatrices, une certitude l'habite : son fils est né et vit, sain et sauf. Que demander d'autre ? Elle sait aussi que la main qu'elle a sentie sur ses jupons était celle d'Ilse, qui tentait de l'empêcher d'avancer dans les flammes. Que la main qu'elle a sentie sur son poignet était celle de Daniel, que Daniel est celui qui lui a porté secours, qui a fait accuser Eren. Qu'il est celui qui, avec Mathias, s'est occupé d'elle pendant un jour entier avant le retour de Sophey et Nethe, qui l'ont ensuite chassé.

« Il a transformé la chambre de Nethe en porcherie », s'indigne Sophey en reniflant. Elle berce le bébé avec une telle brusquerie que Lisbet se demande s'il est endormi ou s'il n'a pas plutôt perdu connaissance. « Bien m'en a pris d'avoir pensé à cacher mes soies de mariée. »

Nethe et Lisbet échangent un regard, puis partent dans un fou rire que seuls peuvent connaître ceux qui ont traversé les plus grandes catastrophes, et survécu.

•

Henne rentre le jour où leur fils fête sa première semaine de vie, portant la nouvelle qu'a été proclamée la fin de l'épidémie. Il est si grand, si large de carrure qu'il pourrait obstruer le soleil.

« Ils ont dénombré des morts par centaines, et je veux bien les croire. Leurs pieds ont même laissé des marques dans le bois des scènes. Mais qu'importe, ajoute-t-il – sa voix, qu'elle n'a pas entendue depuis si longtemps, paraît étrange à Lisbet. Merci pour mon garçon. »

Mon garçon, pense Lisbet.

Il se rapproche du lit, lui prend la main. Son visage est tellement creusé que Lisbet en frémit presque. Comment avait-elle pu faire pour ne jamais remarquer la saillie grossière de son front, la lascivité de sa bouche, la blondeur fantomatique de ses cheveux, de sa barbe ? Henne a laissé Plater battre Nethe, presque à mort. Lorsqu'il lui baise la main, Lisbet fronce le nez – elle met cette grimace sur le compte d'une prétendue douleur.

« Je l'ai nommé Heinrich », déclare-t-il, content de lui, et déjà Lisbet sent se rompre les fils qu'elle a commencé à tisser avec cet enfant, ces moments de dentelle où elle le regarde téter tout en attendant que lui vienne ce prénom qui l'épousera aussi parfaitement que lui-même épouse les bras de Lisbet. Mais, dès son arrivée, Henne a tout balayé d'un revers de la main. Dès son arrivée, Henne a englouti l'enfant en le déclarant sa propriété.

Son mari – car il le reste bel et bien, se rappelle-t-elle –, croyant à sa grimace, serre sa main. Lisbet avait oublié son manque de délicatesse. Il la serre trop fort ; ses doigts, sous sa pression, sont des mites réduites en poussière.

« Tu n'as pas à t'inquiéter, Lisbet. Nous sommes parvenus à un accord au sujet des abeilles. »

De nouveau, il lui baise la main, puis la rejette soudainement pour se lever et s'étirer. Lisbet redoute le jour où elle devra recommencer à partager son lit. Comment pourra-t-elle accepter qu'il la touche, après Eren ?

« J'ai perdu mon temps à Heidelberg. Le tribunal ne nous aurait jamais laissés garder les abeilles alors que nous vivons si près du monastère. Je te l'assure : le Maure nous a rendu un fier service en brûlant nos terres. Nous pouvons prendre un nouveau départ, désormais. »

L'esprit de Lisbet s'est dérobé. Le Maure ? Il doit vouloir parler d'Eren. Elle l'interrompt, parle en même temps que lui tandis qu'il poursuit le récit de son projet de transformer leur rucher en champs de betteraves dont les sillons commenceront à être creusés par Sophey, Nethe et elle-même dès le mois prochain.

« Attends. Qu'en est-il d'E... » Elle ravale son nom. « Qu'en est-il du Turc ?

— Ne m'écoutes-tu pas ? Je croyais que Nethe t'avait tout raconté. » Il soupire. « C'est lui qui a brûlé les ruches.

— Non, répond-elle. Ce n'est pas lui. Je le sais.

— Le garçon a tout vu, celui qui t'a sauvé des flammes. Il a vu le Maure, ou le Turc – peu importe le nom de cette maudite créature –, allumer le feu et t'y entraîner. C'est une chance que tu sois en vie. Il a assassiné Plater, ensuite. » Henne se signe, sans que se lise pour autant sur son visage le moindre respect. « Ils le traquent en ce moment même. »

Et ils ne le trouveront pas, pense Lisbet. *La forêt Noire a englouti Joss Fritz et offrira le même refuge à Eren.*

« Henne, ce n'était pas lui. » Elle s'assoit avec effort, gênée par ses points de suture. « Ni l'incendie ni le meurtre. Plater...

— Non. » Henne lui reprend la main. « L'Église va nous octroyer davantage de terres à cultiver, Lisbet. Des betteraves, des oignons, des choux. Les semences de ton père et du mien réunis. Nous n'aurions pu espérer mieux.

— Henne, tu ne m'écoutes pas.

— C'est toi qui dois m'écouter, femme. »

Lisbet a mal. La main de Henne est devenue un étau. Il sait, comprend-elle. Il sait qu'Eren n'a rien fait. Peut-être même a-t-il deviné qui avait réellement tué Plater. Mais qui d'autre qu'Eren aurait pu endosser la responsabilité du meurtre d'un homme des XXI ?

Henne la regarde si intensément, d'un air si menaçant, que Lisbet finit par hocher la tête, uniquement pour qu'il relâche sa main. Elle la glisse aussitôt sous son aisselle. Ses seins sont lourds, douloureux. Mais, dans peu de temps, son fils lui sera rendu et se nourrira ; Henne déguerpira, et Lisbet pourra se retrouver seule avec son bébé.

« Qu'a-t-il donc pris à Mutti de laisser un Turc dormir ici ? Dans ce lit ! » Il frémit. Lisbet ferme les yeux pour empêcher les larmes de couler. « Si j'avais été là, je l'aurais embroché.

— Tu aurais assassiné un homme ? lui demande-t-elle d'une petite voix, consciente de parler à celui qui a laissé sa propre sœur se faire pratiquement tuer sous ses yeux.

— Ce ne sont pas des hommes, Lisbet. L'Église elle-même dit que tuer de telles bêtes, ce n'est que tuer le mal, que défaire le démon. Accomplir pareil acte, c'est être au service de Dieu. J'en ai reçu l'assurance. Éliminer un diable n'a rien d'un crime. »

Elle voudrait se jeter sur lui, le mordre, le griffer, l'écorcher. Elle voudrait lui dire que le Diable, c'est lui, lui et Plater, à cause de ce qu'ils ont fait à Nethe, à Ida. Elle voudrait lui dire : ce Turc que tu hais, moi je l'aime. Mais même si elle le pouvait, Henne ne lui en laisserait pas le temps. Il poursuit :

« Cinquante ruches, brûlées ! Au moins, toute la cire avait été récoltée. Et il nous reste six seaux de miel. »

Récoltés par Lisbet. Elle comprend à cet instant qu'il ne la considère pas autrement que ces pauvres abeilles. Henne n'est attristé que par la perte de ce qu'elles valaient, est seulement chagriné de ne plus bénéficier de leur cire et de leur miel. Si Lisbet était morte en couches et que l'enfant avait vécu, aurait-il éprouvé de la peine ? La réponse est évidente, et brise ce qui restait encore de son cœur. Ce n'est qu'au moment où le bébé est à son sein, au moment où Nethe le lui apporte, qu'elle le sent guérir un peu.

Vingt-trois

Quand vient enfin le temps des relevailles et que leur fils reçoit le baptême, Henne donne la permission aux enfants d'Ida de lui rendre visite. Ilse semble déjà avoir grandi : ses joues sont plus creuses, et elle n'a jamais autant ressemblé à sa mère. Elle enfouit son visage dans les langes du bébé pour pleurer, et Lisbet lui murmure qu'elle aussi a perdu sa mère. Qu'Ida est maintenant au paradis, qu'elle la regarde, qu'elle est fière d'elle. Qu'Ilse aura toujours une amie en Lisbet, en Nethe, et que toutes deux veilleront à ce que jamais elle ne se sente seule, à ce qu'elle ne ressente jamais autre chose que de l'amour. Ses deux cadets sont simplement dans un état de stupeur, et le bébé, quant à lui, ne portera aucune séquelle – Lisbet se fait la promesse de s'en assurer. Elle lui donne le lait que son petit garçon ne prend pas. Elle les fait parfois téter tous les deux en même temps, les regarde entrelacer leurs mains comme des jumeaux tout en se nourrissant. Pour eux tous, elle continuera à faire vivre Ida, les entourera de ce sentiment de sécurité qu'Ida lui avait fait connaître.

À présent que Henne se trouve tout occupé par ses semences, assisté de Daniel Lehmann, Lisbet, Sophey et Nethe jouissent d'heures entières seules à seules. Même si les événements de l'été n'ont pas adouci le caractère de

Sophey, sa belle-mère paraît plus apaisée. Le début d'une amitié, peut-être même d'un amour, se noue entre elles. Mais c'est à Nethe que Lisbet se raccroche, Nethe qui l'aide à traverser ces premiers jours de deuil, de souffrance physique et d'extase. Nethe qui la sauve au quotidien. Il semble à Lisbet que, lentement, toutes deux apprennent à partager le poids de leur souffrance et leur amour, qui peu à peu grandissent, s'endurcissent pour devenir le socle qui portera tout.

Elles prennent l'habitude de dormir dans le même lit. Henne, qui râle chaque fois que le bébé pleure, semble soulagé lorsque Lisbet propose de déménager dans la chambre de Nethe. Épuisées, elles se lèvent à tour de rôle la nuit, dorment quand le bébé dort, parlent quand il tète. Lisbet se confie à Nethe à propos de tout : d'Eren, de sa mère, et même de la rivière. Nethe lui raconte ses premiers jours avec Ida et leurs dernières heures, et ensemble elles rient et pleurent à s'en écorcher la peau.

C'est pendant l'une de ces nuits, alors que le bébé s'est endormi à son sein, que Lisbet sent l'odeur de la pluie. Tous ses sens sont en éveil et, sur son crâne, elle décèle une pression singulière, puis un parfum vert extraordinaire, celui de l'averse qui approche.

« Ouvre les volets », souffle-t-elle à Nethe, qui s'exécute.

Sous le ciel couvert de nuages, Nethe tend la main.

« Oh », s'exclame-t-elle avant de revenir jusqu'à Lisbet, la paume ouverte.

Dans le creux de sa main se tient une goutte. Nethe l'étale sur le front de Lisbet comme de l'eau bénite.

« Tiens », lui dit-elle en lui tendant Heinrich.

Nethe prend le bébé et marche avec lui jusqu'à la fenêtre pour lui montrer la pluie qui commence à tomber. Lisbet glisse ses jambes hors des draps. Elle est restée alitée, comme l'a prescrit le rebouteux, et ses points de suture la tiraillent. Mais il n'y a aucune souffrance, seulement une douleur sous-jacente. Lorsque Nethe se retourne, Lisbet est déjà sur ses pieds.

Elle pousse un cri de surprise.

« Attention, Bet ! »

Dans son dos, la pluie scintille sous la lueur d'un lointain éclair. Nethe tend la main à Lisbet pour la guider jusqu'à la fenêtre, mais Lisbet secoue la tête et se dirige à la place vers la porte. En silence, Nethe articule un avertissement, mais Lisbet se sent trop légère, trop euphorique.

Elles parcourent la maison obscure, Heinrich serré contre la poitrine de Nethe. Lisbet ouvre doucement la porte de la cour, et toutes deux découvrent Fluh qui, sous la pluie, gambade joyeusement. Plus loin, Lisbet remarque l'absence de ses ruches sur la terre à présent nivelée et semée. Elle s'avance pieds nus dans la cour. Les premières gouttes fraîches sont une bénédiction, et, à leur contact, Lisbet se sent transformée, sanctifiée. Ces gouttes lui donnent le courage de s'approcher des sillons. De cet endroit où était installée la toute première ruche qu'elle a tressée. De cet endroit où elle a accueilli les abeilles sauvages qu'elle avait délogées de son arbre à danser. De cet endroit où elle s'est tenue pour calmer la folie d'un essaim. De cet endroit où elle a tué un homme et sauvé son fils. La pluie commence à tomber dru, à marteler le sol aride. Lisbet penche la tête en arrière et la boit.

« Tout va bien, Bet ? »

Lisbet répond que oui, et c'est la vérité. Elle prend son petit garçon dans ses bras, et attrape une fois de plus la main de Nethe. Il n'est pas nécessaire de s'attarder ici. Un autre lieu les attend.

•

Cent ans plus tôt, ou peut-être davantage, en des temps lointains, le pape avait interdit les miracles : victimes de famines et guérisseurs avaient été bannis, les résurrections prohibées. Trop de prodiges s'étaient produits, et trop de ravages à cause d'eux. Mais Lisbet, là, sous la pluie battante, vit son petit miracle à elle, et pourrait en rire de joie.

Nethe n'a pas besoin de lui demander où elles se rendent. Elles écoutent la forêt vibrante, qui sous les nuages prend vie. Le fleuve bientôt se gonflera, débordera, nettoyant les rues infâmes. Lisbet repositionne son fils dans ses bras. Il est parfait. Il est divin, un ange – ce sentiment, Lisbet l'éprouve au plus profond d'elle, sans réserve aucune. Elle a produit quelque chose de bon, de pur, de sacré. À présent qu'il ouvre les yeux, Lisbet les voit d'un bleu très foncé. Elle l'aime si profondément que le monde, à côté, paraît creux – son amour aspire jusqu'à la moelle de ses os.

Son arbre est tel qu'elle l'a laissé. Elle y retrouve les rubans de ses bébés, tous ces sacrifices pour que son fils puisse vivre. Nethe prend Heinrich le temps que Lisbet grimpe à l'échelle, puis le lui donne pour la rejoindre.

On entend au-dessus le bruit des gouttes qui tambourinent sur les feuilles. La canopée n'en laisse presque pas passer une seule. La plateforme semble immense et solide. Le luth d'Eren est posé là. Lisbet suspend sa main au-dessus des cordes silencieuses. Il n'est pas revenu le chercher – un sacrifice avisé, mais le souvenir de tout ce qu'Eren a laissé derrière lui rend le cœur de Lisbet douloureux. C'est ici qu'ils se sont embrassés, se sont unis, ici que Lisbet s'est projetée dans une vie plus vaste que tout ce qu'elle aurait jamais pu imaginer. La musique d'Eren lui revient, le rythme lent de l'air qu'il avait joué lors de leur nuit à deux.

Tenant son fils avec précaution dans ses bras, Lisbet se penche vers la branche que ses abeilles habitaient. Tout doucement, elle décroche les brindilles enduites de goudron qui obstruaient le trou. Peut-être que ses abeilles reviendront. Peut-être qu'abeilles et bébés partageront cet endroit.

Elle entend soudain le bruit d'un tissu qui craque et se retourne. Nethe a déchiré un morceau du bas de sa robe. Elle cherche dans le regard de Lisbet son assentiment, puis lève les bras et le noue à la branche. De sa poche elle tire un ruban, celui auquel était attaché la mèche soyeuse d'Ida que Lisbet avait trouvée il y a toutes ces semaines dans un oreiller, et l'enroule autour du morceau de tissu pour le laisser pendre comme une décoration.

« Me permets-tu ? lui demande-t-elle. Pour Ida.

— Pour nous toutes », dit Lisbet.

Elle commence à fredonner, fait monter jusqu'à elle la mélodie, comme si le luth, inerte, ne gisait pas à leurs pieds, mais se trouvait entre d'agiles doigts à la peau brune. Nethe se joint à elle, chantonnant des notes au hasard, et entoure de ses bras Lisbet et Heinrich. Sous les branches vibrantes, à la fois tenue et tenant, Lisbet fredonne plus fort. Enfouie dans la grotte sombre qu'est la poitrine de sa sœur, elle sourit, et serre contre elle le corps chaud de son fils. Il est là. Et devant eux, une vie entière. Nethe et elle se mettent à danser.

Note de l'autrice

En juillet 1518, au cœur de l'été le plus chaud qu'ait jamais connu l'Europe centrale, une femme dont le nom apparaît dans les registres comme Frau Troffea se mit à danser dans les rues de Strasbourg. Cette danse n'avait rien d'ordinaire – ininterrompue, plus proche d'un état de transe que d'une célébration. Elle dansa pendant des jours, sans que personne ne parvienne à l'arrêter, jusqu'à attirer l'attention des XXI, le conseil de la ville, qui décida de la faire conduire à la chapelle de saint Guy, le saint patron des danseurs et des musiciens. Après avoir reçu un bain dans la source qui coule là-bas, elle s'arrêta de danser.

Mais il était trop tard. Déjà, l'épidémie dansante se propageait. Elle perdura pendant deux mois étouffants, endiablés. À son pic, ce furent près de quatre cents personnes qui dansèrent en même temps, parmi lesquelles quinze au moins mouraient chaque jour. Jamais dans l'Histoire n'aura été observée pareille transe collective.

Néanmoins, il ne s'agit pas d'un incident isolé. Entre le XIVe et le XVIIe siècle, d'autres épidémies dansantes, également appelées « chorémanies », se sont produites. Dans certains cas, on parvint à les contenir et à les faire survenir le jour de la fête de saint Guy. Les participants étaient parfois seulement des enfants, parfois seulement des femmes. Mais, souvent, les danseurs faisaient partie des plus vulnérables de la société de par leur classe, leur âge, leur race ou leur genre.

Tous ces facteurs ont conduit, aujourd'hui comme à l'époque, à attribuer ces épidémies à une transe religieuse. Dieu et Diable n'étaient pas des notions contestées au Moyen Âge – leur existence était un fait aussi réel que les caprices du ciel ou la faim. Et puisque les caprices du ciel étaient envoyés par Dieu, il en était de même pour les sécheresses ou les famines. Le XVIe siècle fut particulièrement marqué par ces périodes de conditions météorologiques extrêmes, que la science explique sans peine de nos jours. Mais, en ce temps-là, une seule explication pouvait justifier ces récoltes perdues à répétition, ces étés suffocants, ces hivers si froids que les gens mouraient gelés dans les rues. Dieu punissait la race humaine, qui devait expier ses péchés.

À la toute fin du XVe siècle, le Seigneur avait déjà envoyé un avertissement sous la forme d'une comète que nombre de célèbres prédicateurs, comme Jean Geiler de Kaysersberg, homme admiré par Sophey dans *La Danse des damnées*, avaient interprétée comme un signe de damnation. Cette annonce plongea l'Alsace, une région que se disputaient déjà la France et l'Allemagne, dans un état de panique attisé par la guerre qui, aux frontières, opposait le Saint Empire romain germanique et l'Empire ottoman, en pleine expansion, ainsi que par deux décennies consécutives de champs décimés par les sécheresses et les inondations. Les plus démunis se retrouvèrent dans l'obligation d'emprunter à l'Église, que ces juteuses affaires semblèrent intéresser davantage que son rôle de représentante de Dieu.

La rancœur des gens ordinaires à l'encontre de l'Église prit des proportions telles que les rébellions, emmenées par les serfs, devinrent de plus en plus régulières, faisant peser une menace permanente. Les paysans affamés qui se retournaient contre leurs créditeurs et propriétaires terriens faisaient l'objet d'exécutions sommaires par pendaison.

La colère montait. Les famines, les révoltes, les pendaisons se multipliaient. Et, pendant ce temps, l'Empire romain germanique se délitait sous les percées des Ottomans. La peur de ces envahisseurs à la peau brune se mua en une haine pure entretenue par des pamphlets qui les dépeignaient en démons foulant la terre, accompagnés de mots nauséabonds que l'on reproduisait sans peine grâce à l'invention de l'imprimerie, qui eut lieu à Strasbourg.

C'est en ces temps troublants que Frau Troffea se mit à danser. La vie était particulièrement rude pour les femmes du peuple, traitées comme des esclaves, privées de toute autorité au sein de l'Église comme dans le pays, la société ou leur propre foyer. Peut-être avait-elle perdu la raison, broyée par le poids de ce sort que tout le monde autour d'elle évoquait. Peut-être avait-elle ingéré du pain de piètre qualité, fabriqué avec du seigle contaminé par l'ergot, un champignon responsable chez l'homme de contractions nerveuses et de sensations de brûlure dans les membres. Faute de pouvoir s'acheter du pain, peut-être s'était-elle rendue, affamée, dans la forêt Noire pour y cueillir des champignons qui s'étaient révélés hallucinogènes.

Telles ont été les explications avancées au fil du temps, mais il faut ici signaler l'ouvrage exceptionnel de John Waller, *Les Danseurs fous de Strasbourg. Une épidémie de danse collective en 1518* (2016 pour l'édition française), qui, au terme d'une enquête passionnante, écarte les hypothèses de la simple folie ou de l'empoisonnement massif et avance l'idée d'une transe religieuse collective instiguée par les pressions que subissait le peuple et les croyances de l'époque. Il reste difficile, pour le lecteur d'aujourd'hui, de concevoir la position hégémonique de la religion à l'époque médiévale, qui transparaissait dans tous les domaines, de la médecine aux châtiments, en passant par l'établissement des taxes ou les pratiques sexuelles. *La Danse des damnées* doit énormément à John Waller et à ses recherches, bien que ce roman demeure une œuvre de fiction dans laquelle j'ai pris de grandes libertés. Je conseille la lecture de son livre à quiconque souhaiterait en savoir plus sur l'épidémie dansante de 1518.

Comme pour toute histoire, l'écriture de *La Danse des damnées* m'a énormément appris. On voit aisément les résonances que ce récit peut avoir avec des sujets actuels, comme les attitudes à l'égard de la communauté LGBT+, des migrants, des classes sociales. Nous avons beaucoup avancé, mais il reste du chemin à parcourir. Si les puissances qui nous dominent ne s'appellent plus « Dieu », elles n'en existent pas moins pour autant. Ce monde au sens large demeure, bien trop souvent, un lieu hostile pour celles et ceux qui veulent vivre, voir ou aimer différemment. Avec *La Danse des damnées* je voulais offrir à mes personnages un lieu où se sentir eux-mêmes, et en sécurité. Ce qui me désole, c'est que le monde extérieur ait réussi à s'y infiltrer.

Pour finir, et sur un plan plus personnel, ayant moi-même traversé la pandémie actuelle aux prises avec des fausses couches à répétition, il me tenait à cœur de décrire cette expérience dans mon roman. Je n'ai encore jamais trouvé d'ouvrage qui explore ce mélange particulier de souffrance et d'amour, alors même que c'est un phénomène qui touche une femme sur cent, et qu'une grossesse sur trois s'achève par une fausse couche.

Lisbet est ma manière à moi de proposer un miroir à ces femmes qui peinent à se regarder elles-mêmes, et une fenêtre à celles qui souhaiteraient savoir. En espérant que le dénouement sera pour elles acceptable.

Kiran Millwood Hargrave, novembre 2021

Ce livre existe grâce au travail de toute une équipe.

Communication : Caroline Babulle, Sandrine Perrier-Replein, Sabrina Bendali, Inès Paulin, Adélaïde Yvert.

Coordination administrative : Martine Rivierre.

Studio : Pascaline Bressan, Barbara Cassouto-Lhenry, Joël Renaudat.

Fabrication : Muriel Le Ménez, Céline Ducournau, Bernadette Cristini, Sophia Paroussoglou, Isabelle Goulhot.

Commercial, relation libraires et marketing : Catherine Lauprêtre, Perrine Therond, Ombeline Ermeneux, Élise Iwasinta, Morgane Rissel, Arthur Rossi, Aurélie Scart.

Cessions de droits : Elisabeth Stempak, Benita Edzard, Lucile Besse, Sonia Guerreiro, Costanza Corri.

Gestion : Sophie Veisseyre, Chloé Hocquet, Isabelle Déxès, Camille Douin.

Services auteurs : Viviane Ouadenni, Jean-François Rechtman, Catherine Reimbold.

Ressources humaines : Mylène Bourreau.

Juridique : Laëtitia Doré, Anaïs Rebouh, Valérie Robe, Lucie Bergeras, Julia Crosnier.

Avec le soutien des équipes d'Interforum et d'Editis qui participent à la création, la diffusion et la distribution de ce livre.

Canoros Vehit Canentes

Composition réalisée
par Rosa Beaumont

Imprimé en France par CPI
en juin 2023

N° d'édition : 65804/01
N° d'impression : 174843